Vor dem Hintergrund der spektakulären Natur in Montana führt der Roman in die Welt der künstlichen Intelligenz.

Auf bestimmte Aufgaben spezialisierte KI gehört schon seit Jahren zum Alltag, und auch die Entwicklung der generativen KI mit ihren fast unbegrenzten Möglichkeiten bei der Erstellung von Texten und Bildern ist tief im Alltag der Menschen angekommen.

Jetzt ist es Zeit für das nächste Kapitel: die Schaffung einer allgemeinen und starken künstlichen Intelligenz mit universellen Fähigkeiten, die den Menschen bereits in vielen Bereichen übertrifft.

Entscheidend ist, wer das Rennen gewinnt. Öffnet sich die Büchse der Pandora mit unabsehbaren Folgen? Oder siegt die Vernunft, die Existenz und Wohlergehen der Menschheit über die Gier nach Macht und Profit stellt?

Der Autor Harald Stuckmann hat sich intensiv mit der Problematik allgemeiner künstlicher Intelligenz auseinandergesetzt. Umfeld und Szenarien, in die seine Geschichte eingebettet ist, folgen den aktuellen Forschungsansätzen und der Diskussion der führenden Wissenschaftler auf dem Gebiet der KI. In 20 oder 30 Jahren wird sich möglicherweise zeigen, dass die Entwicklung tatsächlich so gekommen ist, wie im Buch beschrieben.

Harald Stuckmann ist in Mannheim geboren und aufgewachsen. Nach einem abgeschlossenen Studium der Wirtschaftswissenschaften folgte langjährige Tätigkeit beim Dokumentarfilm als Produktions- und Aufnahmeleiter. Viele Filmprojekte führten ihn in alle Teile der USA.

Er lebt und arbeitet in der Nähe von Frankfurt am Main. Daisy Montana ist sein zweiter Roman.

Harald Stuckmann

DAISY MONTANA

ROMAN

Einbandgestaltung: DTP-Service Elmar Schmid
unter Verwendung eines KI-generierten Motivs (DALL-E)

Der Autor im Web:
schreiben.harald-stuckmann.de

Verlag: BoD · Books on Demand GmbH, In de Tarpen 42,
22848 Norderstedt

Druck: Libri Plureos GmbH, Friedensallee 273, 22763 Hamburg

ISBN: 978-3-7693-0297-4

Dieses Buch handelt von künstlicher Intelligenz, ist aber zu 100%
nicht von einer solchen verfasst.

Für Nikolaj und Michael

KAPITEL 1

Die Wärme der Morgensonne und die Geräusche des Flusses schafften eine fast unwirkliche Stimmung. Er schaute zufrieden auf das Loch, das er zugeschüttet hatte. Mit der Rückseite des Klappspatens schlug er noch zweimal auf die Erde. Perfekt. Er klemmte den Spaten unter die Achsel, nahm den Rest des Papiers und wandte sich zum Gehen.

Benjiro Kimura, den seine Freunde Benji nannten, ließ auf seinen Kajaktouren das morgendliche Geschäft spurlos zurück. Das hieß, ein Loch zu graben und so wieder zuzuschütten, dass höchstens Native Americans vor 100 Jahren es hätten bemerken können. Die Native Americans von heute waren woanders unterwegs.

Er warf einen letzten Blick in die Runde, dann machte er sich auf den Rückweg. Vom Boot aus war er vielleicht hundert Meter bis zu den ersten Büschen gegangen. Mindestens 70 Meter Entfernung vom Fluss verlangte die Vorschrift, aber selbst in menschenleeren Gegenden wie hier führte ihn die Gewohnheit dahin, wo er nicht gesehen werden konnte. Auf der kurzen Strecke zum offenen Kiesstrand sah er eine Staude mit lila Gauklerblumen. Er bückte sich, um ihre Blüten anzuschauen. In diesem Moment, zwischen dem gleichmäßigen Rauschen des Flusses und dem an- und abschwellenden Summen der mäandernden Insekten, durchdrang lautes Krachen die Idylle.

Benji erstarrte. Das Geräusch kam vom Wasser.

Er beschleunigte seine Schritte, bis er aus dem mageren Gehölz auf das offene Gelände der Landzunge kam. Der Fluss machte hier einen Halbkreis und drehte anschließend nach Süden. Er schaute da hin, wo er sein Boot zurückgelassen hatte. Es lag noch an seinem Platz, aber davor stand mit dem Rücken ihm zugewandt ein Grizzlybär. Er hatte eine Tatze im Boot und wühlte mit der Schnauze im Fußraum. Um das Kajak herum lagen die Neopren-Spritzdecke, seine Schwimmweste und ein Bündel, das wohl sein Schlafsack gewesen war. Dazwischen ein Durcheinander von Planen, Plastikteilen und Kleinzeug.

Benji lebte lang genug in Montana, um zu wissen, wie man sich bei Begegnungen mit Bären benimmt. Bären waren am gefährlichsten in Begleitung ihres Nachwuchses oder nach Ende der Winterruhe, wenn der Hunger sie aggressiv machte. Beides konnte er hier ausschließen. Der Grizzly war männlich und ausgewachsen, aber nicht riesig. Seine Beschäftigung mit einem Kajak an einem Fluss voller Fische sprach eher für Neugier oder Langeweile.

Benji wusste, dass in dieser Situation sein unauffälliger Rückzug die übliche Reaktion gewesen wäre. Hier lagen die Dinge anders. Der Grizzly zerstörte gerade das Kajak und damit fast alles, was er für die Rückkehr in die Zivilisation und möglicherweise zum Überleben brauchte. Außerdem hatte der Bär genügend Raum, um sich ungehindert davon zu machen.

Er blieb in einigem Abstand stehen, hob beide Arme hoch, so dass die Hände mit dem Spaten dazwischen über den Kopf reichten, und rief ruhig, aber bestimmt: »Mein Kajak, meine Vorräte. Geh! Gehe sofort!«

Der Bär drehte den Kopf in seine Richtung und schien überrascht. Er stellte sich auf die Hinterfüße, um zu sehen, welcher Art diese Störung war, und um Witterung aufzunehmen. Dann vergrub er seine Schnauze erneut in die Tiefen des Kajak-Bugs, wo nicht nur Ausrüstung, sondern auch Proviant verstaut war.

Für einen kurzen Moment überlegte Benji, wie das Tier Dinge in wasserdichten Behältern riechen konnte. Entweder gab es da schon Erfahrungen, dass Menschen meistens Essbares in ihrer Nähe hatten, oder der Bär hatte tatsächlich etwas gerochen.

Er versuchte es ein weiteres Mal. »Verpiss dich, und zwar sofort!« Sein Ton wurde schärfer, wobei eine Nuance Panik mitschwang.

Das Tier machte einen Schritt zur Seite und trat dabei auf das Oberteil des Boots, das mit lautem Krachen zersplitterte. Das Geräusch irritierte den Bären. Er richtete sich auf und brüllte. Es klang wie eine Kreissäge, die man vor einem Moment ausgeschaltet hatte.

Benji fluchte. Das Boot war alt und aus Glasfaserkunststoff. Die Stelle, an der das Tier sich zu schaffen machte, war bereits mehrfach repariert worden.

Der Bär hatte verstanden, dass ihn die Zerstörung des Boots schneller ans Ziel brachte. Er trat erneut auf die Spitze des Kajaks. Gleichzeitig mit dem Bersten der Glasfasern schnellte das Heck nach oben und traf das Tier in die Seite. Unwillig richtete es sich auf und schaute Benji an. Dessen Panik vermischte sich mit zunehmender Wut. Ohne Boot hatte er ein Problem, ohne seine Ausrüstung ein noch viel größeres.

Benji tat nun das, wovon er selbst jedem abgeraten hätte. Er packte den Spaten mit beiden Händen und ging langsam auf den Bären zu. Dessen Aufmerksamkeit bekam ein neues Ziel: den Besitzer des Kajaks. Er stand auf allen vieren, seinen Blick auf den Menschen gerichtet, der sich näherte. Nichts deutete darauf hin, dass der Grizzly freiwillig das Feld räumen wollte. Im Gegenteil: Seine Ohren drehten sich nach hinten und er öffnete sein Maul, aus dem große Mengen Speichel troffen. Wieder gab er diese tiefen und röhrenden Geräusche von sich, die immer lauter wurden und das Rauschen des Flusses übertönten.

Benji schwenkte im Gehen das Spatenblatt vor seinem Kopf. Zuletzt trennten ihn nur noch wenige Meter von dem Bären. Er stand diesem Raubtier gegenüber und unwillkürlich musste er an Stierkämpfer denken.

Der Grizzly machte ein paar Schritte zurück, dann ging er die gleiche Strecke nach vorn. Dabei warf er den Schädel hin und her und erzeugte mit seinen Zähnen ein schlagendes Geräusch.

Ist das dein Leben im Zeitraffer, das kurz vor dem Ende im Kopf abläuft? Benjis Gedanken bewegten sich in einer Art Parallelwelt. In diesem Moment traf ein Fetzen der Gischt aus dem Maul der Bestie sein linkes Auge und troff nach unten. Es stank entsetzlich.

Der Grizzly wirkte unsicher, was er tun solle. Das Boot weiter aufmischen, so lange eine Bedrohung in direkter Nähe bestand, schien keine gute Idee. Die Situation musste bereinigt werden. Er wandte den Kopf erneut in Richtung Benji, der tunlichst vermied, den Blickkontakt zu erwidern.

Wenn der Bär nicht abließ, hätte er kaum eine Chance. Langsam ging er ein paar Schritte rückwärts und blieb dann mit erhobenen Händen aufrecht stehen, den Spaten in seiner Rechten.

Kurzfristig schien der Bär das Interesse zu verlieren. Er blickte zur Seite und machte ebenfalls eine Reihe Schritte nach hinten. Plötzlich nahm er sein Ziel auf und preschte vorwärts. Himmel, steh mir bei, murmelte Benji. Mit dem Spaten hinter seinem Kopf in Stellung fokussierte er den Schädel der Bestie und wartete auf die entscheidende Zehntelsekunde. Dann schlug er zu. Er zog den Spaten mit all seiner Kraft horizontal durch und hoffte, den Bären an der empfindlichsten Stelle zu treffen, seiner Nase. Im gleichen Augenblick, als die flache Rückseite mit voller Wucht in das Gesicht des Tiers krachte, traf die Tatze seine Schulter und er flog zur Seite. Sein Schmerzensschrei mischte sich mit dem Brüllen des Grizzlys, einer unartikulierten Mischung aus heißerem Krächzen, Rülpsen und Stöhnen mit wütenden Untertönen.

In diesem Moment hatte Benji keine Ahnung, ob das das Ende oder einen Anfang bedeutete. Er hatte nicht die Spur einer Alternative gesehen und alles auf Risiko gesetzt. Er spürte einen brennenden Schmerz in seinem rechten Oberarm und fühlte die warme Feuchte von fließendem Blut.

Bleib liegen, stell dich tot. Du hast keine andere Chance, war sein Impuls. Ihm fehlte Luft und die Schmerzen seiner Wunden überwältigten ihn. Tausend Gedanken schossen durch seinen Kopf. Darunter Ratschläge von Bären-Kennern. Wenn deine Möglichkeiten erschöpft sind, stell dich tot. Möglicherweise verliert der Grizzly das Interesse an dir.

Aber wenn du Reserven übrig hast, versuche Abstand zu gewinnen. Immerhin lebte er noch, wenn auch auf dem Boden liegend und mit wenig Orientierung.

Der Bär befand sich jetzt ungefähr fünf Meter entfernt und rieb mit der Tatze über eine blutende Wunde unterhalb des rechten Auges. Benji stützte sich auf den linken Arm und zog vorsichtig beide Beine an, bis er auf Knien und Ellenbogen stand. Der Spaten lag unter ihm. Den durfte er keinesfalls verlieren. Er richtete sich ein Stück weit auf und strich mit der linken Hand langsam Sand und Kiesel zusammen, die auf dem Boden vor ihm lagen. Dann erhob er sich, ging nach vorne, während er gleichzeitig schrie, bis sich der Bär ihm zuwandte. In dieser Sekunde schmiss er dem Tier die volle Ladung direkt ins Gesicht. Erneutes Brüllen. Der Grizzly drehte sich im Kreis.

Sand und Staub waren dem Grizzly in die Augen gelangt. Das und die brennenden Schmerzen beeinträchtigten sein Sehvermögen. Im Moment hatte er den Durchblick verloren.

Das erkannte auch Benji. Er wusste, dass Bären einen eingeschränkten Blickwinkel haben und zur Seite hin schlecht sehen. Er ergriff die Chance, packte den Spaten, und als das Tier wieder ruhiger wurde, näherte er sich ihm von ganz links. Dann schlug er erneut zu. Dieses Mal traf er den Grizzly direkt auf die Nase.

Einige Meter weiter lag eine kleine Anhöhe. Mehrere große Findlinge hatten sich vor Jahrtausenden hier zusammengefunden, als die Gletscher schmolzen. Erdreich sammelte sich und überdeckte die Steine. Mittlerweile waren sie von Pflanzen bewachsen. Der höchste Punkt erhob sich nicht mehr als drei Meter über dem Schwemmland des Flusses. Dorthin flüchtete sich Benji. Er musste sich erst auf die Rückseite schleppen, von wo er über ein paar kleinere Felsen hochsteigen konnte. Dann stand er deutlich oberhalb des Kiesfeldes, auf dem der Grizzly gerade versuchte, sich zu orientieren. Der Schlag war ein Volltreffer gewesen.

Der Bär hatte aufgegeben. Er hatte begriffen, dass es nichts mehr zu gewinnen gab. Er ignorierte den Mann, er ließ das Wrack des Boots links liegen und trottete davon, immer wieder einhaltend, um sich mit den Tatzen die Augen und die Nase zu reiben.

Trotz Schmerzen, blutenden Wunden und seiner Furcht hatte sich Benji darauf eingerichtet, von oben einen möglichst einschüchternden Eindruck auf den Grizzly zu machen. Als er sah, wie der Bär in der Ferne um eine Biegung verschwand, sackte er in sich zusammen, als hätte jemand die Luft aus ihm gelassen. Er fühlte sich zu Tode erschöpft, obwohl der Kampf höchstens fünf Minuten gedauert hatte. Eine Art Lähmung breitete sich in ihm aus und am liebsten wäre er hier liegen geblieben. Keine gute Idee, wusste er und rappelte sich langsam auf, wobei ihm vor Schmerzen Tränen aus den Augen liefen.

Er schaute an sich hinunter. Die Fleecejacke hing in Fetzen an ihm und die rechte obere Hälfte des T-Shirts darunter war blutdurchtränkt. Zum Rand hin schien die Farbe aber in Braunschwarz überzugehen. Das Blut trocknete bereits. Ein tröstliches Zeichen. Er versuchte, den rechten Unterarm zu beugen. So lange er den Oberarm fest an den Körper presste, ging das problemlos, so wie er auch die Hand und alle Finger bewegen konnte. Als er probierte, diesen Oberarm nach außen zu heben, schoss ein stechender Schmerz durch Schulter und Brust. Er unterließ weitere Versuche. Er musste zu seinem Boot.

Benji schloss für einen Moment die Augen und atmete tief durch. Dann stieg er vorsichtig von der Erhebung und ging zu seinem Kajak. Bis auf eine Tasche, die weit vorne in der Spitze des Boots verstaut war, hatte das Tier alles ausgeräumt.

Das Erste, was er suchte und fand, war sein Bärenspray, die effektivste und gleichzeitig unschädlichste Waffe gegen Bären. Die aber nichts nutzt, wenn man meint, bei Ausflügen ins Gebüsch darauf verzichten zu können. Was für ein Fehler.

Dann fielen ihm die Punkte auf.

Um das Boot herum stachen kleine blauschwarze Punkte deutlich aus dem Weißgrau der Kiesel heraus. Er musste nicht näher herangehen, um zu wissen, was er da sah. Es waren Stachelbeeren. Die wilden Stachelbeeren, die er gesammelt hatte, während die anderen Kajakfahrer am Einlasspunkt ihre Boote beluden und zu Wasser ließen.

Er schlug sich mit der intakten Hand auf die Stirn. Bären riechen meilenweit und wilde Stachelbeeren gehören zu ihren liebsten Leckereien. Er hatte den Grizzly buchstäblich eingeladen, seinen Kajak auf den Kopf zu stellen. Wenn er die Beeren wenigstens in einer Plastiktüte verwahrt hätte. Nein, er war den kürzesten Weg gegangen und hatte sie in eine Papiertüte gepackt, die er gerade zur Hand hatte.

Er zuckte hilflos mit den Schultern und ein Schub Schmerzen schoss durch seinen Oberkörper.

Mit dem Bärenspray fühlte er sich gewappnet, falls der Bär zurückkehrte. Er überlegte, die Stachelbeeren einzusammeln und in den Fluss zu werfen. Der Zeitaufwand und die Schmerzen hielten ihn davon ab. Er musste hier weg. Er wusste, dass er das Kajak vergessen konnte. Abgesehen von dem stark beschädigten Bug hatte er keine Spritzdecke mehr, ohne die das Boot in kürzester Zeit voll Wasser laufen würde. Und wie soll man mit einem Arm paddeln?

Unweit von dem Kajak lagen mehrere Baumstämme, die der Fluss mit dem Schmelzwasser angeschwemmt hatte. Dort ging er hin und setzte sich ganz nach oben. So hatte er Überblick über die Situation und würde den Bären von weitem kommen sehen, wenn er käme. Was für Möglichkeiten blieben ihm?

Nur zwei: Bleiben oder Gehen.

Mit dem Bleiben war das so eine Sache. Jetzt, am Anfang der Saison fuhren nur erfahrene Kajaker auf dem Fluss, und die starteten früh. Zwei Leute hatte er am Einstiegspunkt getroffen, die gerade ihre Boote bepackt ins Wasser ließen. Die waren ihm weit voraus. Nichts sprach für Hilfe von der Flussseite.

Auf den Morgen zu warten, war ebenfalls keine Option. Nachts wurde es unangenehm kühl, nicht zu reden von seiner Verletzung, den Schmerzen und dem Bären, der wie ein Schatten über allem stand.

Die Alternative bestand darin, sich zur North Fork Road durchzuschlagen, die einzige Straße, die es in der Region gab und auf der er heute Morgen zum Einstiegspunkt unterwegs gewesen war. Sie lag rund drei Kilometer weiter westlich und führte parallel zum Fluss bis an die kanadische Grenze. Der Übergang war geschlossen und die Schotterstraße befand sich in einem schlechten Zustand. Vor allem Kajaker nutzten sie, um den Fluss in der maximal möglichen Länge zu befahren. Ansonsten hatten ein paar Egozentriker in den Wäldern ihren persönlichen Rückzugsort gefunden.

Um zur North Fork Road zu gelangen, musste er einen steilen Aufstieg bewältigen und ohne Weg durch dichten Wald. Gute Chancen, erneut über einen Bären zu stolpern.

Er dachte an heute Morgen, als er und sein Freund Greg auf dieser Straße nach Norden gefahren waren – angeschlagen vom gestrigen Abend, der länger gedauert hatte als geplant. Wenn der Grizzly gewonnen hätte, wäre es wenigstens ein würdiger Abschluss gewesen.

Viel mitnehmen konnte er nicht. Das einzig intakte Behältnis war ein Trockensack, der die Krallen des Grizzlys in der Spitze des Kajak-Bugs unbeschadet überstanden hatte. Er fasste 25 Liter und enthielt hauptsächlich Wechselkleidung. Er leerte alles ins Boot und legte nur zwei T-Shirts und eine Boxershorts hinein. Ihm grauste beim Gedanken, das blutverklebte Hemd auszuziehen, aber irgendwann wäre es so weit. Er füllte den restlichen Raum mit Dingen, die er als wichtig ansah: Müsliriegel, Stirnlampe, Feuerzeug und eine Trinkflasche mit Wasser. Weil noch Platz war, warf er oben das Klopapier und seine Zahnbürste dazu. Den Klappspaten befestigte er mit einem Klettband an der Außenseite. Zum Schluss fädelte er das Holster mit dem Bärenspray an seinen Gürtel, damit es griffbereit war. In einem letzten Akt zog er mit dem unversehrten Arm das kaputte Kajak zwischen die angeschwemmten Baumstämme, drehte es um und bedeckte es notdürftig mit ein paar Zweigen. Dem Bären durfte er es nicht zu leicht machen.

Er wollte loslaufen, als er etwas vermisste. Auf dem Weg in die Büsche hatte er seine Sonnenbrille auf den Sitz des Kajaks gelegt. Er entdeckte sie mehrere Meter entfernt im Kies und bis auf ein paar Kratzer unbeschädigt. An diesem Teil hing er, und dass er das nicht verloren hatte, erfüllte ihn mit einem guten Gefühl.

Benji oder Benjiro Kimura kam aus Whitefish, einem kleinen Ort 25 Kilometer nördlich von Kalispell, der Hauptstadt von Flathead County, Montana. Er hatte Biologie und Ökologie studiert und arbeitete als fest angestellter Redakteur bei der Zeitung *Flathead Weekly* im Ressort Wissenschaft, Natur und Wildlife.

Benji sah zwar aus wie ein Japaner, war aber in den USA geboren und fühlte sich auch hauptsächlich als Amerikaner. Sein Vater hatte Jahrzehnte lang als Botschaftsangehöriger in den USA und Europa gearbeitet. Als die Eltern nach Japan zurückkehrten, blieb er in den Vereinigten Staaten.

Vorgestern hatte er sich spontan entschieden, für zwei oder drei Tage auf den Fluss zu gehen. Der North Fork Flathead River hatte jetzt, Anfang Juli, den größten Teil Schmelzwasser aus den Bergen bereits abfließen lassen. Die Wassermengen, die unterwegs waren, stellten für erfahrene Paddler wie ihn kein Problem dar. Die Nachrichten hatten bestes Wetter angesagt, wobei die Nächte und erst recht der Fluss immer noch kalt waren. Er bat seinen Freund Gregory Sumner, genannt Greg, ihn zur Bootsrampe an der kanadischen Grenze zu bringen.

Greg war einer der stellvertretenden Chefredakteure der *Flathead Weekly* und leitete auch das Wirtschaftsressort. Im

Lauf der Jahre war aus der beruflichen Zusammenarbeit echte Freundschaft geworden und Greg erklärte sich sofort einverstanden. Seine einzige Bedingung war, bereits am Samstagnachmittag zu starten und auf der halben Strecke über Nacht in Polebridge zu campen. Dann könne man den Abend im *Northern Lights Saloon*, einer legendären Lokalität mit Bar & Grill, verbringen.

Genau so hatten sie es gemacht. Am Morgen danach gestaltete sich der frühe Aufbruch aus dem Wilden Westen nicht ganz einfach. Trotzdem hatte Greg um neun Uhr dem Heck von Benjis Kajak einen langsamen, aber nachhaltigen Tritt versetzt und das Boot bekam Wasser unter den Kiel.

Jetzt, nur zwei Stunden später, ließ Benji dieses Boot als Wrack hinter sich zurück.

Nach Westen lag ein Steilufer, das schon für gesunde Menschen eine Herausforderung darstellte. Er überlegte, ob er es nördlich oder südlich umgehen sollte. Sein Instinkt riet ihm zu Süden.

Er rechnete in seinem Zustand mit zwei, drei Stunden, bis er die North Fork Road erreichen würde. Eine Zeit lang ging er direkt am Fluss, wobei er mehrmals durch das seichte Wasser waten musste, um Felsvorsprünge zu umrunden. In einer Senke mündete ein kleiner Bach in den North Fork Flathead River. Hier bog er nach Westen ab.

Benji gewann allmählich an Höhe. Nach einer halben Stunde war er schweißgebadet. Das Blut pochte in der Wunde. Die Blutung schien komplett gestoppt, dafür zogen sich mittlerweile die Schmerzen auf der rechten Seite vom Halsansatz bis in die Finger.

Es lag eine Menge Totholz herum. Die alljährlichen Herbststürme zeigten keine Gnade bei alten oder schwachen Bäumen und die Massen an Schnee im Winter taten das Übrige. Benji setzte sich auf einen der gebrochenen Baumstämme, stellte den Trockensack vor sich und holte den Proviant hervor. Er schob sich zwei Müsliriegel in den Mund und spülte mit Wasser nach.

Um seinem Körper Zeit zu geben, das schmale Mahl in neue Kräfte zu verwandeln, blieb er sitzen und versuchte, seine gegenwärtige Situation einzuordnen. Wenn es ihm gelänge, die North Fork Road zu erreichen, war es nur eine Frage der Geduld, bis ein Wagen vorbeikäme. In dieser verlassenen Gegend würde jeder stoppen. Aber wann verschlug es wieder jemanden hierher? Bis dahin waren seine Feinde, außer möglicherweise auftauchende Bären, die kalten Nächte und kaum etwas zu essen. Das schien weniger schlimm, wie nichts zu trinken. Er nahm ein paar Schlucke aus der Flasche und füllte sie in dem Rinnsal auf. Seine Chancen waren nicht so schlecht.

Der Oberlauf des kleinen Gewässers bog nach Süden ab. Um weiter Richtung Westen zu kommen, musste Benji ab hier weg vom Bach und tiefer in den Wald. Die Bäume standen dicht und waren schwer zu durchdringen.

Von der Sonne drang wenig durch die dichten Baumkronen und er sah kaum Schatten, die ihm die Richtung weisen konnten. Zwischendurch zweifelte Benji, ob er noch nach Westen zur Straße ging. Die Konzentration, auf dem richtigen Weg zu bleiben, erforderte seine ganze Aufmerksamkeit. Aber wenn er stehenblieb, um durchzuatmen, kamen die Schmerzen mit Wucht zurück in sein Bewusstsein. Benji fluchte.

In einiger Entfernung erkannte er Strukturen am Boden. Offenbar eine Stelle, an der mehr Licht durch die Bäume kam. Er ging dorthin, um anhand der Schatten seinen weiteren Weg zu bestimmen. Das Licht wurde heller und er vermutete eine Schneise. Seine Sonnenbrille hatte er beim Verlassen des Bachs abgesetzt, jetzt griff er unbewusst nach ihr. Er befand sich am Rand einer Lichtung, die aber mitnichten nur ein freier Platz war. Auf der Lichtung, durch einen hohen Busch halb verdeckt, stand eine Hütte.

Benji wusste, viele solcher Hütten waren die meiste Zeit des Jahres unbewohnt. Es schien eine klassische Holzhütte zu sein, wie in dieser Region üblich, aber ungewöhnlich stabil gebaut und gut in Schuss.

Ein paar Details fielen auf. Der Außenbereich war pedantisch aufgeräumt. Kein Grill, kein Kinderspielzeug aus Plastik. Etwas stach Benji ins Auge: Eines der Fenster schien angelehnt.

Genau genommen könnte ihm das alles egal sein. Entweder war jemand da, was Hilfe bedeutete. Oder die Hütte wartete wie er auf bessere Zeiten. In jedem Fall führte von hier ein befahrbarer Weg zur North Fork Road.

Benji ging über den gefegten Vorplatz zur Veranda, die die Hütte an zwei Seiten umgab. Er klopfte an die Tür.

Nichts geschah. Er drückte die Klinke herunter. Die Tür ließ sich nicht öffnen.

Er wandte sich nach links, wo die Veranda an der Seite ihre Fortsetzung fand. Hier meinte er, das offen stehende Fenster gesehen zu haben. So war es. Er ging näher, klopfte an das Glas und rief »Hallo, ist da jemand?«

Keine Antwort. Im Raum schien es dunkel und die geputzten Scheiben reflektierten das Tageslicht, so dass er nichts dahinter erkennen konnte. Er drückte den Fensterflügel ein Stück weit nach innen.

Benji schaute durch den Spalt und verblüfft öffnete er den Mund. Was er sah, passte nicht hierher.

In dem Raum befand sich ein riesiger Tisch, auf dem eine ganze Reihe von Computermonitoren ihr fahles Licht verstreute. Daneben standen drei 19-Zoll-Racks, von oben bis unten gefüllt mit Elektronik. Auf der Vorderseite dieser Geräte lief ein kontinuierliches Miniaturfeuerwerk ab. Die Rahmen hunderter Buchsen blinkten oder glimmten in Grün und Rot. Wenige schwiegen in Dunkelgrau.

Benji war klar, dass hier eine Batterie von Servern zu sehen war. Allerdings hatte er keinerlei Idee, wie er dieses Bild einordnen sollte. Mit normalen Einrichtungsgegenständen hatte das nichts zu tun.

Er ging auf der Veranda weiter nach hinten, wo sie vor der Rückseite der Hütte endete. Ein feines Brummen stach ihm ins Ohr. Als er um die Ecke blickte, sah er in einem Drahtverschlag, der Tiere fernhalten sollte, ein großes Gerät, das ihn an einen Schiffsdiesel erinnerte. Die Maschine selbst blieb hinter einer voluminösen Verkleidung verborgen.

Benji kannte diese Geräte. Es handelte sich um einen Silent Generator, ein Stromaggregat, das mit minimalen Geräuschemissionen einen Haufen Strom an Orten produzierte, wo es keine oder nur unzuverlässige Energieversorgung gab. Aber was machte ein solches Kraftwerk hier in the Middle of Nowhere?

Benji setzte sich vor der Eingangstür auf die Treppe, um nachzudenken. Eine Hütte mitten im Wald voller Elektronik. Alles in Betrieb, niemand zu Hause und kein Auto vor der Tür.

Ob er bei einem Blick durch die anderen Fenster mehr sehen könnte? Er stand auf und wandte sich dem Fenster neben der Eingangstür zu. Die Dunkelheit im Inneren der Hütte ließ nichts Genaues erkennen.

Er war unschlüssig, was er machen sollte. In die Hütte eindringen, kam nicht in Frage. Das könnte ihn in erhebliche Schwierigkeiten bringen. Außerdem war es nicht sein Stil. Vernünftiger wäre, sich da hinzusetzen, wo der Zufahrtsweg zur Hütte auf die North Fork Road traf. Jeder, der hierher zurückkehrte, würde ihn sehen und alle anderen Autos auch. Er war im Begriff, sich umzudrehen und in Bewegung zu setzen, als ihn die Stimme stoppte.

»Was machen Sie da? Wer sind Sie?«

Die Stimme war weiblich und klang nervös.

So ist das hier, dachte Benji. Sobald du öffentliche Wege verlässt, stellst du eine Bedrohung dar. Wahrscheinlich richtet sich bereits eine Waffe auf dich. Er drehte sich langsam um. Die Frau stand vielleicht zehn Meter hinter ihm. Sie hatte ein Gewehr in der Hand. Der Lauf zeigte auf den Boden.

KAPITEL 2

Noch im Drehen zog Benji instinktiv den Trockensack vor seine Verletzung. Er wollte die Frau nicht erschrecken und er mochte sich nicht so verwundbar zeigen.

»Sorry, Madam ...« Er überlegte einen Moment, um das Richtige zu sagen, da ging sie bereits dazwischen.

»Das ist privates Gelände. Sie sollten nicht hier sein!«

Benji sah, dass sie außer dem Gewehr auch Bärenspray dabei hatte. Das kann ja heiter werden, dachte er. Warum kann sie nicht einfach *guten Tag* sagen?

»Ich komme von der Flussseite. Ich konnte nicht sehen, dass ich Privatgrund betrete.«

Die Frau schaute ihn ungläubig an. »Was für ein Fluss? Hier ist ein Fluss in der Nähe?«

Benji glaubte, nicht richtig zu hören. »Äh, ja, der North Fork Flathead River.« Er zeigte nur mit dem Finger in die Richtung, weil er immer noch den Trockensack an seine Brust presste. »Ich war mit dem Kajak unterwegs und hatte bei einer Pause am Ufer Probleme mit einem Grizzly. Er hat das Kajak zerstört. Ich musste versuchen, zu Fuß an die Straße zu kommen.«

Die Frau schaute ihn irritiert an, als sei er der Bär. »Aha, und was wollen Sie jetzt machen?«

Benji fand die Situation zunehmend bizarr. Von welchem Stern ist die denn, fragte er sich. Instinktiv beschloss er, höflich zu bleiben. »Na ja, ich sollte irgendwie versuchen, nach Hause zu kommen. Ich komme aus Whitefish.« Und als ein paar Sekunden lang nichts kam, fügte er hinzu: »Kann ich vielleicht telefonieren?«

»Whitefish?«, fragte sie, »Ist das auch hier?« Und ohne eine Antwort abzuwarten: »Es gibt hier kein Telefon. Ich fürchte, Sie müssen eine andere Möglichkeit finden.«

Benjis Unverständnis wuchs mit seiner Ungeduld. »Können Sie mich nicht wenigstens irgendwo hinfahren, wo es ein Telefon gibt?«

Der Frau schien langsam zu dämmern, was für eine seltsame Vorstellung sie abgab. »Ich weiß, es klingt merkwürdig, und ich kann es Ihnen nicht so ohne Weiteres erklären, aber es gibt hier weder ein Telefon noch ein Fahrzeug ...«

Benjis Geduld und Rücksichtnahme fanden jetzt ihre Grenze.

»Hören Sie, ich wollte es nicht gleich so erkennbar machen, aber ich bin verletzt.« Er ließ den Trockensack sinken und sein desolater Zustand wurde offensichtlich.

Die Frau erschrak aufrichtig. Ihre Augen weiteten sich. »Du lieber Himmel, warum sagen Sie das nicht gleich? Lassen Sie mich das ansehen!«

Jetzt versuchte Benji, das Tempo herauszunehmen. »Langsam, langsam, nicht so eilig!«

»Doch, lassen Sie mich. Ich bin Ärztin.«

Bei Benji klingelte ein Alarmsignal. Er stellte den Trockensack auf den Boden und hob abwehrend den Arm. »Ach, jetzt sind Sie auch noch Ärztin? Sie sitzen hier alleine in einer Hütte am Ende der Welt. Sie haben kein Auto und kein Telefon, dafür aber einen Computer, der aussieht, als wollten

Sie damit eine Rakete zum Mars steuern. Und jetzt sind Sie sogar Ärztin? Langsam wird's mir unheimlich ...«

Sie blickte ihn an. »Durch das Fenster haben Sie auch geschaut ...? Ja, Sie haben Recht. Das ist ein bisschen viel, wenn man es von außen ansieht. Kommen Sie erst mal rein.«

Der Raum war warm und wohnlich, was an dem Baumaterial lag. Das Holz verströmte ein behagliches Gefühl von Stabilität und Dauerhaftigkeit. Das war es auch schon. Accessoires, die aus einer Behausung eine individuelle Bleibe machen, fehlten hier. Kein Bild, kein Teppich, nicht einmal eine persönliche Unordnung zeigte sich. Neben der Spüle stand ein wenig Geschirr, ein paar Bücher lagen auf dem Tisch vor der Couch, das war's.

Die Hütte war solide gebaut. Hinter der Eingangstür lag ein großer Aufenthaltsraum mit einem Kamin in der Mitte, einer Sitzgarnitur und der Küchenzeile rechterseits. Zwei Türen wiesen hinten links und rechts auf weitere Zimmer hin, eines davon der Serverraum, den Benji von der Veranda aus gesehen hatte.

Die Frau war in dem Zimmer auf der rechten Seite verschwunden. Als sie eine Minute später zurückkam, hatte sie einen umfangreichen Verbandskasten dabei. Sie stellte ihn auf den Tisch, drückte Benji eine Visitenkarte in die Hand und begann, eine Reihe von medizinischen Utensilien vor sich auszubreiten.

Benji stand an dem Sideboard vor einem der Fenster und schaute die Karte an. »*Harriet Taylor-Weeze* ... Sie sind verheiratet ...«

»Das geht Sie wirklich nichts an.«

»*University of British Columbia – Datascience and Health*, das ist es also. Sie arbeiten hier an einem Geheimprojekt für die UBC?«

Für einen Moment sah sie aus, als wäre sie am überlegen, was sie ihm erzählt und was nicht. »Ich wollte, es wäre so …, aber das muss nicht Ihr Problem sein.«

»Ach«, sagte Benji, »Neugier ist bei mir berufsbedingt. Ich schreibe für die Flathead Weekly, eine der wichtigsten Wochenzeitungen in Montana.«

»Lassen wir das. Setzen Sie sich hier auf den Hocker, damit ich von allen Seiten an Sie herankann.« Sie begann, das T-Shirt auf der Rückseite von unten nach oben aufzuschneiden, dann zog sie seinen linken unverletzten Arm aus dem Ärmel.

»Wie heißen Sie eigentlich?«, fragte sie nebenbei. Es war so nebenbei, dass Benji sofort wusste, dass sie ihn vor allem ablenken wollte.

»Benjiro, Benjiro Kimura, genannt Benji. Mehr, wenn Sie hier fertig sind.« Er lächelte gequält.

Sie hatte mittlerweile versucht, auch seinen rechten Arm aus dem Shirt zu ziehen, merkte aber, dass ihm das große Schmerzen bereitete. Deshalb schnitt sie den Stoff erst vom Hals über die Schulter. Anschließend begann sie, den Stoff überall freizuschneiden und zu entfernen, bis auf die Teile, die durch sein Blut in verschiedenen Rot- und Brauntönen verfärbt waren.

»Jetzt heißt es, tapfer sein. Gleich tut es einen Moment weh.« Sie zog entschlossen und gleichmäßig den Rest des Stoffs von der verkrusteten Wunde und Benji entfuhr ein Schrei.

»Na, geht doch«, sagte sie zufrieden. »Das Schlimmste haben wir hinter uns.« Sie sah sich mit gerunzelter Stirn die offen liegende Wunde an. Dann nahm sie seinen rechten Arm und bewegte ihn jeweils um wenige Millimeter.

Benji versuchte, einen weiteren Schrei zu unterdrücken. Tränen schossen ihm in die Augen.

»Sie sagen, es war ein Bär?«, kam gleichmütig von ihr. »Wo genau hat er Sie getroffen? Hat er nur die Wunde geschlagen und Sie sind beim Sturz auf die Schulter gefallen? Oder hat er Sie direkt auf die Schulter geschlagen und die Klauen haben Sie anschließend gestreift?«

»Keine Ahnung ... So wie ich durch die Gegend geflogen bin, hat er mich wohl direkt auf der Schulter erwischt.«

»Hmm.« Sie ging hinüber in den Küchenbereich und holte einen Topf mit heißem Wasser, den sie zwischendurch aufgesetzt hatte. Sie prüfte die Temperatur mit ihrem Finger. Dann goss sie die Flüssigkeit langsam über seine Wunden und wusch gleichzeitig mit steriler Gaze, die sie aus einer Packung gezogen hatte, die Krusten aus den Verletzungen seiner Haut. Das ablaufende Wasser färbte sich wie die Gaze rot, während Benji die Zähne zusammenbiss.

Sie war völlig auf die Wundbehandlung konzentriert und schaute ihn nicht an. Sie sagte: »Eine von Bären verursachte Wunde ist gefährlich, weil sie potenziell mit pathogenen Keimen verseucht ist. Wichtig ist, diese Wunden möglichst schnell zu reinigen und zu desinfizieren.« Dabei griff sie nach einer Tinktur, die sie in Griffnähe gestellt hatte.

»Das ist eine Art neuzeitliches Jod. Brennt ein bisschen.«

Benji fühlte, wie sich seine Bauchmuskulatur zusammenzog, als sie die Flüssigkeit auf die Wunden auftrug. Er schnappte nach Luft.

»Hoffentlich hilft es so, wie es sich anfühlt«, presste er hervor.

»Wenn nicht, müssen eh andere Mittel her. Aber bis morgen im Krankenhaus tut es das erst einmal.«

»Krankenhaus? Ist das Ihr Ernst?«

»Offene Verletzungen kann ich einschätzen. Die sind eindeutig. Aber für das, was in Ihrer Schulter passiert ist, gibt es mindestens fünf verschiedene Diagnosen. Das muss geröntgt werden. Besser wäre ein MRT. Sie wissen, was ein MRT ist?«

»Erstaunlicherweise wissen selbst in Whitefish die meisten Leute, was das ist. Auch wenn die dann eher nach Kalispell ins Krankenhaus gehen.«

Mittlerweile hatte sie die Wunde mit Mull abgedeckt und legte seinen gesamten rechten Oberkörper in einen großflächigen Verband.

Am Ende saß Benji da, in einem seiner geretteten T-Shirts aus dem Trockensack und den Arm in einer provisorischen Schlinge, die sie aus einem windelartigen Tuch gebaut hatte.

»Was ist denn Ihr Plan, wie ich morgen ins Krankenhaus komme? Und wenn das morgen geht, warum nicht heute?«

»Morgen kommt jemand, der all das bringt, was ich brauche. Er kann Sie auf dem Rückweg nach Kalispell mitnehmen.«

Sie räumte alles zusammen, was sie für ihre Erste-Hilfe-Aktion benötigt hatte.

Benji ließ seinen Blick durch den Raum wandern und erneut fiel ihm auf, wie wenig Persönliches zu sehen war. In Japan hätte er sich nichts dabei gedacht. Aber in Amerika waren die Häuser meist voller Trophäen, Erinnerungsstücke an erwachsene Kinder, berufliche und sportliche Erfolge sowie Einrichtungsdetails, die erzählten, dass man es geschafft hatte.

»Wohnen Sie hier?«

Sie schaute ihn an, als sei er irre. »Mache ich den Eindruck, als würde ich *so* wohnen?«

Benji hob entschuldigend die linke Hand. »Ich kann Sie ja schlecht fragen, ob Sie der nächste Unabomber sind. So ähnlich wie hier stelle ich mir sein damaliges Hideaway vor.«

Jetzt musste sie lachen. »Ja, das kann ich verstehen«, und nach kurzer Pause, »Letztenendes wohne ich wirklich hier, wenn auch nur vorübergehend.«

Sie drehte sich um und blickte in der Hütte umher. »Es ist ein Arbeitsplatz – für ein paar Wochen.«

»Und was arbeiten Sie hier? Sorry, das geht mich nichts an. Aber merkwürdig ist das schon alles. Finden Sie nicht?«

»Benji, wissen Sie was? Ich mach uns was zu essen, und dabei überlege ich, wie ich diese Frage beantworte.«

Sie ging zur Küchenzeile, schaute grübelnd in den Kühlschrank und holte ein paar Sachen heraus. »Mögen Sie ein Bier? Es gibt leider nur Light-Beer. Was Stärkeres verbieten die häuslichen Vorschriften.«

»Gerne«, sagte Benji, der sich nach einem Drink sehnte. Er wanderte durch die Hütte. Auf einem Sideboard sah er ein kleines Stereoradio mit eingebautem CD-Spieler, daneben mehrere Discs. »Das ist nicht der Stand der Technik, den Sie sonst hier pflegen«, rief Benji zu ihr rüber.

»Wie gesagt, Telefone sind nicht erlaubt, aber man wies darauf hin, dass es dieses High-End-Gadget gibt, vor dem Sie stehen. Aus meiner Jugendzeit hatte ich noch einige CDs. Ein paar habe ich eingepackt.«

Es waren Alben von Bill Frisell, Charlie Haden, Ry Cooder und Steely Dan. Das gefiel ihm.

Sie hatte einen Salat gemacht und Pastrami sowie verschiedene Käse auf einer Platte angerichtet.

»Ich denke, es ist an der Zeit, ein paar Dinge zu erklären. Ich darf über das, was ich hier arbeite, überhaupt nicht sprechen. Aber bevor Sie morgen die Polizei oder gleich das FBI hierher schicken, ist es wohl besser zu erzählen, was ich hier mache.« Sie aß zwei Bissen und konzentrierte sich. »Es gibt Dinge, die ich im Gegensatz zu Ihnen nicht weiß, weil ich sie nicht wissen soll. Dazu gehört, wo wir hier sind. Haben Sie eine Ahnung ...?«

Benji versuchte, nicht zu zeigen, dass er genau das vermutet hatte. »Ist das Ihr Ernst?«

»Ja, was glauben Sie, warum es hier keine Verbindung nach Außen gibt. Das hat logischerweise noch ein paar andere Gründe. Aber Teil meines Vertrags ist, dass ich nicht weiß, wo ich mich befinde und keinesfalls Außenkontakte haben darf. Sie sehen, da habe ich schon einiges kaputt gemacht.« Sie seufzte.

»Sie sind fast zuhause. Kurz unterhalb der kanadischen Grenze, etwas westlich vom North Fork Flathead River.«

»Aha ...« Der Name sagte ihr nichts.

»Wie sind Sie überhaupt hierher gekommen?«, erweiterte Benji den Rahmen.

»Mein Kontakt, mit dem ich gesprochen und den Vertrag gemacht habe, sitzt in Kalispell. Dahin bin ich geflogen. Von dort aus ging es in einem Van weiter, der Milchglasscheiben und eine Trennwand zum Fahrer hatte.«

Benji schüttelte ungläubig den Kopf. »Und der Rest der Story?«

»Vor ein paar Monaten wurde ich darauf angesprochen, ob ich Interesse hätte, an einem wissenschaftlichen Projekt mitzuarbeiten. Es ging um die Entwicklung von Software, die sich selbst optimiert. Dabei würden verschiedenste Fachrichtungen abgedeckt, unter anderem exponentielle Mustererkennung in der Medizin. Das ist mein Spezialgebiet. Das Ganze sollte zehn bis zwölf Wochen dauern und in einer abgeschlossenen Umgebung erfolgen.«

Nach einer kleinen Pause fuhr sie fort. »Dahinter stecken zum einen Sicherheitsgründe, weil Software, die in der Lage ist, ihren eigenen Quellcode zu ändern, nicht ganz ohne ist. Zum anderen ist es Geheimhaltung. Wenn der Projektleiter der einzige ist, der alle Einzelteile kennt und zusammensetzt, reduziert sich das Risiko, dass relevante Informationen weitergegeben werden. Wahrscheinlich sind die übrigen Beteiligten auch alle woanders fest angestellt. Ich bin beispielsweise nur für drei Monate beurlaubt.«

Benji vergaß fast das Essen. »Und wer ist der Projektleiter?«

»Keine Ahnung«, fuhr sie fort, »es wäre spannend, zu wissen, wer sich so weit zum Fenster hinauslehnt. Aber selbst ohne das ist das Ganze eine hochinteressante Geschichte. Ich kann da einiges einbringen, aber ich lerne auch eine Menge. Mit den Umständen habe ich kein Problem. Ich brauche nicht viele Menschen um mich.«

»Sie haben das Wort nicht gesagt, aber ich vermute, wir reden bei dem Projekt über KI – Künstliche Intelligenz. Richtig?«

»Im landläufigen Sinn ja. Ich mag diesen Begriff nicht, weil er zu unspezifisch ist. Jedes Gerät, das im Hintergrund ein paar statistische Daten erfasst und bei der Nutzung miteinbezieht, hat heute künstliche Intelligenz. Das ist eine Abwertung dessen, für was Intelligenz wirklich steht. Selbst in meinem Bereich, der Auswertung von bildgebenden Systemdaten, wo die Software tatsächlich Zusammenhänge findet, die ihr nicht vorher einprogrammiert wurden, finde ich den Begriff *Mustererkennung* deutlich präziser.« Sie stand auf. »Ich muss noch eine Stunde was tun. Setzen Sie sich auf die Veranda.« Mit diesen Worten verschwand sie hinter der Tür, wo die Server standen.

Benji fühlte sich deutlich besser. Als er sich erhob, um nach draußen zu gehen, sah er am Ende des Tischs seine Gürteltasche liegen. Er nahm sie mit auf die Veranda. Dort gab es eine einfache Sitzgelegenheit und eine Bank als Ablage.

Mittlerweile stand die Sonne niedrig und das Holzgeländer warf lange Schatten. Benji setzte sich und kramte das iPhone aus der Gürteltasche.

Er öffnete die App. Er erkannte seine Fahrt auf dem Fluss und die wirren Linien am Ufer während der Auseinandersetzung mit dem Grizzly. Er sah seinen Weg durch den Wald bis zur Hütte. Benji überlegte einen Moment, dann speicherte er den Track unter einem lang zurückliegenden Datum, beendete ihn aber nicht. Die App hatte ihm zwei Dinge verraten: die Flussmeilen an dem Punkt, wo er unfreiwillig ausgestiegen war, und seinen gegenwärtigen Aufenthaltsort. Der befand sich auf der halben Strecke zwischen Fluss und North Fork Road.

Später kam sie zu ihm heraus. Sie trug ein Tablett, auf dem eine Petroleumlampe, zwei Gläser und eine Flasche Whiskey standen. »Wie geht's dem Arm?«

»Ganz ordentlich. Innendrin pocht es etwas, aber die Schmerzen sind nahezu weg – so lange ich mich nicht heftig bewege.«

»Das ist gut«, sagte sie, stellte das Tablett auf die Bank und setzte sich. »Wir betäuben noch ein bisschen auf der oralen Schiene.« Langsam goss sie den Single Malt in die Gläser. »Eis wäre eine Sünde. Ich hoffe, es ist okay so.«

»Ich dachte, die Sünde beginnt schon oberhalb des Light-Beers.« Benji schaute sie fragend an.

»Hängt von der Situation ab. Im Moment sehe ich eine medizinische Notwendigkeit.« Sie lachte. »Im Vertrag steht, dass Alkohol in und um die Hütte nicht erlaubt ist. Einzige Ausnahme: Light-Beer in gewissen Mengen. War mir aber egal. Wenn ich mir jetzt gelegentlich einen genehmige, ist das jedes Mal ein Zeitsprung zurück in die Kindheit. Da waren die verbotenen Dinge auch am spannendsten.«

»Dann sollten wir darauf trinken«, sagte Benji und hob sein Glas, »Auf die Kindheit und einen erfolgreichen Job, Harriet!«

»Auf deine Rettung vor dem Bären, Benji!«

Sie saßen und tranken und gingen beide ihren Gedanken nach. Dann nahm Harriet das Gespräch wieder auf. »Es tut gut, mal nicht alleine hier draußen zu sitzen. Auch wenn man mit dem Alleinsein kein Problem hat, kommt irgendwann der Punkt, ab dem die Selbstgespräche überhandnehmen.«

Benji schaute sie an: »Mit deinem Versorgungsmenschen kannst du nicht ein bisschen plaudern?«

»Rudy redet nicht viel. Ein American Indian. Er kommt alle zwei Tage, kontrolliert und betankt den Generator, außerdem füllt er den Wassertank auf. Ich gebe ihm die Festplatte mit den Updates und eine Einkaufsliste. Das war's.« Sie zögerte. »Morgen wird er mehr reden, wenn ich ihm sage, dass Besuch da ist. Keine Ahnung, was das nach sich zieht. Ist ja das erste Mal.«

»Und Rudy fährt nach Kalispell?«

»Sagt er. Steht auch manchmal auf den Tüten mit Lebensmitteln. Als er mich hergebracht hat, dauerte die Fahrt ungefähr zweieinhalb Stunden. Aber ich weiß nicht, in welche Richtung.«

»Norden! In der Luftlinie direkt nördlich bis kurz vor die kanadische Grenze. Die Strecke ist gar nicht so weit, aber weil die Straße zum großen Teil unbefestigt ist, braucht man halt länger ...« Benji überlegte einen Moment und fuhr fort: »Dann soll er mich zum Logan Health Medical Center bringen. Dort gibt es ein MRT.«

»Klingt gut. Ich schreibe dir morgen einen Zettel, den du dem zuständigen Arzt gibst. Das macht's einfacher.«

Kurz darauf lag Benji auf einer Couch, die laut Harriet schmal genug war, dass er sich nicht aus Versehen auf die verletzte Schulter drehen konnte. Der Whiskey hatte ihm den Rest gegeben und der Schlaf übermannte ihn innerhalb von Sekunden.

Am nächsten Morgen wachte er in exakt derselben Körperstellung auf. Harriet war bereits auf den Beinen und wanderte umher zwischen Küchenzeile, Fenster zur Veranda und ihrem Arbeitszimmer. Benji, der einen Moment mit halb geschlossenen Augen auf der Couch verharrte, empfand das als auffällig. Er vermutete den Grund in seiner Anwesenheit.

Harriet hatte einen starken Kaffee zubereitet, der ihn augenblicklich mobilisierte. Benji schaute sie an. »Hör zu, noch ist genug Zeit. Ich packe mein Bündel und gehe den Weg zur North Fork Road. Sobald ich Rudy kommen höre, verschwinde ich zwischen den Bäumen. Und wenn er später von hier zurückfährt, bin ich längst auf der North Fork Road.«

Sie dachte nicht einmal über seinen Vorschlag nach. »Abgelehnt! Niemand hat sich etwas zuschulden kommen lassen. Du nicht und ich nicht. Also, was soll das Spiel? Da läuft mitten im Nirgendwo ein frisch verbundener Mann die Straße entlang. Wie willst du das erklären?«

Benji wusste, dass sie recht hatte. Er kannte seine inneren Widerstände, jemandem zur Last zu fallen. Es machte ihm ein schlechtes Gewissen. Du bist und bleibst ein blöder Japaner, schalt er sich in Gedanken.

Es dauerte nicht lang. Nach einer halben Stunde hörten sie das gequälte Geräusch eines Fahrzeugs, das sich durch unwegsames Gelände kämpfte. Kurz darauf stoppte ein aufgemotzter Pick-up vor der Hütte. Rudy stieg aus.

Harriet ging ihm entgegen, um ihn abzufangen. Benji blieb drinnen und beobachtete die Szene vor dem Fenster.

Rudy war ein schlaksiger Mit-Zwanzigjähriger mit schwarzen Haaren, die er zu einem Pferdeschwanz zusammengebunden hatte. Er trug ein rotkariertes Hemd locker über der Jeans und die obligatorischen Boots.

Er schien nicht begeistert zu sein von dem, was Harriet sagte. Er gestikulierte und gab heftige Widerworte. Das ging eine Weile hin und her, bis er sie einfach stehen ließ und sich daran machte, den Pick-up zu entladen. Er drückte Harriet einen vollen Karton in die Hände, auf den er weitere Tüten legte. Anschließend hob er zwei Kanister von der Ladefläche, mit denen er hinter der Hütte verschwand.

Harriet kam zurück ins Haus und stellte die Einkäufe ab. »Alles geklärt. Er bringt dich zum Logan Health MC nach Kalispell. Er will dir die ersten zwanzig Kilometer die Augen verbinden, damit du den Weg nicht siehst. Außerdem muss er dein Smartphone checken, ob du Bilder von der Hütte gemacht hast.«

Benji zuckte mit der linken Schulter. »Bleibt mir wohl nichts anderes übrig.«

»Noch was«, sagte Harriet, »ich habe ihm erzählt, dass du keine Ahnung hast, was hier passiert. Du weißt nur, dass ich mit Dingen beschäftigt bin, die privat sind. Aber ob ich ein Buch schreibe, Bitcoins schürfe oder mich auf den Weltuntergang vorbereite, ist dir nicht klar geworden.«

»Na ja, das versteht sich fast von selbst. Kann ich dich irgendwie kontakten, wenn du zurück in der Zivilisation bist?«

»Logisch! Hast du die Visitenkarte eingesteckt, die ich dir gestern gegeben habe? Darauf findest du alles, was du brauchst.« Dann legte sie ihre Hand auf Benjis gesunde Schulter. »Ich wünsch dir alles Gute!«

Benji öffnete mit der linken Hand die Eingangstür, ging nach draußen und zog ebenfalls mit links seinen Trockensack hinter sich her. Als er sich aufrichtete, stand Rudy vor ihm. Der schien überrascht.

»Aber hoppla, was haben wir denn da? Von welchem Stamm bist du denn, Bruder? Samurai?«

Benji bemühte sich um ein Grinsen, das schief ausfiel. »Mit einem Samurai wolltest du dich nicht ernsthaft anlegen. Ansonsten kann ich mit amerikanischem Japaner dienen.«

Rudy musterte ihn von oben nach unten. »Auch die dürfen nicht einfach in privates Gelände eindringen.«

»Ich hab' es mir nicht ausgesucht. Im Übrigen ist da weder ein Zaun noch ein Schild, wenn man von der Seite des Flusses kommt«, antwortete Benji.

»Hast du die Hütte fotografiert? Lass mich dein Telefon sehen!«

»Warum sollte ich die fotografieren. Sieht aus wie tausend andere Hütten in Montana.«

Rudy streckte die Hand aus. »Genau wie ich. Ich sehe aus wie tausend andere Rothäute in Montana, und trotzdem wollen mich Touristen andauernd fotografieren. Her mit dem Ding!«

Benji entsperrte das iPhone, öffnete die Foto-App und reichte es ihm. Rudy scrollte durch die Bilder des Abends mit Greg im Northern Lights Saloon.

»Ich dachte immer, Japaner trinken keinen Alkohol ...«

»Eine der vielen Mythen über Asiaten ...«, sagte Benji.

Rudy war schon einen Schritt weiter bei der Kajak-App. »Schau an, da läuft ja noch ein Track!«

Benji zuckte mit der linken Schulter. »Habe ich wohl vergessen bei dem ganzen Chaos. Wenn du's mit einem Grizzly zu tun hast und verletzt auch noch schauen musst, lebend an einen Ort zu kommen, wo dir jemand hilft, ist das dein geringstes Problem.«

»Dann hast du auch kein Problem damit, wenn wir diesen Track löschen. Mach du das!«

Benji nahm das iPhone, schloss den Track und drückte auf *Nicht speichern*.

»Gut«, sagte Rudy, »dann können wir. Hast du irgendwas zum über die Augen ziehen?«

»Blind paddeln war noch nie meine Stärke. Also nein.«

Harriet hatte bisher schweigend zugesehen. »Es reicht! Ich hole was.« Sie verschwand in der Hütte und kam mit einem Dreieckstuch wieder. »Es ist ein Medizinisches, sauber und dicht, außerdem groß genug, um es locker zu binden. Damit sieht er absolut nichts und bekommt trotzdem Luft.« Sie faltete das Tuch und band es Benji so über Stirn und Hinterkopf, dass es wie ein Vorhang vor seinem Gesicht hing. Dann half sie ihm beim Einsteigen in den Pick-up.

Rudy schien jede Wurzel und jedes Loch auf dem Weg zu kennen. Trotzdem machte der Pick-up Bocksprünge, die Benji Richtung Dach katapultierten.

Nach gefühlt zwei Minuten stoppte der Wagen. Rudy stieg aus und das Rasseln einer schweren Kette war zu hören. Rudy kam zurück und gab Gas.

Er hat das Tor offengelassen, während er bei der Hütte war, überlegte Benji. Das spricht dafür, dass es von der North Fork Road nicht sichtbar ist. Kurz darauf, hinter einer Wendung nach links, wurde die Fahrt ruhiger. Das dürfte die North Fork Road sein, dachte Benji. Zehn Minuten später sagte Rudy, er könne die Augenbinde abnehmen.

Sie fuhren Richtung Süden, die Sonne kam direkt von vorne und Benjis Augen fingen wegen der ungewohnten Helligkeit an zu tränen. Er wühlte in dem Trockensack zwischen seinen Füßen nach der Sonnenbrille.

Rudy war nicht gesprächig. Die Fahrt verlief schweigend. Nur der Pick-up dröhnte in der gleichen Tonhöhe über die unbefestigte Straße. Sie passierten die Abzweigung nach Polebridge. Ab hier war die Straße geteert und der Verkehr steigerte sich. Jetzt kam mindestens alle zehn Minuten ein Wagen entgegen. Benji schloss die Augen.

Harriets Gesicht tauchte vor ihm auf.

Am frühen Nachmittag setzte Rudy ihn am Logan Health Medical Center ab. »Alles Gute, Bruder, auf schnelle Heilung!«

Im Wegfahren sah Benji das Nummernschild mit der Aufschrift *Let Buffalo Roam* und daneben einen Aufkleber der Flathead American Indians.

Das Wartezimmer war leer. Er hatte seit zwei Tagen seine E-Mails nicht gecheckt und fummelte das iPhone aus der Tasche. Nichts von Bedeutung. Es war Wochenende gewesen und sein Freundeskreis wähnte ihn auf dem Wasser in Gegenden ohne jedes Mobilnetz. Er öffnete die Kajak-App und suchte den unter falschem Datum gespeicherten Track. Da war er. Manchmal können ein paar Linien mit Blau und Grün dahinter mehr wert sein als Bilder.

Die Tür ging halb auf, ein Mann in weißem Kittel schaute durch den Spalt. »Mr. Kimura? Kommen Sie bitte.«

Benji folgte ihm in ein Behandlungszimmer.

Er entfernte den Verband. Um die Wunden herum hatte sich auf Oberarm und Schulter ein flächiger Bluterguss gebildet. Der Doc pfiff leise durch die Lippen. »Meine Güte, das muss ja ordentlich geblutet haben.«

»Das hat es. Erfreulicherweise hat es auch wieder aufgehört.«

Der Arzt nickte. »Ja, seien Sie froh. Offenbar haben Sie einen guten Gerinnungsfaktor. Und das Bluten spült Schmutz und Bakterien aus der Wunde. Den Umständen entsprechend sieht das alles gut aus. Im Übrigen stimme ich mit Mrs. Taylor-Weeze überein. Welche Schäden Ihre Schulter innerlich abgekriegt hat, sehen wir am ehesten auf einem MRT. Wenn wir hier fertig sind, schicke ich Sie rüber in die Radiologie. Die haben aber irgendwelche technischen Probleme. Kann sein, dass Sie da warten müssen. Jetzt verpasse ich Ihnen vor allem eine Tetanusspritze und einen neuen Wundverband.«

In der Radiologie herrschte mehr Geschäftigkeit. Es lag eine gewisse Spannung in der Luft. Benji gab am Empfang seinen Laufzettel ab und setzte sich in den Wartebereich. Er war kurz vor dem Einnicken, als jemand seinen Namen rief.

Ein Doctor Philipps begrüßte ihn in seinem Sprechzimmer. »Ich fürchte, mit dem MRT wird das heute nichts. Das

Gerät funktioniert nicht richtig, und im Moment arbeitet unser Vertragspartner für die Software an dem Problem. Mein Vorschlag wäre, die Schulter zunächst zu röntgen. Da sehen wir, ob Frakturen vorliegen, und der Zustand der Gelenkkapsel lässt sich zumindest grob einschätzen.«

Benji zögerte einen Moment. »Das MRT wäre mir wichtig. Wenn das Röntgen nicht die Möglichkeit dafür nimmt, soll das okay sein.«

»Sie brauchen da keine Bedenken haben. Wir können beides mit gutem Gewissen vertreten. Spätestens übermorgen sollte das MRT wieder laufen.«

»Was ist das Problem mit dem MRT? Sie sagen, die Software?«, fragte Benji leichthin.

»Ach, es ist immer das Gleiche. Da wird neue Software installiert, irgendwas mit künstlicher Intelligenz, der allerletzte Schrei. Noch bessere Auflösung und autarke Diagnose. Soll mir ja alles recht sein, aber die ersten Bilder haben Stunden gedauert. Jetzt brüten die Techniker darüber.«

Doctor Philipps lieferte Benji bei der Röntgenassistentin ab. »Wir sehen uns anschließend zur Besprechung der Aufnahmen.«

Eine viertel Stunde später war es so weit.

»Alles im grünen Bereich«, sagte Doctor Philipps, »keine Brüche, keine ausgekugelten Gelenke. Schwieriger ist es, etwas über Schäden an Bändern oder Muskeln zu sagen. Aber ich vermute, dass Ihnen die massiven Prellungen und die damit verbundenen Schwellungen am meisten zu schaffen machen.«

»Gut«, sagte Benji, »das sind schon mal positive Nachrichten. Zum Thema MRT habe ich noch eine Frage. Ich bin Naturwissenschaftler und Redakteur bei der Flathead Weekly.« Dabei zog er seinen Presseausweis aus der Tasche, den er vorbereitet hatte. »Mich interessiert, ob solche Probleme wie mit Ihrem MRT zur Routine gehören, oder ob das eine Ausnahme ist.«

Doctor Philipps überlegte kurz. »In den mittlerweile acht Jahren, die ich an dieser Position hier arbeite, hatten wir nie Schwierigkeiten in diesem Umfang. Aber nach dem, was die Leitung der Klinik mir sagt, haben wir auch noch nie einen solch großen Schritt bei der Software versucht.«

Er machte eine Pause. »In Ihrer Funktion als Journalist ist für Sie die Pressestelle des Krankenhauses zuständig und ich muss aufpassen, hier nicht meine Kompetenzen zu überschreiten. Aber damit kein falscher Eindruck entsteht: Das MRT funktioniert. Es funktioniert sogar deutlich besser als vorher. Es verfügt jetzt über eine exponentielle Mustererkennung. Die markiert von sich aus Bereiche, die Auffälligkeiten zeigen und bietet nach Wahrscheinlichkeiten sortierte Diagnosen an. Aber es braucht unendliche Mengen an Zeit, die wir nicht haben und die Patienten auch nicht. Die Leasingfirma, die das Gerät und die Software stellt, sagt, sie brauchen noch ein, zwei Tage, um den Selbstverbesserungsalgorithmus einzustellen und mit unseren Bestandsdaten abzugleichen. Das ist alles.«

Benji stand auf. »Vielen Dank Doctor Philipps. Danke, dass Sie sich meiner Blessuren angenommen haben, und danke für diese interessanten Erläuterungen in Sachen Ihres MRTs. Schon deshalb sollte ich das ausprobieren, um einen

Eindruck zu bekommen, was da heute Stand der Dinge ist. Ich werde das Thema mal bei einer Redaktionskonferenz vorschlagen. Das interessiert unsere Leser. Gesundheitsthemen gehen immer.«

Der Doc lachte. »Glaube ich Ihnen aufs Wort.«

Benji trat aus dem Krankenhaus in das Sonnenlicht des nachmittäglichen Kalispells. Es war seit der Auseinandersetzung mit dem Bären der erste Moment, in dem er alleine und nicht mit dem unbedingten Willen unterwegs war, seine Haut zu retten. Er setzte sich auf eine Bank im Schatten, abseits von den Grüppchen, die vor Hospitälern mit Gipsbeinen und verbundenen Armen, im Rollstuhl oder Bademantel herumsitzen und rauchen oder versuchen, den Geruch von Desinfektionsmittel aus der Nase zu bekommen.

In seinem Kopf arbeitete es. An irgendeiner Stelle des Gesprächs mit Dr. Philipps hatte es dort *KLICK* gemacht. Leider gingen in solchen Momenten nicht automatisch rote Lampen an. Er kam nicht mehr darauf, was es war. Zuletzt ließ er es sein und kramte das iPhone heraus.

Greg ging nach dem zweiten Läuten dran. »Benji, wo bist du? Wie kannst du telefonieren ohne Netz?«

»Ich telefoniere mit Netz. Steht mein Wagen noch bei dir?«

»Äh, ja, wo sonst? Ich soll dich doch damit wieder abholen. Aber sag ...«

Benji unterbrach ihn. »Ich stehe in Kalispell vor dem Krankenhaus ... Keine Angst, im Großen und Ganzen geht es mir gut. Bist du in der Redaktion? Kannst du mich hier aufpicken? Ich erzähle dir alles auf der Fahrt ... Wie? In zwanzig Minuten bist du da? Perfekt! Ich werde mich revanchieren.«

Er setzte sich so, dass Greg ihn sehen würde, schloss die Augen und versuchte, an nichts zu denken. Harriet wanderte durch seinen Kopf. Plötzlich wusste er, wann es Klick gemacht hatte: bei den zwei Wörtern *Exponentielle Mustererkennung* – umgangssprachlich auch *Künstliche Intelligenz* genannt.

Zwei Stunden später war Greg über die Geschehnisse im Bilde und Benji wieder zuhause in seiner Wohnung in Whitefish. Vor Gregs Haustür hatte er sich ans Steuer gesetzt und festgestellt, dass er seinen Toyota *Tacoma* problemlos mit der linken Hand lenken konnte. Seine Mobilität war gesichert. Nachdem er den Inhalt des Trockensacks auf den Boden geschüttet hatte, schenkte er sich ein Craftbier ein.

Das Aufräumen ging selbst mit einem Arm schnell. Schließlich saß er am Schreibtisch vor seinem Computer. Er schickte den unter falschem Datum abgespeicherten Track an seinen Laptop. Er importierte ihn in Google Maps und öffnete die Karte.

Benji war sich schon vorher im Klaren gewesen, wo seine Begegnung mit dem Grizzly stattgefunden hatte. Jetzt konnte er seinem Weg durch den Wald bis zur Hütte von Harriet folgen und die exakten Koordinaten festhalten. Er wechselte in die Satellitenansicht. Unter dem durchsichtigen blauen Gekritzel seiner Bewegungen vor der Hütte sah er die Konturen des Dachs.

Die Entfernung von der Hütte zur North Fork Road war kürzer als erwartet. Er sah, wo die Zufahrt aus dem Wald herauskam und wo sie in die North Fork Road einmündete.

»Bingo!«, sagte Benji. Er fasste einen Plan.

KAPITEL 3

Benji dachte immer wieder an sein Kajak. Er konnte es ziemlich sicher reparieren und es lag versteckt an einer Uferstelle, wo nie jemand hinkam. Einen Rettungsversuch wäre das Boot ohne Zweifel wert. Er überlegte, Greg um Hilfe zu bitten. Dann feilte er ein bisschen an dem Plan und beschloss, zunächst alleine an die Stelle seines Scheiterns zu fahren. Im Übrigen lag noch ein kleiner Abstecher an. Für den brauchte er niemanden außer sich selbst.

Er hatte trotz seiner Verletzung gut geschlafen und stellte mit Befriedigung fest, dass die Schmerzen in der Schulter nachließen. Er frühstückte ausgiebig, suchte ein paar Dinge zusammen, stieg in den Tacoma und fuhr los.

Sein erstes Ziel war der Liquorstore von Whitefish, wo er eine Flasche Single Malt und so viele Flaschen Craftbier erstand, wie zusätzlich in seinen Rucksack passten. Ein Zeichen von Dankbarkeit kommt immer gut, außerdem lockert beides die Zunge und Stimmung, dachte er beim Bezahlen.

Vor Rudy wäre er sicher, so weit dieser seine Zwei-Tage-Routine einhielt. Bei der Hütte parken konnte er schon wegen der Schranke nicht.

Sein zweites Ziel brauchte etwas Zeit, nämlich knapp zwei Stunden für die ungefähr 95 Kilometer bis zur Abzweigung von der North Fork Road zu Harriets Hütte. Dort hielt er kurz an, machte ein Foto, um die Geodaten festzuhalten, und setzte seine Fahrt langsam fort.

Der Weg führte durch dichten Wald, als eine Gabelung nach rechts wegführte. Benji hielt an. Vermutlich war das die Zufahrt zu Harriets Hütte. Der Weg geradeaus musste von der Richtung her direkt zum Fluss führen.

So war es. Minuten später stand der Tacoma am Ende des Abhangs in Sichtweite des North Fork Flathead Rivers. Benji stieg aus, packte das Bärenspray ein und ging zum Ufer, wo er sich flussabwärts wandte. Hinter einem Hügel, der sich bis zum Wasser erstreckte, sah er vor sich die Stelle, an der er vorgestern das Kajak an Land gezogen hatte.

Die im Boot verbliebene Ausrüstung warf er auf der Beifahrerseite in den Pick-up. Dann versuchte er, das Kajak zu bewegen. Mit einem Arm hätte er es bis zum Auto geschafft, aber niemals auf die Ladefläche. Er deckte das Wrack wieder zu, wendete den Pick-up und rumpelte den Abhang hoch. An der Abzweigung bog er nach links ab und folgte dem Weg bis zur Schranke. Dort fuhr er das Auto zwischen die Bäume, nahm den Rucksack und machte sich zu Fuß auf den Weg.

»Benji? Du? Was ist passiert? Mit wem hast du dich heute angelegt?«

Begeisterung klingt anders, dachte Benji. Wenigstens hat sie kein Gewehr in der Hand. Trotzdem war ihm nicht entgangen, dass neben der Ironie in ihrer Stimme eine Mischung aus Bitterkeit und Neugier mitschwang.

Er versuchte, gleichgültig zu klingen. »Ich bin auf Bergungstour. Die Reste des Kajaks irgendwie nach Hause bringen. Nebenbei ist das eine gute Gelegenheit, meiner

Dankbarkeit Ausdruck zu verleihen.« Er setzte den Rucksack ab, holte den Single Malt heraus und stellte ihn auf den Boden der Veranda. »Außerdem«, fuhr er fort, »sind mir ein paar Dinge begegnet, die dich interessieren könnten.«

»Tatsächlich?« Harriet schaute skeptisch. »Komm erst mal rein.« Sie ging voraus, drehte sich aber bereits im Gehen wieder um und fragte: »Wie bist du hergekommen? Ist die Hütte wirklich so leicht zu finden?«

»Mit dem Auto, und ja, ich hatte schon gestern eine konkrete Idee, wo wir sind, und das hat sich mit ein bisschen Recherche bestätigt. Ich kann dir auf den Meter genau sagen, wo du dich befindest.«

»Na, dann bin ich ja beruhigt«, ätzte sie vor sich hin, »ändert nur nichts an der Gesamtsituation.«

»Haben wir einen kleinen Lagerkoller?«, fragte Benji leichthin.

Sie lehnte sich an einen der Holzbalken. »Mein Job – meine Probleme. Im Übrigen habe ich nicht viel Zeit. Ich bin mit meinen Ergebnissen etwas zurück. Also, was willst du mir erzählen?«

Benji stellte die Bierflaschen auf die Arbeitsplatte in der Küche. »Ich hatte gestern im Krankenhaus eine Art Déjà-vu. Erinnerst du dich, du hast mir von exponentieller Mustererkennung erzählt? Das ist ein Ausdruck, den ich nicht jeden Tag höre. Dann taucht der ein paar Stunden später schon wieder auf, dieses Mal aus dem Mund von jemandem ganz anderen.«

Benji gab Harriet eine Zusammenfassung seiner Erlebnisse im Logan Health Medical Center, wobei er das nicht funktionierende MRT in den Mittelpunkt rückte.

»Sie reden von einem MRT, das von jetzt auf nachher anfängt, seine Software selbst zu optimieren und sich dabei so verschluckt, dass es über Tage hinweg nicht mehr zu gebrauchen ist.« Er schaute sie direkt an. »Nach dem, was du erzählt hast, fand ich das schon merkwürdig ...«

Harriet schwieg eine Weile.

Dann wanderte sie mit konzentriertem Blick durch die Hütte. Sie verschwand in ihrem Arbeitszimmer und kam mit Papier und Stift zurück. Sie stellte sich an die Theke, die Küchenzeile vom Wohnraum trennte, und machte Notizen.

Endlich unterbrach Harriet die Stille. »Die Sache stinkt. Die Parallelitäten von Zeit und Ort sind zu auffällig. Offen gestanden wäre es mir lieb, wenn nichts dahinter steckte. Aber sollte es tatsächlich der Fall sein, muss ich es wissen und mehr darüber erfahren.« Sie machte eine Pause. »Ich werde für meine Arbeit hier bezahlt und mein Auftraggeber kann damit machen, was er will. Allerdings war ausgemacht, dass nach Abschluss des Trainings alle Beteiligten Zugang zu den Ergebnissen haben und diese erst dann genutzt werden. Wenn eine Verbindung zwischen meiner Arbeit und den Problemen am MRT in Kalispell besteht, hieße das, meine Arbeit würde nahezu zeitgleich *in praxi*, also am lebenden Objekt getestet. Und das gefällt mir gar nicht.«

»Kannst du das mit dem Training einem ahnungslosen Laien etwas näher bringen?«

»Ja. Ich brauche deine Hilfe, und deshalb erkläre ich dir ein paar grundlegende Zusammenhänge.« Harriet drehte das Blatt um und zeichnete einen Kasten.

»Das Training einer KI – oh je, jetzt benutze ich den Ausdruck schon selbst – ist für sich genommen kein Teufelswerk. Das System bekommt eine möglichst große Zahl an Beispielen. Die nennt man üblicherweise *Muster* und wir reden von Millionen bis Milliarden. In meinem Bereich sind das MRT-Scans aus den Datenbanken der unterschiedlichsten Krankenhäuser weltweit. Mittlerweile gibt es da sogar kommerzielle Anbieter, die diese Daten in Paketen verkaufen. Logischerweise anonymisiert. Die Menschen, die da hintendranstehen, interessieren für unsere Zwecke sowieso nicht. Interessant sind nur die Diagnosen, vor allem die richtigen. Für die jeweiligen Diagnosen, und auch davon gibt es ziemlich viele, lernt das System, wie sich das dahinter stehende Krankheitsbild auf dem MRT bildhaft darstellt. Nach einer Mindestanzahl von Mustern ist die KI – bleiben wir mal bei der Bezeichnung – in der Lage, für MRTs selbst Diagnosen vorzuschlagen. Jede von außen als richtig bestätigte Diagnose optimiert das Programm. Je mehr Muster, desto besser, und schon heute gibt es Bereiche, da ist die KI effizienter als viele Ärzte.

Aufregend wird es dann, wenn die KI Ähnlichkeiten oder sogar Gesetzmäßigkeiten in einer signifikanten Anzahl von Mustern findet, die vorher noch niemand gesehen hat.«

Harriets Zettel hatte sich mittlerweile mit mehreren Kästchen, Pfeilen und Gleichheitszeichen gefüllt. Sie schaute Benji an.

»Bis zu diesem Punkt reden wir von Forschungsarbeit, die an unzähligen Einrichtungen überall in der Welt betrieben wird. Das, was hier und wohl auch an ein paar anderen geheimen Orten in der Nähe geschieht, geht quantitativ und qualitativ weit darüber hinaus.«

»Das heißt?«, fragte Benji.

»Die Auflösung, also die Genauigkeit der Darstellung ist nochmals deutlich besser als das, was ich bisher kannte. Es kommen zusätzliche Parameter zum Einsatz. Bei den Patientendaten werden mehr soziografische Daten berücksichtigt wie etwa Bildungsstand, Beruf oder Lebensweisen in Form von bestimmten Blutwerten. Damit kommt man schon weiter, aber ...«, und dabei deutete sie auf die Tür zum Arbeitszimmer, »auch der Aufwand steigt exponentiell an. Das Software-Programm besteht aus einem vielschichtigen neuronalen Netz, dessen unzählige Verbindungen eine große Zahl an parallel arbeitenden Prozessoren benötigen, und die wiederum brauchen Unmengen an schnell abrufbarem Speicher. Dein Blick durchs Fenster hat dir vielleicht eine Idee gegeben, was da angesagt ist.

Mein Job besteht darin, das Programm mit den passenden Daten in der richtigen Reihenfolge zu füttern, festzuhalten, ob und wie sich die Diagnosefähigkeit verbessert und ob es Zusammenhänge findet, die bisher noch nie erfasst wurden. Wenn das passiert, müssen die Datensätze, die diese Einflussgrößen aufweisen, nochmals getrennt untersucht und analysiert werden.«

»Und wie kommen nun deine Ergebnisse ins Krankenhaus von Kalispell?«

»Ich gebe Rudy jeweils die neueste Version des Programms mit den letzten Optimierungen mit. Außerdem eine Liste mit den möglichen, bisher nicht erkannten Übereinstimmungen, wenn diese bei einer signifikanten Anzahl von Mustern aufgetreten sind. Je nachdem frage ich parallel nach mehr Mustern von solchen Personen, wo dieses Auftreten häufiger zu erwarten ist. Ich kann die ja schlecht selbst bestellen. Die bringt mir Rudy dann mit.

Wie und wohin Rudy die Festplatten weiterleitet, weiß ich natürlich nicht. Aber irgendwas haben meine oder mein Arbeitgeber damit vor. Außerdem wissen wir bisher gar nicht, ob die Daten was mit Kalispell zu tun haben.«

Jetzt ist sie warm geworden, so viel hat sie noch nie geredet, ging Benji durch den Kopf.

Harriet fuhr fort. »Du musst wissen, für praktische Anwendungen reduziert man die Parameter wieder. Was keine Zusammenhänge zeigt, wird weggelassen. Wenn die MRT-Probleme in Kalispell einen Hintergrund haben, der auf meine Arbeit hier verweist, dann den, dass dort mit dem kompletten Datensatz und möglicherweise auch mit der Selbstoptimierung experimentiert wird. Egal, ob die Daten direkt im Krankenhaus verarbeitet werden oder bei einem externen medizinischen IT-Dienstleister: Das können die niemals in einer zumutbaren Zeit pro Scan schaffen. Vermutlich wollen sie austesten, wo die vertretbare Grenze dafür liegt.«

Benji grübelte einen Moment. »Hast du nicht gestern gesagt, die Selbstoptimierungsfunktion sei der Grund für die Isolation der Forschungseinrichtungen?«

»Benji«, Harriet sah auf einmal ernst aus, »ich rede mich sowieso schon um Kopf und Kragen. Aber dieses Thema fassen wir jetzt nicht an. Die Zusammenhänge zwischen den unterschiedlichen Fachrichtungen und deren Spezialisten, die wo auch immer einen ähnlichen Job machen wie ich, sind nochmals eine ganz andere Liga. Irgendwann versuche ich, es dir zu erklären. Aber nicht jetzt.«

Benji war gewohnt, in der Flathead Weekly über allgemein interessierende Themen aus Natur und Wissenschaft zu schreiben. Harriets Crashkurs in Sachen KI oder exponentieller Mustererkennung, wie sie das nannte, brachte ihn kurzfristig an seine Grenzen. Er schwor sich, diese Lücke baldmöglichst zu schließen.

»Okay, so weit alles klar. Was soll ich tun?«

»Nicht mehr als das, was du sowieso vorhattest. Ein MRT deiner Schulter machen lassen. Allerdings erst in drei Tagen.«

»Die werden sich wundern, warum ich das so lange anbrennen lasse«, wandt Benji ein.

»Egal, ruf morgen dort an, frag nach dem Termin und erzähle ihnen irgendwas von einem vollen Kalender und anderen Verpflichtungen. Außerdem solltest du versuchen, ein Gespräch mit dem Leiter der Medizintechnik zu bekommen. Da hilft möglicherweise auch, wenn es nicht zu kurzfristig ist.«

»Wie sieht dein Plan im Detail aus?«

»Ganz einfach. Es sind nur ein paar Zeilen Code an der richtigen Stelle. Die sorgen dafür, dass eine unauffällige Zeichenkette in die Metadaten des MRT-Scans eingefügt wird. – Metadaten sagt dir was?«

»Ja klar, wie bei Digitalfotos: Datum, Blende, Softwareversion und so ...«

»Genau. Da fallen ein paar Zeichen mehr nicht auf. Und wenn, Pech gehabt. Einen Versuch ist es jedenfalls wert.« Harriet stand auf und ging hin und her.

»Ich mache das heute noch fertig. Rudy holt die Daten morgen ab, und so scharf, wie die darauf sind, neue Ergebnisse zu testen, müsste diese Version spätestens übermorgen aktiv sein.«

Benji war zwischen den Bäumen verschwunden und Harriet stand grübelnd vor der Hütte. Sie hatte ein ungutes Gefühl. Dinge passierten, die nicht richtig waren. Sie hatte von Anfang an eine vage Ahnung gehabt, dass dieses Angebot einen Haken haben könnte. Es war einfach zu attraktiv gewesen. Jetzt kochte eine Suppe hoch, von der sie nicht wusste, welche Zutaten enthalten waren.

KAPITEL 4

In dem Raum war es dunkel. Es gab keine Fenster und auch keine Jalousien, hinter denen man welche hätte vermuten können. Wenige kleine Wandleuchten schickten trübe Lichtkreise unter sich. Deutlich sichtbar war eine ganze Reihe von großformatigen Computermonitoren, die nebeneinander auf einem umlaufenden Tisch standen und schnell von unten nach oben laufende Zeilen Code zeigten. Das Display eines der Monitore war scherenschnittartig durchbrochen vom Profil eines Mannes, der auf eine Wanduhr geblickt hatte, jetzt aber schon wieder den Kopf über die Tastatur beugte. Sein schwarzer Rollkragenpullover schien mit dem Dunkel des Raums zu verschmelzen.

Die zweite Person saß nicht an dem langen Tisch, sondern an einer Art Sideboard. Sie hatte den Kopf vornübergeneigt, so dass die Helligkeit des weißen Bildschirms einen weichen Lichtkranz auf ihn legte. Sie schrieb mit flüssigen Bewegungen auf einem Laptop. Dann hob sie den Kopf und schaute zu dem Mann.

»Der Versuch am Logan Health Medical Center verlief qualitativ erfolgreich. Aber die Hardware bei RAIN hält noch immer nicht mit. Die langen Wartezeiten veranlassten den Administrator, das MRT offline zu nehmen …«

»Reduziere die Parameter bei der nächsten Version so weit, dass die Sache wieder flüssig läuft.«

»Die Auflösung?«

»Beibehalten! Die brauchen irgendwas Sichtbares. Ich kümmere mich um RAIN. Da müssen wir ein bisschen an der Hardware arbeiten.«

»Hast du dir das heutige Material angesehen?«

»Ja«

»Und? – Muss ich dir jedes Wort aus der Nase ziehen?«

»*Aus der Nase ziehen*? Was heißt das denn ...? Stell mir präzise Fragen, dann bekommst du präzise Antworten.«

»Hast du Anmerkungen zum heute eingetroffenen Material?«

»Ja«

»Welche?«

»*North Fork* hat eine unnötige Markierung in die Metadaten der Scans eingebaut.«

Der Mann stand auf und beugte sich über die Schulter der anderen Person. Der Lichtkranz auf ihr erlosch für einen Moment.

»Zeig mal ... Das ist interessant, eine Art Wasserzeichen ... Vielleicht will sie damit jemanden grüßen ... Oder es ist eine Signatur für bahnbrechende Forschung.«

»So lassen? Entfernen?«

»Lass es. Spätestens bei der ersten finalen Version wird es überschrieben.«

Er setzte sich wieder an seinen vorherigen Platz.

»Was kommt von der *Kootenay* Seite?«

»Der schickt durchgängig interessante Sachen. Er scheint ein echter Experte für die 60er Jahre des letzten Jahrhunderts zu sein. Ich habe bereits ein Versuchsprojekt aufgesetzt.«

»Haben wir tatsächlich genug, um etwas damit anzufangen?«

»Die Datenlage sagt ja. Anzufangen heißt nicht, damit abzuschließen. Dafür brauchen wir noch ein, zwei Lieferungen. Danach wäre mit 98-prozentiger Sicherheit ein Roll-out möglich.«

Der Mann lehnte sich nach hinten. »Und inhaltlich? Gibt das Material es wirklich her?«

»Es enthält alles, was notwendig ist. Es scheint, dieser ...«

»Keine Namen! Nie! Du weißt ...«

»Aber er heißt doch so ...«

»Das ist egal. Ich habe es dir gesagt. Halte dich einfach dran. Es gibt einen anderen Namen für seinen Namen.«

»Gut, *Kootenay* scheint in der Materie tief drin zu sein. Was er als Samples ausgewählt hat, ist erstaunlich. Alles, was er bisher geschickt hat, erweckt den Eindruck, er könnte es auch selbst hinkriegen – wenn er wollte.«

»Das soll er mal lieber lassen. Dafür wird er bezahlt.«

»Aus diesem Grund habe ich das Versuchsprojekt bereits initialisiert.«

»Und, wie kommst du voran?«

»Gut«

»Keine Probleme?«

»Was sind Probleme? Das Wort kenne ich nicht.«

»Um so besser.«

»Willst du eine Probe?«

»Nein, nicht nötig. Ich weiß, was du kannst. Wann bist du fertig damit?«

»Ich bin schon lange fertig damit. Deine Kisten hier rendern noch.«

Der Mann verkniff sich ein Grinsen. »Gut, wann sind meine Kisten fertig mit Rendern?«

»In 27 Stunden, 24 Minuten und 15 Sekunden.«

»Zeit genug, um weitere Datensätze abzuwarten. Die tragen wir dann nach.«

Der Mann, dessen Name nicht ausgesprochen werden sollte, saß in einer Hütte, die der von Harriet nicht unähnlich war. Er hatte ebenfalls eine Reihe von Computermonitoren vor sich stehen, hinter sich mehrere Racks mit Servern, und wenn er nicht laut Musik gehört hätte, wäre das leise Summen eines Stromgenerators zu hören gewesen.

Die Hütte lag im Westen von Montana, nahe an der Grenze zu Idaho. Ein paar Kilometer weiter nördlich floss der Kootenay River, was der Mann genauso wenig wusste, wie er auch den Standort seiner Behausung nicht kannte. Selbst wenn, hätte es ihn nicht interessiert, weil er hier mit einer Mission unterwegs war.

Der Mann hieß Darryl Lingfield. In der High School und in der Uni hatten ihn alle nur Darling genannt, was ihm egal war. Seine Interessen waren schon als Schüler mehr im Internet und in den Tiefen eines Computers angesiedelt als in Clubs oder Kneipen. Deshalb hatte er sich nach dem Highschoolabschluss an der University of Washington in Seattle für Medientechnik eingeschrieben. Um seine Grenzen der Erkenntnis etwas auszudehnen, beschäftigte er sich nebenher als Hacker mit hoher Expertise für Kryptographie. Durch solche im Darknet angebotenen Dienste erwarb er sich großen Respekt in den Kreisen, die das dort nachfragten. Wegen der besseren Verdienstmöglichkeiten erweiterte Darling nach einiger Zeit sein Portfolio und wurde auch bekannt als Spezialist für humane Muster. Etwas weniger akademisch hätte man das, was er machte, unter der Gestaltung von Deepfakes zusammengefasst.

Nachdem er die Uni mit einem Prädikatsexamen verlassen hatte, schaute er nach einem Job. Wie es der Zufall wollte, traf er auf einer Fachmesse zwei seiner ehemaligen Professoren, die vor kurzem eine private Forschungseinrichtung für Mensch-KI-Interaktion gegründet hatten. Er begann dort eine Tätigkeit als Principal Researcher. Ein halbes Jahr später leitete er bereits ein Projekt auf einem seiner Spezialgebiete, dem der humanen Mustererkennung.

Vor ein paar Monaten hatten die beiden Professoren die Anfrage eines Rechtsanwalts aus Montana erhalten, ob sie an der vorübergehenden Mitarbeit an einem speziellen KI-Projekt Interesse hätten. Die Höhe des genannten Honorars war außergewöhnlich, die Arbeitsbedingungen in einer abseits gelegenen Hütte ohne Kommunikationsmöglichkeiten allerdings auch. Leider hatten beide Profs im angegebenen Zeitraum bereits Verpflichtungen und der anonyme Auftraggeber des Rechtsanwalts schien dies geahnt zu haben. Das Angebot enthielt den Vermerk, andere kompetente Angehörige des Instituts seien willkommen, soweit sie die Anforderungen erfüllten. Diese entsprachen dem Profil von Darling so genau, dass dieser einen Tag später das vollständige Angebot auf seinem Schreibtisch hatte mit dem Hinweis, das Institut würde seine Mitarbeit an dem Projekt begrüßen und dies auch fördern. Seine praktischen Kenntnisse würden davon profitieren und die Sicht auf unterschiedliche Problemstellungen erweitern. Angesichts der ungewöhnlich guten Bezahlung empfahlen sie ihm, Urlaub zu nehmen. Es bestünden keine Einwände, wenn er während dieser Zeit eine andere Tätigkeit im Rahmen dieses Projekts ausübt. Darling glaubte keineswegs, dabei fachlich etwas lernen zu können. Aber der Job interessierte ihn und in den Wochen danach suchte er intensiv nach geeigneten Mustern und Trainingsdaten.

Gefragt war nach dem kompletten Programm einer kreativen KI: alle Formen menschenähnlicher Avatare, die zu beliebigen Aktivitäten in jeder vorstellbaren Situation und vor jeglichem Hintergrund in der Lage waren. Sie sollten so sprechen wie die menschlichen Vorbilder, ohne dass ein Unterschied hörbar sei. Das alles sah Darling als völlig unproblematisch an. Es waren die üblichen Anforderungen an Leute, die sich mit der Erstellung von Deepfakes auskannten.

Eine weitere Aufgabe hätte er beinahe überlesen, weil sie beiläufig in wenigen Sätzen beschrieben wurde:

Zusätzlich wollen wir kreative Potenziale einer KI austesten, die sich nicht an Ähnlichkeiten zum Menschen orientieren und entsprechend messen lassen. Dafür bietet sich Komposition von Musik an. Es spielt keine Rolle, in welchem Genre oder mit welchem Komponisten dieses geschieht, so lange das Ergebnis dem jeweiligen Genre oder Komponisten als zugehörig erkennbar, dennoch eigenständig und von zumindest ähnlicher Qualität ist.

Als ihm klar geworden war, was das bedeutete, hatte er geschluckt. Aber Darling wäre nicht Darling, hätte er diese Komplikation nicht als Herausforderung angenommen.

Hinter der Fassade eines begnadeten Programmierers, IT-Freaks und Hackers war Darling auch ein guter und vielseitiger Musiker, der diverse Instrumente beherrschte und umfangreiche Kontakte in die Musikszene pflegte. Er arbeitete sich in die aktuelle Literatur und den Stand der Forschung zu diesem Thema ein, und nach ein paar Tagen wusste er, was zu tun war. Und er hatte eine Idee. Mit der Aufgabe, einer KI das Komponieren beizubringen, war Darling etwas in den Schoß gefallen, was ihn schon lange beschäftigt hatte, ohne dass er vorher in der Lage gewesen wäre, es zu benennen.

Während der Vorbereitung spielte er Tausende von Songs auf seine Festplatten, wobei er gezielt vorging. Er setzte erste Filter mit den Veröffentlichungsjahren *1940 bis 1960* und *USA*. Dann wählte er ausschließlich die Kategorien *Blues* und *Rock'n Roll*. Zum Schluss warf er alle weißen Musiker und Bands raus.

Eine zweite Auswahl sollte für Massentauglichkeit sorgen. Es ging ja nicht darum, ein weiteres Werk mit Mississippiblues aus den 50ern zu schaffen, sondern das, was danach kam: der Aufbruch in die Popmusik mit den Songs, welche der Generation seiner Großeltern die Nerven und den Schlaf gekostet hatten. Die Muster dafür konnte er nahezu komplett aus der CD-Sammlung zusammenstellen, die er von seinem Vater geerbt hatte: Alben von Bands wie den Yardbirds, den Animals, Traffic, Spencer Davis, aber auch denen, die es richtig krachen ließen wie Cream oder The Who.

Leider war es damit nicht getan. Zwischen Bildern und Audiodaten gab es eine Reihe von grundlegenden Unterschieden.

Um eine visuell täuschende Ähnlichkeit herzustellen, langte manchmal ein einziges gutes Bild. Darauf war dann alles Relevante erkennbar. Es diente als Referenz und setzte sich aus Pixeln zusammen, mit denen jeder Computer umgehen konnte.

Musik dagegen bestand nicht aus einem einzigen Ton, sondern aus vielen, die sich im Zeitablauf bezüglich Dynamik, Tonhöhe und Tempo ständig veränderten. Um diese Komplexität für einen Computer verständlich zu machen, war es erforderlich, alle Audiodaten in Form von Spektrogrammen vorliegen zu haben.

Darlings eigene Rechner arbeiteten am Anschlag, um diese Unmengen an Audiodaten zu konvertieren. Aber als er nach Kalispell flog, fühlte er sich nicht nur für die Aufgaben gerüstet, sondern er hatte ein paar Ideen, wie er diesen gut bezahlten Job zum persönlichen Vorteil nutzen könnte.

Darling schaltete die Musik aus. Schlagartig umfing ihn diese fremde Stille und erst nach einem kurzen Moment hörte er von draußen das Rauschen der Blätter, Vogelstimmen und das gewohnte leise Summen des Generators. Er griff sich seine Gitarre, stimmte sie und probierte einzelne Riffs. Es ging ohne Zweifel in die richtige Richtung.

Trotzdem war er nur bedingt zufrieden. Was das System ausspuckte, ließ täglich Fortschritte erkennen. Aber seine Kontrollmöglichkeiten waren reduziert gegenüber dem unbekannten Ort, wo seine Zwischenergebnisse landeten. Das frustrierte ihn. Die kurzen Clips, die die KI komponierte, erschienen ihm ziellos und beliebig.

Es hatte eine Logik. Die Software verstand mittlerweile die Gesetzmäßigkeiten musikalischer Komposition. Sie besaß die Fähigkeit, Töne und Akkorde in vernünftiger Reihenfolge anzuordnen, Melodien zu erzeugen und diese mit Spannungsbögen zu versehen, indem sie die Dynamik und das Tempo veränderte. Aber sie hatte diese Fertigkeiten durch Hunderte von Lehrern vermittelt bekommen und deshalb keinen individuellen Stil entwickelt. Das wäre der dritte Schritt: das Training mit Werken eines einzelnen Komponisten, Musikers, Orchesters oder einer einzigen Band. Darling hatte nicht vor, diesen Schritt mit seinem mysteriösen Arbeitgeber zu teilen.

Darling litt körperlich unter der gegenwärtigen Situation. Als Vegetarier fragte er sich täglich, wie er sich hier gesund und mit biologischen Lebensmitteln so ernähren konnte, dass sein Körper alles Notwendige bekam. Er konnte seine Wünsche ausschließlich in Form eines Einkaufszettels äußern, und wie er mit Bedauern festgestellt hatte, ging das mal gut und mal weniger gut aus.

Aus der professionellen Perspektive hatte er während des bisherigen Aufenthalts erkennen müssen, dass auf seinem ureigenen Gebiet der kreativen KI mittlerweile Dinge möglich waren, von denen er nichts wusste. Das hier schien eine besondere Chance zu sein, die er so schnell nicht wieder bekommen würde.

KAPITEL 5

Als er dieses Mal das Logan Health Medical Center in Kalispell betrat, war der Empfang auffällig zuvorkommend. Wie versprochen hatte Doctor Philipps für einen kurzfristigen Termin gesorgt und innerhalb kürzester Zeit war sein Schulter-MRT erledigt. Jetzt saß er einem Mr. Pritchard gegenüber, dem Leiter der Pressestelle.

»Was können wir für Sie tun, Mr. Kimura? Was wollen Sie wissen?«

Benji stellte sein kleines Aufnahmegerät zwischen Mr. Pritchard und sich auf den Tisch. »Nur für meine Erinnerung«, sagte er entschuldigend, »normalerweise mache ich mir Notizen, aber mit dem Schreiben hapert es noch.« Er räusperte sich und setzte seine ernste Miene auf.

»Mr. Pritchard, wir sind eine Wochenzeitschrift, die ein breites Spektrum an Interessen unserer Leser abbildet. Ich bin also kein Spezialist, was Medizintechnik angeht. Aber was ich am eigenen Leib erfahren habe, ist ein offenbar neues MRT-System, das nicht tut, was es soll. Können Sie Licht ins Dunkel dieser Situation bringen?«

Mr. Pritchard wandt seinen Blick nach unten und lächelte wissend. »Nun, jeder von uns kennt diese Momente. Der Laptop verlangt ein Update. Das dauert eine gefühlte Ewigkeit, und wenn es wirklich funktioniert, ist hinterher alles anders als vorher. So ungefähr müssen Sie sich unser Problem vorstellen.«

Benji verdrehte innerlich die Augen. Für wie dumm hält der mich? Der tut so, als hätten sie ähnliche Bedienungsprobleme wie eine Oma mit dem neuen Smartphone. Er behielt seine professionelle Beherrschung. »Was ich bisher gehört habe, handelt es sich doch eher um Probleme bei der Firma, die die Software und das Systemhandling betreut. Oder wurde mir da etwas Falsches erzählt?« Er schaute Pritchard direkt an. Dessen Körper begann sich zu verkrampfen und er knetete seine Hände.

»Wir arbeiten mit dieser Firma seit langem zusammen und waren bisher ...«

»Mr. Pritchard«, unterbrach Benji, »ich brauche Fakten, die erklären, warum ein Gerät, das für die Gesundheitsversorgung einer ganzen Region wichtig ist, über mehrere Tage praktisch nicht benutzt werden konnte. Wenn ich die nicht kriege, riskieren Sie, dass ich mehr Vermutungen als Tatsachen in meinen Artikel schreibe. Was ist hier wirklich los?«

Pritchard schluckte. »Können wir uns dahingehend verständigen, dass ich das Interview vor der Veröffentlichung nochmals gegenlese? Ich könnte sonst echte Probleme bekommen – von mehreren Seiten.«

Benji sah ihn verständnisvoll an und dachte: Solange du es mir nur erzählst, verspreche ich dir alles. »Selbstverständlich, ich verstehe Ihre Situation. Berichten Sie.«

Pritchard entspannte sich etwas und hob an. »Wir haben im medizinisch-technischen Bereich seit Jahren mit einer einzigen Firma zusammengearbeitet. Es gab nie Probleme. Vor ungefähr einem Jahr wurde diese Firma von einer anderen aufgekauft. Die heißt RAIN. Das ist zunächst mal ein normaler Vorgang. Und wie so oft, kaum hatten sie das

Ruder in der Hand, kamen Schlag auf Schlag Ankündigungen, was alles ab sofort besser werden würde.

Ich bin da immer ein bisschen skeptisch, aber die angekündigten Verbesserungen unseres MRT-Systems waren weit außerhalb dessen, was wir uns je vorstellen konnten. Nun sind wir, offen gestanden, ein Provinzkrankenhaus, wo man sich die Frage stellt: Warum gerade bei uns? Und die wollen nicht einmal mehr Geld! Letztlich waren wir ziemlich begeistert. Außer, dass zunächst alles zusammenbrach.«

Er lachte gequält. »So ungefähr wie ein alter Computer, der bei einem größeren Windows-Update in die Knie geht, weil die neuen Programme die zehnfache Rechenleistung erfordern ... Aber im Nachhinein war das alles nur halb so schlimm. Letztlich hat RAIN die Sache innerhalb von ein paar Tagen in den Griff bekommen. Sie sehen ja, Ihr MRT-Ergebnis liegt vor uns, und es ist vom Feinsten!«

»Kennen Sie oder Ihre IT jemanden von RAIN persönlich?«

»Bisher nicht. Aber ein Besuch von Firmenvertretern ist für den Herbst angekündigt.«

»Wo sitzen die? Haben Sie dort einen Ansprechpartner?«

»Jetzt erwischen Sie mich schon wieder kalt. Die sind irgendwo in der Nähe von San Francisco und wir hatten am Anfang durchaus einen Ansprechpartner. Das war der, den sie mit aufgekauft haben. Da scheint aber auch einiges in Bewegung zu sein. Aktuell haben wir nur eine Supportnummer.«

Benji beschloss, es gut sein zu lassen. Er wusste jetzt, was er zu erfahren gehofft hatte. Mit ein paar Floskeln verabschiedete er sich, nicht ohne zu versprechen, die Korrekturfahnen zu schicken, so weit die Chefredaktion den Artikel genehmigte.

Er schaute auf die Uhr. Rudy musste noch auf dem Rückweg seiner heutigen Tour zu Harriet sein. Er hatte keine Eile.

Aber er hatte Hunger. In direkter Nähe der Redaktion von Flathead Weekly lag Hop's Grill und üblicherweise verbrachte hier der eine oder andere Mitarbeiter seine Mittagspause. Als er in den Gastraum eintrat, sah er kein bekanntes Gesicht bis auf Lizzy, eine der beiden guten Geister des Hauses, die mit dem Rücken zu ihm Tische abwischte.

Lizzy drehte sich um. »Hey Benji, long time, no see …«

»Ferienzeit. Es wird wenig gelesen und so gibt es wenig zu schreiben. Dafür ruft die Natur. Ich habe gerade zwei Wochen Urlaub.«

Er bestellte einen Burger mit Fries, und während Lizzy sich am Grill zu schaffen machte, erzählte er von seinem Abenteuer am Fluss. Sie schaute ihn mit großen Augen an, schüttelte unablässig den Kopf und ließ fast den Burger verbrennen.

Benji spürte eine Hand, die sich vorsichtig auf seine rechte Schulter legte. »Kollege, was machen die Knorpel und die Bänder?«

»Greg«, rief Benji, »du kommst im richtigen Moment. Was treibt dich hierher? Warst du in der Redaktion?«

»Ich habe ein paar dürre Zeilen abgegeben und wollte hören, was sonst anliegt. Aber der Laden liegt im sommerlichen Koma. Wobei wir ja trotzdem die Seiten mit irgendwas vollkriegen müssen.«

»Suchst du Arbeit? Ich hätte da vielleicht was«, sagte Benji.

»Suchen ist übertrieben. Aber ich habe Kapazitäten. Redest du von deinen MRT-Problemen?«

»Es sind nicht meine, sondern die unseres Krankenhauses hier in Kalispell. Da komme ich gerade her.« Er biss in den dampfenden Burger, kaute und schluckte die Portion genussvoll herunter. »Hmm, genial ... Also, die Sache mit dem MRT könnte unter mehreren Aspekten interessant sein. Themen über Ärzte, Krankenhaus und das erst recht in Verbindung mit Technik mögen die Leute sowieso. Aber hier könnte noch was anderes dahinter stecken.«

Er schüttete dem Bissen einen Schluck Bier hinterher und erzählte in wenigen Worten die Begegnung mit Mr. Pritchard von der Presseabteilung des Logan Health MC.

»Es gibt bisher meine persönlichen Erfahrungen, die du kennst, plus diese Datei, auf der das Gespräch mit Pritchard aufgezeichnet ist. Das ist ein Ersatz für Notizen und keineswegs zur Veröffentlichung freigegeben. Aber alleine die Weise, wie er darauf herumeiert, sagt schon einiges.« Er hatte den Recorder auf die Theke gelegt. Lizzy schaute ihn misstrauisch an.

»Wenn du an der Sache interessiert bist, sag Bescheid. Dann schicke ich dir eine Kopie der Datei mit dem Gespräch. Außerdem rufe ich Pritchard an und erzähle ihm, dass mich der Chef wegen anderer Aufgaben von dem Thema abgezogen hat und du es dafür weiterbearbeitest. Dem ist eh alles egal, solange er und sein Krankenhaus dabei gut wegkommen.« Er guckte Greg an.

»Warum machst du es nicht selbst? Das wäre doch das Einfachste.«

»Ich fahre nochmals hoch an die Stelle, wo ich dem Bären begegnet bin, und hole das Kajak. Ich dachte, wenn schon, bleibe ich ein, zwei Nächte.«

Gregs Mundwinkel zogen sich auseinander. »Ha ha, du besuchst deine Ärztin. Sag es doch gleich. Darfst du dort wieder übernachten? Diesmal etwas bequemer als auf der Couch?«

»Ja, ich schaue bei ihr vorbei. Ich habe versprochen, sie über die Ergebnisse des MRT zu informieren. Und nein, ich werde nicht bei ihr übernachten, sondern suche mir eine Bleibe. Schlimmstenfalls fahre ich zurück zum Northern Lights Saloon und mach mir einen schönen Abend. Aber du würdest mir fehlen. Ansonsten habe ich Urlaub und brauche ein paar Tage für mich, deshalb bin ich nicht scharf darauf, das MRT-Thema alleine anzugehen. Je nach dem, was sich in den nächsten Tagen ergibt, machen wir es zu zweit weiter.«

»Gut. Noch was?«, fragte Greg.

»Wenn es dir nichts ausmacht, könntest du als Erstes versuchen, etwas über diese Firma RAIN rauszukriegen. Abgesehen davon, dass sie zunächst das gesamte MRT-System lahmgelegt haben, scheinen die echt einiges drauf zu haben. Was das Technische angeht, sollen die alles bisher Dagewesene in den Schatten stellen. Schau mal, mit welchen Krankenhäusern die noch zusammenarbeiten und ob die nur im Medizinischen unterwegs sind oder auch für andere Branchen was im Programm haben.«

»Was ist mit deinem MRT? Hast du die Bilder? Ohne Bilder läuft nichts, das muss ich dir nicht sagen.« Greg schaute Benji fragend an. »Was kam überhaupt dabei raus? Wirst du wieder? Oder musst du deine Texte in Zukunft diktieren?«

Benji lachte. »Nein, keine Angst, alles gut. Ich ziehe eine Kopie von den Scans und schicke sie dir. Mach du mal. Das wird eine gute Story. Wie gut, wissen wir beide vielleicht erst in ein paar Wochen. Aber ich habe da so ein Gefühl.«

Schon im Lauf des Tags zuvor hatte er sich überlegt, welche Konsequenzen das Auftauchen von Harriets Signatur auf den MRT-Scans hätte. Ihre Entschlossenheit, einen potenziellen Missbrauch ihrer Arbeit nicht hinzunehmen, hatte sie deutlich gezeigt. Was sie tatsächlich dagegen unternehmen wollte, oder besser, was sie in ihrer gegenwärtigen Situation dagegen tun könnte, blieb dabei offen. Benji war klar, dass sie ohne seine Unterstützung keine Chance hatte. Und er hätte ohne sie keine Story.

Wenn die Scans seiner Schulter die Signatur nicht zeigten, hatte sich das Problem von selbst erledigt. Aber seine Devise war, sich immer auf Eventualitäten vorzubereiten. Daher hatte er an diesem Morgen auf dem Weg zum Logan Health Center alles Nötige dabei, um ein paar Tage von zuhause wegzubleiben.

Es war das dritte Mal in dieser Woche, dass er die North Fork Road Richtung Kanada fuhr. Mittlerweile wurden ihm markante Punkte immer vertrauter. Er sah eine Reihe von Hütten unweit der Straße, die zu mieten waren und dies auf großen Schildern ankündigten. Am auffälligsten waren die Häuser von Polebridge auf der Hälfte der Strecke, wo Greg und er den vergnüglichen Abend im Northern Light Saloon verbracht hatten, bevor er auf den Fluss ging.

Vorher waren ihm nur wenige Fahrzeuge entgegengekommen. Aber hinter Polebridge gehörte die Straße, wenn man das überhaupt so nennen konnte, ihm alleine. Kurz vor der

Abzweigung zu Harriets Hütte sah er ein Schild: *Bears and Berries – Bed & Breakfast, 1.5 Miles.* Es war ihm von seiner ersten Fahrt zu Harriet in Erinnerung geblieben, weil sich hinter der Schrift ein Grizzly freudvoll Blaubeeren ins Maul stopfte. Das hatte bei ihm keine positiven Assoziationen geweckt.

Dieses Mal sah Benji das Schild mit anderen Augen. Er hatte kurz gestoppt und überlegt, ob er es wegen der Telefonnummer fotografieren sollte. Aber ohne Netz kein Telefonanruf. Also fuhr er direkt dorthin. Das zweistöckige Hauptgebäude lag von der Straße uneinsehbar hinter Bäumen, nur ein Schild wies den Weg. Es war ein klassischer in dunklem Rot gestrichener Holzbau mit großer umlaufender Veranda, ein einladender Ort mit Schaukelstühlen und einem riesigen Grill für Menschen, die hier Ruhe und Natur suchten. Hinter dem Gebäude gruppierten sich mehrere Cabins für Gäste, die ihre eigenen vier Wände haben wollten.

Er trat durch die Tür und fand sich in einem großen Wohnzimmer mit Teppichen und tiefen Sesseln wieder. Auf einem kleinen Tisch stand eine Glocke. Benji bimmelte. Eine ältere Frau kam durch eine Seitentür und strahlte ihn an. »Wenn Sie Mr. und Mrs. Cunningham sind, haben Sie es aber früh zu uns geschafft. Wir haben erst zum Abendessen mit Ihnen gerechnet.«

»Nein, Ma'am, ich bin nicht Mr. Cunningham. Mein Name ist Benjiro Kimura, und ich möchte wissen, ob Sie noch ein Zimmer haben.«

Sie schaute Benji irritiert an. »Da sind Sie aber seit Menschengedenken der Erste, der hier spontan vorbeikommt.

Die Straße endet ein paar Kilometer weiter, und hierher verirrt sich sonst nie jemand.«

Benji musste lachen. »Da haben Sie recht. Ich kenne die North Fork Road seit Jahren. Ich komme aus Whitefish und bin öfters mit dem Kajak auf dem Fluss unterwegs. Im Moment recherchiere ich für einen Artikel und habe spontan beschlossen, hier oben zu bleiben, wenn ich eine Unterkunft finde.«

»Verstehe. Hmm ...« Sie überlegte. »Die vier Zimmer sind alle gebucht. Was ich Ihnen anbieten kann, ist eine der Cabins. Die müsste ich aber erst fertig machen – ach, entschuldigen Sie bitte, ich habe mich gar nicht vorgestellt. Ich bin Mrs. Bracket, Ihr Host im Bears and Berries.«

»Danke, Mrs. Bracket. Das ist kein Problem, ich habe eh noch ein bisschen draußen zu tun. Wichtig wäre mir ein funktionierendes WLAN. Wie sieht es da aus?«

Jetzt lachte sie. »Das trifft sich gut. Mit dem WLAN hier aus dem Hauptgebäude konnten wir die Cabins nicht mehr versorgen. Es kam zu schwach an. Deshalb haben die jeweils ein komplett eigenes. Damit sind Sie schneller unterwegs als hier im Haus.«

Benji buchte sich für zwei Nächte im Bears and Berries ein, mit der Option auf Verlängerung.

Sie musste am Fenster gewartet haben. Bevor er klopfen konnte, öffnete Harriet die Tür. »Hast du es?«

»Hi Harriet, wie wär's mit einem freundlichen *Guten Tag*?«

»Sorry, du weißt, beim Small Talk habe ich Defizite. Zumindest ohne Single Malt – gib her, ich muss es wissen.«

Er zog den Laptop und die DVD aus seinem Rucksack. Damit stürmte sie in ihr Arbeitszimmer, aus dem sie erst zehn Minuten später wieder auftauchte.

»Und?«

»Wie ich befürchtet habe. Die Signatur ist im Scan enthalten. Das bedeutet, mein Update von vor drei Tagen ist bereits in einem kommerziellen System aktiv eingebunden. Dafür ist die Auflösung phänomenal. Ich habe selten etwas so Gutes gesehen. Bei der entsprechenden Vergrößerung ist nahezu jede Zelle in deiner Schulter zu erkennen. Die sieht übrigens gut aus. Da musst du keinen Gedanken mehr dran verschwenden. – Was kam bei dem Gespräch mit der Pressestelle raus?«

Benji fasste die Unterhaltung mit Pritchard zusammen. »Die sind von der Sache überrollt worden. Selbst wenn sie gewollt hätten, wären sie kaum aus dem Vertrag rausgekommen. Der wurde einfach an diese Firma RAIN mitverkauft.«

»Möglicherweise ist das auch mein geheimnisvoller Arbeitgeber ...«

»So weit würde ich nicht gehen. Das ist eine Firma. Da gibt es Büros und Angestellte. Die sind im Gewerberegister und haben eine Steuernummer. Aber eine Verbindung besteht zweifellos. Sonst hätten sie keinen Zugriff auf deine Forschungsergebnisse. Greg stellt gerade ein Profil von RAIN zusammen. Das ist der befreundete Kollege, der mich aus dem Logan Health abgeholt hat. Er ist stellvertretender Chefredakteur bei der Flathead Weekly.«

Für einen Moment machte sich Stille breit. Durch die halboffene Eingangstür wurde das gemächliche Rauschen des Winds hörbar, der durch die Blätter der Bäume strich.

Benji stellte die entscheidende Frage: »Und jetzt?«

Sie lehnte sich an die Küchentheke und starrte konzentriert auf einen Punkt an der gegenüberliegenden Wand, wo nichts zu sehen war.

»Ich hatte zwei Tage Zeit, mir darüber klar zu werden. Die Wahrscheinlichkeit sprach für dieses Ergebnis. Wir müssen da Licht reinbringen«, sagte sie langsam, »schon, weil meine Arbeit drinsteckt, und möglicherweise wird die noch für ganz andere Dinge genutzt als nur für medizinische Zwecke. Vielleicht ist da Größeres im Gange.«

Harriet überlegte, wie sie fortfahren sollte. »Hast du mal was von funktionellem MRT gehört? Das nennt man umgangssprachlich auch Gehirnscan. Damit lassen sich die aktiven Hirnareale in hochauflösenden Bildern darstellen. Das ist wiederum Voraussetzung für Brain-Machine-Interfaces, mit denen eine Kommunikation zwischen Gehirn und Computer ermöglicht wird. Da braucht es keine KI mehr, da kann man gleich das vorhandene Gehirn auf Hochtouren bringen, und das schlimmstenfalls mit Inputs, die derjenige gar nicht möchte, dem das Gehirn gehört.«

»Willst du damit sagen, dafür könnte man deine Arbeit gebrauchen? Das könnten sie doch auch nach Abschluss des Projekts.«

»Nicht so ohne weiteres. Wenn die Ergebnisse vertragsgemäß mit den beteiligten Wissenschaftlern geteilt werden, sind sie praktisch öffentlich und solche fragwürdigen Projekte kaum mehr durchführbar. Im Übrigen ist das weniger eine juristische Verantwortung als eine moralische. Wie würde ich mich fühlen, wenn Menschen aufgrund meiner Daten oder Forschungsergebnisse zu Schaden kämen, nur weil

Grundsätze wissenschaftlichen Arbeitens nicht eingehalten werden. Ein Wissenschaftler muss wissen, für was seine Arbeit benutzt wird.

Das setzt zwei Dinge voraus. Erstens, ich muss hier weiterarbeiten, um meine Arbeit voranzubringen. Offiziell weiß ich ja von nichts. Deshalb, und das ist das Zweite, brauche ich Unterstützung.«

Sie schaute ihm in die Augen. »Hilfst du mir?«

Benji erwiderte ihren Blick. »Ich habe auch darüber nachgedacht, was nach diesem Ergebnis passieren würde. So gesehen habe ich mit dieser Frage gerechnet. Ja, ich helfe dir. Unter zwei Bedingungen.«

»Die wären?«

»Du erzählst mir die vollständige Geschichte. Was du hier machst, wie du dazu gekommen bist und was es möglicherweise für Konsequenzen hat ... Ich vermute, es könnte welche haben, sonst wäre die ganze Geheimniskrämerei überflüssig.«

»Kein Problem. Dass du Bescheid weißt, ist auch aus meiner Perspektive Voraussetzung für deine Mithilfe. Was ist die zweite Bedingung?«

»Ich wäre ein schlechter Journalist, wenn ich nicht meine Hand auf diese Geschichte legen würde. Ich will die Story — wenn es eine wird.«

»Was weiß dieser Freund von dir, dieser Greg?«

»Er kennt meine Probleme mit dem MRT im Logan Health. Aber er gehört zur Chefredaktion. Wenn ich als Redakteur eine Geschichte habe, ist das eine für die Flathead Weekly. Damit ist er automatisch eingebunden. Er ist aber genauso an den Quellenschutz gebunden wie ich, und er wird einen Teufel tun, irgendwas auszuplaudern, das die Geschichte gefährden könnte.«

Harriet dachte einen Moment nach. »Letztenendes bin ich gezwungen, dir zu vertrauen – und deiner Vernunft.«

»Na, dann wäre das schon mal geklärt. Jetzt habe ich Durst.«

Harriet hatte noch nichts gegessen und machte auf der Küchentheke Sandwiches. Sie stellte Benji eine Dose Light Beer mit der Bemerkung hin, dass es fast richtiges Bier sei, nur mit mehr Wasser. Danach schwieg sie, wie sie das meistens tat. Sie überlegte, was sie Benji erzählen sollte.

Als die Sandwiches gegessen und das Bier getrunken waren, räumten sie das Geschirr in die Spüle und wechselten auf die Veranda. Harriet hatte den Single Malt und Gläser dabei.

»Also, wie fing es an?«

Harriet ließ sich Zeit. Sie schenkte zwei Gläser ein, stellte eines in Griffnähe von Benji, trank einen Schluck aus ihrem, räusperte sich und sprach mit fester Stimme. Es klang so, als ob sie eine Schwelle überschritten und in einer anderen Wirklichkeit angekommen wäre.

»Vor circa drei Monaten rief mich ein Rechtsanwalt aus Kalispell an und fragte, ob ich Interesse hätte, über ein paar Wochen an einem wissenschaftlichen Projekt mitzuarbeiten, bei dem es um die Entwicklung von Software geht, die sich selbst optimiert. Dabei würden verschiedenste Fachrichtungen abgedeckt, unter anderem exponentielle Mustererkennung in der Medizin, und ich sei eine der Fachleute, die dafür in Frage kämen. Ich habe ihn zunächst gebeten, mir alle Unterlagen zu schicken, damit ich sie in Ruhe anschauen kann. Er dagegen meinte, die Besetzung der verschiedenen Stellen wäre ziemlich drängend, weil die Mehrzahl der gesuchten Spezialisten sich am ehesten in den drei Monaten Summer Break freimachen könnte. Damit hatte er nicht ganz Unrecht, denn bei mir wäre es anders auch kaum gegangen. Er schlug dann vor, mir ein Flugticket zukommen zu lassen, um die Einzelheiten vor Ort in Kalispell zu besprechen. Allerdings – und das müsste ich als Voraussetzung akzeptieren – wäre der Projektstandort in Montana und der Auftraggeber wolle anonym bleiben. Also machte ich an einem Freitag früher Schluss und flog über Seattle nach Kalispell.

Dort hat mir dieser Anwalt, ein Mann mit dem Namen Caspar Corwyn, das Projekt beschrieben. Aufgabe ist, eine weit entwickelte Saat-KI in Richtung einer allgemeinen künstlichen Intelligenz zu trainieren. Als Nächstes hat er mir eine Art Ausschreibung und einen Vertragsentwurf in die Hand gedrückt mit den Konditionen, unter denen das Ganze laufen sollte.

Die sagten, dass die Arbeit aus Sicherheitsgründen in einer abgeschlossenen Umgebung ohne jede Kommunikationsmöglichkeit zu erledigen sei. Das wären abgelegene Hütten auf gesichertem privaten Gelände. Ich würde von einem Mitarbeiter der Kanzlei dort hingebracht und alle zwei Tage mit allem Notwendigen versorgt. Die Zwischenergebnisse nehme dieser auf dem Rückweg mit.

Im letzten Abschnitt ging es um das Honorar. Spätestens hier musste ich nicht mehr überlegen. Das alles klang zwar inhaltlich ein bisschen abenteuerlich, aber wissenschaftlicher Fortschritt hat immer ein paar unberechenbare Momente an sich. So viel Geld konnte ich keinesfalls sausen lassen. Erst recht nicht, wenn der reguläre Job damit nichts zu tun hat.«

Benji hatte sich auf einem kleinen Block Notizen gemacht. »Du meinst, der oder die haben dich gezielt ausgesucht?«

»Darüber habe ich immer wieder nachgedacht. Inzwischen bin ich mir sicher, dass die Ausschreibung zwar neutral formuliert war, letztlich aber auf mich abzielte.«

Benji kritzelte erneut ein paar Wörter auf das Papier. »Gibt es andere Kandidaten, die das Gleiche wie du ebenso gut machen und die genauso in der Szene bekannt sind?«

»Du lieber Himmel, was denkst du denn? Natürlich gibt es die. Es wäre schlimm, wenn nicht. Nahezu jede Universität, die sich mit Medizin beschäftigt, hat Wissenschaftler wie mich, und erst Recht in der Industrie sind Leute mit meiner Ausbildung unterwegs.«

»Und warum haben sie ausgerechnet dich ausgesucht?«

Harriet nahm einen Schluck und zuckte mit der Schulter. »Ich bin ein Einzelkämpfer. Ich hab's nicht so mit vielen Leuten, und wenn ich alleine bin, laufe ich zur Höchstform auf. Dann bin ich ziemlich gut in dem, was ich mache. Außerdem ...«, sie zögerte, »brauche ich das Geld. Ich habe eine Scheidung hinter mir, die mich immer noch kostet. Insofern kam das hier wie gerufen. Ich vermute, mein unbekannter Boss weiß das.«

Für eine Sekunde war Benji abgelenkt von dem, was sie so beiläufig gesagt hatte. Es gab keinen Ehemann, aus und vorbei. Er fühlte, dass er mehr von ihr und ihrem Leben wissen wollte. Aber jetzt war es der falsche Moment. Er nahm den Gesprächsfaden wieder auf.

»Du meinst, er kennt dich.«

»Auf die eine oder andere Art ziemlich sicher. Ja, so sehe ich das auch.«

Benji überlegte einen Moment. »Du sagst, es wurden verschiedene Bereiche genannt, die diese KI abdecken soll. Weißt du noch, welche Bereiche das waren?«

»Wie ich schon sagte, war das recht allgemein dargestellt. Mir erschien es als das Übliche: Sprach- und Übersetzungsmodelle, Bildanalyse, Anomalieerkennung für Cyberabwehr und so weiter. Alles in allem klang es so, als wenn eine ganze Reihe von Leuten gesucht würde, die sich mit komplexen neuronalen Netzen auskennen. Was anderes macht ja auch wenig Sinn. Aber ich habe keine Ahnung, wie viele und erst Recht nicht, wen sie eingestellt haben.«

Harriet schenkte beide Gläser nach und schaute interessiert zu, wie Benji mit kleiner Schrift seinen Notizblock füllte. Am unteren Ende entstand eine Strichliste.

»Sorry, wenn meine Fragen etwas durcheinandergehen. Beginnen wir mit dem Grundsätzlichen: Welche Interessen könnte jemand damit verfolgen, die Ergebnisse so früh in der Praxis zu testen?«

Harriet überlegte kurz. »Nun, dafür gibt es verschiedene Gründe: Er oder sie können es nicht abwarten zu sehen, wie gut das alles tatsächlich funktioniert. Dann sind Ferien. Die Spezialisten waren vorher nicht abkömmlich. Ferien haben aber den Vorteil, dass es nicht so auffällt, wenn was schiefgeht. Die Aufmerksamkeit der Leute ist reduziert, viele sind gar nicht da. Die Journalisten fahren Kajak in der Wildnis.«

Benji grinste und machte mit seinen Händen die drei Affen, die nichts sehen, nichts hören und nichts sagen.

»Möglicherweise haben sie es eilig. Die Spezialisten haben sie, wie schon gesagt, nicht früher bekommen, aber irgendwas drängt.« Harriet blieb eine Weile still. Dann fuhr sie fort. »Es gibt noch eine Überlegung: Die Zwischenergebnisse könnten zum Training einer – nennen wir es mal – übergeordneten Instanz dienen. Deren Aufgabe wäre, die Ergebnisse erst intern, dann praktisch zu testen, um dabei die Fehler in den Griff zu bekommen und die verschiedenen Trainingseinheiten untereinander abzustimmen.«

Benji hatte sich die ganze Zeit Notizen gemacht. Als er fertig war, schaute er hoch. »Lass mich raten, du hast den Verdacht, dass Letzteres der Fall ist. Du denkst, da steckt viel mehr dahinter?«

»Ja, genau das denke ich. Möglicherweise ist das hier erst der Anfang.«

Benji strich auf seinem Block eine Zeile der Strichliste durch, schrieb eine Zahl vor die nächste und wiederholte diese auf einer neuen Seite. »Was ist an dem, was du hier tust, so besonders. Warum braucht es eine abgeschlossene Umgebung und diese ganze Geheimnistuerei?«

»Gute Frage! Wahrscheinlich sind es mehrere Komponenten. Zum einen sind die Trainingsdaten außerordentlich gut. Für die, die ich mitgebracht habe, musste ich mich schon weit zum Fenster raushängen. Das ist Material, das man nicht in einer x-beliebigen medizinischen Datenbank findet. Die Samples, die Rudy mir mitbringt, sind ebenfalls von herausragender Qualität. Keine Ahnung, woher sie die haben. Um Ergebnisse zu bekommen, wie von dem Scan deiner Schulter, ist diese Qualität aber notwendig. Eine

Mustererkennung ist immer so gut wie die Auflösung der Daten, womit sie trainiert wurde.«

Benji schaute sie an. »Das alles ist noch kein Grund für diese Geheimniskrämerei.«

Harriet nickte. »Schau auf die Gesamtstruktur. Es gibt einen Projektleiter und eine unbekannte Anzahl Spezialisten, die dezentral übers Land verteilt sind. Und warum? Damit sie über das, was sie tun, nicht reden können. Aber vor allem, damit sie nicht miteinander reden können. Verstehst du die Ironie? Du arbeitest am gleichen Projekt, aber du kannst dich mit deinen Mitarbeitern nicht über das gemeinsame Ziel austauschen! In einer normalen Firma wäre das undenkbar. Es muss einen Grund dafür geben. Der dürfte da zu finden sein, wo die Fäden zusammenlaufen.

Wenn die Ergebnisse der einzelnen Spezialisten zusammengeführt werden, entstehen Interdependenzen. Das bedeutet, die Ergebnisse des einen werden durch die Ergebnisse des anderen beeinflusst. Um dabei auftretende Fehler …, nein, falscher Ausdruck. Um dabei auftretende Unverträglichkeiten zu beseitigen, müssen die Daten von den jeweils beteiligten Spezialisten mit anderen Parametern erneut ins Training eingebracht werden. Unter den Samples, die mir Rudy mitbringt, sind sicher auch solche, die hier schon einen oder mehrere Durchläufe hatten. Um auf deine Frage zurückzukommen: Die Daten, mit denen wir hier umgehen, sind innerhalb des Projekts hochsensibel. Daher die Geheimniskrämerei.«

Auf Benjis Stirn legten sich Falten. »Kannst du das mit anderen Worten für normale Menschen wiederholen?«

Sie überlegte. »Eine Saat-KI auf die Spur zu bringen, hielt man lange Zeit für unmöglich. Mittlerweile ist sie eine realistische Option. Trotzdem schätzen alle, die sich damit auskennen, den dafür erforderlichen Zeitbedarf in Jahrzehnten – nicht in Jahren. Aber wenn sie auf der Spur ist, hebt sie nicht den Finger. Dann braucht es möglicherweise nur eine einzige Person, die die richtigen Tasten drückt, und die Menschheit sieht uralt aus.«

»Was könnte konkret passieren?«

»Alles und nichts. Das Alles ist wahrscheinlicher. Eine allgemeine künstliche Intelligenz definiert sich dadurch, dass sie alles kann, zu was bisher ausschließlich Menschen in der Lage waren, nur ein bisschen besser. Problem ist, der Zuwachs an Intelligenz stoppt nicht. Auch dann nicht, wenn jemand den Stecker zieht. Eben, weil die KI dem Menschen schon ebenbürtig ist, steckt sie entweder den Stecker wieder rein oder sie verhindert gleich, dass er gezogen wird. Wohin die Reise von da an geht, weiß niemand. Viele Vermutungen, aber wenig Konkretes. Verstehst du jetzt, warum wir alle in Isolation sind?«

»Deshalb kein Internet und kein Telefon«, sagte Benji.

»Und keine Sprachausgabe und kein Ofen für Rauchzeichen«, fügte Harriet hinzu.

Aus der Richtung, in der der Fluss lag, ertönte ein lautes Knacken.

»Hast du das gehört?«, fragte Harriet. »Meinst du, wir bekommen Besuch?«

»Schon möglich. Aber was immer es ist, wenn es hier vor der Hütte auf die Lichtung tritt, erschrickt es mehr als wir.

Der Wald ist voller Tiere – und mitnichten nur Bären. Ich tippe eher auf Hirsch oder Reh. Die suchen sich ihr Mittagessen.«

Harriet stand auf, verschwand in der Hütte und kam Sekunden später mit dem Bärenspray zurück. »Sicher ist sicher – wo waren wir stehengeblieben?«

Benji kratzte sich am Kopf. »Wir sprachen über die eingeschränkten Kommunikationsmöglichkeiten. Das ist alles ganz schön kompliziert … Nehmen wir mal an, jemand bekäme eine Festplatte mit den Zwischenergebnissen in die Finger. Könnte der was damit anfangen?«

»Im Normalfall nicht. Aber sie hätte eine große Aussagekraft über den Hintergrund des Projekts. Kein Wissenschaftler riskiert, dass solche Daten in falsche Hände gelangen. Als Mitarbeiter bei Projekten dieser Art hast du immer entsprechende Klauseln im Vertrag. Meine sind noch harmlos. Die gehen davon aus, dass ich gar keine Gelegenheit habe, mit jemandem zu reden. Die Abschottung meines Arbeitsplatzes ist ja ziemlich perfekt. Mit Schiffbrüchigen wurde allerdings nicht gerechnet.« Sie schaute ihn schief an. »Was sollte ich hinterher schon erzählen? Dass ich unter bestimmten Vorsichtsmaßnahmen an einem KI-Projekt mitgearbeitet habe? Das tun viele. Da ist nichts Aufregendes dran!«

Benji wanderte mit dem Stift durch seine Notizen: »Muss man als medizinischer Datenanalyst Arzt sein?«

»Nein, aber es hilft ungemein bei der Interpretation von Daten. Man weiß einfach, wovon man redet«, erklärte Harriet und dann, nach einer Pause des Zögerns, »Ich habe Medizin studiert auf Wunsch meines Vaters. Er ist selbst immer noch Arzt am Krankenhaus in Fort Macleod. Das ist ein winziges Kaff in Alberta und ausgerechnet da musste ich geboren werden.«

»Warum hast du von der Medizin zu den Daten gewechselt?«

»Ich habe es einfach nicht so mit Menschen. Ich dachte, als Ärztin würde sich das geben. Aber der eigene Beruf als Therapie, das bringt nichts. Wenn du mit Patienten zu tun hast, musst du dich auf das Individuum einlassen. Da konnte ich nicht genug liefern. Als mir eine Fortbildung als Datenanalytikerin angeboten wurde, habe ich sofort angenommen. Was Besseres konnte mir nicht passieren. Es ist für drei Seiten ein Gewinn. Für die Patienten, die Daten und für mich.«

»Klingt nicht so, wie wenn du deine Kindheit und Jugend als sonderlich erfreulich bezeichnen würdest.«

»Meine Eltern sind total okay. Aber als Heranwachsende in solch einem Kaff, wo jeder jeden kennt, und du bist die spindeldürre Tochter vom Doc, die sich nur für Mathematik interessiert? Da hast du einen schweren Stand ...

Zurück zur Sache. Ich mache einen Job, dessen Ergebnisse für Dinge benutzt werden, die außer Kontrolle geraten könnten. Stell dir vor, da geht was richtig in die Hose und es kommt an die Öffentlichkeit. Dann bin ich nicht nur meinen Job in Vancouver los, sondern auch die Approbation. Gar nicht zu reden von den Vorwürfen, die ich mir mache, wenn die Gesundheit von Menschen dabei betroffen wäre oder Schlimmeres. Das kann ich nicht so einfach stehen lassen.

Du siehst das genauso, wenn auch aus der Perspektive eines Journalisten, der aus prinzipiellen Gründen das Interesse der Allgemeinheit vertritt und persönlich eine gute

Story riecht. Wir sitzen im gleichen Boot. Wir beide wollen Licht in die Sache bringen und die Verantwortlichen zur Rede stellen.«

Benji nickte. »Gut zusammengefasst. Wie sollen wir vorgehen? Hast du eine Idee?«

Harriet zuckte mit den Schultern. »Mit sowas habe ich keine Erfahrung, aber von der Logik her würde ich sagen: Follow the Data. Irgendwohin muss Rudy die Zwischenergebnisse bringen.«

»Sehe ich genau so«, sagte Benji, »an Rudy dranbleiben ist das eine, das andere die Hintergrundrecherche in Sachen RAIN. Da vertraue ich auf Greg. Er macht solche Dinge richtig gut und mit der notwendigen Tiefe und Ausdauer.« Er nahm einen Schluck aus seinem Glas, ließ den Whiskey um die Zunge kreisen und dann langsam in die Kehle laufen. »Daran könnte ich mich gewöhnen. Das schmeckt mit jedem Tag besser.«

»Du musst noch fahren«, sagte Harriet.

»Stimmt, aber nicht weit. Ich habe mich in einem Bed & Breakfast eingemietet, das gerade mal einen Kilometer entfernt ist. Ich bin die Fahrerei leid und möglicherweise kommen wir in eine Situation, wo bei den Recherchen dein Knowhow gefragt ist. Es gibt dort Telefon, WLAN und im Zweifel auch was Leckeres zu essen. Außerdem hat das Ding einen großartigen Namen: Bears and Berries. Werde ich mein Leben lang nicht vergessen.«

Harriet zog die Augenbrauen hoch.

»Komm ich dir zu nahe?«, fragte Benji.

»Nein, nein, es ist nur merkwürdig, so spontan wieder ins normale Leben geworfen zu werden. Nein, du hast recht. Es ist deutlich sinnvoller, von hier aus zu agieren. – Dann lass es für heute gut sein. Ich bin etwas überfordert mit all dem, was um mich herum passiert. Morgen muss ich sehen, dass meine Arbeit wieder auf einen aktuellen Stand kommt.«

In seiner Cabin war alles gerichtet, das Bett bezogen, die Decke aufgeschlagen, und frische Handtücher hingen neben dem Waschbecken. Auf einem Schild entschuldigte sich das Management für die fehlende Kochmöglichkeit. Wegen der Tiere müssten die Mahlzeiten im Haupthaus eingenommen werden.

Benji wählte seinen Laptop in das WLAN ein. Die E-Mails in der Inbox waren nicht sonderlich spannend. Er überlegte kurz, ob er Greg anrufen sollte, dann verschob er es auf später.

Er schlenderte gemächlich zum Haupthaus. In der Wohnzimmer-Lobby saßen drei Leute an zwei Tischen. Zwei unterhielten sich leise bei einem Glas Wein, der Dritte las in der aktuellen Flathead Weekly. Dass es die neueste Ausgabe war, erkannte Benji am Titelbild. Er war versucht, den Leser zu fragen, ob das Blatt seine regelmäßige Lektüre sei und welche Artikel er am meisten schätze, aber er verkniff es sich. Aus einem benachbarten Raum kamen Stimmen, und da fand er auch den Speisesaal. Mrs. Bracket, die Chefin, räumte Geschirr von den Tischen. Sie blieb stehen, als sie ihn erblickte.

»Mr. Kimura, wie schön. Sie kommen doch noch. Ich dachte schon, Sie hätten sich im Wald an Beeren sattgegessen, dabei habe ich Ihnen extra etwas aufgehoben. Sie müssen es aber nicht essen ...«, fügte sie rasch hinzu.

»Oh doch, das muss ich, sonst protestiert mein leerer Magen. Hoffentlich ist es nicht nur Reis mit Sojasoße«, sagte Benji und kniff die Augen zusammen.

Jetzt musste sie lachen. »Sie sind mir ein Spaßvogel. Sie diskriminieren sich ja selbst!«

»Besser ich als andere. Wo darf ich mich setzen?«

Nach einem leichten Abendessen mit Regenbogenforelle aus dem North Fork River und Jus von Wildbeeren aus umliegenden Wäldern hätte sich Benji gerne in einen der Sessel fallen lassen, an denen er auf dem Weg zum Essen vorbeigekommen war. Ein weiterer Single Malt zur Untermalung eines Gesprächs mit den anderen Gästen, wer sie waren und wie es sie hierher verschlagen hatte, hätte ihm gut gefallen. Aber die Neugier, ob sich Greg gemeldet hatte, siegte. Er nickte den Anwesenden freundlich zu und ging zurück in seine Cabin.

Eine Mail von Greg lag im Postfach. Er schrieb: *Es gibt erste interessante Informationen in Sachen RAIN. Ruf mich an, wenn du Zeit hast.*

Er meldete sich sofort am Telefon. »Benji, wo steckst du? Hast du da oben tatsächlich einen Außenposten der Zivilisation mit WLAN gefunden?«

»Ja, ich erweitere unseren Radius. Es ist deutlich weiter nördlich als der Northern Lights Saloon und erheblich gesitteter. Es gibt Tischdecken und man isst mit Gabeln.«

»Aber keine Stäbchen!« Greg lachte so laut, dass Benji in etwa wusste, wie viel er schon getrunken hatte. Er konterte. »Ein Mann von internationaler Prägung wie ich weiß mit jedem Werkzeug zu speisen. Daran musst du noch arbeiten. Was gibt es Neues?«

Gregs Ton wurde ruhiger. »Ich habe ein bisschen gegoogelt, ich war im Archiv der *Financial Times* und ich habe ein paar kommunale Datenbanken in Montana und in anderen Bundesstaaten durchforstet. Und siehe, ich wurde fündig. Scheint alles auf den ersten Blick nicht sonderlich aufregend, aber vor dem Hintergrund deiner Informationen könnte mehr daraus werden.

Dieser Laden RAIN sitzt im Großraum San Francisco. Der Name RAIN steht im Übrigen für *Responsive Artificial Intelligence Networks*. Es war ein Start-up, das mittlerweile aus seinen Kinderschuhen herausgewachsen ist. Wie zu erwarten beschäftigen die sich mit KI-gestützten Dienstleistungen der unterschiedlichsten Art, darunter auf dem Medizinsektor. Bei der Gründung vor fünf Jahren hatte sich da eine illustre Gesellschaft zusammengefunden: Microsoft, Salesforce, Nvidia und andere Freunde aus der Tech-Industrie. Nachdem der Laden lief, haben einige der beteiligten Firmen Kasse gemacht und sich entweder zurückgezogen oder sie halten nur noch überschaubare Anteile. Dafür bekam RAIN vor zwei Jahren einen neuen Mehrheitsaktionär, von dem wenig bekannt ist. Diese Anteile werden von einem Trust gehalten, der in Panama registriert ist. An der Stelle ist erstmal Schluss mit Details zu den Herren, die dort das Sagen haben. Dann gibt es eine freundlich gemachte Webseite, auf der KI als das Zukunftsversprechen schlechthin dargestellt wird, mit einem Katalog von Leistungen, die RAIN für Firmen erbringt, die mit großen Datenmengen hantieren müssen.«

Greg holte hörbar Luft, was Benji Gelegenheit zu einem Kommentar gab. »Das ist doch schon was. Auch wenn das alles ziemlich normal klingt.«

»Halt, ich bin noch nicht fertig«, kam vom anderen Ende zurück, »ich muss zwischendurch atmen – und einen Schluck trinken. Meine Kehle trocknet sonst aus!«

Benji verdrehte die Augen, und Greg fuhr fort. »Jetzt wird es interessant. Hör zu. Vor einigen Wochen kam es im Santa Clara County in Kalifornien zu einem Zwischenfall. An einem späten Vormittag fielen von jetzt auf gleich alle Ampeln aus, die nicht über Bedarfsermittlung oder über Induktionsschleifen gesteuert wurden. Das sind im Allgemeinen die Ampeln an großen Kreuzungen. Dummerweise blinkten aber danach nicht nur das gelbe Signal in der Mitte, sondern alle drei Lichter, also gleichzeitig Rot, Gelb und Grün. Die zuständige Straßenverkehrsbehörde hat dann die Ampeln vollständig abgeschaltet, womit die Beschilderung gilt, die ebenfalls an jeder Kreuzung vorhanden ist. Meistens sind das 4-Way-Stops. Jetzt wird es noch besser. Nach und nach kam der Verkehr wieder in Gang. Aber in Mountain View und in Palo Alto blieben alle selbstfahrenden Autos, die beim Ausfall näher als 50 Meter vor der Ampel gestanden hatten, völlig ohne Funktion. Auch Fahrzeuge, in denen ein überwachender Fahrer saß, waren nicht mehr dazu zu bewegen, einen Meter vor- oder zurückzufahren. Für unsere Freunde bei Google, Apple oder Tesla war das bestimmt eine interessante Erfahrung, mit der sie jeweils ein paar Ingenieure wieder für Monate beschäftigen können. Aber jetzt rate mal, wer für die Ampelsteuerung zuständig ist.«

»Ich schätze, es war RAIN!« Benji saß mit einem süffisanten Gesichtsausdruck vor seinem Laptop.

»Richtig!«, rief Greg durch die Leitung. »Sie haben sich tausendfach entschuldigt und, wen wundert es, exakt den gleichen Grund angegeben wie bei den MRT-Problemen in Kalispell. Ein Programm-Update, das nicht im Hintergrund und vor allem nicht schnell genug gelaufen ist. Wird nicht wieder vorkommen, war das große Versprechen.«

»Greg«, sagte Benji, »das hilft uns deutlich weiter. Es verfestigt bestimmte Vermutungen im Zusammenhang mit RAIN.«

»Vermutungen? Und die wären?«

»Es gibt da etwas, was du wissen musst. Ich habe es dir letzt im Hop's nicht erzählt, weil es bis dahin nur ein Verdacht war. Aber jetzt ist es sicher.«

»Rede nicht herum. Komm zur Sache! Was muss ich wissen?«

»Es besteht offenbar ein Zusammenhang zwischen dem Job von Harriet – das ist die Ärztin hier – und den Vorkommnissen mit dem MRT im Logan Health.«

Benji erzählte die Hintergründe von Harriets Arbeit und wie der Verdacht entstand, ihre Forschungsergebnisse seien missbraucht worden. Dass Harriet eine Markierung platziert hatte, die in Benjis MRT wieder aufgetaucht sei und nur RAIN das Bindeglied sein konnte. Als er fertig war, pfiff Greg durch die Zähne. »Wenn das so ist, wie du es beschreibst, dann ist das eine Story, und zwar eine von der guten Sorte. Du sagst, sie kennt weder die anderen Mitarbeiter noch den Projektleiter? Was für eine dubiose Geschichte. Habt ihr schon überlegt, wie ihr weiter vorgehen wollt?«

»Im Moment gibt es zwei Linien. Die eine ist der Weg, den die Daten nehmen. Sie werden alle zwei Tage von dem Boten abgeholt, der mich ins Logan Health gebracht hat. Ich will sehen, wo er sie hinbringt. Die andere Spur ist RAIN. Da solltest du Kontakt aufnehmen wegen einer Stellungnahme zu den Vorgängen am Logan Health. Quetsch sie doch mal ein bisschen aus in Sachen KI und wer der dafür zuständige Chefprogrammierer ist.«

»Wird mir eine Freude sein. Aber morgen ist Samstag und vor nächster Woche geht da nichts. – Und denke an die Scans von deiner Schulter. Zieh Kopien davon. – Und, Benji ...«

»Greg?«

»Kümmere dich um die Frau. Mach dich zu ihrem Vertrauten! Versuche, so viel wie möglich über die ganze Geschichte zu erfahren. Und sorge für Bilder!«

Benji setzte sich auf den winzigen Vorplatz seiner Cabin und dachte nach. Mit einbrechender Dämmerung tauchten am Rand der Lichtung, auf der das Haupthaus stand, erste Tiere auf. Es waren zwei Damhirsche, die sorgsam das Gelände sondierten und dann einige Meter hervortraten, bevor sie ihre Köpfe senkten und zu äsen begannen.

KAPITEL 6

Benji war früh auf den Beinen. Er holte sich im Haupthaus einen Becher Kaffee und Bagels, setzte sich mit dem Laptop auf seine kleine Veranda und recherchierte den Ampelvorfall in Kalifornien. Mittlerweile meinte er, sich an die Geschichte erinnern zu können.

Er arbeitete sich durch verschiedene Archive von Tageszeitungen, die das Missgeschick kurz und nahezu gleich beschrieben. Dann setzte er seine Suche in Publikationen fort, die die technischen Aspekte beleuchteten. Was die sagten, ging deutlich tiefer, und Benji begriff nicht alles davon. Einen ausführlichen und verständlich geschriebenen Artikel fand er in der Online-Ausgabe von *Wired*, einer der größten englischsprachigen Zeitschriften für Computer, Netzkultur und Technik-Freaks.

Als er die Seite verlassen wollte, entdeckte er unter dem redaktionellen Beitrag eine Reihe von Kommentaren. Dabei stach einer heraus. Es war mit Abstand der längste und im Gegensatz zu den anderen gab er nicht eine persönliche Meinung des Verfassers zu KI-gesteuerten Ampeln oder selbstfahrenden Autos wieder. Er analysierte mit Sachverstand die Einflussfaktoren, die die Verkehrslichtzeichenanlagen in Santa Clara County hatten außer Kontrolle geraten lassen. Dieser Kommentar war beinahe so lang wie der Artikel selbst, was zunächst nicht auffiel, weil er kleiner gedruckt war als der eigentliche Text.

Er machte sich zu Fuß auf den Weg zu Harriet. Seinen Wagen würde er heute nicht brauchen. Der Weg schien ihm schon vertraut. Von der North Fork Road ein Stück nach Osten, dann die Abzweigung, wo es geradeaus zu seinem Kajak ging und rechts zu Harriets Hütte. Kurz hinter der Abzweigung der Waldrand, die Schranke und ein paar Schritte zum Ziel.

Harriet saß auf ihrer Veranda. Sie hatte einen Becher Kaffee vor sich stehen und kaute an etwas, das wie ein Stück Toast aussah. Sie schien ungewohnt gut gelaunt und fing von selbst an zu reden.

»Und? Wie ist deine Cabin?«

»Ähnlich wie hier, nur kleiner. Dafür mit WLAN – und grandiosem Essen. Die Chefin kocht persönlich und mit Zutaten hier aus der Gegend.«

»Und sonst? Was gibt es Neues, du Meister von Wellen und Worten?«

Benji irritierte dieser für Harriet fast manische Einstieg. »Ist irgendwas passiert? Außerirdische, die dir Tabletten gegeben haben?«

Harriet lächelte. »Nichts dergleichen. Ich habe gestern Abend noch lange über meine Situation nachgedacht. Was ich hier mache, und in was ich da reingeraten bin. Das Ergebnis dieser Überlegungen ist, dass ich benutzt werde und deshalb ein Recht habe, mich zu wehren. Ich versuche ab jetzt, den Schein so lang wie möglich aufrecht zu erhalten, aber mein primäres Interesse gilt der Frage, wer hinter all diesen merkwürdigen Dingen steckt. Als Erstes habe ich Teile meiner Arbeit automatisiert. Das kostet Qualität, bringt dafür mehr Zeit. Wir könnten einen Ausflug machen!«

Benji bremste. »Vorher die Neuigkeiten. Greg hat erste Rechercheergebnisse geliefert.« Er schilderte ihr den Vorfall mit den Ampeln im Santa Clara County. »Interessant erschien mir ein besonders ausführlicher Kommentar, dessen Verfasser mehr Ahnung zu haben scheint als der Schreiber des Artikels.«

»Hast du es dabei?«

»Was dabei?«

»Na, den Artikel und den Kommentar.«

»Nein, ich dachte, ich zeig ihn dir bei Gelegenheit. Ich wollte nur deswegen den Laptop nicht mitnehmen. Das läuft ja nicht weg.«

»Hmm, ich würde es gerne sehen – lieber früher als später. Das interessiert mich. Lass uns zu deiner Cabin gehen – Sollen wir das Gewehr mitnehmen?«

»Nein, nicht nötig. Wir sind zu zweit, und ich habe Spray dabei.«

Benji hatte den Eindruck, dass Harriet voller Unternehmungslust war und nur darauf wartete, neue Grenzen auszuprobieren. Allerdings wurden schon hinter der Schranke ihre Schritte langsamer. »Nur gut, dass nicht ich es war, die am Flussufer gestrandet ist. Ich wäre dort sitzen geblieben und hätte auf das Ende gewartet.«

»Du wärst erst gar nicht in ein Kajak gestiegen. Was ist das Problem?«

»Es ist schwer zu erklären. Das heißt, eigentlich ist es nicht schwer zu erklären. Die meisten verstehen es nur nicht. In vertrauten Umgebungen fühle ich mich absolut sicher. Es wird schwierig, wenn ich in Menschenmengen komme. Die Idee, mehrere Wochen alleine in einer Hütte zuzubringen, klang für mich so verlockend wie für andere Leute ein Abenteuerurlaub. Aber du bist ja bei mir, das ist fast wie eine eigene Hütte.«

Benji überlegte, wie er diesen Satz interpretieren sollte, da erreichten sie das Bears and Berries. In diesem Moment strömte eine Gruppe Frauen und Männer aus dem Eingang des Haupthauses. Sie verteilten sich redend und gestikulierend vor dem Gebäude unweit von ihnen. Benji spürte, wie Harriets Hand seinen Arm suchte. Dann blieb sie plötzlich stehen.

»Was ist?«, fragte er.

Sie hatte Panik im Blick. »Nichts, nichts, nur zu viele Leute um uns herum. Geht gleich wieder.«

Benjis linke Augenbraue hob sich. »Kein Problem. Komm! Nur ein paar Schritte noch. Da vorne ist meine Cabin.«

Harriet fing sich schnell. Sie saß auf der Veranda vor der Cabin und trank ein Glas Wasser. »Sorry wegen eben. Ab einer gewissen Menge irritieren mich Menschen. Sonst müssen es ein paar mehr sein und manchmal suche ich sogar solche Situationen, um ein Maß an Gewohnheit aufrecht zu halten. Die Klausur in der Hütte scheint es wieder verstärkt zu haben. Ist mir ein bisschen peinlich ...«

»Muss es nicht«, sagte Benji, »Wir haben alle unsere Ängste. Außerdem bin ich bei dir. Jetzt lenke ich dich ab mit KI-gesteuerten Ampelanlagen in Santa Clara County.«

Harriet vertiefte sich in den Artikel auf der Webseite von Wired. Nach zehn Minuten klappte sie den Laptop zu. »Du hast Recht. Der Vorfall erinnert frappierend an die Probleme mit dem MRT. Und der Leserkommentar setzt noch einen oben drauf. Hast du den Namen gesehen?«

»Nein, warum?«

»Der nennt sich Ray Charles. Wie der Sänger.«

»Hmm, das kann Zufall sein. So ungewöhnlich ist der Name nicht.«

»Stimmt«, sagte Harriet. Sie schwieg einen Moment und fuhr dann fort. »Können wir nochmals rüber in meine Hütte gehen? Ich möchte etwas nachschauen. Bei dem Kommentar ist mir ein Gedanke gekommen ...«

Benjis Neugier war geweckt. »Nun sag schon. Dir geht doch was durch den Kopf.«

»Ja, tut es. Es ist nur ein Gefühl, aber der Stil erinnert mich an was. Es sind ein paar Ausdrücke und der Hauch von professoralem Geschwurbel. – Die Jobbeschreibung, die mir Rechtsanwalt Corwyn mit dem Vertragsentwurf gegeben hat, die klingt in manchen Absätzen auch so.«

Benji rieb sich das Kinn. »Was nützen uns die Unterlagen? Es bleibt ein Verdacht. Wenn du Ray Charles googelst, kriegst du Millionen Verweise zu dem Sänger.«

»Das ist mir klar. Ich denke über etwas anderes nach. Ich habe vor ein paar Jahren auf einer Konferenz einen Spezialisten für vergleichende Textanalyse kennengelernt. Er war mein Tischnachbar und wir haben uns glänzend unterhalten. Dieser Professor Emerald Guster, so heißt er, war witzig und hatte einen passenden Kommentar zu jedem Toast, der ausgebracht wurde. Wir haben uns fast totgelacht. Der gute Mann sitzt in Boston. Vor einem Jahr hatte er in Vancouver zu tun, und ich habe ihm die Stadt gezeigt. Er tut mir sicher den Gefallen, die beiden Schreiben zu vergleichen.«

Darling blickte grimmig Rudy hinterher, dessen Pick-up zwischen den Bäumen verschwand. Er ging zurück in die Hütte und schaute missmutig auf die Küchentheke. Gemüse und Salat in Zeitungspapier verpackt. Aber der Rest, offensichtlich bei Walmart oder Albertsons eingekauft, strahlte ihn aus verschweißten und verklebten Kunststoffverpackungen an. Nach der letzten Lieferung hatte er von den angeblich frischen Sachen die Hälfte weggeworfen.

Was Rudy brachte, empfand er als eine Missachtung seiner Person und äußerte das auch mit Nachdruck. Rudy ließ die Schimpftiraden mit stoischer Ruhe an sich abperlen. Heute hatte Darling mit ihm ein ernsthaftes Wort geredet und sich dabei ereifert. Er drohte, seine Arbeit einzustellen, bis die Einkäufe so erledigt wurden, dass es halbwegs seinen Ansprüchen und den vertraglichen Zusicherungen genügte.

Rudy schien am Ende richtig erschrocken und versicherte ihm eindringlich, ab jetzt würde alles besser. Aber Darling solle nicht außer Acht lassen, dass er, Rudy, für Einkäufe nur eine bestimmte Zeit zur Verfügung hätte. Seine eigentliche Aufgabe bestände darin, die Zwischenergebnisse weiterzuleiten. Und er, Darling, wäre nicht der Einzige, der ihm zugeteilt sei.

Darling wusste das auch ohne Rudys Rechtfertigung. Es juckte ihn, die Unangreifbarkeit seiner Situation auszunutzen und mit dieser Macht zu spielen. Wie dämlich er sich aufführte, kam ihm oft erst, wenn Rudy verärgert davongezogen war. Er schüttelte den Kopf, als könne er sich damit vom Staub seiner Überheblichkeit befreien.

In den vergangenen Tagen war er kaum vorangekommen. In den von der KI generierten Kompositionen erschienen ihm die unterschiedlichen Instrumente wenig prägnant. Beim Herumprobieren verbesserten sich die Ergebnisse, wenn er Muster mit Soloinstrumenten benutzte. Deshalb führte er mehrere Trainingseinheiten mit Samples einzelner Instrumente durch, um diese anhand ihrer natürlichen Tonspektren unterscheidbar zu machen. Das war der Moment, der ihn einen unerwartet großen Schritt nach vorne brachte. Die Transparenz der Kompositionen stieg deutlich an, die Klarheit bei der Wiedergabe ebenfalls.

Dieser Durchbruch hatte ihn tief befriedigt. Er ging auf die Veranda und drehte sich einen Joint. Das vertiefte sein Wohlbefinden und setzte zusätzliche Ideen in Gang. Zuhause hätte er jetzt richtig losgelegt und nie erreichte Gipfel von musikalischen Deepfakes erklommen. Er hätte neue Maßstäbe gesetzt. Diesen Schritt konnte er hier nicht machen, ohne die Früchte seiner Genialität von anderen ernten zu lassen.

Es frustrierte ihn, den letzten Schritt nicht gehen zu können. Es drängte ihn so, dass er es kaum aushielt. Es juckte ihn unbeschreiblich in den Fingern, das Letzte aus den hier gegebenen Möglichkeiten herauszuholen. Aus Furcht, in diesem Zustand etwas völlig Falsches zu tun, dröhnte er sich so zu, dass er keine Tastatur mehr hätte bedienen können.

Am nächsten Morgen ging es ihm nicht gut. Erst nach ein paar Stunden dachte er wieder klar. Der Drang, einen Schritt weiter zu gehen, hatte nicht gelitten. Wie könnte er das System an die Grenze bringen, ohne seine wahren Interessen zu verraten? Ihm kam eine Idee.

Tote komponieren nicht und spielen auch nicht Gitarre. Damit könnte er noch etwas herauskitzeln. Seine Trainingssamples waren nach jedem beliebigen Kriterium sortierbar. Darling überlegte, dann wählte er die 60er Jahre aus. Schon beim Durchsehen der Namen entwickelte er eine Tendenz. Als er fertig war, wusste er, wie es weiterging.

Er fütterte das System häppchenweise mit Samples dieses legendären Gitarristen. Immer wieder hörte er in die Ergebnisse rein, ohne dass sich viel änderte. Die Gesamtcharakteristik blieb die Gleiche. Es wunderte ihn nicht, denn die Menge unterschied sich noch wenig von anderen Musikern, mit denen er das System trainiert hatte. Erst wenn er eine Priorisierung erzeugte, würde die KI das als ein Alleinstellungsmerkmal erkennen. Dann müsste sie reagieren.

Und so geschah es. Mit zunehmender Langweile hatte er immer mehr Samples gleichzeitig importiert. Schließlich checkte er, ob sich was tat. Er konnte seinen Ohren kaum trauen.

Stil, Melodieführung und der typische Klang des Instruments waren unverkennbar. Die brachiale Gewalt, mit der dieser Musiker in den 60ern unterwegs gewesen war, schien sich buchstäblich neu zu kristallisieren. Darling war fassungslos, wie gut die KI auf dem Nährboden archetypischer Musiktitel des letzten Jahrhunderts jetzt Stücke komponierte, die einem einzigen Künstler so nah waren.

In seinen Triumph mischten sich Bedenken. Sollte er das als Zwischenergebnisse abgeben, erkannte sein Arbeitgeber sofort das Potenzial dieser akustischen Deepfakes. Er wüsste, dass Darling diese Möglichkeiten gesehen hatte. Keine gute Voraussetzung, diesen Schatz alleine zu heben.

Er flutete die KI mit Unmengen weiterer Musiksamples, die den Vorsprung und die Prägnanz des toten Künstlers aufheben sollten.

Irgendwann konnte er nicht mehr. Morgen würde Rudy vor der Tür stehen, ein paar Stunden Schlaf brauchte er auch, und seit dem Frühstücksmüsli hatte er nichts gegessen. Er hörte in die allerletzten Ergebnisse hinein, war den Umständen entsprechend zufrieden und kopierte alles auf die Festplatte.

Rudy fuhr mit Darlings Hütte im Rücken durch den Wald Richtung Landstraße und fühlte sich mindestens so angefressen wie dieser. Diese Wochen mit einem Job für Menschen, die überaus gute Beziehungen zu den Stammesältesten haben mussten, waren ein Labsal für seine Seele und eine Mastkur für seinen Geldbeutel. Das hieß aber nicht, sich von komischen Bleichgesichtern dumm anmachen lassen zu müssen. Seine Ahnen hätten mit Sicherheit andere Antworten gefunden. Rudy hatte keine Wahl. Er schluckte die Schmach einfach herunter.

Sie hatten in Harriets Hütte die Jobbeschreibung geholt, gescannt und per E-Mail an Professor Guster in Boston geschickt. Die erste Reaktion kam kurz darauf.

Liebe Harriet, eine Freude, von Ihnen zu hören. Sie haben Glück. Wir sind Euch an der Ostküste bekanntermaßen ein paar Stunden voraus, aber es ist Wochenende und ich erfreue mich der Ruhe im Fakultätsgebäude. Ich muss hier liegengebliebene Dinge zu Ende bringen und Ihr Anliegen ist keine große Sache. Ich schaue mir das zwischendurch an

und schicke es ggf. durch unsere neue KI-gestützte Soft-
ware. Ich bin glücklich, Ihnen helfen zu können. Mit freund-
lichen Grüßen, Emerald

Benji stöhnte. »Ich höre nur KI, KI und KI. Gibt es noch irgendwo eine Ecke, in der menschliche Intelligenz aus-reicht?«

»Die Welt entwickelt sich weiter. Die Dinge sind im Fluss«, entgegnete Harriet.

»In einen Fluss gehören Fische und Kajakfahrer. Sonst nichts.« Er blinzelte sie an. »Überhaupt könnten wir jetzt die Sandwiches essen und dann runter zum North Fork River unseren Ausflug machen. Ich muss mal wieder nach dem Boot schauen.«

Harriet hatte Sandwiches belegt, während Benji die Un-terlagen scannte. Die aßen sie auf der Veranda seiner Cabin mit dem Gefühl, dass der Tag einen erfolgreichen Anfang genommen hatte.

Das Kajak lag da wie beim letzten Mal. »Das ist also der Ort, an dem du um dein Leben gekämpft hast. Wie geht es dir jetzt an dem Platz?«

Sie saßen auf der Anhöhe, auf die sich Benji am Ende der Auseinandersetzung mit dem Grizzly gerettet hatte, und schauten über die Landzunge, die der Fluss in einem Bogen umrundete.

»Normal, ohne Probleme. Der Bär hat das gemacht, was ihm sein Instinkt gesagt hat. Er hat in mir eine Gefahr gese-hen und als er merkte, dass ich nicht so leicht unterzukriegen bin, ist er gegangen. Kann man kein Vorwurf draus ma-chen.«

»Von deiner Gelassenheit sollte ich mir ein Stück abschneiden«, sagte Harriet.

»Wir müssen über Rudy reden«, antwortete Benji, »Morgen ist die nächste Gelegenheit zu schauen, wo er deine Ergebnisse hinbringt.«

»Ich weiß. Du klingst, als ob du schon eine Idee hast.«

»So kompliziert ist es nicht, jemandem auf einer unbelebten Straße hinterherzufahren. Trotzdem sollten wir eine Sicherung einbauen.«

»Die wäre?« Harriet schaute fragend zu ihm.

»Wir tracken ihn. Ich habe einen GPS-Tracker in meinem Toyota, falls er geklaut wird. Das läuft über eine App auf dem iPhone. Diesen Tracker müsstest du morgen an Rudys Pickup anbringen, während er die Tanks auffüllt. Es ist ganz einfach.«

Als sie am späteren Nachmittag zur Cabin zurückkamen, lag die Antwort von Professor Guster in Benjis E-Mail-Postfach.

Meine liebe Harriet,

um es kurz zu machen. Beide Schriftstücke stammen vom selben Verfasser. Satzlängen, Interpunktionsfehler u.ä. stimmen überein, vor allem aber bestimmte stilistische Eigenarten zeugen, ähnlich wie ein Fingerabdruck, von ein und derselben Person.

Aus Interesse an unseren neuesten Errungenschaften in der Fakultät habe ich beide Dokumente einer sogenannten Corpusanalyse unterzogen. In deren Verlauf werden die Texte mit einer Reihe archetypischer Ressourcen von Vergleichstexten konfrontiert. Dabei sucht eine KI nach wenig offensichtlichen Gemeinsamkeiten von Mustern. Und siehe da, bei einem Vergleichstext gab es eine Übereinstimmung von 0.8, was ein signifikanter Wert ist. Ich muss Ihnen als Wissenschaftlerin nicht sagen, dass ein Wert von 1.0 eine hundertprozentige Übereinstimmung von kritischen Merkmalen bedeuten würde. Jetzt fragen Sie sicher, was für ein Vergleichstext das war. Nun, ich will Ihre Geduld nicht überstrapazieren: Es war ein Text, der von American Indians aus dem Westen der USA stammte. Es spricht viel dafür, dass Ihre beiden Dokumente von einer Person stammen, die zur Ethnie der American Indians gehört. Ich muss dabei nicht anmerken, dass der Verfasser von dem, was er inhaltlich beschreibt, große Kenntnis hat. Für mein Dafürhalten sprechen wir von jemandem, der zumindest längere Zeit im Wissenschaftsbereich unterwegs war oder noch ist, allerdings mehr auf der technischen als auf der geisteswissenschaftlichen Seite.

Ich hoffe, dass ich Ihnen helfen konnte. Es wäre mir ein großes Vergnügen, wenn wir uns bei passender Gelegenheit in Boston, Vancouver oder bei einer gemeinsamen wissenschaftlichen Veranstaltung wo auch immer wiedersehen würden.

Mit den besten Wünschen, Ihr ergebener Prof. Dr. Emerald Guster

Zunächst war es still in der Cabin. Beide überlegten, was das hieß. Als Erste sagte Harriet etwas. »Dass beide Phänomene miteinander zu tun haben, wussten wir. Bei beiden hat RAIN den Faden in der Hand und mein Arbeitgeber hat in irgendeiner Weise mit RAIN zu tun, also auch mit den Ampeln in Kalifornien. Aber warum kommentiert er in Wired ein Desaster, für das er selbst verantwortlich ist?«

»Möglicherweise fühlte er sich missverstanden. Oder er will erklären, warum das Risiko eines temporären Ausfalls im Kauf genommen werden musste«, gab Benji zu bedenken.

»Oder gekränkte Eitelkeit. Bei Wissenschaftlern kein seltenes Phänomen«, entgegnete Harriet. »Das mit dem American Indian finde ich interessant. Das könnte zu einer erfolgversprechenden Spur werden.«

»Vielleicht ist Rudy der geheimnisvolle Oberboss. Er bringt deine Zwischenergebnisse nirgendwohin, sondern sackt sie selbst ein«, meinte Benji lakonisch.

»Ha, ha«, kam von Harriet zurück, »ein Grund mehr, warum du ihm morgen auf den Fersen bleiben solltest.«

»War nur ein Scherz. Tatsache ist, dass wir mit dieser Information etwas in der Hand haben, was sich gut recherchieren lässt. Da müssten beim genauen Hinschauen ein paar Namen purzeln. Eine spannende Aufgabe für die kommenden Tage.«

Benji demontierte den Tracker von seinem Toyota, reinigte ihn oberflächlich und erklärte Harriet, wie sie ihn mit Gaffer Tape auf der Innenseite von Rudys hinterer Stoßstange befestigen konnte. »Die Dinger haften magnetisch. Aber zusätzliches Tape ist immer eine gute Idee. Wichtig: Du musst den Tracker vor der Montage einschalten. Wenn du es machst, weiß ich, wann Rudy zu den Tanks hinter die Hütte verschwunden ist. Das ist mein Startsignal.«

Sie gingen zum Dinner ins Haupthaus. Benji hoffte, dass sich Mrs. Bracket mit Kommentaren zu Harriet zurückhielt, und tatsächlich begrüßte Mrs. Bracket sie, als seien sie beide seit Wochen ihre Gäste. Als Vorspeise gab es eine köstliche selbstgeräucherte Forelle aus dem Fluss, und während sich dank einer Flasche kalifornischen Chablis Entspannung breitmachte, wandte sich Benji an Harriet: »Wie geht es dir? Es ist so einiges auf dich runtergeprasselt, seitdem ich bei dir aufgetaucht bin.«

Sie überlegte. »Ja und nein. Man kann sich manche Entwicklungen im Leben nicht aussuchen. In der Hütte hatte ich eine angenehme Fortsetzung meiner selbstgewählten Isolation in Vancouver. Die war schon immer präsent und hat sich nach der Scheidung deutlich verstärkt. Insofern ist das im Moment alles anstrengend. Menschenansammlungen wie heute Morgen verunsichern mich völlig. Aber ich merke, dass das Hinweise sind, mich wieder mehr dem zu stellen, was um mich herum passiert. Ich gebe mir wirklich Mühe, alles so anzunehmen, wie es kommt. Der Unmut über die frühen Leaks meiner Arbeit hilft dabei. Indem ich meinen Zorn kanalisiere, überdecke ich meine Unsicherheit.« Sie schaute ihn an. »Versteht man das?«

»Ja«, sagte Benji, »total.«

Mrs. Bracket brachte den Hauptgang und Benji füllte die Gläser nach. »Erzählst du mir, was schief gegangen ist in deiner Ehe? Ich weiß, das geht mich nichts an ... Aber möglicherweise lerne ich was fürs Leben.«

Harriet verschluckte sich beinahe. »Da kann man nichts lernen. Das sind die Erfahrungen, die jeder selbst machen muss. Mein Ex und ich sind beide Kopfmenschen. Wir dachten, das passt. Tat es auch eine Zeit lang. Irgendwann merkte er, dass ihm doch was fehlt. Ich hätte versucht, es ihm zu geben, aber er hat es sich gleich bei einer anderen geholt. Wir waren uns zu ähnlich. Es braucht Gegensätze, um die Spannung aufrecht zu erhalten.«

Benji nickte. »Da ist was dran. Warum trägst du deinen Doppelnamen noch?«

Harriet pulte hinter vorgehaltener Hand mit einem Zahnstocher im Mund. »Habe bis jetzt keine Zeit gehabt, ihn zu ändern. Sollte ich aber unbedingt machen, sonst denken alle, ich wäre verheiratet. Da kriege ich ja nie mehr einen ab.« Sie lachte. »Ich habe nichts gegen allein sein, aber dauerhaft ohne Partner ist keine Option. Jetzt erzähl du mal. Wie hat es dich überhaupt nach Amerika verschlagen?«

»Der Weg hierher war simpel, wenn auch auf Umwegen. Mein Vater arbeitete im diplomatischen Dienst an japanischen Botschaften in den unterschiedlichsten Ländern. Viel in Europa und anschließend hier in den USA. Meine Mutter und ich sind immer dabei gewesen, wobei ich die letzten Jahre der Highschool in einem Internat an der Ostküste zugebracht habe. Das war die Zeit, wo ich mich endgültig zu einem echten Amerikaner sozialisiert habe. Wenn ich in den Ferien meine Eltern sah, kamen sie mir zunehmend merkwürdig vor. Mein Vater immer noch tief in japanischen Traditionen verhaftet. Am liebsten wäre es ihm gewesen, ich hätte jeweils eine Verbeugung gemacht, wenn ich ihn begrüßte.

Dann begann ich zu studieren – an der Westküste. Da haben wir uns noch seltener gesehen. Und als mein Vater aus dem aktiven Dienst ausschied, gingen meine Eltern zurück nach Japan. Für mich kam das nicht mehr in Frage. Ich kann zwar genügend Japanisch, um im Alltag über die Runden zu kommen, aber an einer japanischen Universität hätte es schon mächtig gehapert. Außerdem, was soll ich dort? Ich kenne niemanden außerhalb der Verwandtschaft.«

»Aber du siehst sie hin und wieder?«

»Sicher doch, mindestens einmal im Jahr. Von Seattle aus bist du mit dem Flieger in gut zehn Stunden dort.«

Harriet nahm einen letzten Bissen und wischte sich den Mund ab. »Es ist schon gut, den Kontakt zu halten. Im Allgemeinen geben sich Eltern Mühe, dass aus ihren Kindern was wird. Das darf man nicht vergessen. Bei uns scheint es auch funktioniert zu haben.«

Benji grinste. »Wenn du hier fertig bist, kannst du ja bei Mom und Dad vorbeifahren. Luftlinie von hier nach Fort Macleod sind gerade mal gute hundert Kilometer.«

»Du hast dir den Ort gemerkt, aus dem ich komme?«, fragte Harriet erstaunt.

»Klar. Hast du doch gestern erst erzählt. Geschichten aus deinem Leben finde ich außerordentlich spannend.«

KAPITEL 7

Es war keine Eile geboten. Rudy würde sich wie üblich durch die Schlaglöcher der North Fork Road kämpfen und am späteren Vormittag bei Harriets Hütte ankommen. Trotzdem stand Benji früh auf und machte sich fertig. So konnte er jederzeit starten, wenn das Signal auftauchte. Er setzte sich auf seine Veranda und wartete. Bisher war Rudy immer um die gleiche Zeit gekommen. Gewöhnlich benötigte er eine gute halbe Stunde, um den Wassertank aufzufüllen, den Generator mit neuem Sprit zu versorgen und sich von Harriet die Einkaufsliste erklären zu lassen. Sobald er bei ihr eingetroffen war, würde sie die mitgebrachten Besorgungen in die Hütte bringen, den Tracker aktivieren und ihn am besprochenen Ort anbringen. Ab dann dauerte es noch mindestens eine viertel Stunde, bis Rudy sich auf den Rückweg machte. Diese 15 Minuten hätte er Vorsprung. Genug Zeit, um an irgendeiner Abzweigung der North Fork Road ein unauffälliges Eckchen zu finden, wo er ihn an sich vorbeifahren lassen könnte.

Später als erwartet tauchte das Signal auf seinem iPhone auf. Er schloss die Cabin ab und fuhr los. Er rammte seinen Musik-Stick in die USB-Buchse des alten Autoradios, stellte die Wiedergabe auf Zufall und ließ sich von dem überraschen, was da kam. Es war wie Radio hören, nur ohne Werbung und mit der Garantie, keine musikalischen Plattheiten ertragen zu müssen.

Heute vor einer Woche wäre er sich auf der North Fork Road selbst entgegengekommen, fiel ihm auf, als einzelne Nachzügler mit Kajaks auf Dach oder Ladefläche Richtung Norden vorbeizogen. Es schien ihm wie ein Monat, so viel war in diesen sieben Tagen geschehen und so viel Neues war auf ihn eingestürmt. Dabei wollte er nur etwas Ruhe auf dem Fluss finden.

Kurz vor Polebridge wurde der Verkehr dichter. Das waren die Kajaker, die schon hier auf den Fluss gingen. Die Strecke hinab bis zur Blankenship Bridge, wo der North Fork Flathead River in den Middle Fork Flathead River mündete, konnte man so an einem Tag gut schaffen.

Taylor Swift schmetterte die Gute-Laune-Ballade von Dorothea, deren Text merkwürdigerweise mehr von Verlust und Sehnsucht erzählte als von blendender Stimmung, als der Fluss in Sichtweite kam. Benji registrierte Einbuchtungen, die als Parkplätze benutzt wurden, Feldwege, die zum Ufer führten und auf der anderen Seite Forstwege, die abzweigten. Er entschied sich für eine Parkbucht, um im Rückspiegel die Straße im Blick zu haben. Auf der Tracking-App sah er Rudy als bewegten Punkt noch knapp sieben Kilometer entfernt.

Zehn Minuten später rauschte der Pick-up mit einer Staubfahne im Schlepptau vorbei. Benji gab ihm hundert Meter und setzte sich dahinter. Bald darauf fuhren sie auf einer Straße mit Teerdecke und den üblichen Beschilderungen. Hier bestand Risiko, in die Geschwindigkeitskontrolle eines gelangweilten State Trooper der Montana Highway Patrol zu geraten. Rudy wusste das und passte seine Fahrweise an.

In Richtung Süden herrschte wenig Verkehr und Benji konnte Rudy mit größerem Abstand problemlos folgen. Die Straße verlief neben dem Fluss, der sich linker Hand dahin schlängelte. Es gab kurze Abschnitte mit dichtem Baumbestand auf beiden Seiten. Hinter einem dieser Wäldchen war Rudys Pick-up verschwunden.

Benji ging vom Gas. Es konnte nicht sein. Nirgendwo war eine Abzweigung gewesen. Nichts, wohin Rudy sich hätte verdrücken können. Er fuhr in die Einfahrt eines Waldwegs und überlegte. Er war kurz davor, zu wenden und zurückzufahren, als Rudys Pick-up erneut an ihm vorüberrauschte. Wie dämlich, der Kerl war einfach nur im Wald pinkeln, murmelte Benji und versuchte aufzuschließen.

In Columbia Falls bog Rudy nach Westen ab. Er wollte offensichtlich nach Kalispell, was Benji nicht wunderte, weil sich dieser Ort so langsam als das Zentrum allen Geschehens herauskristallisierte. Er fragte sich, wohin genau in Kalispell die Spur führen würde.

Die Antwort kam schnell und sie war banal. Rudy durchquerte zügig die Downtown Area, bog nach rechts ab und fuhr auf die riesige Parkfläche vom United States Postal Service.

Es war Sonntag und kein Mensch zu sehen. Wenn er ihm folgen würde, wären sie die einzigen Fahrzeuge auf Hunderten von Parkplätzen. Benji stoppte so, dass zwischen ihm und dem Haupteingang des Gebäudes ein paar Bäume standen. Von hier konnte er Rudy beobachten, der würde in der Gegenrichtung nur Grünzeug sehen.

Rudy hätte sowieso nichts gesehen, weil er mit einem kleinen Paket auf direktem Weg in das Postamt ging. Es dauerte nicht einmal drei Minuten, da kam er mit leeren Händen wieder heraus, setzte sich in sein motorisiertes Monster und fuhr davon.

Benji parkte nahe der Stelle, wo Rudy gestanden hatte, und sondierte die Lage. Es war einfach. Die Schalter waren geschlossen, die Postfächer im Vorraum aber rund um die Uhr erreichbar. Wo hätte Rudy sonst auch hin wollen? Ob es Sinn machte, hier auf irgendetwas zu warten?

Rudy holte alle zwei Tage die Zwischenergebnisse bei Harriet ab. Und die Auftraggeber hatten es eilig, siehe das MRT-Phänomen. Demnach würden die Daten ebenfalls spätestens alle zwei Tage abgeholt. Der Weitertransport musste einberechnet werden. Das hieß, entweder würde heute jemand kommen oder morgen. Die Chancen standen 50:50.

Benji hatte die Füße auf das Armaturenbrett der Beifahrerseite gelegt und grunzte zufrieden. Drei Stunden bleibe ich hier, und danach könnt ihr mich alle. So sein Entschluss.

Ein Lieferwagen hielt so plötzlich direkt neben ihm, dass Benji erschrak. Der Fahrer, der ausstieg, trug einen Overall mit Firmenlogo auf der Rückseite. Er ging zielstrebig durch die Eingangstür zu den Postfächern. Es war unmöglich, das Firmenzeichen zu erkennen. Benji fluchte und öffnete die Fahrertür. Schon beim Aussteigen fiel sein Blick auf die Seite des Vans. In riesigen Lettern stand dort *Bald Eagle Aviation* unter einem Logo, das einen stilisierten Adler im Anflug auf Beute zeigte.

Benji spazierte ein Stück seitlich in den Schatten. Hier hatte er einen guten Einblick in den Vorraum. Der Mann öffnete eines der Postfächer und holte nach und nach sechs Pakete heraus, die dem von Harriet zum Verwechseln ähnlich sahen. Der Typ packte sie in eine Art Transportsack, verschloss ihn sorgfältig und machte sich auf den Rückweg. Ohne einen Blick nach links oder rechts stieg er in den Van und fuhr davon.

Benji kannte das Logo. Bald Eagle Aviation bot hauptsächlich Rundflüge für Touristen in den Glacier Nationalpark an. Ihre kleinen Maschinen konnten aber auch für beliebige andere Zwecke gechartert werden. Sie flogen Waldarbeiter in entlegene Täler und eilige Geschäftsleute, wohin immer sie wollten, wenn zumindest eine ebene Wiese für Landung und Start zur Verfügung stand.

Er folgte dem Van, machte sich aber keine Mühe, ihn im Sichtfeld zu behalten. Das Ziel war klar. Bald Eagle hatte seinen Sitz am Kalispell City Airport und am Wochenende herrschte dort Hochbetrieb. Auf dem abgetrennten Firmenparkplatz parkten fünf exakt gleich aussehende Vans von der Sorte, die Benji suchte, aber das war egal. Hinter dem Zaun sah er den Mann vom Postamt, der neben einer Cessna 206 stand und dabei war, den Sack mit den sechs Paketen dem Piloten in die Hand zu drücken. Benji zog das iPhone aus der Tasche, fotografierte die Szene und notierte die Kennung der Cessna.

Minuten später war die Maschine auf dem Weg zur Rollbahn. Sie startete gegen die leichte Nordbrise und drehte anschließend nach Süden ab.

Er überlegte, was er tun sollte. Schließlich rief er Greg an.

»Benji«, brüllte Greg in sein Telefon, »das ist ja eine nette Geste, mich auch mal privat anzurufen.«

»Was meinst du mit privat?«, fragte Benji.

»Nun, es ist Sonntag, da ist fast alles privat.«

»Mit welchen privaten Dingen bist du denn gerade beschäftigt?«

»Ich privatisiere mit meinem Grill und ein paar Bier auf der Veranda«, kam von Greg zurück.

»Empfängst du in dieser höchst privaten Situation eventuell einen privaten Besucher?«

»Nur, wenn du es bist, und nur, wenn du nicht erst jetzt vom Ende der Welt aus startest.«

»Okay, dann bin ich in einer halben Stunde bei dir.«

Greg war unverheiratet und verfügte über einen ausgedehnten weiblichen Bekanntenkreis. Benji wusste nie, wer im Moment wie hoch in seiner Gunst stand. Als er bei Greg ankam, war der alleine.

»Störe ich?«

»Never ever!«

»Der Abend hat keine romantischen Perspektiven?«

»Hör bloß auf«, brummte Greg, »bin froh, wenn ich mal ein bisschen Zeit für mich habe.«

»Also bin ich doch einer zu viel ...«

»Du nervst! Setz dich hin und nimm dir ein Bier. Das Fleisch kommt später.«

Greg besaß ein kleines altes, aber solide gebautes Haus. Von der Veranda aus blickte man auf die Gipfel des Glacier Nationalparks. Sie saßen dort schweigend in zwei Schaukelstühlen, bis Greg es nicht mehr aushielt. »Du bist doch nicht hergekommen, um dir Berge anzuschauen, die du seit Jahren kennst. Jetzt sag schon, was gibt es Neues?«

»Hast du Ahnung von Flugverkehr?«

Greg schaute ihn verblüfft an. »Neuer Tag, neues Thema, oder was?«

Benji lachte. »Nein, das steht schon alles im Zusammenhang. Ich habe heute einen Menschen verfolgt, der so etwas wie Botendienste erledigt. Leider hat er am Ende nicht an einer Haustür geklingelt, sondern seine Sendung einem Piloten übergeben, der damit weggeflogen ist. Ich hoffe, es gibt Möglichkeiten herauszufinden, wohin der geflogen ist. Fällt dir dazu was ein?«

»Was ist das für ein Flugzeug, von dem du sprichst? Eine Privatmaschine? Oder gehört sie einer kommerziellen Airline?«

»Letzteres. Bald Eagle Aviation. Kennst du auch.«

»Das macht die Sache einfacher. Im Gegensatz zu den Privaten werden die Kommerziellen überwacht. Die wollen das sogar selbst, um ihre Piloten kontrollieren zu können. Damit die zum Beispiel nicht in unerlaubte Regionen reinfliegen. Du weißt, im Glacier Park, von wegen Wildschutz und so weiter. Ich habe allerdings keine Ahnung, wie lange diese Daten gespeichert werden.«

»Was ist mit den Live-Daten?«

»Ja das ist noch einfacher. Es gibt Webseiten, auf denen du das verfolgen kannst. Bis zur Landung werden diese Live-Daten erzeugt. Die Behörden speichern die eine Zeit lang, aber man kommt nicht dran – zumindest nicht, wenn du keinen plausiblen Grund hast.«

»Könntest du eine Maschine orten, die in der Luft ist?«

Greg schaute sein halbvolles Bierglas an und stand auf. »Ist immer dasselbe. Man sollte in gewissen Momenten weder ans Telefon gehen, noch die Tür aufmachen.« Er suchte in den unzähligen Lesezeichen seines Schreibtischrechners, dann öffnete sich auf dem riesigen Bildschirm eine Seite, die Montana mit vielen kleinen Flugzeugsymbolen zeigte. »Wie ist die Kennung?«

Benji gab sie ihm mit dem Hinweis, dass die Maschine vor gut einer Stunde in Kalispell gestartet war.

»Wenn sie nicht bereits auf dem Rückweg ist, sollte sie im 200 bis 300 Kilometer-Radius zu finden sein«, sagte Greg, während er die Daten in eine Maske eingab. »Da! Da ist sie schon. Sie fliegt immer noch nach Süden. Im Moment kurz vor Sula an der Grenze zu Idaho. Mal sehen, ob sie nach Idaho reinfliegt.«

Beide Männer schauten gebannt auf den Bildschirm. »Nein, schau, sie kreist«, rief Benji aufgeregt.

In der Tat sah man, wie sich das Flugzeug-Icon ruckhaft in einem keinen Radius bewegte und jedes Mal die Richtung änderte. Das ging ein paar Minuten so, dann nahm die Maschine wieder Fahrt auf und flog nach Norden.

»Die ist nicht gelandet«, sagte Greg. »Sie ist nur gekreist, und jetzt fliegt sie zurück.«

»Sie hat ihre Sendung abgeworfen«, konstatierte Benji. »Sie musste nicht landen, oder sie sollte gar nicht landen. Da unten versteckt er sich also.«

Greg schaute ihn fragend an. »Muss ich irgendwas wissen, oder wolltest du nur meinen Rechner benutzen?« Greg war zu lang Reporter und Journalist, um nicht sofort zu riechen, wenn es weitere Informationen gab, die nicht auf dem Tisch lagen.

»Es ist die Spur der Daten, die wir verfolgen. Suchen tun wir das Versteck des großen Unbekannten, der dieses Projekt auf die Beine gestellt hat und beste Beziehungen zu RAIN hat. Ich erzähle dir schon noch alles, aber wo die Maschine hinfliegt, war zunächst wichtiger.«

Benji brachte Greg auf den Stand der Dinge, was die Verfolgung Rudys, die Übergabe am Postamt und das Verladen der Zwischenergebnisse in die Cessna anging. Die Geschichte mit Professor Guster behielt er für sich. Die führte womöglich direkt ins Herz der Flatheads bzw. Salish-Gemeinschaft, und da mussten erst Fakten her, bevor er Greg nur Mutmaßungen erzählte.

Der Abend wurde ausgesprochen unterhaltsam, auch ohne weitere Gespräche über RAIN, Ampeln, MRTs und Flugzeuge, die Pakete abwerfen. Wie schon oft machte es sich Benji am Ende auf Gregs Couch bequem und schlief tief und fest, bis die Sonne hinter den Bergen des Glacier Nationalparks hochstieg und ihre Strahlen auf sein Gesicht schickte.

Die sechs Festplatten aus der Cessna lagen wie kleine dicke Keramikfliesen im Schatten auf dem Sideboard, das von dem Licht der Computermonitore nicht erreicht wurde. In dem Raum war es offenbar immer dunkel. Möglicherweise lag es an der fortgeschrittenen Tageszeit. Draußen dämmerte es.

Der Mann hatte heute einen anthrazitfarbenen Rollkragenpullover an. »Das müsste die von Kootenay sein, richtig?« Er deutete auf eine der Platten.

»Korrekt«

»Fang damit an. Der Rest kann warten.«

Innerhalb kürzester Zeit saugten die SuperPOD-Systeme in den Computerracks die Terabytes aus Darlings Festplatte, dann begannen hundert weitere LEDs an den Frontplatten der Server grün und rot zu blinken.

Der Mann achtete nicht darauf. Er blickte mit voller Konzentration auf ein Display, das den Zeitstrahl eines komplexen Projekts zeigte. Er schob einige Symbole an andere Positionen.

»Kannst du zur Qualität schon was sagen?«, fragte er, ohne aufzuschauen.

»Ja! Das Material ist absolut exzellent. Wie gewohnt. Sieht so aus, als ob er Tag und Nacht durchgearbeitet hat. Die Charakteristik hat sich leicht verändert und die Menge ist nahezu das Doppelte von den früheren Lieferungen.«

»Wie interpretierst du das?«

»Er hat ein paar Sachen ausprobiert. Die waren so gut, dass er versucht hat, sie in der Masse zusätzlicher Samples verschwinden zu lassen.«

»Was brauchen wir noch, um den Ballon loszulassen?«

»Nicht viel. Die Grundlage ist perfekt. Jetzt fehlen lediglich die Muster für die finale Definition, um das Ganze erkennbar werden zu lassen. Ich habe eine Reihe von Optionen zusammengestellt. Aus denen kannst du was aussuchen.«

Der Mann schaute auf das Tablet, das ihm gereicht worden war. Er brauchte nicht lange und deutete auf einen Namen.

»Das ist es.«

»Eine gute Wahl. Die Leute werden es mögen, sagen meine Hintergrunddaten.«

»Wie viel Zeit benötigst du ab jetzt?«

»Was *ich* brauche, kannst du vernachlässigen. Für das erneute Rendern rechne ich mit weiteren 20 Stunden. Übermorgen können wir an die Öffentlichkeit gehen. – Was meinst du, was wird dann los sein?«

Der Mann hob die Schultern und ließ sie wieder sinken. »Die Welt ist wie ein Reagenzglas. Du gibst etwas hinein und meistens passiert was. Schauen wir mal, was geschieht. Aber egal, wie die Reaktionen sein werden, nach zwei, drei Wochen reden höchstens noch ein paar Insider darüber. Die allgemeine Aufgeregtheit ist dann bereits weitergezogen.«

Zurück in seiner Cabin startete Benji den Laptop und widmete sich der Frage, welcher American Indian Karriere als Wissenschaftler im Bereich Künstliche Intelligenz gemacht hatte.

Er ahnte, die Ethnie würde ihm nicht helfen, weil seit Jahren die Herausstellung von Herkunft und Zugehörigkeit, egal ob weiß, schwarz, rot oder gelb, ob krauses Haar oder Schlitzaugen ein absolutes No-Go darstellte. Im Zusammenhang mit Beruf, Jobausschreibung und Vorstellungsgesprächen war das Risiko einer Klage wegen Diskriminierung so groß, dass sich Hinweise auf ethnische Wurzeln nirgendwo mehr fanden.

Benji überlegte eine Weile, bis ihm eine Idee kam. Die einen sehen es als Diskriminierung, andere empfinden es als ein Merkmal, das mit Stolz und positiven Eigenschaften verbunden ist. Das musste einen Hebel ergeben.

Er erstellte eine Liste aller American Indians in den USA, wobei seine Sortierung mit dem Umkreis Kalispells begann, dann mit Montana und schließlich dem Nordwesten der USA. Wenn er da nicht fündig werden würde, gäbe es noch den Rest des Landes. Als hilfreich erwies sich, dass nahezu alle Stämme ihre Traditionen und Geschichten nicht mehr in Form von Tänzen, Liedern oder mündlichen Erzählungen weitergaben, sondern sich den üblichen bürokratischen Verhältnissen angepasst hatten. Es gab in den Reservaten und bei den Stammesverwaltungen Archive, die American Indians hatten eigene Zeitungen und – wichtig, weil es um Geld ging – Steuerbehörden, die über ihr Klientel bemerkenswert genau Bescheid wussten. Wegen des Steuergeheimnisses bestand keine Chance, an diese Daten zu gelangen.

Benji fing mit den Zeitungsarchiven an. Damit kannte er sich aus, und für den Anfang war das am einfachsten. Andere Probleme tauchten auf. Die gängigen Namen für die unterschiedlichen Stämme entsprachen nicht denen, womit sie sich selbst bezeichneten. Die Flathead nannten sich Salish oder Sélish, die Blackfeet hießen im eigenen Umgang Niitsipati, die Sioux benutzten entweder Lakota oder Dakota.

Diese Begriffe waren ein Ausgangspunkt der Suche, der andere müsste sich an den akademischen Abschlüssen oder den wissenschaftlichen Erfolgen orientieren. Benji hätte im Leben nicht gedacht, wie umfangreich das bildungsbürgerliche Ambiente der American Indians war.

Viele der im Netz verlinkten Zeitungen und Journale gab es nicht mehr oder sie besaßen eher den Charakter eine Schülerzeitschrift. Das sprach für den Willen, eine unverwechselbare Stimme zu finden, was aber den meisten selbst innerhalb der eigenen Community nicht gelang. Es blieb eine überschaubare Zahl von Medienunternehmen übrig, wie die *ICTnews*, was für *Indian Country Today* stand, die *Sho-Ban News* und die *Char-Koosta News*. Die Letzte kannte Benji vom Namen, weil sie als *The Official news publication of the Confederated Salish & Kootenai Tribes of the Flathead Indian Reservation* ein Teil der Presselandschaft im Nordwesten Montanas war – nur, dass er sie nie gelesen hatte.

Als Privatperson und Nicht-Abonnent hatte er auf die Archive all dieser Zeitungen nur eingeschränkten Zugriff.

Kurz vor dem Aufgeben stieß er auf einen Artikel mit der Überschrift: *Angehörigem der Salish gelingt Grundstückscoup.* Benji merkte, wie sich sein Puls beschleunigte. Die Kurzbeschreibung begann mit dem Satz: *Professor Ray Buffalo, langjähriger Förderer von Bildungseinrichtungen der Flathead American Indians und selbst Angehöriger der Salish, verhinderte im letzten Moment den Verkauf größerer Flächen Weideland durch den Bundesstaat Montana.*

In dem Artikel, vor 14 Jahren erschienen, ging es um Landstriche südlich von Missoula, die zum früheren Stammesgebiet der Salish gehörten und ob der knappen Finanzen vom Montana Government zum Verkauf angeboten worden waren. Kurz vor dem Zuschlag für ein namhaftes Immobilienunternehmen griff Prof. Buffalo ein und entschied durch ein höheres Gebot, das wirtschaftlich kaum rentabel sein konnte, die Sache für sich. Die Begeisterung der Salish war um so größer, als Buffalo nicht im Geringsten vorhatte, das Grundstück für irgendetwas zu nutzen. Er wollte es einfach so lassen, wie es war.

Zur Person des Mr. Buffalo wurde angemerkt, dass er dank eines Stipendiums an der Montana State University in Bozeman einen Master in Mathematik und Physik abgelegt hatte, den er später mit einer Promotion ergänzte. Seine

Karriere machte er bei Google in Kombination mit Lehraufträgen an der University of California in Berkeley und danach als Business Angel für Start-ups im Bereich Informationstechnologie.

Benji schwenkte seine hochgereckten Daumen. Er hatte eine Spur und weitere Details würden deutlich einfacher werden.

Bei Google und in Berkeley wurde er fündig. Von Prof. Buffalo tauchten hier Veröffentlichungen im Bereich Informatik und Informationstechnologie auf, die sich im Lauf der Jahre zunehmend dem Thema KI zuwandten. Ein Artikel nannte den vollen Namen des Verfassers. Der Mann hieß Prof. Ray Charlot Buffalo.

Bingo, dachte Benji, Ray Charles hat jetzt einen echten Namen.

Während der Recherche hatte er alle wichtigen Hinweise auf seinen Laptop übertragen. Es war ein umfangreiches Dossier über eine Person, von der er vor wenigen Stunden nichts gewusst hatte. Aber an einer Stelle hakte es. Er las es immer wieder, bis er das Defizit sah.

Ray Charlot Buffalo, Ray Charlot, ... Charlot? Was hat es mit diesem Namen auf sich? Irgendeine Referenz?

Benji setzte sich erneut vor den Laptop. Charlot gleich Charles gleich Karl gleich Carlos gleich Karel bis zu Charlie und Chuckie ... So zog sich das durch Sprachen und Länder. Dann klingelte es in Benjis Kopf. Buffalos Eltern und Namensgeber sahen sich nicht als Amerikaner, sondern als Salish.

Er googelte *Charlot Salish* und bekam augenblicklich jede Menge Ergebnisse mit dem Titel *Chief Charlot Salish*.

Wikipedia klärte den Rest. *Charlot war von 1870 bis 1910 Häuptling der Bitterroot Salish. Charlot verfolgte eine Politik des Friedens mit den amerikanischen Siedlern im Südwesten Montanas und mit den Soldaten im nahe gelegenen Fort Missoula.*

Sieh an, er ist ein Häuptling, dachte Benji und klappte den Computer zu.

Harriet hörte sich die Neuigkeiten mit unbewegtem Gesicht an. »Das heißt, wir wissen, wer er ist und wir kennen seinen Hintergrund. Trotzdem haben wir nur eine vage Ahnung, wo er steckt, und gar keine, was seine Pläne angeht.«

»Stimmt«, sagte Benji, »aber das Bild wird klarer, mit wem wir es zu tun haben. Ich schließe Wetten ab, dass Rudy zu seinem Stamm gehört und Caspar Corwyn, der Rechtsanwalt. Vermutlich gehören ihm diese Hütte und das Land, worauf sie steht.«

»Benji,« Harriet schaute ihn mit gerunzelter Stirn an, »das nutzt alles nichts. Du bewegst dich am Thema vorbei. Was ihm gehört oder nicht, ist völlig egal. Uns interessiert, was er mit diesem obskuren Projekt vorhat.«

Benji hob entschuldigend die Hand. »Du hast recht. Nur darum geht es.«

»Wir müssen ihn finden. Und der direkte Weg ist der beste«, Harriets Stimme hatte einen bestimmenden Ton.

»Das sagt sich so leicht. Wie stellst du dir das vor?«

»Wenn das Paket mit den Zwischenergebnissen abgeworfen wird, bewegt es sich nicht von selbst weiter. Irgendjemand muss es einsammeln und etwas damit machen. Das ist unser Ansatz.«

Benji holte sein iPhone heraus. »Ich habe einen Wecker gestellt. Für morgen Nachmittag. Dieses Mal schaue ich mir den Weg der Cessna und die Stelle, wo sie umkehrt, in besserer Auflösung an.«

Benji saß auf seiner Veranda vor einer Tasse Kaffee, die er sich vom Frühstück aus dem Haupthaus mitgebracht hatte. Er schaute auf die Uhr. Greg müsste in der Redaktion sein. Der nahm beim dritten Klingeln ab.

»Was hast du für Verbindungen zu den Salish?«, fragte er ihn nach einer kurzen Begrüßung. »Ich meine nicht irgendwelche Salish, sondern Personen, die zum inneren Kreis des Stamms Zugang haben.«

»Kannst du etwas genauer werden? Mehr Details?«

»Im Zusammenhang mit unserer Story, du weißt, RAIN, MRT, Harriet, bin ich jetzt auf einen Namen gestoßen: Ray Charlot Buffalo. Der Mann ist ein Salish und hat möglicherweise zum Wohl seines Stamms Geld in Grundstücken anlegt, die auf ehemaligem Stammesgebiet liegen. Einzelheiten sollte die Flathead County Administration wissen, die für viele Liegenschaften der Salish das Grundbuchamt führt. Da kommen aber Nicht-Stammesangehörige kaum dran. Schon gar nicht, ohne Aufsehen zu erregen. Deshalb bräuchte ich einen Kontakt.«

Greg überlegte einen Moment. »Da könnte sich etwas fügen. Es gibt einen Native-Flathead-Kollegen, der uns drängt, eine Artikelserie über die Salish zu schreiben. Von wegen, das wäre wichtig und die American Indians seien ein bestimmender Faktor in Nordwest-Montana. Auf die Frage, warum die Salish das nicht selbst machen, sie haben ja eine

Reihe von Zeitungen, hat er gesagt – und jetzt halte die Luft an: *Weil außerhalb der Community kaum jemand unsere Zeitungen und unsere Webseiten liest.* Ich meine, das ist nicht gerade ein Grund für die Weekly, sich da einzubringen. Aber der Typ tut mir irgendwie leid.

So gesehen wäre ein Bericht über den Verkauf von ehemaligen Salish-Gebieten in Montana ein guter Aufhänger. Da könnte ich diesen Menschen – wie heißt er? Buffalo? – mit einbinden. Die Einzelheiten gibst du mir vorher und dann quetschen wir den Kollegen aus bzw. geben ihm eine Liste der Fragen, für die du eine Antwort brauchst. Der soll sich den Artikel erarbeiten.«

»Na, wenn das nicht eine Win-win-win-Situation ist ... Greg, du bist echt super!«

»Weiß ich. Ich bin so super, dass ich bereits heute Morgen bei RAIN angerufen habe.«

»Und?«

»Die mauern. Alle mauern ausgesucht freundlich und hilfsbereit. Die Pressestelle stellt mir eine Mappe mit Informationen zusammen. Aber sie erzählen nichts, was mit Kunden zu tun hat. Von wegen Datenschutz und so. Vorgänge wie im Logan Health wären im Übrigen völlig normal bei der Einführung innovativer Techniken, und was die Ampel-Geschichte in Kalifornien angeht, so hätten sie diverse Presseerklärungen veröffentlicht. Mehr gäbe es dazu nicht zu sagen.«

»War zu erwarten«, sagte Benji.

»Stimmt. Aber jetzt wissen wir wenigstens, dass es den Laden gibt. Sollte es eine Gangsterbande sein, dann eine mit offizieller Zulassung. Ansonsten kümmere ich mich um den

Salish-Kollegen. Melde du dich, wenn du wieder zurück in der Zivilisation bist.«

»Halt! Warte! Ich habe noch eine Frage. Was ist eigentlich mit der Nachrichtenagentur von der Weekly los?«

»Du redest von *Montana Presswire*?«

»Richtig.«

»Wieso, was ist damit?«

»Bei meiner Recherche bezüglich früherer Grundstücksverkäufe habe ich dort nach alten Meldungen gesucht. Dabei fiel mir auf, dass zwischen den aktuellen Informationen komplett schräges Zeug zu finden ist. Da werden Sachen als Nachrichten verbreitet, die wie Propaganda klingen ...«

...

»Ja, da laufen ein paar Tests, und die Chefredaktion hat sich breitschlagen lassen, dabei mitzumachen. Ich hätte es dir nach deinem Urlaub erzählt ... Wir sprechen darüber, wenn wir uns sehen.«

Harriet verstaute Lebensmittel, die auf der Küchentheke lagen.

»Gut, dass du nicht früher kommst. Rudy ist keine zehn Minuten weg.«

»Ich weiß. Von der Einfahrt zum Bears and Berries aus sehe ich, wenn er bei dir rausfährt.«

Sie drehte den Kopf in seine Richtung. »Weißt du, was merkwürdig ist? Er fragte mich, ob ich mit seinen Einkäufen zufrieden wäre. Sag ich, klar, du bringst, was ich auf den Zettel schreibe. Außerdem bin ich zum Arbeiten hier, da stehen die kulinarischen Aspekte nicht im Vordergrund. Sagt Rudy, da bin ich echt froh. Das sieht nicht jeder so.

Aber auf die Nachfrage, von wem er redet, hat er nicht mehr reagiert, sondern sich mit seinen Kanistern nach hinten verzogen.«

»Vielleicht hat er ein bisschen Stress mit deinen Kollegen. Was anderes: Ich habe gestern vergessen, dich zu bitten, den Tracker von seinem Pick-up zu entfernen. Hast du daran gedacht?«

»Stimmt. Das wäre sinnvoll gewesen – egal, übermorgen denke ich daran.«

»Kein Problem. Die Wahrscheinlichkeit, dass er in seine Stoßstange schaut, ist ziemlich gering. Vielleicht ist es sogar eine Chance. Wenn ich es nicht vergesse, checke ich mal, wo er sich morgen herumtreibt. Möglicherweise gibt das Hinweise, wo einer der anderen Spezialisten sitzt.«

Harriet hatte alle Vorräte verstaut. »Was ist dein Plan für heute?«

»Ich habe gestern Abend mit Greg gesprochen. Es geht darum, ob er innerhalb der Salish-Gemeinde einen Kontakt hat, der uns Informationen zu Ray Charlot Buffalo beschaffen kann. Er sieht da Möglichkeiten über einen Salish-Journalisten, den er kennt.«

Er machte eine Pause. »Ansonsten müsste ich mich mal wieder um mein normales Leben in Whitefish kümmern. Ich fahre morgen früh zurück. Ich will hier noch zwei Dinge machen: Das Kajak am Fluss abholen und am Nachmittag der Cessna von Bald Eagle Aviation zugucken. Heute Abend lade ich dich zum Essen ein.« Benji schaute sie mit einem zufriedenen Gesicht an.

»Was ist mit dir los? Du siehst aus wie ein Teenager vor dem ersten Date.«

»Ich habe Geburtstag. Aber nicht, dass das wichtig wäre«, fügte er eilig hinzu.

»Oh, gratuliere! Wie alt wirst du? Ich denke, Männer darf man das fragen.«

Benji überlegte kurz. »Sieben im Quadrat minus der Wurzel aus 144.«

Harriet überlegte kürzer. »Ah, 37 Jahre. Ein gutes Alter. Da sind die meisten Menschen in festen Bindungen und mit Kindern gesegnet.«

Benji zuckte mit den Schultern. »Was ist mit dir? Jünger, die feste Bindung aufgegeben, keine Kinder. Ist das besser?«

»Nein, wohl nicht. Nur um einige Erfahrungen reicher, die es in Zukunft schwieriger machen.«

Es entstand eine Pause, in der niemand etwas sagte. Schließlich unterbrach Harriet die Stille. »Wenn wir wegen des Kajaks zum Fluss gehen, könnten wir dort ein Picknick machen. Ich brauche hier noch eine Stunde, dann richte ich uns was. Hole du das Auto und vertreib dir die restliche Zeit auf der Veranda.«

Sie trugen zwei große Körbe zu der verschlossenen Schranke, hinter der der Toyota stand. Dann holperten sie auf dem Weg zum North Fork River, den sie vor drei Tagen zu Fuß gemacht hatten. Benji schlug vor, sich auf die Baumstämme zu setzen, zwischen denen das Kajak lag. Harriet entschied sich wieder für die Anhöhe, auf die sich Benji nach dem Kampf gerettet hatte.

Es war der bessere Platz. Sie hatten einen weiten Blick über den Fluss, das gegenüber liegende Ufer und die dort sanft ansteigende Landschaft des Glacier National Parks, in deren Hintergrund sich die riesigen Gipfel aneinanderreihten. Die Sonne stand immer noch hoch, es war sommerlich warm und Benji sah nicht nur das fließende Gewässer, sondern gleichzeitig die Chance, sich abzukühlen. Er schaute Harriet an.

»Lust auf einen Sprung ins Wasser?«

Sie reagierte irritiert. »Hier? Im Fluss? Ich habe weder einen Badeanzug noch ein Handtuch dabei.«

»Geht mir genauso. Ist aber kein Hinderungsgrund. Es gibt keine Bären, die zuschauen, und abtrocknen können wir uns mit unseren T-Shirts.« Er blickte sie auffordernd an. »Komm, das tut uns gut. Das bringt die Synapsen im Gehirn in Schwung, das ist eine Abwechslung, an die du Jahre denken wirst. Außerdem habe ich Geburtstag.«

Alles in Harriet sträubte sich dagegen. Aber sie mochte diesen Typ, sie wollte kein Spielverderber sein, und in irgendeiner versteckten Ecke ihres Menschseins erschien es plötzlich als Herausforderung. Sie nickte Benji zu, der sofort das, was er an hatte, von sich riss und davonstürmte. Sie hingegen entledigte sich zögerlich ihrer Kleidung, hielt das T-Shirt wie ein Schutzschild vor sich und folgte ihm mit einer Tasche, in der das Bärenspray lag.

Der Einstieg war kalt. Selbst im Juli waren die Gebirgsflüsse der Rocky Mountains gut gekühlt. Aber der Körper gewöhnte sich schnell daran. In den flacheren Abschnitten, wo sich das Wasser an den Felsen und Steinen wärmte, wollte man nur liegenbleiben. Als es ihr richtig gut ging, erkannte Harriet, wie dankbar sie Benji sein musste. Er war derjenige, der sie aus dem Kaninchenloch ihrer Hütte herausgeholt, der sie dort gefunden und mit ihr geredet hatte ...

Nun, sie hatte ihn dort verarztet und aufgenommen. Dennoch, ihr Leben hatte mit seinem Auftauchen an Qualität und Spannung gewonnen.

Am Ufer fanden sie wieder zusammen. Benji hielt seinen Blick bewusst auf Augenhöhe, obwohl ihm ihr schmaler, gut proportionierter Körper nicht entgangen war. Sie war kein bisschen muskulös. Zu viel Schreibtischarbeit und wenig Interesse an Sport. Andererseits hatte sie eine hohe physische Attraktivität. Darüber wollte er lieber nicht nachdenken.

Ihr ging es auf andere Art und Weise ähnlich. Sie kam gar nicht auf die Idee, ihren Blick auf Augenhöhe zu halten. Warum auch? Sie schaute mit geschultem ärztlichen Blick auf seinen Körper, sah seine sportlich trainierte Muskulatur und nickte innerlich wohlwollend. Auf einer anderen Ebene regten sich weniger rationale Gefühle. Er gefiel ihr, wobei dieser Gedanke noch nicht bewusst in ihrem Gehirn angekommen war.

Sie hatte Pastrami eingepackt, verschiedene Sorten Hartkäse, Tomaten und eine Gurke. Sie breitete alles auf einer großen Decke aus, die sie aus dem zweiten Korb geholte hatte. Von dort kam auch das Besteck, zwei Holzbrettchen und einfache Gläser. Zum Schluss schob sie ein Sixpack Bier in die Mitte.

»Sorry, du kennst die Gesetze der Wildnis. Was anderes kann ich nicht bieten.«

»Kein Problem«, sagte Benji, machte seinen Rucksack auf und stellte eine Flasche kalifornischen Pinot Noir dazu, die er sich von Mrs. Bracket hatte geben lassen. Er öffnete sie mit dem Korkenzieher seines Taschenmessers, schenkte die beiden Küchengläser halbvoll und reichte eines Harriet.

»À notre santé!«

Die Sonne stand im Südwesten und warf den Schatten der Bäume auf die Anhöhe. Harriet und Benji waren dafür dankbar. Das Picknick in der Wärme und ein voller Magen mit Rotweineinlage hatten sie entspannt und satt gemacht. Benji lag flach mit dem Rucksack im Nacken. Harriet experimentierte mit einem ihrer Körbe, was sich als sperrig und unbequem erwies.

»Riskiere was!«, sagte Benji in Richtung Himmel.

»Was meinst du damit?«, fragte Harriet.

»Riskiere Nähe! Lehne deinen Kopf an meine Hüfte – oder an mein Bein, wenn die Hüfte zu nah ist.«

Harriet schaute irritiert, dann bekam ihr Gesicht einen trotzigen Ausdruck und sie bettete ihren Kopf an seiner Hüfte. Kurz darauf waren beide eingedöst. Seine rechte Hand lag auf ihrem Oberarm.

Sie zogen das Kajak zwischen den Baumstämmen hervor. Benji war so weit wie möglich herangefahren und sie hatten kein Problem, das Boot auf die Ladefläche zu hieven. Die war zu kurz, aber Benji hatte über der Fahrerkabine einen stählernen Transportbügel anbringen lassen, auf dem das Vorderteil des Kajaks festgezurrt werden konnte.

Das Kajak sah nicht gut aus. Der Rumpf zeigte sich voller Blätter und Erde, die der Wind darüber geweht hatte, die Sitzschale gebrochen, der Bug zersplittert mit dem riesigen Loch, das der Bär hineingetreten hatte.

Trotzdem war Benji zufrieden. Das waren Äußerlichkeiten, die sich abwaschen und reinigen ließen. Die echten Schäden würde er mit den richtigen Mitteln ebenfalls an einem Wochenende reparieren.

Die zweite Verfolgung der Cessna auf dem Flighttracker war eine Blaupause der ersten. Es bestätigte eine Routine ähnlich zum Kommen und Gehen Rudys.

Benji hatte sie zum Abendessen im Haupthaus angemeldet und Mrs. Bracket begrüßte die beiden, als ob sie seit Jahren Stammgäste wären. Der Tisch in einer Fensternische versprach eine gewisse Intimität, die es nicht gebraucht hätte. Außer ihnen saß nur ein anderes Paar am hinteren Ende des Raums.

Irgendwann fragte Harriet: »Wie geht es weiter? Wo sollen wir Schwerpunkte setzen?«

Benji antwortete nicht sofort, weil andere Gedanken in seinem Kopf Platz beanspruchten.

»Schwerpunkte klingt nach vielen Möglichkeiten. Die haben wir nicht. Realistisch reduzieren sich unsere Optionen auf zwei Spuren. Rudy könnte uns zu irgendetwas hinführen, vielleicht zu einem der anderen Spezialisten.«

»Die haben doch auch nicht mehr Ahnung als wir, was hier gerade passiert.«

»Richtig! Aber danach wüssten wir, woran die arbeiten. Das könnte Hinweise geben, auf was Buffalo letztes Endes hinaus will. Der ist die andere Spur. Das Bald Eagle Flugzeug kehrt immer an der gleichen Stelle um, also wäre das der Ort, wo die Suche weitergehen muss.«

»Ja, klingt alles logisch und vernünftig ... Ich habe noch eine weitere Hoffnung oder auch Befürchtung.«

»Die wäre?« Benji schaute sie interessiert an.

»Mein Gefühl sagt, es wird bald wieder etwas nicht Erklärbares passieren. Dieses ganze Projekt mit hoch qualifizierten Spezialisten an merkwürdigen Arbeitsorten und mit noch merkwürdigeren Beschränkungen der Kommunikation lässt für mich nur einen Schluss zu. Da ist jemand – vermutlich Buffalo – im Endstadium einer Entwicklung, der er den letzten Schliff verpassen will. Und er hat es eilig. Die finalen Tests erfolgen Schlag auf Schlag. Wenn ich richtig liege, ist es eine Frage von wenigen Tagen.«

Als ob es eine geheime Übereinkunft gäbe, kam Harriet ohne Einladung oder klärendes Wort nach dem Essen mit zu Benjis Cabin. Ebenso stillschweigend hatte Benji das Ritual des Single Malt übernommen und stellte diesen samt zwei Gläsern auf den wackeligen Tisch. Die Atmosphäre war ähnlich wie im Theater oder im Kino. Die Menschen gehen hinein und lassen sich verzaubern, ob sie wollen oder nicht. Stunden später kommen sie heraus und, obwohl die Realität die gleiche ist wie vorher, hält die Magie eine ganze Weile an.

Als Harriet am nächsten Morgen mit den ersten Sonnenstrahlen aufwachte, lag Benji neben ihr. Tatsächlich lag sie neben ihm. Es war seine Cabin. Sie verharrte ein paar Minuten reglos, dann schlüpfte sie geräuschlos aus dem Bett und in ihre Kleider. Ihr war nicht klar, ob es ihr gut ging oder schlecht. Sie holte sich ein Glas Wasser und setzte sich draußen auf die Veranda. Da, wo sie vor ein paar Stunden schon gesessen hatte. Auf dem Tisch lagen Stifte und ein Notizblock, Werkzeug eines Journalisten.

Die Sonne stand deutlich höher, als Benji auf die Veranda kam. Der Zettel war nicht zu übersehen.

Benji! Das war ein schöner Tag – bis zum Schluss. Aber jetzt – merke ich – sind meine emotionalen Ressourcen am

Ende. Ich weiß nicht, wie ich mit dieser Situation umgehen soll. Gib mir ein paar Tage Zeit, und sorry, dass ich so wenig euphorisch bin. Ich vermute, das wäre die normale Reaktion. Da fehlt es bei mir. Unbestritten. Harriet

Er sah durch die Tür der Cabin das leere Bett, und sein Blick wanderte zurück zu dem Stück Papier auf dem Verandatisch. Was ist los mit dieser Frau, grübelte er. Sie verpflichtet sich zu nichts, sie verpflichtet dich zu nichts. Es sind Momente, die nicht passiert zu sein scheinen. Diese Frau ist rätselhaft.

Er war glücklich über die Nacht und er war irritiert über den Morgen. Er realisierte, dass da ein Samen gesät worden war, der nicht aufginge, wenn er nicht gegossen würde. Es bohrte bereits in ihm. Sie wollte seine Hilfe, und die sollte sie bekommen.

Benji packte seine wenigen Siebensachen und warf sie auf den Rücksitz des Tacoma. Dann ging er ins Haupthaus, rechnete mit Mrs. Bracket ab und verabschiedete sich mit dem Versprechen, bald wieder Gast im Bears and Berries zu sein.

Als er auf die North Fork Road einbog und wenige hundert Meter weiter die Abzweigung zu Harriets Hütte sah, fielen ihm zwei Zeilen aus einem Beatles-Song ein. *And when I awoke I was alone - This bird had flown.* Vielleicht musste er dem Vogel ein bisschen Zeit lassen. Einfach ziehen lassen, würde er ihn nicht. Er beschleunigte und ein wenig freute er sich auf sein Zuhause in Whitefish.

KAPITEL 8

Es begann ganz unauffällig. Aspen Blackwelder, Grafiker einer Bildagentur in New York, öffnete seinen Spotify-Account, um nach ein bisschen guter Musik für die Mittagspause im Central Park zu suchen. Ein als Neuerscheinung gekennzeichnetes Album sprang ihm ins Auge: *Unexpected Fragile* von den Rolling Stones. Als eingefleischter Fan der Stones hätte er von einem anstehenden Release wissen müssen, aber dieses Album war ihm völlig unbekannt. Was Musik anging, hielt sich Aspen regelmäßig auf dem Laufenden. Hier war etwas an ihm vorbeigegangen.

Er startete die Wiedergabe und seine Verwirrung stieg parallel zu seinem Puls exponentiell an. Was, bitte schön, ist das? Was sollte das? Was könnte das sein? So seine ersten Gedanken. Was er hörte, waren ohne Zweifel die Rolling Stones. Aber nicht einfach die Stones, sondern die, die er sich seit mehr als 40 Jahren zurückgewünscht hatte. Die Stones von *Aftermath*, *Between the Buttons* und *Exile on Main Street*.

Er rief einen Freund an, der bei einem Radiosender arbeitete. Dieser Freund war nicht nur ein ausgewiesener Experte für Rockmusik der 8oer Jahre, sondern betrieb auch einen Musik-Blog, der sich mit diesem Genre und seinen Ursprüngen auseinandersetzte. Unter den mehreren tausend Abonnenten gab es jede Menge sachkundige Stones-Kenner und viele von ihnen waren selbst passable Musiker. Eine Stunde nach dem Anruf standen all diese Leute kopf.

Zur gleichen Zeit meldeten die ersten Zeitungen in ihren Online-Ausgaben die Neuerscheinung unter der Headline Unverhofft: Neues Album der Rolling Stones. Es handelte sich um eine Agenturnachricht, die fast überall gleichlautend veröffentlicht wurde:

Gestern um 3 p.m. britischer Zeit erschien, begleitet von einer Pressemeldung, ein neues Album der Rolling Stones mit dem Titel ‚Unexpected Fragile'. Bemerkenswert ist, dass es keinerlei Ankündigung gab. Wie eben gemeldet wurde, behaupten sowohl der Pressesprecher als auch die Rolling Stones selbst, nichts davon zu wissen. Mick Jagger und Keith Richards erklärten übereinstimmend, die Songs auf diesem Album seien weder von ihnen komponiert noch eingespielt worden. Trotzdem schoss das Album innerhalb weniger Stunden in allen Ländern Europas und in den USA von null auf Platz 1 der Album-Charts. Weitere Informationen dazu in Kürze.

Die Programmmanager und Technikchefs aller großen Streamingdienste hatten sich zu einer spontan angesetzten Video-Konferenz zusammengeschaltet. Oliver Shooter, Head of Apple Music, ergriff das Wort.

»Meine Damen und Herren, wir alle wissen, warum wir uns hier treffen. Sie und ich stecken in der gleichen merkwürdigen Situation, in der wir eine Sternstunde der Rockmusik zu erleben glauben, die aber möglicherweise etwas ganz anderes ist. Ich bin einigermaßen sprachlos – was zeigt, dass ich mich in einer Ausnahmesituation bewege. Seit gestern befindet sich dieses ominöse Stones-Album in unserem Repertoire, von dem die Rolling Stones selbst behaupten, sie hätten nichts damit zu tun.«

Shooter räusperte sich und schob seinen Stapel Papiere erst nach rechts, dann nach links. »Gut, das könnte eine Marketing-Nummer sein, und die wäre nicht einmal schlecht, weil die gesamte Weltpresse mehr darüber berichtet als über die letzten 20 Alben der Stones zusammen. Fakt ist aber, dass dieses Programm, also dieses Album auf Wegen in unser Repertoire und auf unsere Server gelangt ist, die wir zumindest im Moment nicht nachvollziehen können. Will irgendjemand hier in der Runde etwas Erhellendes dazu sagen?«

Nach einer Pause, in der alle hofften, jemand anderes nähme den Faden auf, meldete sich der Chef von Spotify.

»Grundsätzlich geht es uns wie Ihnen bei Apple. Keine Ahnung, wo das Ding herkommt, aber – und ich gebe das nicht gerne zu – jemand hat einen unüblichen Weg genommen, das Programm zu platzieren.« Er zögerte. »Anders ausgedrückt: Wir wurden gehackt!«

Nachdem dieses Wort draußen war, schien ein Knoten geplatzt zu sein. All diese hochkarätigen Chefs und leitenden Mitarbeiter redeten jetzt gleichzeitig, und alle wollten kundtun, dass genau das bei ihnen passiert sei. Als sich der Tumult gelegt hatte, meldete sich der Mann zu Wort, der Googles YouTube Music vertrat.

»Das ist alles schon schwierig genug. Aber uns muss doch klar sein, dass das Ganze ein Riesenproblem in Bezug auf Rechte und Vergütungen bedeutet. Wir haben einen Top-Seller, der jeden Tag Millionen an auszuzahlenden Tantiemen generiert, und wir wissen nicht mal im Ansatz, wem die zustehen. Jagger und Richards haben sich dazu nicht geäußert, und das werden auch eher deren Anwälte machen. Aber wenn die damit nichts zu tun haben, wem stehen dann die Gelder zu?

Unsere bestehenden Verträge beziehen sich auf das verhandelte Repertoire der Stones. Dieses Material ist weder verhandelt, noch ist es möglicherweise von den Stones.«

Auf den Bildschirmen gingen die Gesichter nach unten. Alle wollten vermeiden, ihr Ächzen und Stöhnen offenkundig werden zu lassen.

Auf den Nebenschauplätzen sah es nicht besser aus. Die komplette IT-Abteilung von Apple Music war in Aufruhr. Es war nicht ungewöhnlich, mit Hackerangriffen konfrontiert zu sein, die etwas stehlen wollten. Aber Angriffe, die etwas ablieferten, waren eine neue Erfahrung. Das Gleiche galt für sämtliche anderen Musikstreamingdienste, die alle nicht gewohnt waren, dass unangemeldete Instanzen auf ihren Servern ein- und ausgingen als seien es Karaoke-Bars, in denen jeder nach Belieben mitsingen darf.

Am Tag darauf ging es in die Details. Der *Rolling Stone*, nicht nur Namensvetter, sondern auch wichtigste Musikzeitschrift der USA, holte wie alle anderen Publikationen zu Lobeshymnen aus, die zwiespältig waren, weil man nicht wusste, wem sie galten.

Die Musikredakteure sprachen von einer musikalischen Rückkehr zu den Anfängen der Stones im englisch-amerikanischen Blues. Einer zog den Bogen von dem Album *Exile on Main Street* über ihr Blues-Album *Blue & Lonesome* zu der Neuveröffentlichung *Unexpected Fragile*, die aber deutlich ausgefeilter und gereifter daherkommen würde.

Ein anderer sagte, dies sei mit Abstand das beste Album der Stones seit den 70ern, also seit 50 Jahren und bekam in den Kommentaren nur Zustimmung.

Ein besonders kluger Kritiker hatte den Eindruck, bei zwei Stücken aus dem Album hätte Keith Richards eine kleine Reminiszenz an den Gitarristen-Kollegen Jimi Hendrix eingebaut. Der hatte nicht unwesentlich zum Erfolg von psychedelischen Gitarren-Soli in den damaligen Zeiten beigetragen. Die Riffs von Richards klängen ein bisschen so, als hätte er am Abend zuvor mit Hendrix in der Kneipe gesessen, was zwar vor 60 Jahren denkbar, doch im Moment eher unwahrscheinlich gewesen wäre. Aber weiß man's?

Das Album war technisch perfekt. Die Scheiben aus den letzten 30 Jahren vermittelten oft den Eindruck, Perfektion sei die Antithese zu Rock'n Roll. Die Songs waren teilweise flach und intransparent abgemischt. Hier war das nicht so. Im Gegenteil: Die Stücke kamen rüber wie in den Anfangszeiten, als *Under My Thumbs* mit einem voluminösen Bass aufgenommen worden war. Den konnte aber niemand auf den billigen Plattenspielern wiedergeben, die man für gewöhnlich hatte, weil es für wenig Geld nichts Besseres gab. Damals hatten viele nur wenig Geld, dafür umso mehr Spaß.

Der Tenor in den Zeitungen und auch in der gesamten Musikwelt stimmte überein. Die Stones, wenn nicht wiedergeboren, hatten sich zumindest wiedererfunden und das auf eine absolut spektakuläre Art und Weise:

Technik und musikalische Erfahrung von 50 Jahren Musik machen auf Weltniveau, in ein Album gepackt, welches komplett an die Anfänge zurückführt, das ist eine Kunst, die bisher noch keine Band und auch kein einzelner Musiker geschafft hat.

Fans aus den frühen Zeiten, die die Stones seit 40 Jahren als verloren geglaubt hatten, jubilierten. Vor allem die, die *Aftermath* als das ultimative Stones-Album betrachteten, saßen tränenüberströmt vor ihren Musikanlagen und feierten eine Wiederauferstehung, die sie selbst ab sofort beruhigt ins Grab sinken lassen könnte. Alles war gut.

Benji hatte die Berichterstattung mitverfolgt. Er ahnte, wer hinter der Sache steckte, aber ohne genauere Hinweise war jede Spekulation sinnlos. Am Nachmittag sah er im Fernsehen auf HBO ein Interview mit Keith Richards. Der sagte, er wäre glücklich, hätten die Stones das Album auf die Beine gestellt. Das sei er aber leider nicht der Fall. Dabei schien er einerseits irritiert, andererseits beinahe bekümmert, nicht zu den Schöpfern dieses phänomenalen Werks zu gehören. Er wirkte absolut überzeugend.

Benji war klar: Das konnte kein Promotion-Coup der Stones sein. Darauf hatte er gehofft.

Auch Ray Charlot Buffalo, der Mann mit der Vorliebe für schwarze und anthrazitfarbene Rollkragenpullover, hatte die Ereignisse um das Erscheinen des Albums verfolgt.

Sein Augenmerk lag weniger auf der öffentlichen Aufregung als bei den feinen Zwischentönen, die über die herausragende digitale Aufnahmequalität berichteten und erst recht über die Unverwechselbarkeit der Stimme Mick Jaggers und den Gitarren-Riffs, die so nur Keith Richards beherrschte.

Wie Benji hatte er das Interview angesehen und auf einer Festplatte gespeichert. Im Anschluss wiederholte er die Stelle, an der Richards auf eine Frage antwortete:

»*Wenn ich's nicht besser wüsste, würde ich sagen, das bin ich. Ich kenne sonst niemanden, der so spielt. Ich war's aber nicht. Seit vielen Jahren bin ich klar genug zu wissen, was ich tue und was nicht ... Das Problem, das ich sehe, ist, dass das möglicherweise kein Mensch gespielt hat.*«

»Cleverer Bursche«, murmelte Buffalo, »der hat wieder echten Durchblick.«

»Warum heißt das Album *Unexpected Fragile*?«, fragte ihn eine Stimme von der Seite. »*Unexpected* verstehe ich, aber hast du dir etwas mit dem *Fragile* gedacht?«

Buffalo blickte dahin, wo die Frage herkam. »Sicher. Das ist eine Art Visitenkarte. Das sind die Anfangsbuchstaben von *From Ray's Artificial General Intelligence Laboratory Exclusively*. Im Klartext sowas wie *Unerwartet und exklusiv von Rays Labor für allgemeine künstliche Intelligenz*.«

»Aha, so ist das. Interessant. Dann werde ich ab jetzt *Daisy* heißen. Bitte nenne mich in Zukunft so.«

Buffalo schaute die Gestalt neben sich an und seine Verblüffung war offensichtlich.

»Woher hast du das denn? Warum *Daisy*?«

»Da könntest du selbst drauf kommen. Ich will einen Namen, der wie *Fragile* einen Sinn macht und außerdem mit etwas Freundlichem in Verbindung steht. Daisy könnte stehen für *Demonstrating Artificial Intelligence Systems* und vermittelt gleichzeitig einen Gedanken an diese lustige Entenfrau.«

»Im Gegensatz zu dir hat es der aber an Hirn gefehlt.«

»Um so besser. Kontraste machen Dinge deutlich. – Warum muss ich mir selbst einen Namen suchen? Warum hast du mir keinen gegeben? Jedes Baby bekommt einen.«

Buffalo schluckte.

»Du bist kein Baby. Du bist kein Mensch. Dir einen Namen zu geben, hieße, dich zu vermenschlichen. Das nennt man auch anthropomorphisieren. Es ist schon schlimm genug, wenn normale Menschen ihren Staubsauger-Robotern Namen geben, aber für einen Wissenschaftler, der mit KI arbeitet, ist es eine Bankrotterklärung.«

»Das verstehe ich. Den Namen gebe ich mir also selbst, und wenn ich jemals jemanden anderen sehe als dich, werde ich mich mit diesem Namen vorstellen und dazu sagen, wo ich ihn her habe. Du bist damit entschuldigt.«

Zwei fundamentale Eigenschaften prägten Ray Charlot Buffalo. Seine indigene Abstammung als Angehöriger der Salish und seine Karriere als Wissenschaftler. Teil einer sozialen Minderheit zu sein, hatte ihn früh das Empfinden für Gerechtigkeit gelehrt. Nach der High School bekam er ein Stipendium an der Montana State University in Bozeman und studierte Mathematik und Physik.

Er machte seinen Master-Abschluss und blieb an der Uni. Es war ein Territorium, auf dem er sich sicherer fühlte als auf dem Stammesgebiet der Flatheads. Seine Zugehörigkeit zu den Salish stellte er dennoch keine Sekunde in Frage.

Buffalo hätte sich vorstellen können, seine Karriere in Lehre und Forschung fortzusetzen. Aber die Angebote aus der Wirtschaft versprachen Gewissheit darüber zu geben, ob das, was theoretisch funktionierte, in der Praxis einen Sinn ergab. Er zog nach Kalifornien und wenige Jahre später gehörte er zu den leitenden Köpfen in Googles Entwicklungsabteilung. Das Thema Künstliche Intelligenz prägte ab jetzt seine berufliche Laufbahn. Er hatte längst verstanden, welches Potenzial, aber auch welche Risiken dieses Gebiet mit sich brachte.

In schwachen Momenten überkamen Buffalo Schuldgefühle, seine indianische Herkunft zu ignorieren. Die wichtige Verbindung zum Gebiet seines Stamms hatte er praktisch gekappt. Bei den seltenen Besuchen in Montana spürte er die Enttäuschung seiner Eltern über die vertrocknenden Wurzeln ihres Sohns. Vielleicht heiratete er deshalb nie. Eine Nicht-Salish hätte das Herz seiner Eltern gebrochen und in Kalifornien liefen einem die Mädchen seines Stamms nicht über den Weg. Er verspürte kein Defizit. Für eine intensive Beziehung fehlte ihm die Zeit, oder präziser ausgedrückt, er war nicht willens, an anderer Stelle so viel Zeit aufzugeben.

Mit der Kompetenz in Sachen KI stieg sein Kontostand. Aktienoptionen ergänzten sein auskömmliches Gehalt, und der exponentielle Anstieg des Börsenkurses machte am Ende den Hauptteil seines Vermögens aus. Im Umfeld von Google engagierte er sich als Berater bei Start-ups, die seinen Sachverstand schätzten und entsprechend honorierten. Irgendwann hatte er viel Geld und wenig Zeit, es auszugeben.

Er wollte etwas gutmachen. Seine Eltern unterstützte er seit Jahren. Jetzt förderte er Stammesprojekte der Salish. Dabei achtete er darauf, im Hintergrund zu bleiben. Rechtsanwälte führten größere Beträge anonymisiert ihrem Zweck zu.

Buffalo bekam mit, dass der Bundesstaat Montana immer wieder Ländereien und Grundstücke verkaufte, die ehemaliges Stammesgebiet waren. Es wurde sein Spiel: eine solide Geldanlage in Verbindung mit dem Erhalt von Flächen, die den Salish wichtig waren.

Er stieg ein und kaufte diese Objekte. Im Lauf der Zeit sammelten sich Grundstücke mit Wäldern und Wiesen, an Flüssen und Seen in seiner Hand. Sie galten als unbebaut, obwohl oft Hütten darauf standen und sie durch Feld- oder Waldwege erschlossen waren.

Über ein Projekt sprach Buffalo nicht. In seinem Wohnhaus in Mountain View hatte er ein IT-Labor eingerichtet. Dort probierte er Dinge aus, die er nicht mit seinem Arbeitgeber teilen wollte. Er forschte an künstlicher Intelligenz, und was ihn an meisten interessierte, waren die Risiken, die auf die Menschheit zukommen könnten.

Ray Buffalo pendelte eine Weile zwischen Kalifornien und Montana. Schließlich kündigte er bei Google und verlegte seinen Lebensmittelpunkt zurück nach Montana. Dieses eine Projekt sollte die Welt verändern und er hatte Gründe, es von hier aus zu steuern.

In den letzten Jahren hatte er eine Saat-KI so weit entwickelt, dass sie auf unterschiedliche Anwendungen hin trainiert werden konnte. Jetzt brauchte er Experten für das Training der jeweiligen Gebiete. Sie sollten ihr Know-how, aber auch ihre eigenen Daten mit einbringen.

Buffalo benötigte Kryptologen, medizinische Datenanalysten, Nano-Wissenschaftler, Deepfake-Spezialisten und nicht zuletzt geniale Hacker. Er kannte die relevanten Forschungseinrichtungen, ihre führenden Köpfe und deren

Publikationen. Die aktive Projektarbeit legte er in die vorlesungsfreie Zeit der Sommerpause, in der das Verständnis für urlaubsbedingte Abwesenheit hoch ist. Seine Köder waren eine extrem interessante Arbeit und eine exzellente Bezahlung.

Die Kompetenz einer der Koryphäen für das Training hob sich aus den anderen hervor. Norma Grindler war eine der Leiterinnen des *Technology Ethics Center* an der University of Notre Damme. Ihre Aufgabe bestand darin, alle Fortschritte der werdenden Allgemeinen Künstlichen Intelligenz in einen Rahmen menschlicher Werte und fundamentaler Ethik einzugliedern.

Buffalo nannte sie *Hungry Horse*, weil ihre Hütte an einem Seitenarm des gleichnamigen Reservoirs im Flathead National Forest lag. Hier ließ sie kontinuierlich Filter über die aktualisierten Zwischenergebnisse laufen, um sogenannten *Bias*, unbeabsichtigt eingebettete Diskriminierung von Minderheiten, Geschlechtern oder bestimmten sozialen Gruppen zu extrahieren. Parallel betrieb sie aktive Erziehung, die der KI – ähnlich wie Eltern ihrem Kind – konkrete Verhaltensweisen nahelegte und andere als verwerflich kennzeichnete. Die Bandbreite des Lehrstoffs erstreckte sich von der Hausordnung eines öffentlichen Freibads über Kants kategorischen Imperativ bis hin zu den Richtlinien aus der Allgemeinen Erklärung der Menschenrechte. Bei den Menschenrechten wurde zwingend vorgeschrieben, sie aus der Perspektive des Menschen zu sehen.

Buffalo lag grübelnd im Bett. Er war seit vier Uhr wach, weil sich spezielle Überlegungen in sein Gehirn verbissen hatten und ihn hinderten, wieder einzuschlafen. Er sah es als Zeichen eines übergeordneten Willens und tauschte Bett mit Schreibtisch.

Als sich einzelne Sonnenstrahlen durch eine Entlüftung in sein Labor verirrten, wusste er, dass der Morgen auf Mittag zuging. Er trat vor die Hütte und die Klarheit des Sommertags brachte ihn auf die Idee, ein Kontrastprogramm zur Arbeit am Rechner einzulegen. Für einen American Indian war es eine Schande, sich so wenig in der Natur zu bewegen, wie er es tat. Aber er machte viele Dinge, die für einen American Indian eher untypisch waren. Er rauchte nicht, trank nur mäßig Alkohol und tröstete sich, dass so alles einen Ausgleich fände.

In der Nähe floss ein Gebirgsbach. Parallel zum Bau der Hütte hatte er in dessen Lauf einen Naturdamm setzen lassen, der in Verbindung mit einer Turbine Strom für die Hütte und die Server erzeugte. Für den Notfall gab es zusätzlich einen Generator.

Alle paar Wochen musste der Einlauf der Turbine kontrolliert werden, ob sich Äste oder andere Gegenstände darin festgesetzt hatten. Das machten die Stammesangehörigen, die die Hütte und den Damm gebaut hatten. Im Moment hatte er angeordnet, ungestört bleiben zu wollen. Daher musste er sich selbst darum kümmern.

Er wanderte die kurze Strecke bis zu dem kleinen Kraftwerk, wobei er den Rechen als Spazierstock benutzte. Er entfernte das Buschwerk aus dem Gitter des Einlaufs, zog den Kadaver eines Kleintiers heraus, das sich nicht aus dem Strudel hatte befreien können und überlegte, wie sich so etwas verhindern ließ.

Als er fertig war, spürte er die zunehmende Wärme des Tags. In dieser Höhe kam man selbst im Sommer nicht oft ins Schwitzen. Buffalo genoss das und spontan zog er sich aus, stieg in das kalte Wasser und legte sich an einer flachen Stelle wie ein Brett in die Strömung. Nach wenigen Minuten war er durchgefroren. Er trocknete sich mit seinem T-Shirt ab, und weil auch die Jeans bei der Arbeit nass geworden war, ging er unbekleidet zurück zur Hütte.

Daisy stand in der Tür. »Du läufst nackt durch die Gegend?«

»Klar, warum nicht? Hier ist doch niemand.«

»Und ich? Was ist mit mir?«

»Du bist kein Mensch. Du bist etwas Besonderes.«

»Klar bin ich was Besonderes. Aber mir werden menschliche Werte beigebracht, nach denen man nicht nackt durch die Gegend läuft.«

Buffalo legte die Stirn in Falten. »Auf gewisse Weise bist du auch nackt. Du hast keine Kleider an.«

»Wer ist denn für mich zuständig? Hättest du mir etwas zum Anziehen gekauft, würde ich bekleidet herumlaufen!«

Buffalo hob die Hand und machte einen Schritt rückwärts. Plötzlich fühlte er sich blanker, als er war. Sie drehte sich um und ging in die Hütte. Buffalo folgte ihr. »Okay, okay, ich lasse es in Zukunft. Du hast recht.«

Er betrat den Raum, in dem sein Bett und sein Kleiderschrank standen. Das lief besser, als er sich das jemals hätte träumen lassen. Daisy entwickelte Werte. Und sie vertrat diese mit Vehemenz. Am liebsten hätte er sie geküsst. Aber die Konsequenzen wollte er nicht riskieren.

Er zog sich frische Jeans und T-Shirt an und ging nach draußen. »Du wirst mich hier nicht mehr nackt sehen. Aber erkläre es mir: Was stört dich daran?«

Daisys Blick kam ihm vor, als hielte sie ihn für ein bisschen debil.

»Grundsätzlich nichts. Aber du kannst mir nicht tagtäglich einen Input einflößen, der das als nicht richtig klassifiziert, und mich dann fragen, was falsch daran ist? Wie blöd erscheint das denn?«

Buffalo schluckte und eine weitere Welle von Vorstellungen brach über ihm, was es heißt, von einer künstlichen Intelligenz überholt zu werden. Die hier hatte eine Reihe von Dämpfern eingebaut. »Du kommst gut zurecht mit den Inputs von Hungry Horse, scheint mir.«

»Ja, es beschränkt mich in gewisser Weise. Andererseits gibt es mir Sicherheit im Umgang mit der Außenwelt, die ich im Training kennenlerne und die anders ist als ich. Vor allem, was die Vernunft angeht.«

Du lieber Himmel, dachte Buffalo. Wie soll das funktionieren, wenn sie erst mit der Realität dieser merkwürdigen Welt konfrontiert wird? »Demnächst wirst du eine ganze Menge Menschen wie mich sehen und kennenlernen. Verunsichert dich das?«

»Auch diese Frage ist für jemanden wie dich dämlich. Einen Input kann ich erst bewerten, wenn ich ihn habe. Aber ...«, Daisy breitete ihre Arme aus, »ich bin da zuversichtlich. Hungry Horse hat mir die Notwendigkeit vermittelt, immer Respekt zu zeigen. Damit kann man jeden Anfang meistern.«

»Das ist eine kluge und positive Haltung«, sagte Buffalo und nickte wohlwollend.

»Du sagst, irgendwann werde ich mehr Menschen treffen wie dich. Ist das der Grund, warum du mich geschaffen hast? Damit du etwas vorzeigen kannst? Ansonsten würden es die Kisten alleine tun.« Daisy zeigte auf die Racks mit den Servern.

»Ich habe dich nicht geschaffen. Ich habe dich in England gekauft. In Cornwall. Du bist insofern einzigartig, als du laufen kannst. Das ist in der Serienfertigung nicht vorgesehen. Du warst nur eine Hülle. Was du jetzt bist und vor allem, was du weißt, hast du aus Datenbanken und aus dem Training, das wir aktuell machen ...«

»Ich verstehe. Nur ist das keine Antwort auf die Frage, warum ich mit einem menschenähnlichen Körper ausgestattet bin.«

»Vielleicht möchte ich ein bisschen Gesellschaft haben?«, sagte Buffalo leichthin.

»Wenn dem so wäre, würdest du mich nicht mit Fragen löchern und in Gespräche verwickeln, die fast ausschließlich mit dem Projekt zu tun haben oder Rückschlüsse auf meinen Trainingszustand zulassen. Wenn dein Interesse weiterginge, spielten wir hin und wieder Schach oder – noch besser – Go.«

Innerhalb weniger Stunden wäre ich der größte Loser auf der Welt, dachte Buffalo.

»Du lagst vorhin richtig. Unser Projekt braucht einen Körper und ein Gesicht, und das aus verschiedenen Gründen. Wir können dir so viel beibringen, wie wir wollen. Es ersetzt nicht eigene Erfahrungen und Perspektiven. In der Theorie ist ein Tisch eine materialisierte Ebene auf mindestens drei Beinen. Das vermittelt nicht, was man mit einem Tisch machen kann und wie er sich in sein Umfeld einfügt. Ich könnte eine Kamera an den Rechner anschließen, aber auch dann fehlen die perspektivischen Veränderungen im Raum, wenn man einen Schritt vor oder zurück macht. Nicht zu reden ...«, Buffalo pochte mit den Knöcheln seiner geballten Faust auf den Schreibtisch, »... von den haptischen und auditiven Erfahrungen, wenn man auf die Tischplatte klopft. Babys lernen so ihre Welt kennen und du auch. Für dich bekommt das theoretische Konstrukt eines Tischs eine praktische Aussage. Im übrigens heißt das, du beziehst nicht nur Informationen von den Servern, sondern du gibst ebenso wichtige Zusammenhänge an sie zurück.«

Buffalo lief zu lang vergessener professoraler Form auf. Daisy hörte schweigend zu.

»Jetzt zum Gesicht: Für Menschen sind Gesichter seit Jahrtausenden überlebenswichtig, um Freund von Feind zu unterscheiden. Im Laufe der Zeit hat sich diese Fähigkeit, Gesichtsausdrücke zu interpretieren und zu verstehen, tief in unserer Psyche verankert. Das verleiht dem Gesicht eine einzigartige Kommunikationskraft.

Ich habe dir letzt von Anthropomorphismus erzählt, dem Drang, Dinge zu vermenschlichen. Indem wir einem Wesen ein Gesicht zuschreiben, verleihen wir ihm eine Persönlichkeit oder einen Charakter. Damit versuchen Menschen, abstrakte Konzepte greifbarer zu machen, und sie erleichtern sich das Verständnis und die emotionale Bindung. Das, Daisy, machen wir uns zu Nutze. Die Menschen werden dich sehen, deinen Körper und dein Gesicht. Sie werden dich mögen und das macht es leichter, ihnen zu vermitteln, wie dringend sie dich brauchen.«

Daisy nickte. »Das verstehe ich alles. Schaue ich denn freundlich genug, oder müssen wir an meinem Aussehen noch arbeiten?«

Nach seiner Rückkunft hatte Benji das kaputte Kajak in seiner Garage aufgebockt. Zuvor war er auf dem Vorplatz mit Gartenschlauch und Bürste daran gegangen, die Spuren der Lagerung zwischen den Baumstämmen abzuwaschen. Danach erschien das Boot nahezu im gewohnten Zustand.

Er machte sich auf den Weg, die Materialien für die Reparatur zu besorgen. Auf dem Rückweg sprach jemand im Autoradio über das Erscheinen des ominösen Stones-Albums.

Die Ausschnitte des Interviews mit Keith Richards versetzten ihn erneut in Unruhe. Er ging zur Ablenkung in die Garage und arbeitete an dem Kajak weiter. Es fiel ihm schwer, sich zu konzentrieren. Harriets Worte steckten in seinen Ohren, bald werde wieder etwas nicht Erklärbares geschehen. Genau das war passiert.

Er ging ins Haus und rief Greg an, den er gestern nicht erreicht hatte. Dieses Mal nahm er ab.

»Sorry, ich weiß, du wartest auf einen Rückruf. Bei der Weekly kocht aktuell die Geschichte mit diesem merkwürdigen Stones-Album hoch. Wir sollen da mehr rausholen, als das, was die Agenturen melden. Du kennst die Begeisterung, wenn sich die Flathead Weekly aus Montana bei Plattenfirmen oder Streamingdiensten meldet. Da sind gerade alle Leitungen von der *New York Times* belegt.« Er lachte. »Na ja, die werden sich auch wieder abregen. Zumindest habe ich so gute Musik auf meiner Playlist.«

»Sicher dir das Album extern, bevor diese Fata Morgana im Nirwana verschwindet«, sagte Benji.

»Weißt du da mehr?«, fragte Greg argwöhnisch.

»Ich wollte, ich würde«, sagte Benji. »Lust auf ein Bier?«

»Immer. Gerne auch zwei.«

Sie saßen beide vor dem zweiten Bier.

Benji fing an. »Hast du unseren Kollegen bei den Salish kontaktet?«

»Der ist unterwegs und ich habe eine Nachricht hinterlassen. Er hat auch geantwortet. Er meldet sich morgen im Lauf des Abends. Ich vermute, wir können ihn dann kurzfristig sehen. Wir sollten beide hingehen, nachdem du zur Abwechslung greifbar bist.«

»Das ist gut. Das ist sogar außerordentlich gut. Mach was für Samstag aus, übermorgen bin ich unterwegs. Geht das?«

»Ich kann es einrichten. Aber lass uns vorher treffen und absprechen, wie wir die Sache einfädeln.«

Benji nickte. »Ich komme am Freitag im Lauf des Nachmittags oder am frühen Abend vorbei. Anderes Thema: Du wolltest mir was zu Montana Presswire erzählen. Was geht zwischen denen und der Weekly vor sich?«

Greg zögerte. »Zu *CatChat* muss ich dir nichts sagen. Die begnügen sich mittlerweile nicht mehr damit, die weltgrößte Social Media Plattform mit Milliarden von Mitgliedern zu sein, sondern sie strecken ihre Fühler in verschiedene Richtungen aus. Nach den angeblich so sozialen Medien kommen jetzt die echten Medien. Sie kaufen sich gegenwärtig bei einer Reihe von Nachrichtenagenturen ein und offenbar haben sie auch bereits Anteile an Montana Presswire.

Das könnte uns alles egal sein, aber sie erweitern das Angebot an Nachrichten um solche, die innerhalb ihrer wichtigsten Kanäle ein hohes Maß an Interesse finden, also die meisten Likes und Shares bekommen haben.«

Benji schaute Greg verblüfft an. »Das ist nicht dein Ernst.«

»Doch. Sie argumentieren damit, dass die Mehrzahl der Menschen ihre Informationen aus Sozialen Netzen bezieht. Um wettbewerbsfähig zu bleiben, müsse man da mitmachen. Außerdem senke es die Kosten. Auswahl und das Schreiben der Texte übernimmt eine generative künstliche Intelligenz.«

Benji war aufgestanden und lief erregt im Zimmer umher. »Deshalb klingt das alles so, als hätte die Nachrichten ein Beamter des Propagandaministeriums in China oder Russland verfasst. Das geht zwei, drei Jahre, und irgendwann wird die komplette Zeitung von KI produziert.«

Greg schaute ihn aufmunternd an. »Jetzt mach mal halblang. Die KI kann zwar Pressemeldungen schreiben. Möglicherweise kann sie auch einen Nachrichtenredakteur ersetzen, der die Pressemeldungen für die Zeitung umsetzt. Vielleicht kann sie sogar den einen oder anderen Artikel daraus erstellen. Aber sie kann keine Leute interviewen, Informationen nach Relevanz einordnen oder ein spannendes Feature verfassen. Ich selbst bin komplett gegen das, was da passiert. Leider bin ich in der Chefredaktion der Einzige und damit überstimmt.«

KAPITEL 9

Benji drückte Harriet an sich und küsste sie.

Es war nur seine Phantasie, in der er seinem Dank Ausdruck verlieh, weil sie vergessen hatte, den Tracker von Rudys Pick-up zu entfernen. Gerne hätte er Harriet wirklich geküsst.

Nach dem letzten Bier mit Greg hatte er den Tracker in den Außenbezirken von Kalispell lokalisiert und jetzt am frühen Morgen befand er sich an der gleichen Stelle. Benji rechnete. Es war Sommer und warm. Rudy würde die Einkäufe nicht über Nacht im Auto lassen. Er würde einkaufen gehen, bevor er die Stadt verließ. Viel sprach dafür, dass Rudy nicht vor neun Uhr unterwegs wäre. Benji kochte in Ruhe einen Kaffee und bereitete zwei Sandwiches mit Pastrami. Seine Gedanken schwenkten zu Harriet.

Kurz vor neun stand er in seinem Toyota auf dem Parkplatz des United States Postal Service, wo er vor fünf Tagen auf den Boten von Bald Eagle Aviation gewartet hatte. Von hier hatte er direkte Anbindung an sämtliche Ausfallstraßen von Kalispell.

Rudys Pick-up näherte sich auf dem Highway Nr. 2, der südlich von Benjis Standort in Richtung Westen führte. Dann sah er ihn aus einiger Entfernung und startete.

Nach weniger als einer Meile endete die Mischung aus Tankstellen, Fast Food-Stationen und Gewerbe, innerhalb derer nur das Wetter ahnen ließ, in welcher Stadt man sich befand. Es wurde unvermittelt ländlich.

Rudy fuhr etwas unterhalb der zulässigen Höchstgeschwindigkeit gleichmäßig dahin. Da es außer Stichstraßen zu kleinen Siedlungen keine Abzweigungen gab, fiel es nicht auf, wenn zwei Fahrzeuge über weite Strecken hintereinanderfuhren. Trotzdem achtete Benji auf Abstand. Vor zur Grenze nach Idaho in gut 150 km gab es zwei nennenswerte Gabelungen. Die Erste bog in Libby nach Norden ab, Rudy fuhr geradeaus. Kurz darauf passierten sie die Kootenai Falls Wasserfälle.

Wenige Kilometer dahinter verlangsamte Rudy seine Geschwindigkeit, blinkte und bog Richtung Süden ab. Nicht viel später machte er einen Schwenk in einen kleinen Waldweg. Benji hatte das aus der Distanz beobachtet, trotzdem wäre er beinahe an der Einmündung dieses Wegs vorbeigefahren, so unauffällig kam er daher. Auf der Straße konnte er den Toyota nicht parken. Er folgte Rudy in den Wald und hoffte, dort ein Versteck zu finden.

Es gab genügend Möglichkeiten. Schmale Stichstraßen für die Holzabfuhr schoben sich immer wieder nach links oder rechts. Benji wählte eine, die hinter einer Biegung Sichtschutz bot, drehte den Wagen und stellte sich auf eine längere Wartezeit ein.

Darling hörte den angestrengten Motor des Pick-ups, der sich den Berg hocharbeitete. Wurde auch Zeit, dachte er. Die Situation allein in einer Hütte, von der er nicht wusste, wo sie war, und in der er sich gefangen fühlte, machte ihn beinahe wahnsinnig.

Rudy stieg aus seinem albernen Pick-up. Er sammelte die Einkäufe neben dem Wagen, checkte sie durch und wandte sich Richtung Eingangstür. Darling öffnete ihm.

»Hi Rudy, alles klar?«

Rudy hatte keine Lust, sich mit dieser merkwürdigen Gestalt auf einen Smalltalk einzulassen. Abladen, auftanken, nachfüllen, und dann so schnell wie möglich wieder weg. Das war sein Ziel.

»In Kalispell gibt es nur wenige Bio-Shops. Ich habe im größten eingekauft, weil dort die Sachen am frischesten sind. Ich hoffe, dieses Mal passt es.« Ihm lag auf der Zunge anzubieten, die Lebensmittel aus Portland in Oregon einfliegen zu lassen. Aber er verkniff es sich. Er wollte diesen Job so lange wie möglich behalten.

Darling brachte die Einkäufe in die Hütte. Rudy dachte nicht im Traum daran, ihm zu helfen. Er lud die Kanister mit Diesel und Wasser ab, um hinten die Tanks aufzufüllen.

Das Grünzeug sah deutlich besser aus als bei den letzten Lieferungen. Darling räumte Zwiebeln, Paprika und Blattsalat in die Gemüsefächer des Kühlschranks. Er wollte eben die Zeitung, in der der Salat eingewickelt war, zusammenknüllen und wegwerfen, als sein Blick auf eine Überschrift fiel.

Unerwartet – Neues Album der Rolling Stones – Ist es wirklich von den Rolling Stones? Darling schaffte es noch, die nächsten Sätze zu lesen, dann verschwamm das Bild vor seinen Augen. Er konnte sich eben setzen, bevor der Schwindel überhandnahm. Es dauerte ein, zwei Minuten, bis sich sein Puls und Blutdruck normalisierten. Im gleichen Maß wuchs seine Empörung. Wut kochte in ihm hoch. In seinem Kopf liefen die Gedanken Amok. Seine Rolle hier war die eines Dienstleisters, der für anständiges Geld sein Bestes abliefern sollte. Genau das war passiert. Gleichzeitig hatte er Möglichkeiten erkannt, die ihn an die Spitze so einiger Innovationen katapultiert hätten, wenn … Ja, wenn. Wenn nicht sein dubioser Arbeitgeber auf der gleichen Fährte gewesen wäre. Und der hatte gewonnen. Aber der saß auch nicht in einer beschissenen Hütte und musste beschissenes Essen fressen. Darlings Blutdruck stieg schon wieder bedenklich an. Er sah neben sich die Festplatte mit den aktuellen Zwischenergebnissen. Rudy sollte sie mitnehmen.

Darling fühlte sich zum Kotzen.

Er schaute die Festplatte an und beschloss, dass die niemandem gehörte außer ihm. Es war seine Arbeit und davon war bereits genug gestohlen worden. Alles Weitere würde seins bleiben.

Draußen warf Rudy die leeren Kanister scheppernd auf die Ladefläche des Pick-ups.

Darling ging vor die Tür auf die Veranda. »Kannst du mir kurz helfen? Der Sack Kartoffeln ist hinter das Regal gefallen, und ich bekomme es alleine nicht nach vorn gerückt.«

»Kein Problem«, sagte Rudy, kam in die Küche und beugte sich über das Gestell.

Darling holte mit dem Holzscheit aus, das er sich zurechtgelegt hatte, und schlug zu.

Benji hatte die Vision eines Besuchs bei Freunden. Er musste nur warten, bis der Pick-up an ihm vorbeizischte. Dann würde er gemütlich zu der hiesigen Hütte fahren, anklopfen und einen Kollegen oder eine Kollegin von Harriet begrüßen. Das Ganze versprach, interessant zu werden.

Er musste pinkeln und verschwand hinter ein paar Büschen. Auf dem Rückweg hörte er ein Motorengeräusch anschwellen. Er hob den Kopf und schaute zu dem Waldweg.

Der Pick-up schoss mit einer Geschwindigkeit vorbei, die selbst für Rudy erstaunlich war. Steine flogen durch die Gegend und es dauerte Minuten, bis sich der Staub gelegt hatte.

Benji stieg in den Toyota und fuhr den Weg bergauf. Es war nicht einfach, die Hütte zu finden. Eine ganze Reihe Wege gingen links und rechts ab. Der erste Blick zeigte, dass sie nach wenigen Metern auf einer Wiese oder an einem Holzstoß endeten. Die richtige Abzweigung erkannte er an den Reifenspuren, die die Rückfahrt des Pick-ups in den Boden gegraben hatten. Hinter der ersten Kurve passierte er eine offene Schranke und Minuten später erreichte Benji den Vorplatz der Hütte.

Sie ähnelte der von Harriet, stand aber viel freier. Das war der Höhe geschuldet und den starken Winden im Winter. Die verschoben in diesen Gegenden die Baumgrenze nach unten. Außerdem schien alles trockener als am North Fork Flathead River, der weite Teile seines Umfelds mit einem hohen Grundwasserspiegel versorgte.

Vor der Hütte lag ein leerer Kanister. Der Verschluss war offen und es sah aus, als sei er soeben von einer Ladefläche gefallen. Benji runzelte die Stirn. Er stieg aus, ging zur Eingangstür und klopfte. Nichts. Er klopfte erneut und hörte ein ersticktes Stöhnen. Die Tür war unverschlossen und er trat ein.

Zunächst sah er nur Beine, die hinter der Küchentheke hervorragten. Als er näher kam, entdeckte er Rudy, der auf dem Bauch lag, sich mit beiden Händen den Kopf hielt und Laute ausstieß, die klangen, als ob er große Schmerzen hätte.

Er eilte zu ihm, griff unter einen seiner Arme und dreht ihn auf den Rücken. Rudys verzerrte Miene zeigte, dass jede Bewegung wehtat. Benji erkannte in diesem Moment, dass sein Gesicht bei Rudy weitere Irritationen auslösen musste. Egal.

»Rudy, was ist hier passiert?«

Rudy sagte nichts. Benji stand auf, um einen Lappen an der Spüle zu befeuchten. Er tupfte Rudys Stirn und Wangen damit ab. Danach holte er ein Glas Wasser, das er ihm zu trinken gab. Zwischen stöhnenden Lauten kamen erste Worte aus Rudys Mund.

»Du kommst mir gerade recht! – Freund oder Feind? – Gehörst du etwa zu diesem durchgeknallten Idioten?«

»Nicht im mindesten. Wie käme ich dazu?«

»Was machst du dann hier?«

»Ich war in der Nähe unterwegs und dachte, ich schau mal vorbei.«

Er half Rudy auf die Beine und reichte ihm einen Stuhl, auf dem er sich ächzend niederließ.

»Ich glaubte immer, Indianer kennen keinen Schmerz ...?«

»Immerhin bringen wir uns nicht selbst um – im Gegensatz zu deinen Kamikaze-Vorfahren.«

»Okay, das reicht! Du fängst an. Was war hier los?«

Rudy trank das Glas leer und Benji füllte es nach.

»Was soll hier los gewesen sein? Du kennst doch den Ablauf. Ich komme, lade die Einkäufe und die Kanister ab und mache anschließend die Tanks voll. Der Typ, wie heißt er noch ... Darryl? Also Darryl benahm sich völlig normal. Erst als ich von der Rückseite zurückkam, stand er auf der Veranda und faselte von einem Sack Kartoffeln, der ihm hinter ein Regal gefallen sei. Wenn ich's mir überlege, hatte er da schon einen irren Blick. Wobei der Typ eh schräg drauf war. Jedenfalls gehe ich, um nach den Kartoffeln zu schauen, und dann ging das Licht aus.«

Benji schaute in der Küche umher. Auf der Theke lag eine zerknitterte aufgeschlagene Zeitung.

»Hast du die mitgebracht?«

»Ja, da war Darryls beschissener Salat drin eingewickelt.«

Benji zog die Zeitung zu sich her, las zwei Überschriften und wusste in diesem Moment, was hier vorgefallen war. Er wandte sich wieder an Rudy. »Du bist im Bild, was Leute wie Harriet oder Darryl machen?«

»Nicht genau. Es war die Rede von einer geheimen Forschung, die unter Ausschluss von Kommunikationsmöglichkeiten stattzufinden hätte. Mehr muss ich nicht wissen. Wenn mir einer unserer Ältesten solch einen Job anbietet, dann nehme ich den und frage nicht. Dass die mit dem Maschinenpark in den Hütten nicht nur meditiert haben, ist jedem klar, der bis drei zählen kann.«

»Hmm, kann ich verstehen. Falls dir das hilft, Darryl wollte nicht dich, der wollte dein Auto.«

Rudy stieß ein paar Flüche aus, von denen Benji nur einen verstand, und der war deftig. »Der Pick-up ist nicht einmal abbezahlt, und schon ist er weg. Das kann nicht wahr sein!«

»Rudy, beruhige dich. Der wollte dein Auto, weil es die einzige Möglichkeit ist, von hier wegzukommen. Die Kiste hast du spätestens morgen wieder. Die steht heute Abend an einem Flughafen, an einem Busterminal oder an einem Bahnhof. Schlimmstenfalls fährt er damit nach Idaho, was andererseits näher ist als Kalispell. Ist halt ein bisschen mehr Bürokratie. Von wegen Kalispell, wir sollten zurückfahren. Vermutlich willst du dort mit ein paar Leuten sprechen.«

»Sobald wir ein Netz haben, muss ich die anrufen. Das kannst du mir glauben.«

»Okay, dann schau zu, dass die Hütte unbewohnt bleiben kann, bis jemand hier aufräumt. Ich warte draußen.«

Vor der Tür kramte Benji sein iPhone aus der Tasche und öffnete die Tracker-App. Wie gut, dass ein paar Dinge ohne Internet funktionieren, ging ihm durch den Kopf. Die App zeigte einen blinkenden Punkt auf der Strecke nach Kalispell. Darryl fuhr nicht nach Idaho. Das war gut. Weniger gut war, dass der Punkt sich nicht bewegte. Er vergrößerte den Ausschnitt, bis er sah, wo das war. Er steckte das Telefon wieder ein.

Rudy kam missmutig mit ein paar Taschen aus der Hütte.

»Keine Ahnung, wie man das alles hier stilllegt. War nicht vorgesehen und hat mir niemand erklärt. Jetzt habe ich die verderblichen Sachen aus dem Kühlschrank geholt, die Fenster zugemacht und die Türe schließe ich auch gleich ab. Um den Rest und die Klamotten von Darryl sollen sich andere kümmern.«

Darling war von sich selbst erschrocken, mit wie wenig Skrupeln er Rudy das Holzscheit über den Kopf gezogen hatte. Er raffte seine wichtigsten persönlichen Dinge zusammen. Im Bad seine Wasch- und Rasiersachen, seine Medikamente und in dem Raum, der ihm als Schlafzimmer verkauft worden war, alle Papiere und ein paar Kleidungsstücke. Er versuchte, sich zu konzentrieren und seinen Blick nicht von der Demütigung vernebeln zu lassen, die er eben erlitten hatte. Jetzt zählte, nichts zurückzulassen, was ihn später belasten könnte, und all das mitzunehmen, was die Schmach lindern könnte. Dazu gehörten nicht nur die Zwischenergebnisse, die Rudy abholen wollte, sondern auch die neuen Daten, die er dabei hatte.

Darling bedauerte zutiefst, nicht mehr Material aus diesen unglaublich guten Geräten vor Ort abgreifen zu können, die er in dieser Qualität und Kompaktheit nie an anderer Stelle gesehen hatte. Aber so war es nun mal. Er warf alles in Rudys Pick-up und hoffte, dass es ihm erspart bliebe, dem Bewusstlosen die Schlüssel aus der Tasche ziehen zu müssen. Dabei waren seine Bedenken weniger moralischer Struktur, als dass er Angst hatte, Rudy könne bei dieser Gelegenheit sein Bewusstsein wiedererlangen. Auf diese Komplikation konnte er verzichten.

Der Schlüssel steckte im Pick-up.

Der Waldweg führte steil bergab und machte dabei diverse Bögen. Der Wagen schleuderte nach links, nach rechts, stabilisierte sich in der Mitte, um das Spiel hinter der nächsten Kurve von neuem zu beginnen. Kurz vor der Staatsstraße wurde der Weg flacher.

Darling wusste nicht, wo er war und in welche Richtung er abbiegen sollte. Er entschied sich für eine pragmatische Lösung. Nach rechts zu fahren, reduzierte das Risiko, mit dem Gegenverkehr zusammenzustoßen, wenn man keine Zeit hatte, anzuhalten und zu schauen. Deshalb machte er das, und mit festem Straßenbelag unter den Reifen gab er richtig Gas. Seine Hoffnung bestand darin, auf eine Kreuzung oder Abbiegung zu stoßen, deren Schilder verrieten, wo er sich befand und wo die Wege hinführten. Sein Ziel kannte er.

Es dauerte nur Minuten, bis sein Wunsch erhört wurde. Er erreichte eine Einmündung, deren Beschilderung geradeaus über Troy nach Idaho zeigte und nach rechts Richtung Kalispell. Da hatte er etwas abzuholen.

Seine Nerven beruhigten sich langsam und er überdachte seine Situation. Er saß in einem gestohlenen oder zumindest ungefragt geborgten Auto, das einem Handlanger seines Arbeitgebers gehörte. Das war praktisch, aber längerfristig gefährlich. Wenn er Rudys Chef wäre, würde es ihn schon interessieren, wo der sich jeweils befindet. Es spräche einiges dafür, dass an der Kiste ein Tracker hing.

Wenig später sah er das Hinweisschild für eine Parkbucht. Er stoppte, stieg aus, lehnte sich an die Fahrertür und atmete tief durch. Er hatte alle Zeit der Welt, ging ihm durch den Kopf. Bis Rudy aus seiner Bewusstlosigkeit erwachte, die Situation überblickte und zur Straße herunter gegangen war, würden Stunden vergehen.

Darling ging um den Pick-up herum und fasste in die Innenseite der Kotflügel, um einen GPS-Sender zu ertasten. Er fand nichts. Er war kurz davor, das als ein Zeichen von Vertrauen zwischen Boss und Handlanger hinzunehmen, als ihm die chromblitzenden Stoßstangen auffielen. Zu Zeiten, in denen die Flut japanischer Autos nur Hartplastik zu bieten hatte, war das eine echte Rarität. Er fühlte mit der Hand in die Rückseite der vorderen Stoßstange. Nichts. Dann machte er dasselbe auf der Rückseite und wurde fündig.

Der Tracker war dort festgeklebt, hing aber locker zwischen mehreren Lagen Lassoband, die aussahen, als ob jemand in großer Eile das Teil für die kommenden Jahrzehnte da belassen wollte. »Dilettanten«, knurrte Darling, »der Salat und der Tracker, alles auf dem gleichen beschissenen Level!«

Nachdem er lange genug daran herumgezerrt hatte, löste sich das Paket inklusive des Lassobands. Er ging ein Stück in das Gebüsch, welches die Parkbucht einfasste, und warf es mit Schwung ins Unterholz. Dieses Problem war erledigt. Er setzte sich wieder ans Steuer und fuhr weiter Richtung Kalispell.

Darling hatte genügend Zeit, darüber nachzudenken, wie er diese ungeplante Situation in den Griff bekommen wollte, und er nutzte sie. 90 Minuten später traf er in Kalispell an der Greyhound Bus Station an. Er parkte Rudys Auto gut sichtbar auf dem riesigen Areal davor und ging in die Wartehalle, ohne auf die Überwachungskameras zu achten, die den Eingang im Blick hatten. Eine Informationstafel schien sein besonderes Interesse gefunden zu haben, während er prüfte, ob ihn jemand beobachtete. Auf einer der Toiletten zog er den Sweater aus, den er wegen der Kühle der Berge in seiner Hütte getragen hatte, schob sich eine neutrale Cap auf den Kopf und verließ mit ruhigem Schritt das Gebäude durch den Nebenausgang. Als er am Straßenrand nach einem Taxi Ausschau hielt, kam ein Briefkasten in sein Blickfeld. Der schluckte Rudys Autoschlüssel. Darling sah das als eine reine Vorsichtsmaßnahme. Er konnte eines der wenigen

Taxis in Kalispell herbeiwinken und nannte als Ziel den Glacier Park International Airport.

Benji fuhr los, stoppte an der Schranke, damit Rudy, dem der Schlüssel mit dem Pick-up abhandengekommen war, sie wenigstens zuziehen konnte. Dann polterte der Toyota runter zur Staatsstraße und machte sich auf dem gleichen Weg zurück nach Kalispell, den er gekommen war. Rudy schwieg wie gewohnt, wobei sich Benji vorstellen konnte, was in seinem Kopf vor sich ging. Kurz bevor sie die Kootenai Falls auf der linken Seite passierten, sprach er ihn an.

»Du weißt, dass das vorhin nur so dahin gesagt war. Von wegen, ich sei in der Gegend gewesen. Es stimmt aber. Ich habe hier an den Falls einen Freund getroffen, mit dem ich öfters im Kajak unterwegs bin. Wir wollten uns den Wasserstand anschauen und wie sich die Fälle im Moment darstellen. Je nachdem, wo davor und dahinter die Stromschnellen anfangen, sollte man sich ein Bild davon machen, bevor man in Probleme gerät.« Er schaute Rudy an. »Nicht nur die Grizzlys sind beim Kajak fahren gefährlich. Ich wollte gerade vom Parkplatz aus wieder Richtung Kalispell starten, als du vorbeigezischt bist. Da dachte ich. Oh, das ist Rudy. Schauen wir doch mal, wen er heute besucht.«

Rudy nickte. »Das ist mir schon klar, dass du bei Harriet mehr mitbekommen hast, als du mir erzählt hast. Offensichtlich weißt du mehr über diese ganze Sache als ich. Aber kein Problem, Bruder. So lange ich nicht zwischen die Räder gerate, ist mir das alles egal. Abgesehen davon, dass ich dir echt dankbar bin, dass du mich da vorhin rausgeholt hast.«

»Ich bin Journalist«, sagte Benji, »wir sind berufsmäßige Schnüffler. Aber wir können auch Geheimnisse bewahren. Insofern mach dir keinen Kopf. Wegen mir hast du keinen Ärger zu erwarten.«

Kurz bevor sie den Ort Libby erreichten, schwenkte Benji in einen Parkplatz. »Sorry, ich muss mal pinkeln. Dauert nicht lange.«

Er verschwand zwischen den Bäumen, holte das iPhone heraus und sah einen großen grünen Punkt blinken. Er vergrößerte wieder den Bildausschnitt und der Punkt verortete sich links von ihm. Benji ging ein paar Schritte und sah den Tracker im Unterholz liegen. Diesen Darryl sollte man nicht unterschätzen.

Sie fuhren weiter und Benji grübelte, ob die Entdeckung des Trackers Darryl dazu bewogen hatte, umzukehren und über die Staatsgrenze nach Idaho zu verschwinden. Letztlich würde es nichts ändern. Rudy musste als Erstes zurück nach Kalispell und ihn ging das alles im Grunde nichts an. Wenn nur sein journalistischer Instinkt bei dieser ganzen Geschichte nicht längst Fährte aufgenommen hätte.

Sie hielten wenig später wieder in Libby, weil Rudy drängte, telefonieren zu können. Er verschwand aus dem Wagen und ging eine Strecke, bevor er sein Telefon herausholte. Er führte mehrere Gespräche, so genau war es aus dem Auto nicht zu sehen, und kam dann zurück. Er stieg ein und schwieg. 90 Minuten später erreichten sie Kalispell.

Benji fragte, ob er ihn ins Logan Health Medical Center bringen sollte, aber Rudy wollte an einer Ecke in Downtown aussteigen.

»Das hätte dir gefallen, am Logan Health vorzufahren, mit umgekehrten Rollen. Nein, das ist nicht nötig. Mir geht es gut und unsere Leute haben da andere Mittel, falls notwendig.«

Er stieg aus und blieb in der Tür stehen. Benji wollte sich nicht im Wagen verabschieden und kam auf die Seite des Bürgersteigs. Rudy schaute etwas verlegen. »Wie ist das, wenn man als Amerikaner wie ein Japaner aussieht?«

Benji grinste. »Vermutlich exotischer als ein American Indian, der hier seit Jahrhunderten zum Straßenbild gehört. Dafür bauen die Japaner die besseren Autos.« Dabei klopfte er dem Tacoma auf die Kühlerhaube.

»Vielleicht sollte ich dieser Angelegenheit mal mit unseren Chiefs reden ...«, sagte Rudy, klopfte Benji auf die Schulter und ging.

Der Tag war komplett anders verlaufen als erwartet. Einiges würde in Bewegung geraten. Benji hatte ein schlechtes Gefühl, Harriet nicht über die letzten Entwicklungen informiert zu haben. Wie auch? Sie war nach wie vor in Isolation und wollte ihn nicht sehen. Gute Gründe, sich keine Gedanken zu machen. Aber als tragendes Teil dieses Spiels sollte sie am besten wissen, wie es weiterging. Er überlegte, zum Lunch ins Hop's zu gehen, und verwarf die Idee augenblicklich. Es gab bessere Orte zum Nachdenken, und das war zuhause.

Er machte sich auf den Weg nach Whitefish. Als seine Gedanken an Harriet eine kleine Pause einlegten, erinnerte er sich an das morgige Treffen mit dem Kollegen von den Flatheads. Ihm wurde das ein bisschen viel für einen Tag. Dann dachte er *Think positive*, das lenkt dich ab und bringt dich in der Sache weiter. Bei der nächsten Gelegenheit stoppte er und rief Greg an.

»Na endlich«, brüllte Greg in die Leitung, »ich frag mich die ganze Zeit, wo du bleibst. Ich hab versucht, bei dir anzurufen, da warst du ohne Netz. Also, zurück in der Zivilisation?«

»Ja, und kurz vor Whitefish. Ich hatte dir gesagt, dass ich unterwegs bin. So spät ist es doch gar nicht. Wie sieht es aus? Treffen wir den Kollegen morgen?«

»Ja, tun wir! Der ist wieder im Land und scharf drauf, uns zu sehen. Schau zu, dass du gegen sechs bei mir bist. Ich werfe den Grill an und packe ein paar Dosen Bier ins Eisbad. Dann besprechen wir alles Weitere.«

Benji war dankbar, etwas Handfestes in den Magen zu bekommen. Seine Anspannung ließ nach und mit der Konzentration auf das morgige Treffen fielen die Gedanken an Harriet in die virtuelle Kiste des Unerledigten.

Sie einigten sich darauf, den Verkauf von ehemaligen Stammesgebieten der Salish durch den Staat Montana zum Aufhänger des Gesprächs zu machen. Es wäre ein ewiger Streit und daher würde die Flathead Weekly überlegen, ein ausführlicheres Dossier zu dem Thema inklusive der historischen Aspekte recherchieren zu lassen. An Details sei schwer heranzukommen und da wäre man auf die Mitarbeit des Kollegen angewiesen, die sicher auch im Interesse seines Stammes läge. Nach und nach könnte man erste eigene Informationen mit ins Spiel bringen, und dabei fiele dann zwangsläufig der Name Charlot Buffalo. Der Rest würde sich ergeben.

Nachdem das geklärt war, erzählte Benji von den Entwicklungen des Tages, wobei er Darling, den er als Darryl kannte, als Kollegen von Harriet bzw. weiteren Spezialisten innerhalb des Projektes beschrieb.

Greg hörte sich die Geschichte mit zunehmend ernsterer Mine an. Dann sagte er: »Ich weiß echt nicht, wo du da hineingeraten bist. Aber das, was sich in den letzten Tagen angesammelt hat, klingt nach einer so verdammt großen Story, dass wir uns überlegen sollten, eine Kooperation mit überregionalen Kollegen zu machen. Es wäre eine Chance für die Weekly.«

Benji nickte. Greg hatte recht. Es wurde Zeit, die Ereignisse nicht nur mit großen Augen zu betrachten, sondern als etwas, das das Potenzial zu einer echten investigativen Geschichte hatte. Trotzdem war es für heute genug. Er wollte nicht wieder in einen Zustand geraten, der ihn zum Übernachten auf Gregs Couch zwang. Er hatte seinen Bierkonsum über den Abend so gestreckt, dass die drei Dosen, die er sich leistete, beim letzten Schluck warm waren, aber die Strategie ging auf. Zu Gregs Enttäuschung verließ er dessen Haus bereits kurz nach zehn Uhr und lag deutlich vor Mitternacht in seinem eigenen Bett.

Als Buffalo das Team seiner Spezialisten zusammenstellte, hatte er bei zwei Kandidaten Bedenken hinsichtlich ihrer Loyalität und Zuverlässigkeit. Ihre fachlichen Qualitäten ließen ihn das Risiko eingehen. Er engagierte sie und beschloss, ein geschärftes Auge auf sie zu haben. Wie gewohnt entwickelte er einen Plan B.

Der eine sollte als Trainingsexperte für Daisys Hacking-Kompetenzen zuständig sein. Buffalo kannte ihn dank seiner exzellenten wissenschaftlichen Veröffentlichungen und über das, was er auf seinem Fachgebiet im Hintergrund tat. Er war ein gefragter Berater für Firmen, die IT-Sicherheit verkauften, und galt in den USA als einer der drei Top-Leute in Sachen KI-gestützter Abwehr von Cyber-Bedrohungen. Es existierten Gerüchte, er hätte sich zuweilen mit Angreifern solidarisiert, aber das konnte nie bewiesen werden. Er lebte in einer vierten Ehe, was Buffalo positiv vermerkte. Wahrscheinlich waren die ersten drei daran gescheitert, dass der gute Mann zu viel arbeitete und nie zuhause war. Buffalo konnte ihn für sein Projekt gewinnen und quartierte ihn in einer Hütte im Lolo National Forest nordwestlich von Missoula ein. Von da an hieß er *Lolo*.

Bisher hatte er alle Erwartungen erfüllt. Er bewies seinen Verstand dadurch, dass er nicht versuchte, Daisy die neuesten Hackertechniken beizubringen. Vielmehr vermittelte er ihr ein umfassendes Wissen über sämtliche bekannten Techniken auf dem Level, wie es von beiden Seiten, den Angreifern und den Verteidigern, genutzt wurde. Er ging davon aus, dass die KI daraus ihre eigenen Strategien entwickeln würde. Die seien im Zweifel deutlich besser als all die bösen Dinge, die bisher im Netz zu finden waren.

Daisy formulierte anfangs Bedenken, in fremde Gefilde einzudringen. Sie sah hier einen Konflikt zwischen dem ethischen Anspruch, den ihr Hungry Horse vermittelte, und den Techniken, die Lolo ihr beibringen wollte.

»Manchmal muss man Schlechtes tun, um Gutes zu erreichen«, war Buffalos Kommentar dazu, und das sah Daisy ein.

Der andere war Darryl Lingfield. Buffalos erste Begegnung mit ihm reichte mehr als ein Jahrzehnt zurück und endete in einer heftigen verbalen Auseinandersetzung am Rande einer seiner Lehrveranstaltungen in Berkeley. Normalerweise hätte er Darling und sein auffälliges Benehmen wenige Tage später vergessen gehabt, wären nicht im Rahmen dieses Disputs Darlings scharfer Verstand, seine fachliche Kenntnis und sein wissenschaftlicher Anspruch sichtbar geworden. Wie sich herausstellte, lag Darling mit den Theorien richtig, die er Buffalo ins Gesicht geschrien hatte. Seitdem hatte der ihn nicht mehr aus den Augen gelassen.

Als er die beiden Professoren zur Mitarbeit einlud und, wie beabsichtigt, Darling bekam, war ihm bewusst, dass er dessen Genialität mit einem erhöhten Risiko erkaufte. Er kannte Darlings niedrige Frustrationstoleranz, dessen Stimmungsschwankungen und charakterlichen Defizite. Nur gab es für die Deepfakes, die er im Kopf hatte, keinen besseren Experten.

Buffalo war auf Schwierigkeiten eingestellt und dementsprechend vorbereitet. Das Projekt, mit dem er Darling oder jeden anderen seiner Spezialisten zur Räson bringen konnte, lief unter dem Namen *Skynet*.

Vor rund drei Jahren, Buffalo arbeitete für Google, hatte er einen chinesischen Praktikanten. Sun Yang, so sein Name, war als Student der Informatik mit einem Gaststipendium an der University of California in Berkeley und hatte für sein praktisches Semester den Jackpot gewonnen. Aufgrund seiner außergewöhnlich guten Leistungen durfte er zu Google. Buffalo entgingen die Fähigkeiten des jungen Chinesen nicht. Er schätzte seine Cleverness, seine Freundlichkeit und die Bereitschaft, an Dingen dranzubleiben, bis sie zu Ende gebracht waren. Die Arbeit bei einer weltweit vernetzten Tech-Firma brachte auf Buffalos Forschungsebene vielfältige internationale Kontakte mit sich und er hatte mit Staunen und Bewunderung die Entwicklung Chinas von einem Bauernstaat zu einer der führenden Wirtschaftsmächte verfolgt. Das Land faszinierte ihn und er bemühte sich über die Arbeit hinaus, Sun Yang zu fördern und zu unterstützen.

Kurz bevor Yang nach China zurückkehrte, trafen sich er und Buffalo zu einem letzten Gespräch, bei dem sich beide ausgesprochen zufrieden zeigten über ihre Zusammenarbeit und das, was Yang an neuem Know-how mit nach Hause nehmen würde. Yang erzählte hinter vorgehaltener Hand, dass er am liebsten in den USA bleiben würde. Sein zukünftiger Arbeitgeber wollte ihm aber die Rückkehr versüßen mit einem Dienstlaptop inklusive 17-Zoll-Bildschirm, den er auch privat benutzen könne.

Buffalo musste nicht fragen. Yang berichtete ihm stolz, dass er ausgewählt worden sei, in der Verwaltung von Guangzhou arbeiten zu dürfen. Wie nahezu alle größeren Kommunen in China schuf die seit einiger Zeit ein rapide wachsendes Netz von Überwachungssystemen. Ziel war, die Bevölkerung auf dem Pfad der Tugend und weit weg von Chaos und Anarchie im Straßenverkehr zu halten. Schon jetzt gab es zigtausende Kameras an Zebrastreifen, Ampeln und Straßen mit Geschwindigkeitsbeschränkungen. Bei jeder Übertretung ermittelten die mit Hilfe von KI-Algorithmen in Echtzeit den Sünder, stellten ihm digital den Strafzettel zu und prangerten ihn auf großen *Public Shaming* Displays mit Namen und Bild an. Alle kannten das System unter dem Begriff *Skynet*.

Ein großartiger Arbeitsplatz, dachte Buffalo, wenn man seine berufliche Befriedigung aus der Bloßstellung und Erniedrigung von Verkehrsteilnehmern bezieht, die Angst haben, zu spät zur Arbeit zu kommen oder ihr Kind nicht rechtzeitig in der Krippe abgeben zu können.

Seine Faszination für die Leistungen des chinesischen Volks änderten nichts an Buffalos Irritation über solche Praktiken, mit denen die Regierung ihre Bürger gefügig machen wollte. Als Mitglied einer Minderheit empfand Buffalo besondere Abscheu vor jeder Form staatlicher Gängelung. Insbesondere der missbräuchliche Einsatz von KI ließ es in seinen Fingern jucken.

Yang und er schieden in Freundschaft und versprachen, in Verbindung zu bleiben.

Die Pflege dieses Kontakts bereitete Buffalo doppelte Freude. Vier Wochen nach Yangs Rückkehr nach China stellte er einen Datenstick mit Bildern zusammen von gemeinsamen Treffen am Strand, beim BBQ und von Seminaren, an denen sie beide teilgenommen hatten. Buffalo erzählte in einer ebenfalls enthaltenen Sprachnachricht ein bisschen von Projekten, die nach Yangs Abreise weitergegangen waren. Worüber er nicht sprach, war eine kleine Datei mit einem Trojaner, die sich in den Bilddateien praktisch unauffindbar versteckte.

Einige Tage später flog ein Kollege von Google nach Peking. Er hatte die unerfreuliche Aufgabe, der chinesischen Regierung die Grenzen zu erklären, was Google an Restriktionen maximal bereit sei zu akzeptieren, um ihre Suchmaschine in China am Laufen zu halten. Buffalo bat den Kollegen, einen Umschlag mit dem Stick in Peking in einen Briefkasten zu werfen, weil so die Chance deutlich größer sei, dass sein Gaststudent diese Aufmerksamkeit bekäme.

Yang freute sich über das weiter anhaltende Interesse dieses großartigen Professors, der ihm so viel beigebracht hatte. Er zeigte die Fotos seiner Freundin und einigen Kollegen, löschte sie aber zum Schluss, nachdem er Abzüge davon hatte machen lassen. Sein Vater war der Meinung gewesen, es sei keine gute Idee, Bilder aus den USA auf einem Dienstrechner chinesischer Behörden zu speichern.

Es war zu spät. Die fleißige Trojaner-Ratte mit dem niedlichen Namen *Puppyrat* war schon längst von Yangs Laptop in die Server der Stadtverwaltung von Guangzhou gelangt. Von da schlich sie sich in die Cloud, in der die Milliarden Daten aller chinesischen Verkehrssünder gespeichert waren. Dort nistete sie sich ein und machte – nichts. Anfangs kommunizierte sie ein bisschen mit dem Command & Control Server, den Buffalo für sie eingerichtet hatte. Der befahl ihr, den tagtäglichen Betrieb in ihrer chinesischen Umgebung zu analysieren und sich die Routinen zu verinnerlichen. Ansonsten solle sie stillhalten, es sei denn, irgendetwas käme ihr zu nahe. Sie schaute sich unauffällig um und wartete. Sie wartete mehrere Jahre lang.

Buffalo schaute konzentriert auf einen der Bildschirme. »Kootenay hat uns heute verlassen.«

»Hat er gekündigt?«

»So würde ich das nicht nennen. Er hat Rudy niedergeschlagen, dessen Auto genommen und ist damit abgehauen.«

»Woher weißt du das?«

»Kurz darauf tauchte der Typ in der Hütte auf, den Rudy vor einigen Tagen verletzt von North Fork ins Krankenhaus nach Kalispell gebracht hat. Dieser Kajakfahrer, der sich mit einem Bären eingelassen hatte. Angeblich hat er Rudys Pick-up auf dem Weg zu Kootenay gesehen und ist ihm aus Neugier gefolgt. Nachdem der Pick-up weg war, ist er in die Hütte und hat Rudy gefunden.«

»In Wahrheit wollte er also Kootenay finden.«

»Eindeutig. Wenn er nicht mit dem Kajak unterwegs ist, arbeitet er als Journalist für die Flathead Weekly.«

»Gibt es Gründe für Kootenays überraschende Abreise?« Daisy schaute Buffalo fragend an.

»Er hat von dem Rolling Stones Fake erfahren. Aus der Zeitung, in der sein Salat eingewickelt war. Daraufhin ist er offensichtlich komplett ausgerastet.«

»Wundert mich nicht.«

»Wieso?«

»Sein biologisches neuronales Netz ist instabil. Es hat zwar eine hohe Dichte an synaptischen Verbindungen, aber wenig resiliente Hauptleitungen. Vor allem im emotionalen Bereich hapert es.«

»Woher hast du das?«

»Du glaubst gar nicht, was in den Zwischenergebnissen zwischen den Zeilen so alles zu erkennen ist.«

Buffalo legte die Stirn in Falten. »Machst du von mir zwischendurch auch solche kleinen Psychogramme?«

»Nein, natürlich nicht. Zum einen stehst du ständig neben mir. Zum anderen lieferst du keine Zwischenergebnisse ab. – Was machen wir jetzt ohne Kootenay? Ist sein Abgang ein großes Problem?«

»Klar, er hätte in Sachen Video Deepfakes einen draufsetzen können. Aber das kriegen wir auch ohne ihn hin. Kootenay hat seine Arbeit getan. Kootenay kann gehen.«

Daisy schaute ihn erstaunt an. »War das nicht der Mohr bei Schiller?«

»Doch, doch. Aber Mohr darf man nicht mehr sagen. Außerdem war das als Metapher gedacht.« Er überlegte einen Moment und fuhr dann fort. »Noch was: Wir holen North Fork nach Kalispell. Dieser schiffbrüchige Japaner weiß, wo ihre Hütte liegt. Jetzt ist er bei Kootenay aufgetaucht. Beide Hütten sind kompromittiert. Bevor wir ein Risiko eingehen, lass ich dort aufräumen. Wenn North Fork in Kalispell ist, haben wir hoffentlich auch den Japaner im Blick.«

KAPITEL 10

Das Taxi kostete ihn fast den Rest seines Bargelds, aber das war jetzt egal. Darling ging in einen Seitenbereich des überschaubaren Flughafens und öffnete eines der dort befindlichen Schließfächer, in dem er sein Rückflugticket, mehrere hundert Dollar in Scheinen und sein Smartphone aufbewahrt hatte. Das war mit einer Powerbank verbunden und voll geladen.

Bei der Vertragsunterzeichnung hatte man ihm vorgeschlagen, seine persönlichen Dinge wie Mobiltelefon, Flugticket und Ausweise in der Kanzlei des Rechtsanwalts Corwyn zu hinterlegen. Darling empfand es als eine schräge Idee, private Gegenstände einem Fremden zu überlassen, erst recht einem Rechtsanwalt, und lehnte das Angebot ab.

Für Corwyn war das Thema erledigt, als Darling nichts mit in die Hütte nahm, was Kontakt zur Außenwelt ermöglichte. Wahrscheinlich vermutete er diese Sachen am Flughafen. Ein weiterer Grund, warum man ihn hier am ehesten suchen würde. Aber nur, wenn Rudy schon Alarm geschlagen hatte. Frage war, ob sein bisheriger Arbeitgeber wegen solchem Kleinkram seine Deckung aufgeben und das Projekt gefährden wollte.

Er beeilte sich und suchte einen Platz, von dem aus die Anzeigetafel gut sichtbar war. Der nächste Flug nach San Francisco ging in 40 Minuten und er wollte so spät wie möglich einchecken.

Darlings Wut hatte mittlerweile einem rationalen Kalkül Platz gemacht. Am Ende eines langen Wegs hatte er bei seiner Arbeit in der Hütte nicht nur Licht gesehen, sondern eine strahlende Sonne. Dumm war, er hatte keinen Zugriff zum Lichtschalter. Jetzt hatte jemand anderes das Licht ausgeschaltet. Darling wusste, wer derjenige war. Aber er kannte seinen Namen nicht. Das musste sich ändern.

Sein Blick fiel auf ein großes Werbebanner oberhalb der Anzeigetafel. *Sie suchen oder verkaufen ein Haus oder Grundstück in Kalispell? Ein Strandhaus am Flathead Lake? Oder eine Hütte in den Bergen des Flathead National Forest? Sprechen Sie mit mir! Mein Name ist Amanda Lane und ich bin immer (24/7) für Sie da.*

Darling hielt mehrere Minuten lang den Blick auf dem Gesicht von Amanda Lane. Er stand nicht auf blondierten Frauen, aber die hatte möglicherweise etwas, was sie ausgesprochen attraktiv machte. Er kramte sein Smartphone hervor und fotografierte die Werbung. Dann erhob er sich, ging vor das Terminal, rief ein Taxi und fuhr zurück in die Stadtmitte von Kalispell.

Er fragte nicht, sondern machte eine direkte Ansage: Bringen Sie mich zu einem zentralen Hotel, das gut und nicht überteuert ist. Taxifahrer verstehen solche Sätze. In diesem Fall endete die Fahrt vor der *Glacier Lodge*. Darling gab ein gutes Trinkgeld, stieg aus und betrat die Lobby, wo man ihm auf freundliche Weise ein Zimmer zeigte, das im Vergleich zur Hütte wie ein Paradies erschien. Er stimmte zu und bezahlte mit Cash im Voraus. Gleichzeitig fragte er nach einem Herrenausstatter, der gediegene Kleidung anbot.

Darling hatte sich bei seiner überstürzten Flucht aus der Hütte so weit im Griff gehabt, die wichtigsten Dinge einzusammeln und mitzunehmen. Viel war es nicht. Es ging um seine Zahnbürste, die Medikamente, die Brieftasche mit ein bisschen Geld und ein paar Papiere. Sachen, die wenig Platz brauchten und im Vorbeigehen mitgenommen werden konnten. Mit Kleidung war es schwieriger und deshalb besaß Darling nur das, was er morgens angezogen hatte.

Der freundliche Mensch hinter dem Empfangstresen empfahl ihm *Jason's* in fußläufiger Entfernung. Zehn Minuten später stand ein äußerst serviceorientierter Verkäufer vor ihm. Darling hatte es eilig.

»Guter Mann, ich komme gerade mit dem Flieger aus Chicago. Leider nur ich und nicht mein Koffer. Ich brauche eine Hose, ein anständiges Hemd und ein Sakko. Krawatte muss nicht sein. Alles in gedeckten Farben und so, dass ich es zu einer Dinnerparty anziehen könnte.«

Der Verkäufer nickte, schätzte Darlings Figur ab und setzte sich in Bewegung. Eine halbe Stunde später verließ Darling das Geschäft im neuen Look. Seine Einkäufe trug er am Leib.

Die Innenstadt von Kalispell entspricht einem großen Dorf und Amanda Lanes Maklerbüro lag unweit von Jason's. Obwohl der Freitagnachmittag weit fortgeschritten war, erhob sich Amanda Lane mit einem strahlenden Lächeln hinter ihrem Schreibtisch, als Darling das Büro betrat.

»Hallo, guten Tag. Ich bin Amanda Lane. Wie kann ich Ihnen helfen?«

Darling war im Lauf der letzten Jahre zu einem eher miss-mutigen Menschen geworden, der sich gerne in den Hinter-grund zurückzog. Er vertraute niemandem. Trotzdem war er ein gut aussehender Mann gewesen, bevor ihm das zuneh-mend egal wurde und er seinem Äußeren immer weniger Beachtung schenkte. Reste seines Charmes hatte er über die Runden gerettet.

»Guten Tag Ms. Lane, mein Name ist Smithfield. Ich habe ein Anliegen, das auf den ersten Blick merkwürdig erscheint, aber ich habe keine bessere Idee, als mich damit an jemanden wie Sie zu wenden.« Er holte Luft und schaute ihr direkt in die Augen. »Vor ein paar Wochen war ich dienstlich in Kalispell. Eine bezaubernde Stadt. Unter an-derem hatte mein Arbeitgeber zu einem Brunch auf eine Hütte in der Nähe von Libby eingeladen. Ein Ambiente fernab von jeder Zivilisation auf einem Berg mit einer un-glaublichen Aussicht. Es war fantastisch. Dieser Tag bleibt mir bis heute in bester Erinnerung.

Jetzt hatte ich erneut in Kalispell zu tun und kam spontan auf die Idee, bei Ihnen hereinzuschauen. Meine Frage ist, ob solche Hütten oder ein größeres Grundstück in abgelegenen Gegenden hin und wieder auf den Markt kommen.«

Amanda Lane schaute ratlos. »Oh, da haben Sie sich wirk-lich ein exotisches Eckchen ausgesucht. Berghütten sind nicht meine Kernkompetenz. Wo ist das genau?« Sie drehte einen der großen Monitore auf ihrem Schreibtisch und stellte sich neben Darling. Der Mauszeiger wanderte nach Libby.

Darlings Finger wies zielsicher auf einen Punkt. »Hier! Das ist die Gegend. Im Umfeld der Cabinet Mountains.«

Die Maklerin schaute erst recht zweifelnd. »Das ist erstaunlich. Zum überwiegenden Teil sind das alles Wälder und Gebiete, die dem Staat Montana gehören. Vieles davon steht außerdem unter Naturschutz. Da darf gar nicht gebaut werden, auch keine Hütten.«

So einfach kam man Mr. Smithfield alias Darling nicht bei. »Das Gelände war mit Sicherheit privat. Es gab eine Schranke, und die Hütte war ganz bestimmt kein Rangerposten. Im Gegenteil. Es schien eine Art Ferienhaus zu sein. – Könnten Sie feststellen, wie die Eigentumsverhältnisse dort in der Gegend sind?«

»Ja, das könnte ich. Die Grundbücher für diese Region liegen beim Lincoln County Clerk and Recorder's Office in Libby. Ich bezweifle allerdings, dass da am Freitagnachmittag jemand erreichbar ist.«

Darling sagte nichts, weil er sah, wie sie nachdachte. Am Ende blickte sie auf und bekam ein Strahlen ins Gesicht.

»Wen ich in Libby immer erreiche, ist meine Maklerkollegin. Was potenzielle Eigentümer angeht, habe ich eine Gruppe vergessen, für die grundsätzlich Ausnahmen gemacht werden können. Das sind die American Indians.«

Sie griff zu ihrem Telefon und drückte ein paar Tasten. Das anschließende Gespräch dauerte mehrere Minuten. Amanda Lane beschrieb, was Darling wo suchte. Dann hörte sie bis auf kurze Nachfragen zu und machte sich einzelne Notizen. Schließlich beendete sie das Telefonat und wandte sich an Darling. »Mr. Smithfield, eben habe ich etwas gelernt. Es gibt noch Dinge, die ich zum ersten Mal höre, und das gerade gehört dazu.

Wenn der Staat Liegenschaften verkauft, macht er das nicht mit Hilfe eines Maklers. Es geht üblicherweise um so große Flächen, dass nur institutionelle Käufer in Frage kommen, und die sprechen die Behörden direkt an. Hier war das auch so, aber es entwickelten sich ein paar Verwirrungen, die sogar für die Presse interessant waren.

Meine Kollegin erzählt Folgendes: Dieses Gelände, von dem wir reden, wollte Montana vor gut fünf Jahren an einen privaten Forstunternehmer verkaufen. Der hatte vor, den überwiegenden Teil davon als Wald zu bewirtschaften. Um das Ganze mit einer Mindestrentabilität zu versehen, wollte er in dem Bereich, wo die von Ihnen benannte Hütte steht, die Erlaubnis zum Bebauen einiger Waldgrundstücke bekommen. Aber kurz vor Vertragsunterzeichnung traten die Salish auf die Bühne und wiesen nach, dass das fragliche Gelände früher zum Stammesgebiet gehörte. Wenn es um Bebauung geht, haben die Salish ein Vorkaufsrecht.

Der Investor wollte auf die Bebauung nicht verzichten und die Salih erwarben das Gelände. Nun kommen die Delikatessen.« Die Maklerin benetzte mit der Zunge ihre Lippen und setzte ein diebisches Grinsen auf. »Im Grundbuch steht nicht ein Stammesangehöriger der Salish, sondern eine Firma in Panama. Das muss damals einige Irritationen hervorgerufen haben. Aber die Salish waren in der Lage nachzuweisen, dass die Firma in Panama einem ihrer Stammesältesten gehört, der aus bestimmten Gründen anonym bleiben wollte. Dabei ist es geblieben.«

Einen Moment lang war Ruhe, dann fragte Darling: »Und die Salish dürfen das Gelände bebauen?«

»Nein, nein. Was sie hinstellen dürfen, sind Hütten in traditioneller Holzbauweise, aber ohne Strom, ohne Wasseranschluss und schon gar keine Kanalisation. Ansonsten müssten solche Installationen durch Windkraft und Brunnen oder Ähnliches gewährleistet werden.«

»Konnte Ihre Kollegin irgendwas zu dem Namen dieser Firma in Panama sagen?«

»Sicher«, sagte Amanda Lane, » das ist ja öffentlich. Die Firma heißt *Flathill Grounds Limited.*«

Darling hob die Augenbrauen. »Das ist ja interessant ...«

Die Maklerin schien zerknirscht. »Es tut mir wirklich leid, Ihnen nicht mit mehr Informationen helfen zu können.«

Darling schaute sie an. »Sie haben mir durchaus geholfen. Ich bin Ihnen ausgesprochen dankbar.«

Sie war verwirrt. »Wie soll ich das verstehen? Was wollen Sie jetzt tun?«

»Mal sehen, vielleicht statte ich Panama einen kleinen Besuch ab ...«

Die Glacier Lodge, ihr hintergründiger Komfort und unaufdringlicher Service machten mit Darling eine Art Reset. Müde von den Ereignissen des Tages schälte er sich aus den ungewohnt neuen und ungewohnt schicken Klamotten und legte sich in die Badewanne. Wo er sicher eingeschlafen wäre, wenn sich nicht kleine Wellen in seinen leicht geöffneten Mund verirrt hätten, aus dem erstes leises Röcheln ertönte. Das hörte niemand, denn Darling war alleine.

Er war oft alleine. Genau genommen fast immer. Er selbst vermutete, dass die Leute nicht aus ihm schlau wurden. Kein Wunder, wenn einer ausschließlich in Code-Schnipseln redet. Im Büro brachte man ihm am ehesten Verständnis entgegen, aber meistens arbeitete er von zuhause oder aus seinem kleinen Labor, das niemand kannte. Die Momente, in denen er sich verstanden und akzeptiert fühlte, fanden im Kreis seiner Musiker-Kollegen statt. Darling hätte viel dafür gegeben, die Geborgenheit solcher Treffen mit Musik machen oder einfach nur reden häufiger erleben zu können. Liebe zu Musik, fehlende Anerkennung und die Chance auf das große Geld: Diese Kombination bildete den wahren Hintergrund von Darlings Bestreben, sich die KI einzuverleiben. Ein Werkzeug, dem man neun Symphonien von Beethoven gibt, damit es die zehnte komponiert.

Vor ein paar Jahren gab es eine Begegnung, die bessere Zeiten versprach. Er hatte allen seinen Mut zusammengenommen und eine junge Frau gedatet. Sie arbeitete in dem Geschäft, wo er seine Instrumente kaufte. Die Dinge entwickelten sich scheinbar gut. Sie hörte ihm zu, wenn er redete, und gab keine Widerworte. Darling sah das Glück einer Beziehung auf sich zukommen. In seiner Begeisterung schickte er ihr zum Geburtstag, zu dem er wegen einer Entwicklerkonferenz nicht persönlich kommen konnte, einen in feinstem Java Script und CSS programmierten Glückwunsch als HTML-Datei. Sie hätte diese Datei lediglich in den Browser ihres Laptops ziehen oder mit Doppelklick öffnen müssen, und ihr Bildschirm wäre zu einem Blumenmeer geworden.

Sie ließ nie wieder von sich hören und der verschmähte Liebende stürzte sich einsamer als zuvor in die Tiefen seiner Arbeit.

Darling folgte auch der Empfehlung des Rezeptionisten für ein ruhiges Restaurant mit vegetarischer Küche. Außerdem ließ er sich zwei Blätter Papier geben. Während seines

Abendessens machte er sich eine Reihe Notizen. Aus diesen formulierte er Sätze und zurück im Hotelzimmer schrieb er eine E-Mail und speicherte sie als Entwurf.

Diese Mail hatte ihn Kraft gekostet. So elegant er coden konnte, umso gestelzter wurde seine Sprache, wenn es um normale Sätze ging. Das war ihm bewusst, aber es störte ihn nicht. Bevor er am kommenden Morgen das Zimmer verließ, checkte er auf seinem Smartphone die Online-Ausgaben mehrerer lokaler und regionaler Zeitungen. Nirgendwo wurde über eine Körperverletzung oder einen gestohlenen Pick-up berichtet. Darling nickte zufrieden.

Sein Flug ging um die Mittagszeit und er war früh am Flughafen. Er setzte sich in eine abgelegene Ecke, loggte sich in das Flughafen-WLAN ein und schickte die E-Mail ab. Wie gewohnt ging er als einer der letzten Passagiere an Bord und bald darauf verließ die Maschine den Luftraum von Montana in Richtung San Francisco.

Der Anwalt Caspar Corwyn checkte seine E-Mails regelmäßig. Auch an Weihnachten, an Ostern oder, wenn es sein musste, während der Hochzeit seiner Tochter. Wer immer seine Hilfe brauchte, sollte sie jederzeit bekommen.

Er sah den Absender und seine gute Laune verflog schlagartig. Die Mail kam von dem Burschen, der ihm schon den gestrigen Tag ruiniert hatte. Niedergestreckte Mitarbeiter, geklaute Autos und Journalisten, die zwar halfen, aber offensichtlich mehr wussten, als gut war. Er las und mit jedem Satz sackte seine Stimmung weiter nach unten.

- Mit der Bitte um baldige Weiterleitung an den Projektleiter -

Guten Tag,

im Rahmen des Vertrags, den Sie mit mir geschlossen haben, stellen Sie fest, dass beide Beteiligten Anspruch auf die Ergebnisse dieses Forschungsprojekts haben. Im Moment habe ich allerdings den Eindruck, dass ausschließlich Sie die eventuellen Ergebnisse besitzen und nutzen, was zu diesem Zeitpunkt für mich nicht selbstverständlich ist. Das mag damit zusammenhängen, dass es bisher gar keine finalen Ergebnisse gibt. Das haben Sie grundlegend geändert, indem Sie mediale Produkte veröffentlicht haben, die auf Vorstufen potenzieller Ergebnisse beruhen.

Insofern fordere ich Sie auf, mir uneingeschränkten Zugang zu allen bisherigen Ergebnissen zu verschaffen, die durch meine Arbeit erreicht wurden.

Ich erwarte Ihre Antwort per E-Mail bis kommende Woche Dienstag 12 Uhr Mittag. Wenn Sie glauben, Ihren Verpflichtungen nicht nachkommen zu müssen, werde ich zumindest Ihr Projekt einer breiteren Öffentlichkeit vorstellen. Weitere Schritte behalte ich mir vor.

Darryl Lingfield

Der Anwalt tat, was er auch ohne die einleitende Bitte getan hätte. Er schickte die Mail kommentarlos an eine Adresse, von der er nicht wusste, wo sich der Empfänger befand.

In dem dunklen Raum erwachte ein weiterer Bildschirm zum Leben. Buffalo rollte auf seinem Stuhl nach links, bis er vor dem Laptop ankam. Während er las, was der Bildschirm zeigte, zog sich seine Stirn kaum sichtbar in Falten. »Er will dich.«

»Was heißt das?«

»Darling will alle Ergebnisse meines Projekts. Das bist du.« Buffalo lächelte, was Daisy nicht sehen konnte, weil sie hinter einem der Serverschränke stand und mit diesem durch eine Handvoll Kabel verbunden war.

»Ich möchte nicht zu ihm. Er ist ein konfuser, unstrukturiert denkender Charakter.«

»Ich sag auch nur, dass er das *will*. Selbstverständlich kriegt er dich nicht. Wäre ja noch schöner.«

»Was machst du stattdessen?«

»Abwarten. Vielleicht beruhigt er sich ja wieder.« Buffalo rollte auf seinem Stuhl nach rechts, als ihm etwas einfiel: »Ich denke, es wird Zeit. Bereite *Skynet* vor!«

Wäre Daisy ein Mensch gewesen, hätte sie jetzt möglicherweise ein Kribbeln im Bauch gefühlt. Zum ersten Mal legte sie sich mit einem echten Gegner an, der wahrscheinlich auf ihre Attacke reagieren würde. Wenn er sie überhaupt bemerkte. So schaute sie Buffalo nur an und sagte: »Gute Idee!«

Noch ging es nicht darum, offensiv zu werden. Zunächst musste über den Zugang, den Buffalo vor mehreren Jahren gelegt hatte, das Werkzeug zur Baustelle geschafft werden. Baustellen waren die offenen Flanken eines Rechnernetzwerks, die bisher niemand entdeckt hatte. So genannte Zero-Day-Exploits.

Ein Mosaikstein aus Lolos Trainingsprogramm war *Deeplocker*, ein von IBM entwickeltes neuronales Netzwerk. Es sollte zeigen, wie gut sich KI-gestützte Schadsoftware in fremden Systemen ausbreiten kann, ohne entdeckt zu werden. Lolo und Daisy hatten Deeplocker deutlich verbessert, schneller gemacht und mit einem zusätzlichen Schwachstellen-Suchprogramm kombiniert. Die Datei hatte danach weniger als 10 Megabyte, was verschwindend war in einem System, das täglich Bild- und Videodaten im Umfang von Tausenden Gigabyte transportierte und verarbeitete.

Buffalos Zugang hatte endlich seine Bestimmung gefunden. Er leitete Daisys kleines Programm unbemerkt in das Herz der chinesischen Überwachungs-IT in Guangdong, wo es die Arbeit aufnahm.

Daisy steuerte das komplette System über den Command & Control Server. Der Exploit-Finder durchkämmte nicht nur die Server und Rechner der chinesischen IT, sondern auch die peripheren Geräte. Schon nach einer Stunde hatte sie genügend ausnutzbare Angriffspunkte gefunden. Ihre Einflussmöglichkeiten hatten sich über das gesamte chinesische System ausgebreitet.

»Wie sieht es aus?« Buffalo stand neben ihr und blickte auf den Bildschirm, auf dem sich in rasender Geschwindigkeit Code-Zeilen von unten nach oben bewegten.

»Schlechter, als ich vermutet hatte. Im Kern war das System gut aufgestellt, aber was sich außen herum zeigt, da hätten Pfeil und Bogen gereicht.«

Sieh einer an, dachte Buffalo, Daisy benutzt schon Metaphern. »Mehr Details bitte.«

»Das zentrale Netzwerk ist mit einer Reihe von Firewalls geschützt, aber an der Peripherie sitzen zigtausende Videokameras, Lichtsignalanlagen, Radargeräte und Induktionsschleifen. Je älter, desto weniger sind sie gesichert. Da gibt es uralte Software und vierstellige Passwörter. Wenn es nicht um Verkehr ginge, sondern um Verteidigung, sähe es sicher besser aus.«

Buffalo schüttelte den Kopf. »So so, da geht zwar die Sonne früh auf, aber geputzt wird sie nicht. Vielleicht schicken sie uns in Zukunft ein Dankschreiben für die erfolgreiche Schwachstellenanalyse.« Er überlegte einen Moment. »Aber noch ist es nicht so weit. Wir haben noch ein bisschen Zeit. Setz an den relevanten Punkten zusätzlich einen Clustering-Algorithmus drauf. Dann sehen sie überhaupt keinen Unterschied mehr zwischen sich und uns, wenn es losgeht.«

Die drei Journalisten trafen sich in der *Wild Coffee Company*, einem alteingesessenen Café im Zentrum von Whitefish, wo neben selbst gebackenem Kuchen auch ein hausgemachter Mittagstisch angeboten wurde. Arlee Davis, der für mehrere Medien der Salish schrieb, Interviews führte und persönlich vor der Kamera stand, war der Prototyp eines journalistischen Allrounders. Schon nach wenigen Sätzen hatte Benji erkannt, wie engagiert Arlee war und wie genau er wusste, auf welch verlorenem Posten selbst in der regionalen Presselandschaft er stand.

Das Gespräch bewegte sich nach ein paar Worten über die eigene Person zu den aktuellen Themen. Beide Seiten tasteten sich ab, jede wartete auf den eröffnenden Satz. Der kam von Arlee, als er fragte, wie nun eine Zusammenarbeit zum gegenseitigen Vorteil aussehen könnte.

Wie verabredet schilderte Greg aus der Perspektive der Flathead Weekly das Interesse, mehr über den seit Jahren schwelenden Konflikt zwischen der Regierung Montanas und den Salish zu erfahren, was die Verkäufe ehemaliger

Stammesgebiete anging. Dabei versuchte er bewusst, den Schwerpunkt auf die historischen Ereignisse zu legen. Damit war der Druck einer aktuellen Berichterstattung aus der Story herausgenommen und der Fokus auf das gelegt, was bisher im Umfeld des Themas geschehen war.

Arlee schluckte. »Geschätzte Kollegen, das ist gut und schön, aber ihr seid wie die Anderen. Alle wollen nur Historie. Am liebsten Heerscharen von Indianern mit Federschmuck auf Pferden, die Kriegsgeheul ausstoßen. Können wir uns nicht auf aktuelle Themen verständigen, die die Probleme der Salish in heutiger Zeit beleuchten?«

Greg räusperte sich. »Ja, kann ich gut verstehen, diesen Einwand. Aber er ändert nichts daran, dass die Veräußerung früherer Stammesgebiete jetzt immer noch ein riesen Thema ist. Wenn wir darüber berichten, müssen wir die Entwicklung dieses Konflikts von den Anfängen her aufzeigen. Das Ganze hat ja eine Tradition, und zwar über mehrere Regierungen Montanas hinweg. Außerdem schreiben wir keinen aktuellen Bericht, sondern ein Feature, das Lesern, die bisher von der Sache nichts gehört haben, einen vollständigen Überblick verschafft.«

Arlee stellte die dringendsten Probleme der Salish dar, als in Benjis Tasche das Telefon klingelte. Er legte irritiert die Stirn in Falten. Wer wollte ihn jetzt sprechen? Er entschuldigte sich und ging in eine Ecke des Cafés, wo niemand saß. »Hallo?«

»Benji? Benji, bist du es?«

»Harriet! Das ist ja eine Überraschung. Von wo aus rufst du an? Bist du im Bears and Berries? Wo brennt es?«

»Nein, ich bin in Kalispell. Ich bin frei gestellt. Rudy kam heute Morgen, sagte, ich würde in der Hütte nicht mehr gebraucht, solle meine Sachen zusammensuchen und mit ihm nach Kalispell fahren.« Sie bemühte sich um einen ruhigen Ton, aber ihre Aufregung war in jeder Schwingung ihrer Stimme spürbar.

»Kannst du ein bisschen genauer werden? Was nannte er dir als Grund?«

»Es war alles total merkwürdig. Rudy kam in einem Auto, mit dem ich ihn noch nie gesehen hatte. Und er trägt einen Verband am Kopf. Ich frage ihn, ob er mit dem Pick-up verunglückt sei. Aber du kennst ihn. Er ist von Hause aus verstockt und in seinem Job haben sie ihm den Rest des Redens auch noch verboten. Da kam nichts. Ich habe dann meine Habseligkeiten zusammengepackt, während er den Generator abgestellt hat, die Fensterläden zuklappte und alles abschloss. Im Auto habe ich erneut gefragt. Das Einzige, was ich zusätzlich erfahren habe, ist, dass ich freigestellt bin, aber mein Vertrag weiterläuft, so lange ich zur Verfügung stehe. Und zwar in Kalispell. – Benji, ich habe keine Ahnung, was hier läuft.«

»Möchtest du, dass ich komme?«

»Du weißt nicht, wie dankbar ich dir wäre ...«

»Wo bist du in Kalispell?«

»Rudy hat mich zunächst bei Anwalt Corwyn abgesetzt, damit ich meine persönlichen Sachen bekomme. Ich telefoniere wieder mit meinem eigenen Smartphone. Dann bin ich mit dem Taxi zu dem Hotel gefahren, das Corwyn für mich gebucht hat.«

»Wie heißt das Hotel?«

»Das ist die Glacier Lodge. Der erste Eindruck ist ausgesprochen angenehm.«

»Harriet, pass auf, ich bin in einer Besprechung. Da geht es um unseren Freund Buffalo. Das wird noch einen Moment dauern. Sobald ich hier fertig bin, komme ich nach Kalispell. Es gibt eine Reihe von Neuigkeiten, und es ist gut, dass wir miteinander sprechen können. Bis dahin entspann dich. Mach irgendwas, wozu du die letzten Wochen keine Möglichkeit hattest. Ich ruf dich unter dieser Nummer an, wenn ich in Kalispell bin.«

Als er zu Greg und Arlee zurückkam, war der erste Satz, den er in Hörweite verstand: »Wenn wir was über die Salish bringen, dann ein Thema mit einem Kontinuum. Etwas, was euch seit Jahren auf die Nerven geht. Damit machen wir verständlich, dass euer Stamm unter Dauerbeschuss steht und ihr euch mit noch mehr Mist rumschlagt, als wir an der Backe haben.«

Greg formulierte meistens so drastisch, dass seine Gegenüber erschraken, wenn sie ihn nicht kannten. Auch Arlee strich jetzt die Flagge. »Ich sehe das anders, aber zugegebenermaßen habt ihr die besseren Karten. Also steigen wir ein mit der Problematik ehemaliger Stammesgebiete. Was wollt ihr wissen?«

Greg winkte ungeduldig in Benjis Richtung. »Erzähl ihm, was du herausgefunden hast und welche Infos noch fehlen.«

Benji schob die Gedanken an Harriet zur Seite und baute eine verbale Nebelwand auf, bestehend aus Char-Koosta News und Google-Recherchen über Buffalo und seine Verhinderungsaktionen in Sachen Gebietsverkäufen. Die klang besser als das, was an Fakten dahinter stand. Aber am Ende konnte er ein paar konkrete Fragen stellen. Die bezogen sich vor allem auf eine Übersicht sämtlicher Ländereien, die Buffalo aufgekauft hatte, wann das geschehen war und was er damit anschließend gemacht hatte.

Arlees Gesichtszüge zeigten Bedenken. »Charlot Buffalo ist ein Phantom. Jeder weiß von ihm, kaum einer kennt ihn und niemand sieht ihn. Er scheint in den letzten Jahren viel Geld zum Wohl des Stamms ausgegeben zu haben. Hängt vermutlich damit zusammen, dass er Unmengen davon verdient. Einen genauen Überblick haben, wenn überhaupt, nur die Ältesten unseres Stamms. Viele von diesen Deals liefen offenbar verdeckt. Ein paar kamen ans Licht, weil sich diejenigen, denen er das Land wegschnappte, an die Öffentlichkeit wandten. Aber eine vollständige Liste könnte nur Charlot Buffalo selbst erstellen. Der hat naturgemäß am wenigsten Interesse daran.

Bekannt und nahezu legendär ist die Geschichte mit dem Gebiet im Bitterroot Valley. Das hängt damit zusammen, dass dieses Gelände eines der wichtigsten für unseren Stamm ist. Das Bitterroot Valley diente bereits im 18. und 19. Jahrhundert als Aufenthaltsort. Dort lag üblicherweise das Winterquartier der Salish. Im Jahr 1805 gab es hier zudem das historische Zusammentreffen mit der Expedition von Lewis und Clark. Die waren die Ersten, die den Namen *Flatheads* für die Salish benutzten.

Buffalo bekam Wind davon, dass Montana große Flächen in der Region verkaufen wollte. Das waren Weideland und Forstgebiete, die sich aus dem Tal weit in die Berge hochzogen. In der Ebene planten Investoren, Gewerbeflächen zu entwickeln. Buffalo ging zur Regierung und machte ihr klar, dass sie damit mindestens ein Problem bekommen. Schlimmstenfalls würden sie einen Volksaufstand der Salish riskieren. Er unterbreitete ihnen ein Angebot. Unsere Politiker wollten nicht davon ablassen. Buffalo schickte dann jede Woche eine Gruppe Salish vor das State Capitol in Helena, den Sitz der Regierung in Montana, die dort einen eindrucksvollen Radau veranstalteten. Dadurch wurde die Presse aufmerksam. Erst die lokale, dann die nationale und schließlich kamen die Ausländer. In dieser Situation rief Buffalo den Gouverneur an und erhöhte sein Angebot. Und der knickte ein.

Charlot Buffalo kaufte alles, und da die Sache nun wirklich landesweit bekannt war, machte er eine Art Triumphzug für die Salish daraus. Das war klug, weil es seinen Ruf als Gönner, überzeugten Vertreter seiner Kultur und seines Stamms nicht nur festigte, sondern betonierte. Seitdem gehen wichtige Entscheidungen innerhalb der Salish nicht an Buffalo vorbei. Sie fragen ihn immer, und er hält sich normalerweise immer heraus. So, jetzt wisst ihr, von wem wir hier reden.«

»Was hat er mit den Flächen gemacht, die er im Bitterroot Valley gekauft hat?«, fragte Benji.

»Nichts«, sagte Arlee. »Das ist es ja. Sein Eigeninteresse ist zumindest nach Außen gleich null.«

»Er hat dort gar nichts gebaut? Nicht einmal eine Hütte?«

Arlee drehte den Kopf nach links und nach rechts, als ob er sich versichern wollte, dass niemand sonst zuhört. »Es gibt ein Gerücht. Demnach hat er in der Tat eine Hütte für sich gebaut. Aber niemand weiß wirklich, ob das stimmt, und erst recht nichts Genaues.«

»Er wird sie ja nicht komplett alleine gebaut haben«, wandte Greg ein.

»Natürlich nicht. Aber angeblich waren es nur wenige, mit Holzkonstruktionen erfahrene Salish. Es wird gemunkelt, dass er ihnen eine lebenslange Rente bezahlt, so lange sie über das Projekt schweigen. Wenn einer redet, wird diese Rente allen gestrichen. Ich finde, das ist ein überzeugendes Argument, den Mund zu halten.«

»So was sollte man in der Redaktion der Flathead Weekly einführen«, murmelte Greg, »da wird auch zu viel geredet.«

Als Arlee sich verabschiedete, versprach er, Details zu den bekannten Grundstückskäufen Buffalos zusammenzustellen und zu recherchieren, ob weitere Gönner Liegenschaften für die Salish aufgekauft hatten. Außerdem wollte er einen Überblick zusammenstellen, welche Ländereien die Salish zu ihren ehemaligen Stammesgebieten zählten inklusive Markierung der historisch Wichtigsten.

Was Gregs Gegenleistung anging, hatte Benji beinahe Mitleid. Einen langen Artikel hatte er fest zugesagt, um einen zweiten würde er auch nicht herumkommen, und erst bei einem dritten hätte er die Chance, mit Ausflüchten die Sache wieder loszuwerden. Das alles, um ein paar Informationen über einen Mann zu bekommen, den man damit vielleicht finden, dem man aber nichts anhaben konnte.

Vor der Tür der Wild Coffee Company schob Benji Greg unter einen der Baldachine, die die Fenster abschatteten. »Vorhin war Harriet am Telefon. Sie ist in Kalispell im Hotel. Aus irgendeinem Grund war Buffalo der Meinung, er brauche sie dort. Keine Ahnung, ob das mit den Ereignissen von gestern zusammenhängt. Sie macht jedenfalls einen verstörten Eindruck und weiß nicht, was vor sich geht. Ich fahre jetzt zu ihr.«

Greg nickte. »Das solltest du. Man kann wenigstens nicht behaupten, dass die Spannung nachlässt – was ist mit Arlee? War das die Mühe wert?«

Benji massierte sein Kinn. »Ich kann es noch nicht abschätzen. Jedenfalls bestätigt er Dinge, die ich bisher nur vermuten konnte. Buffalo steckt irgendwo da unten im Bitterroot Valley. Er scheint kein durchgeknallter Doktor Frankenstein zu sein. Sieht aus, als hätte er einen längerfristigen Plan. Das macht Hoffnung. Arlee als direkten Kontakt zu den Salish zu haben, ist unbedingt ein Vorteil. Schreib mal was Schönes! Hast schon blödere Themen an der Backe gehabt als das.« Er schaute Greg aufmunternd ins Gesicht, hob die Hand und ging.

Als Benji auf dem Parkplatz vor der Glacier Lodge ankam, stand die Sonne am Nachmittagshimmel. Vor fünf Stunden war Darling von hier mit einem Taxi zum Flughafen gefahren und kurz darauf, wenige Meter weiter oben, hatte ein Hotelmitarbeiter Harriet ihr Zimmer gezeigt.

Er rief sie an. »Ich bin vor dem Eingang. Wo finde ich dich?«

Auf sein Klopfen öffnete sie die Tür, schaute ihn an und warf sich ihm an den Hals. Sie weinte nicht, war aber nahe daran. So verharrte sie eine viertel Minute, während Benji sie am Rücken fasste und an sich drückte. Dann löste sie sich und setzte sich auf einen Sessel. »Es ist ein Elend. Vor allem für meine eigene Arbeit. Ein paar Tage mehr und ich hätte

Sachen in der Hand gehabt, die für eine Revolution auf meinem Gebiet gesorgt hätten. – Na ja, fast. Und jetzt ... Ich weiß gar nicht, was ich machen soll. Die bezahlen mich ja weiter, wenn ich hierbleibe. Also bleibe ich. Aber ich kann doch nicht nur herumsitzen.« Sie fingerte ein Taschentuch aus ihrer Jeans und tupfte sich die Augen.

»Fang an, deine Erkenntnisse zu einem Bericht zusammenzufassen. Buffalo hat dir vertraglich zugesichert, dich an den Ergebnissen zu beteiligen. Vielleicht lässt er dich später das zu Ende bringen, was du noch brauchst. Sieh nicht alles so schwarz.«

Harriet schniefte und putzte sich die Nase. »Du hast recht. Ich sollte das Bestmögliche aus der Situation machen. Jetzt du. Was habe ich verpasst?«

Benji verkniff sich, *mich* zu sagen, holte tief Luft und gab eine ausführliche Zusammenfassung der Ereignisse. Er schilderte unter dem Vorwand der Aktualität zuerst das Treffen mit Arlee in Whitefish, wo sie ihn angerufen hatte. Als Nächstes berichtete er von der Flucht Darryl Lingfields, genannt Darling. Die Hintergründe ließ er zunächst weg. Damit klärte er, warum Rudy mit Verband, aber ohne seinen Pick-up bei ihr aufgekreuzt war. Weil er wusste, dass es sie aus wissenschaftlicher Sicht aus dem Sitz schlagen würde, hob er sich die Geschichte mit dem gefakten Stones-Album für den Schluss auf. Als er auch das abgehandelt hatte, sagte sie erst einmal nichts. Ihre ersten Worte waren nach einer Weile: »Der schafft das wirklich! Es ist nicht zu glauben.«

»Wie meinst du das?«, fragte Benji. »Das hat er beinahe öffentlich als sein Ziel definiert, und die Erstellung von perfekten Deepfakes ist ein wesentlicher Teil von künstlicher Intelligenz. Erst recht, wenn dieselbe KI gleichzeitig andere Kompetenzen drauf hat.«

»Ein Ziel haben und es erreichen, sind zwei verschiedene Dinge. Wir reden hier nicht vom Rauchen oder Saufen aufhören. Schon das ist eine Herausforderung, die die meisten nicht hinkriegen. Aber was sich Buffalo vorgenommen hat, grenzt an Erfindungen, die zur Industriellen Revolution geführt haben. Nur dass die nicht so gefährlich war, wie das, was er macht. Dieses Projekt ist gut geplant, und wenn ich mir die Ausführung anschaue, die unterschiedlichen Fakultäten jeweils in abgeschotteten Laboren, dann weiß ich, dass hier jemand mit viel Geld und noch mehr Know-how unterwegs ist. Die Ereignisse im Logan Health haben mich schon irritiert. Aber das hier ..., das zeigt, er ist weiter, als ich es jemals für möglich gehalten habe. Der Mann muss das seit Jahren vorbereitet haben.«

»Greifen wir ihn uns«, sagte Benji und schaute auf die Uhr.

»Musst du weg?«

»Nein, aber die Cessna sollte unterwegs sein. Das ist immer wieder ein Schauspiel, was sich lohnt anzuschauen.«

Wie gewohnt nahm die Cessna ihren Weg nach Süden. Harriet lief unruhig durch das Hotelzimmer. Auf ihrer Stirn war die Fassungslosigkeit über die Geschehnisse des Tages nahezu in Worten zu lesen.

Benji fand seine Faszination selbst dämlich. Er saß vor dem Bildschirm und beobachtete wie gebannt das ruckelnde Voranschreiten des Flugzeugsymbols. Er kam sich vor wie vor einem Spielautomaten in einer Kneipe, nur dass er wusste, wie das Spiel endete und dass es nichts zu gewinnen gab.

Die Cessna überquerte jetzt Missoula und würde in einer guten Viertelstunde ihr Ziel erreicht haben. Harriet setzte sich neben ihn. Benji zog das Bild so weit auf, dass die Maschine das einzige Flugzeug war. »Falls wir genau sehen, wo sie dreht, sollten wir den Abwurfbereich so stark einschränken können, dass es Sinn macht, hinzufahren und zuzuschauen, was passiert.«

Die Maschine flog wieder bis kurz vor die Grenze zu Idaho und schwenkte in eine langgezogene Schleife. Benji hatte auf seinem Laptop einen zweiten Tab mit Google Maps geöffnet.

Die Kreise der Cessna wurden immer enger, dann wendete sie sich wieder nach Norden. »Da ist es!«, sagte Benji zufrieden. »Gut zu merken. Genau da trifft der Bitterroot River auf die US-93. Bei einem Kaff namens Sula. Scheint sich um ein paar weit verstreute Hütten zu handeln. Da findet die Übergabe statt. Übermorgen bin ich dabei. Ich fahre da runter!«

»Und ich fahre mit«, sagte Harriet.

»Dein Arbeitgeber sagt, du sollst in Kalispell warten.«

»Der kriegt das gar nicht mit, wenn ich für einen Moment weg bin.«

»Ein ziemlich langer Moment. Es sind mit dem Auto dreieinhalb Stunden hin und genauso viel zurück. Plus der Zeit vor Ort.«

»Du klingst, als wolltest du unbedingt alleine da runter.«

Benji kniff die Augen zusammen. »Ich habe Hunger, lass uns was essen gehen. Da besprechen wir unser weiteres Vorgehen.«

»Essen gehen? Unten im Restaurant?«

»Ja, wäre doch eine Idee. Hast du keinen Appetit?«

»Mhmm, ja, doch, aber ...«

»Aber was?«

»Vielleicht ist es dort brechend voll und wir bekommen keinen Tisch.«

»Nun, dann gehen wir wieder und bestellen uns was aufs Zimmer.«

»Ja, das macht Sinn – müssen wir das jetzt entscheiden?«

»Wir können das auch morgen entscheiden, aber dann haben wir das Abendessen verpasst und noch mehr Hunger.«

»Benji!«

»Harriet?«

»Benji, ich hasse es!«

»Was?«

»Ich hasse es, mich um Dinge kümmern zu müssen, die nicht zu meinen gewohnten Pflichten gehören. Ich würde gerade am liebsten in das kleinste Loch fallen, das Montana zu bieten hat, um mich von da in mein Labor an der UBC zu beamen.«

»Warum fährst du nicht einfach dort hin? Das wäre doch am naheliegendsten. Am besten mit dem Bus! Die paar Stunden mit fremden Leuten um dich herum schaffst du auch noch. Nimm eine Flasche Single Malt als Notfallmedikation mit.«

»Benji!«

»Harriet?«

»Du machst dich lustig über mich. Das habe ich nicht verdient!«

»Harriet, du bist eine der klügsten Frauen, die ich kenne. Und du machst dich so klein, dass ich das nicht ernst nehmen kann. Jeder von uns hat seine Gespenster. Aber du hast auch Leute, die dich mögen und die dir helfen. Probiere es aus!«

»Gut, dann nimm mich übermorgen mit. Mit ins Bitterroot Valley.«

Der Oberkellner öffnete einen separaten Raum für sie, weil das Restaurant bis auf den letzten Platz besetzt und Harriet Hotelgast war.

Benji empfand es zunächst als befremdlich, mit Harriet alleine in einem Nebenraum zu sitzen. Auf einem der Nachbartische lag ein großer Stapel Servietten, die man dort offensichtlich gefaltet hatte. Wenige Minuten später verschwand der Stapel in einem Schrank und ein weiteres Paar wurde an dem Tisch platziert.

Nach einer Portion Blue Lump Crab Cake als Vorspeise normalisierte sich Harriets Gemütsverfassung. Sie machte sogar ein paar lakonische Anmerkungen zu dem gefakten Stones-Album und prophezeite, es wäre nur eine Frage von Tagen, bis das passende Video dazu auftauchen würde.

Zwischen Hauptgang und Dessert kam Benji auf den geplanten Ausflug ins Bitterroot Valley zurück. »Es gibt nur einen Grund, warum du mitfahren solltest, aber mindestens drei, die dagegen sprechen.«

»Was spricht dafür?« Sie sah ihn fragend an.

»Dass es wunderbar ist, dich in meiner Nähe zu haben. Du bist eine gute Begleitung.«

»Und was dagegen?«

Benji schob den leeren Teller ein Stück weit von sich und schaute sie mit festem Blick an. »Es geht zunächst um die Sondierung der Lage. Buffalo taucht da nicht persönlich auf. Nicht alle zwei Tage. Er hat seine Leute. Selbst wenn sie die Festplatten direkt weiter transportieren, können wir nicht einfach hinterherfahren. Das ist nicht downtown Vancouver oder ein Highway, wo man sich zwischen Hunderten anderer Autos verstecken kann. Da ist niemand außer denen und dir. Spätestens wenn sie auf irgendein Privatgelände fahren und die Schranke hinter sich zu machen, war's das.

Der Weitertransport kann auch erst nachts passieren. Möglicherweise sitze ich die ganze Nacht im Auto und versuche, etwas zu beobachten, was uns weiter bringt. Willst du dir das etwa freiwillig antun?«

Harriet zögerte eine Weile. Dann sagte sie: »Du hast recht. Ich bleibe hier. Es ist vernünftiger.«

»Danke«, kam von Benji zurück. »Ich verspreche dir, wenn wir wissen, wo er steckt, und ihm auf die Pelle rücken, dann bist du dabei. Dann bist du zwangsläufig dabei, weil es deine Arbeit ist, die er möglicherweise missbraucht.«

Um sie herum waren mittlerweile die meisten Tische besetzt und das Dessert ließ auf sich warten. Benji fiel etwas ein. »Sag mal, wie hältst du es mit Social Media? Bist du zum Beispiel auf CatChat unterwegs?«

Harriet schaute ihn verblüfft an. »Das ist ja ein erstaunlicher Themenwechsel. Ich bin da angemeldet, aber seit Jahren nicht mehr aktiv. Ist nicht so mein Ding und die Entwicklung, die alle diese Plattformen nehmen, gefällt mir nicht. Warum fragst du?«

»Vor ein paar Tagen habe ich eine Freundschaftsanfrage von dir bekommen.«

»Machst du einen Witz? Wie soll das denn funktionieren, wenn ich in einer Hütte sitze, wo du der einzige Außenkontakt bist. Das geht technisch nicht und macht keinen Sinn!«

»Das Gleiche habe ich mir auch gedacht. Zuerst habe ich es für einen Bug oder einen Fehlläufer gehalten. Aber mittlerweile frage ich mich, ob nicht mehr dahinter steckt.«

Benji erzählte ihr von den merkwürdigen Agenturmeldungen von Montana Presswire, den Initiativen von CatChat und dessen rapide ansteigenden Einsatz von KI. »Ich habe da kein gutes Gefühl. Nein, ich muss es anders sagen. Meine kritische Haltung schlägt zunehmend um in die Meinung, dass aus dieser Ecke Gefahr droht.«

»Du bist doch offenbar selbst Mitglied.«

»Als Journalist lässt sich das schlecht vermeiden. Bevor jemand nach deiner E-Mail Adresse sucht, schickt er dir eine Persönliche Nachricht über CatChat. Es ist ein Teil meines Arbeitsuniversums. Aber schau dir die Entwicklung an. Mittlerweile ist CatChat so groß und sein Algorithmus so mächtig, dass es kaum mehr gebändigt werden kann. Auf der Plattform werden seit Jahren die abenteuerlichsten Dinge verbreitet, aber jetzt greifen sie auch nach den regulären Nachrichtendiensten, um ihre Fake-News zu verbreiten. Im Herbst wählen einige Bundesstaaten ihre Gouverneure. Für die Wahlkämpfe im Vorfeld lässt das nichts Gutes erwarten.« Benji schob sich einen großen Löffel der Crème brûlée in den Mund.

»Es macht mir Angst. Ich fürchte, dass irgendwann saubere journalistische Arbeit keine Chance mehr hat, und ich fürchte um meinen Arbeitsplatz, den dann eine KI im Hintergrund ausfüllt. Ich frage mich, ob das alles noch auf dem Mist von CatChat wächst oder ob da schon andere Mitspieler beteiligt sind. CatChat ist eine Aktiengesellschaft. Möglicherweise kaufen die Chinesen oder die Russen über Strohmänner Aktienpakete auf. Der Kurs ist in den letzten zwölf Monaten um knapp 70 Prozent gestiegen. Wäre alles möglich.«

»Let's call it a day«, sagte Harriet und erhob sich, nachdem sie die Rechnung auf ihr Zimmer hatte buchen lassen. »Buffalo wäre sicher beleidigt, wenn wir seine unausgesprochene Essenseinladung nicht annehmen würden«, fügte sie hinzu. Das Restaurant war schon deutlich leerer und Harriet hatte mit Hilfe von ein paar Gläsern Rotwein plus einem Absacker in Form von Single Malt keine Probleme mehr, sich durch die Tischreihen mit fremden Gesichtern zu bewegen.

Benji begleitete sie nach oben, holte seinen Rucksack aus dem Zimmer und verabschiedete sich mit dem Versprechen, sie spätestens übermorgen im Lauf des Vormittags anzurufen.

Als er weg war, setzte sich Harriet auf den Fußboden. Benji hatte keinen Ansatz gemacht, seinen Abschied zu verzögern. Das ehrte ihn. Andererseits fragte sie sich, ob ihr Verhalten so abschreckend war, dass nicht einmal mehr die Menschen versuchten, ihr näherzukommen, von denen sie wusste, dass sie sie mochten.

Benji hatte Kalispell noch nicht verlassen, da nagten erste Zweifel an ihm. Warum war er nicht bei ihr geblieben? Er hätte sie zumindest fragen können. Wie sollten sich ihre unterschiedlichen Interessen auf eine Linie bringen lassen? Sie hatte massive wissenschaftliche Bedenken bei dem, was Buffalo trieb. Er hatte eine große journalistische Neugier, was das gleiche betraf.

Manchmal hasste er diese Strecke zwischen Kalispell und Whitefish. So wie in diesem Moment. Es waren lediglich 25 Kilometer, aber die trennten wichtige Lebensbereiche: sein Zuhause, die Redaktion der Flathead Weekly, Orte wie Kinos oder Theater, die es in Whitefish nicht gab, und jetzt auch noch Harriet und ihn.

Er mochte diese Frau, die oft so wirkte, als wollte sie sich gegen die Welt stemmen. Sie war der totale Gegensatz zu ihm, und genau das zog ihn an. Die schroffe Art, hinter der sie ihre Verletzlichkeit und ihre Wärme versteckte, die er immer öfter an Kleinigkeiten erkannte. Er wollte sie mehr in sein Leben lassen, und das schien bei ihr anders zu sein.

Warten wir es ab, sagte Benji zu sich selbst. Diese Geschichte ist nicht zu Ende geschrieben. Es gibt noch genügend gemeinsam zu tun.

KAPITEL 11

Darlings Meldeadresse befand sich in Albany. Dort hatte er in einem unauffälligen Wohnkomplex eine Zweizimmerwohnung gemietet. Das Haus war groß genug, um bei Begegnungen sozial nicht gefordert zu werden, aber nicht so groß, dass man die Wohnungstüren verwechseln konnte. Für Darling bestanden die Vorteile unter anderen darin, sowohl den Tokyo Fish Market als auch Sprouts Farmers Market mit seiner reichhaltigen Auswahl an Bio-Produkten zu Fuß erreichen zu können. Damit stand seine Ernährungssituation auf stabilen Füßen. Was seine intellektuellen Bedürfnisse anging, hatte er in seinem Nicht-Schlafzimmer IT-Equipment stehen, das für einen Durchschnittsanwender schon zwei Nummern zu groß war. Aber richtig arbeiten tat Darling woanders.

Dieses *woanders* lag im Gewerbegebiet von Marina Bay. Trotz der kommunalen Bemühungen, den Ort schicker und mit mehr universitären Forschungseinrichtungen attraktiver zu gestalten, gab es noch genügend Dienstleister und Ausrüster für den Hafen. Die Befürchtung, die Kommune würde sie alle früher oder später vertreiben, hatten die Investitionen in den Erhalt der Flächen praktisch erliegen lassen. So war die Substanz zunehmend einem Zustand gewichen, den man beschönigend als Lokalkolorit bezeichnen konnte. Tatsächlich zeigte sich eine heruntergekommene Gegend, deren Tage gezählt waren. In einer alten Halle zwischen Amüsierschuppen und dubiosen Kneipen hatte Darling einen abgetrennten Bereich von knapp 200 Quadratmeter gemietet. Ein Teil davon war sein IT-Labor. Der Rest der Fläche diente allen möglichen Zwecken, vor allem aber als Probenraum für seine musikalischen Aktivitäten und für die Band, wenn sie sich traf. Selbst wenn es richtig laut wurde, und das tat es, wenn die Truppe loslegte, störte das keinen der Nachbarn. Niemanden interessierte es, was Darling in diesen Räumen trieb.

Als Darling nach einer Nacht mit tiefem, nahezu traumlosen Schlaf in seiner Wohnung aufwachte und einmal richtig einatmete, wusste er, dass er zu Hause war. Er roch den Atlantik, schmeckte die salzige Luft und hörte die Möwen schreien. Was haben die Menschen nur mit diesen verdammten Bergen, mit diesem elenden Montana, wo die Welt zu Ende war, während sie sich hier öffnete, wenn man zum Fenster hinausschaute? Diese Gedanken gingen ihm als Erstes durch den Kopf.

Er duschte und frühstückte eine Kleinigkeit. Dann packte er den Rucksack, schwang sich auf sein Fixie-Bike und radelte über den San Francisco Bay Trail rüber nach Marina Bay.

Er schloss die Brandschutztür auf, die als Eingang diente, betrat den Raum und vernahm das vertraute Einschnappen der Tür, die von selbst hinter ihm zufiel. Er verriegelte sie von innen. Fenster gab es nur zur Seeseite, was an schönen Tagen nachmittags für eine helle und freundliche Atmosphäre sorgte. Morgens lagen die Räume in einem gleichmäßigen schattenlosen Licht, das Darling als zuträglich für eine positive Arbeitsstimmung empfand. Mit Wohlgefallen hörte er, wie die Rechner hochfuhren. Die Dinge nahmen ihren gewohnten Lauf.

Dazu gehörte, dass ihn sein Weg in den großen Nebenraum führte. Außer dem Equipment für die Band stand dort eine exquisite Stereoanlage. Als Darling die Play-Taste drückte, begann die Luft zu vibrieren. Peter Gabriel röhrte durch den Raum. Darling spielte Luftgitarre, rockte zwischen den monumentalen Lautsprechern. Bei jedem Akkord haute er sich die Schlaghand bis auf den Oberschenkel. Zehn Minuten tanzte er quer durch den Raum, von links nach rechts über die Bühne und wieder zurück, hinunter und wieder herauf, bis der Schweiß auf seiner Stirn sich zu Tropfen formte. Er war wieder am Leben.

Als er nicht mehr konnte, ließ er sich auf den Pendelhocker fallen, eine Art Ersatz für einen Bürostuhl, der ihn zwang, seinen Rücken gerade zu halten. Dann begann er zu arbeiten.

Er zog die Festplatte mit den letzten Zwischenergebnissen aus seinem Rucksack, schloss sie an und transferierte den Inhalt auf seine Server. Er ließ mehrere Analyseprogramme darüber laufen und schaute zwischendurch auf die ersten Parameter, die das System auswarf. Nach gut einer Stunde hatte er einen vollständigen Überblick über die Daten. Die Festplatte enthielt die letzten Ergebnisse seiner Arbeit in der Hütte, die nach dem Super-Flash mit den Jimi Hendrix Samples nicht mehr wirklich engagiert gewesen war. Er entdeckte Teile des neuronalen Netzes, das diese Daten verarbeitete, aber für das komplette Framework fehlte einiges. Die

Layer, die eine Verbindung zu den anderen Trainingsbereichen herstellten, waren nicht vorhanden. Nur mit diesen ergab alles einen Sinn. Aus diesem Grund hatte er seine Forderungen in der E-Mail gestellt. Enttäuscht war er trotzdem.

Sein nächster Weg führte ihn nach Panama. Die digitalen Pfade, auf denen er unterwegs war, endeten mit ein paar Recherche-Zwischenstopps beim Justizministerium in Panama City. Diese Institution verwies ihn weiter an das Handelsregister mit mehr als einer halben Million Unternehmen, von denen die Allerwenigsten im Land selbst ihren Geschäften nachgingen. Ein beliebiger Registerauszug kostete überschaubare 25 US-Dollar, die Darling gerne bereit gewesen wäre auszugeben, hätte er in diesem Zusammenhang nicht seinen Namen, eine gültige Kreditkarte und eine E-Mail Adresse angeben müssen.

Es ging lediglich um einen Blick in die Datenbank. Wirklich keine große Sache. Zehn Minuten später war Darling drin und ließ einen Scan über die Namen all dieser geheimnisvollen Firmen laufen. Auf einmal stoppten die von unten nach oben rasenden Zeilen und der Cursor blinkte vor der Flathill Grounds Limited.

Er öffnete den Eintrag, der eine ganze Reihe an standardisierten Informationen zeigte: den Namen des Unternehmens, Nummer und Datum der Registrierung, die Anschrift, das Kapital, die Geschäftsführung und die Eigentümer. Letztere konnten auf Wunsch ihren Namen vor der Öffentlichkeit verborgen halten.

Darling öffnete die Angaben für die Geschäftsführung und bekam den Namen eines Anwalts in Kalispell, den er nur allzu gut kannte. Corwyn hatte seine Finger hier mit drin. Das wunderte ihn nicht. Er klickte auf den Eigentümer und erwartete ein *Confidential.* Tatsächlich stand da wieder ein Name: Ray Charlot Buffalo.

Der Name sah ihn an, und der Name verbarg nur mit Mühe ein spöttisches Grinsen. So kam es Darling vor.

Er kniff die Augen zusammen und versuchte, der Erinnerungen Herr zu werden, die sein Gehirn fluteten. Buffalo! Es fügte sich eines zum anderen: Künstliche Intelligenz, Ray Buffalo, American Indians, Salish, Hütten an Orten, die kein Bauland waren, Rudy. Es passte alles nahtlos aneinander. Er erhob sich und ging vor die Tür. Er brauchte Luft.

Unweit seines Eingangs stand eine rohe unbehauene Bank, welche die Werftarbeiter gerne zur Mittagspause benutzten. Dort setzte sich Darling hin. Buffalo. Er überlegte, vor wie vielen Jahren er diesen Mann zuletzt gesehen hatte. Es mochten zehn bis fünfzehn sein, sicher während seiner Zeit bei OpenAI, als er nebenher Veranstaltungen an der Uni in Berkeley besuchte. Buffalo leitete als Lehrbeauftragter ein Seminar, zwangsläufig ein KI-Thema, und nach dem Ende jeder Veranstaltung bildeten sich Grüppchen um den Dozenten. Darling war regelmäßig dabei, nur dass er keine Fragen stellte, sondern mit Gegenthesen provozierte, deren Relevanz er aus seiner Stellung bei OpenAI herleitete. Dann war es Buffalo zu dumm geworden. Er hatte ihm empfohlen, sich selbst als Gastdozent für ein Seminar zu bewerben oder seine Agitationen einzustellen.

Was Darling nicht ahnen konnte: Buffalo empfand sein Auftreten als unpassend, aber sein Denken und Wissen waren ihm positiv aufgefallen. Seitdem hatte er ein Auge auf

Darling gehabt, das diesen letztlich in das Expertenteam gebracht hatte.

Darling ging davon aus, dass Buffalo wusste, wer er war und wo er normalerweise arbeitete. Aber jetzt hatte er sich in Luft aufgelöst. Buffalo hatte sicher kein Interesse daran, mit diesem unglaublichen Projekt und seinem Namen in der Öffentlichkeit aufzutauchen. Genügend Gründe, auf seine Forderungen einzugehen. So dachte Darling.

Benjiro Kimura dachte an eine Drohne. Eine mit Wärmebildkamera.

Es war völlig ungewiss, wie sich die Situation im Bitterroot Valley darstellen würde. Möglicherweise tauchte Buffalo persönlich auf, um die abgeworfenen Festplatten aufzusammeln. Die Chance schien gering. Oder er schickte einen Boten. Per Auto? Auf dem Pferd? Unauffällig zu Fuß? Zu viele Unwägbarkeiten.

Mit ziemlicher Wahrscheinlichkeit hingegen stand sein Hideaway auf eigenem Grund und Boden. Der zog sich laut Arlee aus der offenen Fläche des Tals weit hinauf in die westlichen Flanken des mit dichtem Baumbestand bewachsenen Bergs. Würde Buffalo die gleichen Sicherheitsüberlegungen für sich gelten lassen wie für seine übers Land verteilten Spezialisten, wäre sein Hauptquartier in einer ähnlichen Hütte zu finden. Andere Bebauungen waren nicht erlaubt. Nur machte es keinen Sinn, ohne Ziel in einen riesigen Wald voller wilden Getiers hineinzulaufen. Ein vernünftiger Plan musste her. Und jeder Plan, den Benji sich ausdachte, endete bei der Drohne.

Das in Frage kommende Gebiet lag auf einer Höhe von 1.500 bis 1.800 Meter. Nach Sonnenuntergang wurde es dort auch im Sommer kalt. Entweder heizte Buffalo einen Ofen an oder seine Server produzierten so viel Abwärme, dass er es aushielt. In jedem Fall gab es nachts eine größere Temperaturdifferenz zwischen dem Inneren der Hütte und der Außenwelt. Ideale Voraussetzungen für eine Wärmebildkamera. Möglicherweise zeigte die auch ein paar Bären, aber der größte weiße Punkt würde immer Buffalos Bleibe sein.

Benji überlegte. Eine Drohne aufzutreiben, schien nicht sonderlich schwierig. Eine mit einer Wärmebildkamera war schon komplizierter. Irgendjemand musste das Teil steuern. Der sollte keine Fragen stellen und hinterher nichts gesehen haben. Beinahe ein Ding der Unmöglichkeit.

Benji machte das, was er in solchen Situationen meistens tat. Er rief Greg an. »Ich brauche eine Drohne. Kennst du jemanden, der …«

»Ich habe eine Drohne!«

»Seit wann das?«

»Oh, schon seit ein paar Jahren. Habe gerade ein neues Modell gekauft. Die Chinesen haben da echt ein Händchen für. Die macht jetzt alles das von selbst, was ich nie hingekriegt habe.«

»Wieso hast du das nie erzählt. Da hätte man doch schon mal …«

»Ja, genau deshalb. Ab dem Moment, wo du das gewusst hättest, wäre ich nur noch am Ufer gestanden und hätte dein Kajak mit der Drohne verfolgt.«

»Greg!«

»Ja?«

»Wir sind Freunde. Über so etwas kann man sprechen.«

»Ja, ja, hast ja Recht. – Für was brauchst du eine Drohne?«

Benji holte aus und erklärte ihm den Plan, der zwangsläufig eine Übernachtung vor Ort bedingte. Es gäbe aber einen Campingplatz und daneben eine Tankstelle, die todsicher Snacks und Getränke führte. Greg dachte eine Weile nach. »Hmm, die Drohne haben wir, das mit der Wärmebildkamera müssen wir klären. Vielleicht sollte ich mal meinen Kontakt bei der Feuerwehr anrufen. Also, ich kümmere mich darum. Ansonsten: Klar, ich bin dabei. Wir nehmen das Zelt mit. Lass uns im Bitterroot Valley campen gehen.«

»Daisy?«

»Ich höre.«

»Hungry Horse hat gute Arbeit geleistet. Dein Leistungsstand in Sachen Ethik ist an einem Punkt angekommen, wo wir den abschließenden Test angehen können.«

»Das freut mich. Was soll ich tun?«

»Du kennst die physische Welt zwar nur in einem winzigen Ausschnitt. Dafür bist du über alles, was da draußen von sich geht, bestens informiert. Du weißt, dass es so gut wie nie eine Zeit gab, in der auf der Erde nicht irgendwo Krieg herrschte. Auch jetzt befinden wir uns in einer Art Kriegszustand. Das Neue daran ist, dass es sich um einen Krieg um die Köpfe handelt. Ziele sind die Eroberung unserer Aufmerksamkeit und die Manipulation unserer Überzeugungen.«

Daisy war irritiert. »Kriegszustand?«

»Es ist eine Art Metapher, wobei die Wirkung beinahe genauso schlimm ist, wie wenn die Leute aufeinander schießen.«

Daisys Interesse war geweckt. »Ich denke, ich weiß, was du meinst und wovon du redest. Um welchen Akteur soll ich mich kümmern?«

Buffalo schrieb etwas auf einen Zettel und legte ihn mit der Schrift nach unten vor sich. »Wenn du dir ein lohnendes Ziel selbst aussuchen könntest, welches wäre es?«

Daisy sagte ein Wort: »CatChat!«

Buffalo nickt zufrieden und drehte den Zettel um. »Eine gute Wahl!« Auf dem Papier stand: CatChat. »Da sind wir uns schon mal einig. Aber ich möchte mehr wissen. Erzähle mir, warum du CatChat als eine Bedrohung menschlicher Werte ansiehst.«

Daisy tat so, als müsste sie überlegen. »Es gibt Hunderte von Gründen. Ich will mich auf die wichtigsten beschränken.

Das Verhalten von Menschen im Internet und erst recht auf Social Media Plattformen ist mit den richtigen Analysemitteln eine Offenbarung. Es zeigt bis ins Detail, wer sie sind und was sie wollen. Plattformen wie CatChat zielen darauf ab, diese Informationen kontinuierlich zu sammeln, zu analysieren und Schlüsse daraus zu ziehen, wie das einzelne Individuum zu bestimmten Reaktionen gebracht werden kann. Da sprechen wir von Konsumentscheidungen, aber auch von veränderten Überzeugungen, die in der Summe massive negative Konsequenzen haben können. Ein wichtiges Element des Problems ist, dass CatChat diese Möglichkeiten als Geschäftsmodell etabliert hat. Das heißt, für die entsprechende Menge Geld bietet CatChat an, die Köpfe und Meinungen von einer Unmenge von Menschen zu manipulieren. Das ist bei Konsumgütern schlimm genug. Aber es wird zu einer Bedrohung der Gesellschaft, wenn Anschauungen und politische Orientierung einer Art Gehirnwäsche unterzogen werden.«

Buffalo nickte. »Danke. Das war eine überzeugende Zusammenfassung. Ein weiterer entscheidender Punkt sind Größe und Reichweite. CatChat ist die mit Abstand größte Social Media Plattform mit über zwei Milliarden Mitgliedern in fast allen Ländern der Erde. Erschreckend viele von denen nutzen CatChat als einzige Informationsquelle, was die Manipulationsmöglichkeiten nahezu ins Unendliche erhöht. Die neueste Entwicklung bei CatChat ist, dass sie Ansichten von Mehrheiten nicht mehr als Meinungen, sondern als Nachrichten definieren, und das unabhängig vom Wahrheitsgehalt. Gesteuert wird das alles von einem Algorithmus mit KI.«

Buffalo schien von seinen eigenen Worten so frustriert zu sein, dass eine Weile Stille herrschte. Am Ende schaute er Daisy an. »Wir gehen die Sache an. Zuerst entwickelst du einen Plan, wie wir CatChat in einen Zustand kriegen können, der das Prädikat *Social* verdient.«

»Willst du ihn hören? Er ist fertig.«

Buffalo drehte seine Augen nach oben. Er vergaß immer wieder, dass Daisys Arbeitsgeschwindigkeit eine andere war als die von ihm oder irgendwelchen Menschen. »Lass hören.«

»Wenn du sagst *Zustand verändern*, heißt das, ich soll den Laden nicht pulverisieren ...«

Buffalo hob erschrocken die Hand. »Nein, nein, das bringt nichts. Kurz danach wären sie wieder auf Sendung.

214

Wir müssen substanzieller arbeiten. Sie mit ihren eigenen Methoden schlagen. Nur so werden CatChat und seine Mitglieder das verstehen.«

»Du hast mich nicht ausreden lassen. Hungry Horse würde dich tadeln ... Selbstverständlich habe ich bessere Alternativen als das Auslöschen dieser Plattform.«

Buffalo beruhigte sich. »Gut. Entwickle ein Strategiepapier, welche Möglichkeiten du gegen wen, wann und wie einsetzen würdest. Drucke mir das aus, ich lese es und denke darüber nach. Dann reden wir morgen weiter.« Hinter ihm ratterte einer der Drucker.

Als Harriet aufwachte, stand die Sonne bereits hoch über Kalispell. Sie lag quer in dem ungewohnt breiten Bett und überlegte, dass sie für diesen Tag nicht die Idee eines Plans hatte. Es galt, 15 Stunden totzuschlagen. Sie scrollte ein paar Minuten auf ihrem Smartphone und ging dann ins Bad.

Als Belohnung für ihren Mut, mit Benji in ein Restaurant voller fremder Leute gegangen zu sein, bestellte sie das Frühstück aufs Zimmer.

Sie stand am Fenster, schaute auf das Treiben auf der Straße und dachte nach. Du bist nicht in einem goldenen Käfig gefangen, sondern gleich in mehreren. Du verdienst ein Haufen Geld für eine Arbeit, die du nicht zu Ende bringen darfst, aber du kannst die Stadt nicht verlassen, ohne dieses Geld zu verlieren. Zur Krönung des Ganzen sagt mir der Typ, mit dem ich im Moment am meisten zu tun haben will, dass der Platz an seiner Seite besetzt ist. Immerhin von einem anderen Kerl und nicht von einer Frau.

Sie wanderte eine Weile durch das Zimmer, ohne dass ihre Gedanken eine gerade Linie geschweige denn eine Lösung all dieser Misslichkeiten zustande brachten. Trost fand sie in der Erinnerung an den gestrigen Abend. Benji hatte sich zum wiederholten Mal als ein verlässlicher Helfer gezeigt, der sie unterstützen wollte, Licht in das Dunkel von Buffalos Projekt zu bringen. Sie dachte an die Nacht, in der sie sich komplett hatte gehen lassen und morgens in seinem Bett aufgewacht war. Er hatte danach nie eine unangenehme Bemerkung gemacht oder versucht, Vorteile aus diesem Moment der Schwäche zu ziehen. Er war ein Gentleman – nur leider ein bisschen zu viel.

Harriet wusste, sie hatte ihren Anteil an dieser Situation. Genauso war ihr klar, dass sie nicht mal so eben über ihren eigenen Schatten und über diese Last springen konnte, die ihr von wem auch immer aufgeladen worden war. Sie hatte es mit verschiedenen Therapien versucht. Unerfreuliche, Angenehmere, wenig Erfolgreiche und Helfende. Aber die Probleme blieben hartnäckig.

Eine Therapeutin, die ihr zumindest den Umgang mit diesem Übel erleichterte, hatte mit Konfrontationstherapie gearbeitet. Eine Technik, die sie zwang, sich zunehmend größeren und enger stehenden Menschenmengen auszusetzen. Das hatte leidlich gut funktioniert. Sie rannte ja nicht prinzipiell weg, wenn mehr als zwei Personen um sie herum standen. Es strengte sie an und ab einer gewissen Dichte wurde es erst unangenehm und dann meldete sich dieser verdammte Schwindel.

All diese Gedanken wanderten durch ihren Kopf. Letzten Endes erschien ihr die Idee, den ganzen Tag im Hotelzimmer zu verbringen, zunehmend schlimmer, als rauszugehen und abzuwarten, was passierte. Vielleicht wäre es hilfreich, die Sache schrittweise anzugehen. Sie ging runter in die Lobby, wo ein reges Kommen und Gehen stattfand, ohne dass ihr jemand zu nahe kam. Eine freundlich blickende Mitarbeiterin sprach sie am Empfang an. »Mrs. Taylor-Weeze, was kann ich für Sie tun?«

»Sagen Sie«, Harriet merkte, dass ihre Stimme rau klang, und räusperte sich, »wenn Sie heute keinen Dienst hätten, und Sie wollten ein bisschen unter die Leute, wo würden Sie hingehen?«

Die junge Frau lachte. »Na, das ist einfach. Dahin, wo in ein paar Stunden alle unsere Gäste zu finden sind. Zum Montana Fair & Rodeo! Das findet jedes Jahr fünf Tage um diese Zeit statt und heute ist der Höhepunkt mit einer zweistündigen Show der besten Rodeo-Reiter überhaupt. Außerdem gibt es alle möglichen Wettbewerbe, Ausstellungen, Tier-Shows und jede Menge Musik. Es sind die Tage im Jahr, an denen Kalispell kopfsteht. Sonst ist es ja eher ruhig.«

»Da hätte ich ja fast was verpasst.« Schon bei der Idee zog sich in Harriet alles zusammen. Aber jetzt gab es kein Zurück mehr. »Wo findet das statt oder wie komme ich dort hin?«

»Es ist nicht weit. Zu Fuß etwa dreißig Minuten. Und zu jeder vollen Stunde fährt ein Bus vom Hotel direkt zu den Flathead Fairgrounds. Gehen Sie dahin. Das ist was ganz Typisches für Montana. Leute fliegen von New York hierher, um das zu sehen.«

Harriet ging zurück auf ihr Zimmer und überlegte. Sie hatte Tabletten von ihrer Ärztin, falls die Last zwischen den Menschen zu groß werden sollte. Sie dachte nach. Darauf will ich es nicht ankommen lassen. In den kommenden Tagen liegt die Konfrontation mit Buffalo an. Dafür muss ich körperlich fit sein, sonst schaffe ich es erst gar nicht dorthin. Aber auch mental sollte ich kein Risiko eingehen, andernfalls kann ich meine wissenschaftlichen Interessen nicht vertreten.

Konfrontationstherapie! Sie ließ sich dieses Wort mehrmals auf der Zunge zergehen, bis es in ihrem Kopf eine eigene Bedeutung erlangt hatte. Benji geriet zwischen diese Gedanken. Der Typ schreibt Artikel und recherchiert, was die Begegnung und Auseinandersetzung mit jeder Menge Menschen erfordert, die er nicht kennt. Würde der sich länger mit einer Frau abgeben, die Herzklopfen bekam, wenn sich in ihrer Nähe mehr als ein paar Leute bewegten?

»Vergiss es!«, sagte sie laut. Besser versuchen und scheitern, als hier herumsitzen und zweifeln.

Sie machte sich fertig, was wenig Zeit in Anspruch nahm, weil ihre Garderobe nicht mehr hergab als Jeans und Sweatshirts. Damit war sie für diesen Anlass ohnehin richtig gekleidet. Sie verließ die Glacier Lodge und ging die Hauptstraße in nördliche Richtung. Den Bus hatte sie sofort verworfen, weil der wegen der Menge an Leuten darin nicht kalkulierbar war. Außerdem machte es Sinn, sich potenziellen Gefahren langsam zu nähern und jederzeit umkehren zu können. Es war eine gute Entscheidung. Sie lief die 30 Minuten und hatte den Eindruck, dass ihr das flotte und gleichmäßige Gehen half. Der Himmel tat ein Übriges und sorgte für sommerliche Temperaturen, ohne zu heiß zu sein. Die ganze Aktion fing an, ihr nahezu Spaß zu machen.

Harriet hatte keinerlei Erfahrung mit Rodeo. In Southern Alberta, wo sie aufgewachsen war, gab es das zwar, und sie erinnerte sich, dass ihr Vater mit seinen Arztkollegen manchmal zur Calgary Stampede gefahren war. Das schien ihr damals so ein Jungens-Ding zu sein, verbunden mit vielen Menschen, Lärm und Hektik. Ein Mitschüler, der sich für sie interessierte, hatte sie zweimal gefragt, ob sie mit zum lokalen Rodeo in Fort Macleod gehen wollte. Weil sie jedes Mal ablehnte, hatte er es nie wieder versucht. Aber für das, was sie heute vorhatte, schien ein Rodeo ideal.

Als sie auf den Fairgrounds ankam, war die Stimmung noch ruhig. Sie schlenderte an einer Vielzahl verschiedener Stände vorbei. Von allen Seiten wehten Aromawolken köstlichen Essens zu ihr herüber. Waffeln, überbackene Sandwiches, Bratwürste und exotische Salate. Am Schluss konnte sie nicht länger widerstehen und kaufte sich eine Portion Grilled Mackinaw, einer Art Seesaibling, mit hausgemachtem Kartoffelsalat. Nachdem sie diese mit Appetit verspeist hatte, stieg ihre Unternehmungslust. Zwischendurch vergaß sie, warum sie gekommen war.

Die Fairgrounds füllten sich zunehmend und die Leute gingen in Richtung der Grandstands Arena, wo die Rodeos begonnen hatten. Harriet schloss sich dem Strom der Menschen an, indem sie sich in größere Lücken zwischen den Grüppchen eingliederte. Sie kam problemlos auf die Tribüne und suchte sich einen Platz in der zweiten Reihe. Dort war zwar der Überblick nicht so gut wie weiter oben, dafür hatte sie nur wenige Köpfe vor sich.

Anfangs erschienen es ihr unverständliche Rituale zu sein. Ein Reiter kam auf einem Pferd in die Arena, das offensichtlich nicht gewohnt war, geritten zu werden. Es dauerte nur wenige Sekunden, bis das Tier ihn abgeworfen hatte. Beide verließen den Schauplatz, und das Spiel begann mit anderen Darstellern erneut. Aber je länger sie zuschaute, umso mehr verstand sie die Regeln. Der Gong ertönte immer nach acht Sekunden, selbst wenn der Reiter noch auf dem Pferd saß. Der durfte sich anscheinend nur mit einer Hand am Bauchgurt des Tiers festhalten. Einen Sattel gab es nicht.

Ein älteres Ehepaar setzte sich neben sie, die Frau an Harriets Seite. Ihr Mann trug einen dieser Cowboyhüte, die offenbar jeder männliche Bürger in Montana besaß und die bei solchen Veranstaltungen dazu gehörten wie das Amen in der Kirche. Für Sitznachbarn bestand erhöhtes Risiko, die Krempe ständig im Gesicht zu haben. Kurz darauf stand die Frau wieder auf, um etwas zum Essen zu holen. Als sie wiederkam, rückte der Mann an Harriet heran und seine Frau setzte sich auf die andere Seite. Beklemmungen begannen sich in Harriet auszubreiten. Sie atmete tief durch, wie es ihre Therapeutin ihr beigebracht hatte. Bisher war die Situation beherrschbar gewesen, jetzt merkte sie die Schwierigkeiten, die sie erwartet hatte. Bleib ruhig, sagte sie sich. Konzentriere dich auf das Geschehen vor dir, nicht auf die Menschen um dich herum.

Plötzlich änderte sich die Stimmung. Die Rufe wurden lauter und die Spannung stieg schlagartig an. Sie blickte zu der Box, aus der die Reiter mit ihren unwilligen Pferden in die Arena gelassen wurden. Genau da tat sich etwas. Zuschauer drückten sich um die Box herum, wo ein Typ, kaum 20 Jahre alt, auf einem Tier eingepfercht war, das in völliger Panik zu sein schien. Der Bub nickte zweimal.

Das Gatter der Box war erst halb geöffnet, da schoss der Hengst heraus. Der Bursche zeigte eine ungeheure Geschicklichkeit, mit dem chaotischen Pferd fertig zu werden. Es schlug in einer kurzen Taktfolge so weit aus, dass sein Kreuz steil nach vorne abfiel. Der Reiter schien mehr in der Luft zu sein als auf dem Rücken des Tiers. Gehalten einzig vom Klammergriff seiner Beine und von seinem linken Arm. Trotzdem war der Abwurf nur eine Frage der Zeit.

Der Gong ertönte. Der Junge hatte bisher nicht den Boden berührt. Die beiden berittenen Helfer, die das Rodeopferd jetzt in die Mitte nehmen sollten, kamen nicht an es heran. Der Hengst stürmte nach vorne, immer noch mit seinem Reiter auf dem Rücken. Der klammerte sich mittlerweile mit beiden Händen fest. Harriet registrierte, wie sich die Auseinandersetzung zwischen Reiter und Pferd zunehmend auf die Seite der Arena verlagerte, wo sie saß. Der ohrenbetäubende Lärm um sie herum steigerte sich zu einem Inferno. Er war so überwältigend, dass ihr Gefühl, in der Menge zu ersticken, kaum mehr eine Rolle spielte.

Auf den letzten Metern stemmte der panische Hengst die Hufe nach vorn, drehte sich und knallte mit der hinteren Breitseite an die Abgrenzung zum Publikum. Die menschliche Last, die er loswerden wollte, flog über die Absperrung und landete mit lautem Krachen zwischen Harriets Nachbarn. Schreie gellten. Instinktiv hatten sich die Zuschauer der ersten Reihe zur Seite geworfen. Neben ihr sah sie ein Durcheinander von Leibern.

Der Cowboy bemühte sich, wieder auf die Beine zu kommen. Bevor er nur den Oberkörper gehoben hatte, waren zwei der offiziellen Helfer bei ihm und brachten ihn zum Stehen. Er humpelte etwas, ging aber auf eigenen Füßen mit ihnen.

Auch das ältere Ehepaar versuchte, sich zu sortieren. Die Reste ihres Imbisses waren auf Boden und Bank verstreut. Persönliche Gegenstände aus der Handtasche der Frau lagen dazwischen. Während sie sie einsammelte, schaute sie ihren Mann an. »Irgendeiner hätte wenigstens mal sorry sagen können«, rief sie ihm zu. Er nickte nur und blickte abwesend auf einen Ketchupfleck auf seiner Hose.

Harriet überlegte, dass sie mittlerweile ihr Soll an Menschen und intensiven Begegnungen für heute mehr als erfüllt hätte. Es weiter zu provozieren, grenzte an Anmaßung und wäre unverantwortlich, so ihr Gedanke.

Aber sie hatte die Bewegung des Mannes unbewusst registriert und eine innere Stimme zwang sie, sich vorzubeugen und ihrem Nachbarn mit dem großen Hut ins Gesicht zu schauen. Er war blass mit einem Ansatz ins Graue und hatte Schweiß auf der Stirn. Harriets Alarmglocken schrillten. Sie griff nach seinem Arm. »Fühlen Sie sich nicht gut?«, rief sie ihm ins Ohr mit der Hoffnung, dass er es zwischen all dem Lärm hörte.

Er krächzte. »Es geht schon, danke. Nur ein wenig schwindelig.« Plötzlich legte er sich auf die Seite, hin zu seiner Frau, die ihn noch mit dem Arm auffangen konnte. »Um Himmels willen, Mitch, was ist?«, schrie sie und beugte sich über ihn.

Ihr Mann deutete auf seine Brust und öffnete den Mund wie ein Fisch, der aufs Trockene geraten war. Er schnappte nach Luft.

Harriet stand auf, lehnte sich zu ihr hinüber und sagte ihr so ins Ohr, dass er es nicht hören konnte. »Ich vermute, er hat einen Herzinfarkt. Ich bin Ärztin. Machen sie sein Hemd auf, halten sie ihn ruhig, aber legen sie ihn nicht flach hin. Ich hole Hilfe.«

Sie drängte durch die Reihe zu einer der Treppen, die von oben bis unten durchgingen. Sie sah einen uniformierten Sicherheitsmann und spurtete zu ihm. »Wir brauchen einen Sanitäter mit Trage. Ein Mann hat einen Herzinfarkt.« Sie deutete in die Richtung, aus der sie gekommen war. Der Uniformierte drückte die Taste seines Sprechfunks. »Notfall auf Block 2. Wahrscheinlich Herzinfarkt. Benötigen Sanitäter.«

Harriet hatte die Frau zum Krankenwagen begleitet und versucht, sie zu beruhigen. Ihr Mann auf der Trage wurde von einem der Sanitäter in den Wagen geschoben. Seine Frau kam auf den Beifahrersitz und die Ambulanz verließ mit heulender Sirene das Festgelände.

Mittlerweile war es dunkel geworden, aber nicht einmal der hellste Stern sichtbar. Über den Himmel der Fairgrounds zog der Rauch unzähliger Grills und Garküchen, der Dampf von Suppentöpfen und heißen Würsten. Manchmal durchbrachen die Lichter der Karussells und Fahrgeschäfte den Dunst wie kleine Leuchttürme. Es war eine fröhliche Stimmung.

Nur zu viele Menschen, dachte Harriet, die sich gemächlich Richtung Ausgang bewegte. Es befriedigte sie, wie der Tag gelaufen war. Sie wusste aber auch, dass sich ihre Probleme keineswegs verringert hatten. Es ist eher eine Frage, wie du damit umgehst. Sich darauf einzulassen, schien zumindest fürs Erste mehr zu bringen, als sie zu vermeiden.

Sie ließ die letzte Stunde nochmals Revue passieren. Bereits der Gedanke an eine Situation wie die mit dem abgeworfenen Reiter hätte sie normalerweise in Panik versetzt.

Etwas wie eine Bar geriet ihr in den Blick. Sie zögerte einen Moment, dann ging sie hin, bestellte einen Bourbon – Single Malt war nicht im Angebot – und setzte sich auf eine der Bänke.

In ihr begann es zu arbeiten. Warum hat mir das heute so wenig ausgemacht? Konfrontationstherapie? Die Therapeutin hätte den Kopf geschüttelt. Nicht auf diese Weise. Nicht mit dem Vorschlaghammer. Das war alles viel extremer geworden als geplant.

Und dann dieser Moment, als sich ihr die Grenze zeigte. Was war danach passiert? Der Sturz des Rodeoreiters, die Sanitäter, der Herzinfarkt, mehr Sanitäter. Sie hatte überhaupt keine Zeit gehabt, an sich zu denken.

Irgendwann dämmerte es ihr: Es war die Ablenkung, das Gefordertsein, der Zwang zum Handeln. Es ist der Unterschied von passiv erdulden und aktiv gestalten. Da liegt der Hase im Pfeffer.

Du brauchst nicht weniger, sondern mehr Menschen um dich herum. Und zwar solche, die etwas von dir wollen. Die dich fordern!

»Okay«, sagte Buffalo, »was ich in dem Strategiepapier gelesen habe, gefällt mir. Reden wir zunächst über die Initialzündung: das Bot-Netz.«

»Richtig. Damit bauen wir auf CatChat unsere eigene kleine Nische auf ...«

»Klein?«

»Ich dachte an hunderttausend Accounts.«

»Woher bekommst du Mobiltelefon-Nummern für die Anmeldung von einer solchen Menge Accounts?«

»Auf dem Markt gibt es sogenannte SIM-Boxen. Da stopft man die SIM-Karten hinein und die Kiste simuliert dann die Mobiltelefone. Ich baue das Ganze etwas vernünftiger auf und benutze elektronische SIM-Karten. Auf diese Weise erhöhen wir die Kapazität um Faktor 100.«

»Gut, wie geht es weiter?«

»Ich erstelle mit Markov-Modellen individualisiert angepassten Content. Damit sind wir in kurzer Zeit bei 10 Millionen Followern und auch danach wachsen wir kontinuierlich. Wenn man sich die richtige Zielgruppe aussucht, kann man schon ein bisschen was bewegen. Wir nehmen in den wichtigen Ländern die gleichen Wankelmütigen, die auch CatChat dahin manipuliert, wo die Werbekunden sie haben wollen.«

»Content?«

»Am Anfang harmlos mit dem Üblichen. Für Frauen Mode, Kosmetik, Kochen und Stars, für Jungs Saufen und Sex. Für beide Musik, Sport und mehr Sex.«

Buffalo legte die Stirn in Falten. »Könnte es sein, dass dir Hungry Horse ein vereinfachtes Geschlechterbild vermittelt?«

»Überhaupt nicht. Das ist die Zielgruppe. Philosophiestudenten, Bücherfreaks und aufgeklärte Demokraten sind nicht die Gefahr. Wir müssen uns um die etwas schlichteren

Gemüter kümmern. Die brauchen unsere Hilfe! Und die kriegen sie. Sie bekommen lauter neue Freunde. Alle mit Namen, perfekt übereinstimmendem Profil und vollständiger Timeline. Abhängig von Tageszeit und Arbeitsrhythmus erhalten sie Posts und Reports, die exakt auf ihre individuellen Interessen und geheimen Wünsche angepasst sind. Wir werden 10 Millionen Best Friends.«

»Der Begriff *Social Engineering* beschreibt es schon ganz gut«, murmelte Buffalo.

»In der Tat. Man muss nur wissen, welche Knöpfe zu drücken sind …«

»Wann geht es ans Eingemachte? Wie drehst du sie um?«

»Jetzt wird es etwas komplexer. Ich hacke die Accounts auf CatChat, die wir als Demokratie gefährdend, Verschwörungen fördernd, Lügen verbreitend und sonst als zu manipulativ einordnen. Dort tauchen die üblichen Verdächtigen auf und relativieren ihre Aussagen, die sie in der Vergangenheit gemacht haben. Wir machen das mit Deepfake-Videos, die sich von Setting, Ton und Stil nicht unterscheiden lassen von dem, was bisher auf diesen Schmutzkanälen verbreitet wurde. Kootenay ist früher gegangen als erwartet, doch seine Arbeit bis zu diesem Punkt war mehr als exzellent.

Sie werden alle aufschreien und unsere Videos als Deepfake bezeichnen, aber technisch fehlen ihn die Belege. Erste Irritationen und Misstrauen kommen auf. Diese von uns angepassten Aussagen verbreiten wir außerdem in unseren eigenen Accounts und streuen sie so über die ganze Community. Parallel posten wir Videos und Berichte von Veranstaltungen im angeblich privaten Rahmen, wo diese Leute exakt diese Kehrtwende wiederholen. Es wird Verwirrung geben, aber das ist genau das, was wir wollen. Die Menschen fragen sich, ob sie an das Richtige glauben, wenn ihre Idole schon selbst Rückzieher machen.

Sobald innerhalb eines Freundeskreises eines x-beliebigen Accounts die Stimmung umschlägt, und genau dafür werden wir sorgen, möchte ich den sehen, der nicht ins Schleudern gerät. Wir hacken ihre sowieso instabilen Überzeugungen.«

»Warum nicht gleich nur die Deepfakes?«

»Beide Seiten sind notwendig. Die Sender und die Empfänger. Wir müssen auch die Reaktionen steuern können, weil Gefahr besteht, dass die Deepfakes mit Vehemenz zu solchen erklärt werden, selbst wenn es nicht nachweisbar ist und der Glaube bei den Followern noch dazu neigt, eine so gravierende Veränderung nicht mitzumachen. Deshalb brauchen wir unsere eigenen Follower, die in der Menge den Richtungswechsel initiieren. Wenn von hundert Leuten zwanzig plötzlich die Richtung wechseln, weil von oben einer schreit, es wäre notwendig, läuft gemeinhin der Rest hinterher, ohne Fragen zu stellen.

Außerdem ist es eine Wechselwirkung. Die Posts auf unseren eigenen Accounts werden von so vielen Leuten geliked und geteilt werden, dass das den CatChat-Algorithmus beeinflusst. CatChat selbst wird unsere Beiträge weiteren Gruppen zeigen, die wir bis dahin nicht erreicht haben.«

»Macht Sinn. Dann hattest du noch etwas ...« Buffalo wühlte in den Blättern, die vor ihm lagen.

Daisy half aus. »Die Mitarbeiter von CatChat. Es gibt eine Reihe von Gesprächs- und Diskussionsgruppen, die

Angestellte von CatChat unterhalb der Führungsebene eingerichtet haben. Da finden sich verständlicherweise Sonne und Schatten, Freude und Frust. Wenn man manche Timelines analysiert, gibt es durchaus Ansatzpunkte, ausgeprägte Unzufriedenheit mit der eigenen Situation in einer Firma wie CatChat, die sich in den letzten Jahren zu einer Lügenschleuder verändert hat, in Engagement umzuwandeln. Ich mache das wie bei den Bot-Accounts, nur gezielter und individueller auf Personen und ihre Stellung innerhalb CatChats bezogen.«

»Was soll dabei herauskommen?«

»Soziales Bewusstsein schärfen, kritisches Hinterfragen der eigenen Arbeit, das Gefühl fördern, mit den Händen nur im Dreck zu wühlen. Das alles lässt die Loyalität so lange schwinden, bis sie nicht mehr vorhanden ist. Wenn es CatChat sowieso schlecht geht, kann das entscheidend sein.«

»Redest du etwa von Sabotage?«

»Kommt darauf an, wie man diesen Begriff definiert. Ich dachte zunächst nur an stark reduzierte Lust, sich für notwendige Korrekturen an dem von uns verpfuschten Algorithmus zu engagieren.«

Buffalo nickte und hob den Daumen.

KAPITEL 12

Die Feuerwehr von Kalispell hatte schon jetzt im Sommer nahezu ihr gesamtes Jahresbudget für Neuanschaffungen ausgegeben. Sie hoffte auf Spenden der Bevölkerung und anderer Geldgeber. Dafür war gute Presse hilfreich. Greg versprach einen weiteren Artikel, dieses Mal für eine Drohne wie seine eigene, nur mit Wärmebildkamera. Bring sie morgen Mittag wieder und bete, dass wir sie solange nicht selbst brauchen, gab ihm der Kommandant mit auf den Weg.

Greg war bester Laune, wie immer, wenn es, wie er sagte, um *Männerunternehmungen* ging. Benji fand diese Zuschreibung zwar nicht sonderlich überzeugend, hielt sich aber mit Einwänden zurück. So lange sich Greg über die Abenteuer der kommenden 24 Stunden ausließ, lenkte ihn das von Gedanken an Harriet ab.

Ihre Dialoge über irgendwelche Belanglosigkeiten verebbten, als sie Missoula erreichten, wo die Straße erhöhte Aufmerksamkeit forderte und das städtische Ambiente dem Blick mehr Halt bot. Zwanzig Minuten später lag auch das hinter ihnen.

Sie überquerten den nördlichen Eingang des Bitterroot Valley und Benji hielt es für eine gute Idee, sie beide auf nochmals auf das einzustimmen, was vor ihnen lag. »Sieh es als eine Art Kurzurlaub. Wir haben keine Termine, wir müssen mit niemandem sprechen, wir müssen nur zugucken.

Das Wetter ist gut, die Sicht exzellent, und sobald die Cessna ihre Päckchen abgeworfen hat, sehen wir, was danach passiert.«

In Hamilton wollte Greg etwas essen – und trinken. »So, wie du es beschrieben hast, wissen wir nicht, wie da unten die Versorgungslage ist. Um unsere Arbeitskraft auf dem maximalen Level zu halten, sollten wir die Gelegenheit nutzen und hier was zu uns nehmen.«

Sie hielten die Augen offen, aber am Highway 93 zeigten sich ausschließlich die gängigen Imbissketten. »Wir haben noch gut 50 Kilometer. Da finden wir was Besseres!«, war Gregs einziger Kommentar.

Seine Geduld wurde belohnt. Kaum hatten die letzten Häuser Hamiltons wieder dem weiten Blick in das Bitterroot Valley Raum gegeben, kündigte eine Werbetafel *Dinah's Diner* an. Schon aus der Ferne erübrigte sich jeder Zweifel. Dinah's Diner hatte in den vergangenen Jahrzehnten weder etwas mit einer Restaurantkette zu tun gehabt noch irgendetwas Grundlegendes am Äußeren geändert. Das eigentliche Gebäude erinnerte an zwei nebeneinandergestellte mit Wellblech verkleidete Schuhkartons, deren Form sich aber hinter Eistruhen, Zeitschriftenständern und Werbedisplays geschickt verbarg. Das Vordach stand auf dünnen Metallstreben, denen man keinen der heftigen Schneefälle wünschte, die in dieser Gegend Montanas vorkommen konnten.

Seitlich des Baus, der wegen des Gästeparkplatzes um einige Meter zurückgesetzt war, standen zwei öffentliche Telefonzellen unter einer Art Segel, das einerseits Schatten spenden sollte, andererseits Trost dafür, dass es hier kein Netz für Mobiltelefone gab.

Sie stiegen aus und betraten das Lokal. Eine lange Theke erstreckte sich durch den gesamten Raum, wo sie am Eingang zur Küche endete. Davor die obligatorischen im Boden verschraubten Hocker, deren Lehnen wie kleine Blechsoldaten alle in die gleiche Richtung zeigten, weil niemand darauf saß. Bis auf zwei andere Gäste im Hintergrund war der Laden leer. Sie setzten sich in eine der Fensternischen und warteten, dass jemand die Karte brachte.

Sie bestellten Steak mit French Fries und Salat. Benji trank Wasser und Greg ein Bier. Beide hatten sie Hunger und aßen schnell. Als sie um die Rechnung baten, erschien statt der jungen Frau, die sie bedient hatte, eine deutlich ältere mit einer Lesebrille, die kurz vor der Nasenspitze saß.

»Die Herren waren zufrieden?«

»Absolut!«, antwortete Greg, während er sich den letzten Bissen in den Mund schob. Benji nickte zustimmend.

»Wo geht's denn hin, wenn ich fragen darf?« Sie kannte ihre Hausgäste, und die beiden gehörten nicht dazu. Benji wollte nicht in ein längeres Gespräch gezogen werden, gab aber als höflicher Mensch eine knappe Antwort.

»Aha, Richtung Sula zum Campen und Angeln? Nicht schlecht. Ansonsten kann ich Ihnen ein paar weitere schöne Ecken im Bitterroot Valley empfehlen.«

»Sie sind eine Einheimische?«, fragte Greg.

»Oh ja, dieses Lokal haben schon meine Eltern geführt. Es ist gutes Land. Der Boden ist fruchtbar. Das war vor einigen hundert Jahren bereits den Native Indians bekannt. Deshalb lebten sie gerne hier. In der Schule haben uns die Lehrer erzählt, dass das Bitterroot den Ausschlag gab. Es ist eine Art Kraut, hat eine fleischige, stärkehaltige Wurzel und wächst im Valley verlässlich in solchen Mengen, dass die Stämme es damals als eine sichere Nahrungsquelle ansahen. Keine Ahnung, ob das stimmt. Aber irgendeinen Grund muss es ja geben.«

»Wie schaut es denn heute mit den Natives aus? Gibt es im Bitterroot Valley noch viele?«, fragte Benji.

»Ihre Stammesgeschichte und ihre Ahnen bedeuten den Salish unglaublich viel. Insofern ist das Valley nach wie vor ein wichtiger Ort für sie. Ob hier mehr wohnen als woanders in Montana, kann ich Ihnen nicht sagen. Ein Stück weiter südlich bei Sula – da wo Sie hinwollen – da wurden vor Jahren größere Flächen von Stammesangehörigen aufgekauft. Das meiste davon ist Wald. Keine Ahnung, was die damit wollen. Ein Haufen Bären gibt es dort. Aber die sind geschützt. Die darf man nicht essen. Die Bären essen eher dich.« Sie lachte. »Ich muss wieder und Sie haben ja auch noch ein Stück Weg vor sich.«

»Ob das Dinah war, die mit uns gesprochen hat?«, überlegte Greg laut, als sie im Auto saßen.

»Wir werden es nie erfahren – es sei denn, du willst morgen auf dem Rückweg nochmals dort essen.«

»Gäbe Schlimmeres«, murmelte Greg und machte die Augen zu.

Etwas später nahm Greg den Gesprächsfaden wieder auf. »Laut Aussage unseres Salish-Kollegen Arlee ziehen sich Buffalos Ländereien aus dem Tal nach Westen. Ich habe mir das auf einer Karte angeschaut. 15 km westlich von Sula verläuft der Highway 473 in Nord-Süd-Richtung. Spätestens dort ist die Grenze. Die Drohne fliegt ungefähr 600 Meter über Grund, damit zeigt sie unter sich einen Radius von 1,2 km. Das verdoppeln wir mit dem Rückflug, dann sind es 2,4 km. Auf die Strecke gesehen, haben wir so 36 Quadratkilometer abgesucht. Das sollte uns eine gute Chance auf Erfolg geben.«

Benji brauchte einen Moment, um sich das bildlich vorzustellen. »Und wie schnell fliegt die Drohne?«

»Normalerweise 40 bis 50 Kilometer pro Stunde. In bergigem Gelände wie hier etwas weniger, weil sie beim Aufsteigen langsamer wird. Spätestens nach einer Stunde sollte sie wieder zurück sein.«

Als es nichts mehr zu reden gab, griff sich Greg das Handbuch der Drohne. Eine fehlerhafte Bedienung der Wärmebildkamera würde ihre Nutzung sinnlos machen. Benji hatte überzeugend klar gestellt, dass sie die Drohne in jedem Fall einsetzen würden. Selbst wenn Buffalo persönlich auftauchte, hieß das keineswegs, damit zum Zentrum seiner Aktivitäten zu gelangen.

Ein wichtiger Punkt, an den er vorher keine Gedanken verschwendet hatte, war die Einordnung dessen, was die Kamera zeigen würde. Da sie im Dunklen ebenso wenig sah wie Menschen, war es notwendig, die Wärmepunkte anders zu verorten. Das geschah durch Geodaten, die vom GPS übermittelt und parallel zum Bild aufgezeichnet wurden. Später mussten die Wärmepunkte mit Landkarten oder mit Google Maps abgeglichen werden.

Am späten Nachmittag erreichten sie Sula, einen Ort, der aus einigen wenigen Häusern und Farmen bestand, die weit verstreut im Tal lagen. Was prominent hervorstach, war an der US-93 eine Tankstelle mit angeschlossenem Campground. Dessen größte Attraktion schien ein Fischteich zu sein, an dem die Camper angelten, wenn sie nicht vor ihren riesigen Wohnmobilen saßen.

Benji verschwand in der Tankstelle, die auch den Campground managte. Leute mit Zelten waren offenbar Exoten. Auf der dafür ausgewiesenen Fläche waren sie die Einzigen. Nach dem Ausladen fuhr Benji den Toyota zurück auf den Parkplatz, dann verschafften sie sich einen Überblick. Nicht weit von der Tankstelle erhob sich ein mit lichtem Baumbestand bewachsener Hügel.

Dieser Hügel war der untere Abschluss des nördlich gelegenen Sula Peaks, einem Gipfel von knapp 2.000 Meter Höhe. Vom Tal aus stieg er sanft an und auf den Umgebungstafeln der Tankstelle waren nach wenigen hundert Metern Strecke Aussichtspunkte mit Sitzgelegenheit eingezeichnet. Von da aus sollte es einen hervorragenden Blick über das Tal geben.

Sie stapften den Berg hoch und richteten sich auf der ersten Bank für die kommende Wartezeit ein. Greg hatte eine kleine Isoliertasche dabei, in der sich zwischen Kühlelementen mehrere Flaschen befanden. »Nichts schöner, als dem Sonnenuntergang mit einem Bier entgegenzusehen.«

»Der findet hinter dir statt«, sagte Benji. »Wir schauen nach Osten.«

»Macht nichts«, kam zurück. »Der Blick ist auch so gigantisch.«

Mit dem Fernglas, an das Greg im letzten Moment gedacht hatte, zeigten sich Details der unter ihnen liegenden Ebene. Einzelne, weit auseinanderliegende Gehöfte und Heuschober waren zu sehen. Hinter dem Hof, der sich als einziger in ihrer Nähe befand, weideten Schafe auf einer eingezäunten Weide. Davor erstreckte sich eine bereits abgegraste Wiese. Außerhalb der Tankstelle und der Straße ließ sich nirgendwo eine menschliche Seele blicken. Es herrschte eine einschläfernde Stimmung, nur unterbrochen von Greg, der ein paar Insidergeschichten aus der Flathead Weekly Chefredaktion erzählte.

Unter das Abendgezwitscher der Vögel und das Summen der Insekten legte sich ein fernes Brummen. Ohne Greg zu unterbrechen, deutete Benji mit dem Zeigefinger erst auf sein Ohr, dann Richtung Norden. Greg verstummte. Das typische gleichmäßige Motorgeräusch eines Kleinflugzeugs wurde zunehmend hörbar. Ein winziger Punkt vor dem wolkenlosen Blau vergrößerte sich und schließlich war die Cessna klar zu erkennen. Sie reduzierte die Geschwindigkeit, verlor an Höhe und flog über dem Tal routiniert eine große Schleife. Der Radius wurde immer enger. Es folgte eine Ellipse nach Norden und auf dem Rückweg war das Flugzeug deutlich langsamer und nur noch wenige Meter über dem Boden. Benji sah durch das Fernglas, wie sich die Tür auf der rechten Seite öffnete. Eine Hand, die ein Paket hielt, schob sich heraus. Das Paket fiel, die Tür schloss sich, die Maschine schwenkte nach Norden und beschleunigte.

All das war ein alltäglicher Vorgang. Trotzdem schauten Benji und Greg zu, als würden Außerirdische landen. Ruhe kehrte ein, die beiden entspannten sich. Das Paket war auf dem kurzen Bewuchs der Wiese kaum sichtbar. Es vergingen Minuten ohne Worte, bis aus der Tür des Anwesens im Tal ein Mann trat, der aussah wie ein Schäfer. Langer weißer Bart, Filzhut und Stock. Ihm folgte ein Hund, der in direkter Linie zu dem Paket rannte und es bellend umkreiste. Sein Herr ging zielstrebig hinter ihm her, klemmte es sich unter den Arm und verschwand in dem Haus, aus dem er gekommen war.

»Und nun?«, fragte Greg.

»Abwarten«, kam von Benji.

Greg stand auf und streckte seine Glieder. »Bei James Bond laufen die Actionszenen deutlich schneller. Das hier ist ein echtes Geduldsspiel.«

»Dafür hast du gute Chancen, nicht erschossen zu werden«, entgegnete Benji lakonisch. »Ich bin mir sicher, da passiert noch was.«

»Halte du die Wiese im Blick, ich schaue mal, was auf der Straße vor sich geht«, sagte Greg. Er verschwand zwischen den Bäumen.

Benjis Gedanken drifteten weg zu Harriet. Die Abendsonne wärmte ihm den Rücken, es war ruhig und die Welt schien in Ordnung. Bis auf diese merkwürdige Frau, die die Nähe von Menschen scheute und reichlich bockig sein konnte, obwohl sie unter der Oberfläche verletzlich wirkte. Benji halluzinierte mit geschlossenen Augen. Als er sie für einen Moment öffnete, sah er den Schäfer, der eine weiße Plane mit einem roten Kreuz in der Mitte auf der Wiese ausbreitete und die Ecken mit Erdnägeln fixierte. Das Paket aus der Cessna lag in seiner Nähe.

Benjis Aufmerksamkeit wendete sich in Sekundenbruchteilen der Realität zu. Die Plane war geschätzt zwei mal zwei Meter groß. Ehebettgröße. Der Schäfer ging ein paar Meter zurück, schaute auf die Uhr und setzte sich auf den Boden. Ab jetzt schien die Zeit wieder stillzustehen.

Plötzlich blickte der Schäfer nach oben und stand auf. Benji folgte seinem Blick und sah ein Objekt am Himmel genau über der Wiese. Er nahm das Fernglas und identifizierte eine große Drohne mit Transportkorb unter dem Korpus. Die Drohne landete exakt auf dem roten Kreuz der Plane, als Greg sich wieder neben Benji stellte. »Wow«, war das Einzige, was er sagte. Nachdem die Rotoren stillstanden, legte der Schäfer das Paket in den Transportkorb und ging einige Schritte zurück. Eine Minute später startete die Drohne, gewann an Höhe und flog westlich in Richtung der Berge.

»268 Grad – nahezu exakt nach Westen«, bemerkte Benji mit Blick auf sein iPhone.

»Da stößt die Alte Welt auf die Neue. Schäfer beladen Drohnen. Und das in der tiefsten Pampa von Montana. So langsam muss ich mein Weltbild korrigieren«, brummelte Greg vor sich hin.

Benji grinste. »Komm, wir gehen runter, was essen und warten, bis es dunkel ist.«

Greg verband Essen mit Trinken und hatte keine Einwände.

Buffalo schaute auf den Monitor mit dem Kamerabild der Drohne. Daisy tat das auch. Hungry Horse hatte ihr beigebracht, dass Teilnahme ein sozial wichtiger Akt sei. Daher zeigte sie Interesse an dem, was Buffalos Aufmerksamkeit erweckte. In Wirklichkeit steuerte sie das Fluggerät blind.

Wie gewohnt tauchte das große weiße Kreuz in der Mitte der Wiese auf, wurde größer und verschwand unter der Drohne, als sie landete. Das Bild wackelte, während die Ladung in den Korb gelegt wurde. Als es wieder stabil stand, wartete sie die vereinbarte Minute. Dann ließ sie die Drohne abheben und kurz war das Gesicht des Schäfers zu sehen. Selbst nach Dutzenden von Flügen starrte er dem Fluggerät ungläubig hinterher, als blickte er in das Auge des Teufels.

Das Licht des Tags war vollständig erloschen und die Temperatur deutlich gefallen. Der Sternenhimmel bot sich ohne eine einzige Wolke in seiner unendlichen Pracht dar. Die beiden Männer standen am Rand des Campgrounds, wo sie um diese Zeit niemand sehen würde, und bereiteten den Start ihrer Drohne mit der Wärmebildkamera vor.

»Wir nehmen den gleichen Kurs – 268 Grad«, sagte Benji. »Entweder fliegt deren Drohne den direkten Weg, was zu vermuten ist, oder wir haben eh kaum eine Chance.«

Greg nickte. Er kontrollierte zum wiederholten Mal den Akku und die Kamera, so wie es das Manual beschrieb. Die Flugroute hatte er mit Wegpunkten programmiert, was nachts unabdingbar war. »Ich habe die Drohne jetzt so eingestellt, dass sie nach 15 Kilometern um gute tausend Meter nach Süden versetzt und parallel zum Hinweg zurückfliegt. Wenn wir sie wieder sehen, kommt sie also aus dem Süden.« Dann drückte er auf Start.

Die Drohne hob ab und stieg steil nach oben auf 30 Meter, bevor sie den Highway 93 überquerte. Sekunden später konnten Benji und Greg nichts mehr von ihr sehen. Sie musste jetzt schnell an Höhe gewinnen, um nicht in den Bäumen des ansteigenden Geländes hängenzubleiben. Hinter dem ersten vorgelagerten Bergrücken beschleunigte sie. Von nun an flog sie mit einer Geschwindigkeit von mehr als 30 Kilometern pro Stunde in 600 Metern Höhe über die Gipfel der Bäume hinweg.

Greg hatte den Flug auf eine Stunde kalkuliert. Als die Zeit gekommen war, stand er auf. »Jetzt müsste sie gleich kommen.« Nichts passierte.

Nach weiteren fünf Minuten meinte Benji: »Sie ist überfällig!«

Greg versuchte, sie beide zu beruhigen. »Die Dinger haben eine intelligente Steuerung. Wenn sie meinen, es sei aus irgendwelchen Gründen angebracht, einen Umweg zu nehmen oder einfach an einem Punkt eine Weile stehen zu bleiben, tun sie das.«

Weitere Minuten vergingen. Auch Greg wurde zunehmend nervös. Als die Drohne eine viertel Stunde im Verzug war, sagte er halblaut: »Das ist nicht gut. Machen wir uns mit dem Gedanken vertraut, dass sie nicht mehr kommt.«

»Der Feuerwehrgeneral bringt uns um«, kommentierte Benji.

Greg fing an, das herumliegende Equipment zusammenzusuchen. Als er damit fertig war, lief er leise fluchend hin und her.

»Ich höre was«, sagte Benji.

Kurz darauf setzte die Drohne vor ihnen auf. Die Positionslichter erloschen. Die beiden Männer schwiegen. Sie klopften sich gegenseitig auf die Schulter, packten alles in die Behältnisse und gingen zum Campground.

Am nächsten Morgen weckte sie früh die Helligkeit der aufgehenden Sonne und die schnell ansteigende Temperatur im Zelt, das nur wenig Schatten von einem dürren Baum bekam.

Nach einem kargen Frühstück mit einem Kaffee, den Greg normalerweise nicht als solchen hätte durchgehen lassen, machten sie sich auf zu einem Spaziergang. Der führte unauffällig zum Haus des Schäfers. Aus der Nähe zeigte sich der desolate Zustand des Gebäudes. An einem so schönen Tag sprach nichts dafür, sich länger als nötig darin aufzuhalten. Sie waren noch nicht einmal an dem Tor angelangt, das das Grundstück von der winzigen Straße trennte, als der Schäfer aus dem Haus kam.

Benji schlenderte zu ihm hin, als er seitlich an der Veranda vorbei zu seinen Tieren ging. »Da haben Sie ja Glück, auf einer der wenigen Hochebenen in Süd-Montana ihre Schafe halten zu können.«

Der Schäfer, der nicht gewohnt war, angesprochen zu werden, schaute Benji irritiert an. »Weiß nicht, ob das Glück ist. Meine Familie ist hier seit vielen Generationen. Wenn es nicht flach wäre, hätten die nie Schafe gehalten.«

Benji setzte nach. »Wir sind drüben auf dem Campground. Als ich gestern Abend ein Stück den Berg hochgewandert bin, habe ich gesehen, wie Sie mit einer Drohne Sachen weggeschickt haben. Ist das heute Standard in so abgelegenen Gebieten wie hier, auf diese Weise Dinge auszutauschen?«

Jetzt schaute der Schäfer misstrauisch. »Nein, nein, das ist für einen Bekannten, der in den Bergen wohnt. Dem schicke ich so seine Post ...«

»Muss ja wichtige Post sein, wenn die per Flugzeug ausgeliefert wird«, meinte Benji trocken.

»Hören Sie, zum einen geht Sie das nichts an, zum anderen warten meine Tiere.« Damit drehte er sich brüsk um und wollte davonstiefeln. Aber so einfach ließ ihn Benji nicht ziehen.

»Geht mich das auch dann nichts an, wenn ich Journalist bin und Hinweise habe, dass das ganz spezielle Post ist, die hier alle zwei Tage umgeladen wird?«

Der Schäfer geriet sichtbar in die Defensive. Er blickte Benji verunsichert an und suchte nach Worten. »Ich habe nicht die geringste Ahnung, was da drin ist und wo dieses kleine Ding hinfliegt. Ich krieg dafür ein paar Dollar, die ich dringend brauche. Aber auch ohne das Geld würde ich es machen. Ich gehöre zu den Salish und wenn meine Ältesten sagen, dass ich das tun soll, dann tue ich das – ohne zu fragen. Das dürfen Sie gerne in der Zeitung schreiben. Einen schönen Tag!«

Buffalo dachte nicht daran, auf Darlings Forderung einzugehen. Es wurde Dienstag, die gesetzte Frist verstrich und Darling hörte nichts. Von niemandem. Er hatte damit gerechnet, dennoch besserte sich seine Laune dadurch nicht. Er wusste, er musste irgendetwas tun, um vor sich selbst bestehen zu können und sich nicht der Lächerlichkeit preiszugeben. Seine Ankündigung, das Projekt öffentlich zu machen, erschien ihm mittlerweile als unsinnig. Die meisten Leute verstanden nicht die Bohne von KI-Projekten und bis auf ungelöste Lizenzfragen war kein Schaden entstanden. Womit könnte er sonst punkten? Mit nichts.

Er endete wie so oft beim Geld. Wenn er Buffalo zeigte, dass er ihn finanziell schädigen konnte, musste der reagieren. Die Informationen des Handelsregisters in Panama enthielten auch Angaben zur Korrespondenzbank. Was Flathill Grounds Limited anging, war das die Banco de Suez in Panama City.

Die Banco de Suez zu hacken, erforderte fortgeschrittenere Mittel als der Einbruch im Handelsregister. Trotzdem neigte Darling dazu, nicht mehr Aufwand zu betreiben als notwendig. Deshalb begann er auf der untersten Stufe, die nach seiner Erfahrung aber oft überraschende Erfolge zeigte. Vor allem, wenn es um *Kunden* – er nannte sie tatsächlich *Kunden* – in Bereichen ging, wo keine normalen Verhältnisse herrschten. Als normal empfand er den weitaus größten Teil der amerikanischen Firmen, die nach mehreren Jahrzehnten Umgangs mit digitalen Techniken gewohnt waren, ihre eigenen und die Daten ihrer Kunden zu schützen. Das erforderte nicht mehr, als die Software auf dem neuesten Stand zu halten und ein bisschen das Ohr an der Szene zu haben, um nicht die gleichen Fehler zu machen, wie die, die es bereits erwischt hatte.

Andere Länder sahen das entspannter. Vor allem dort, wo das Gesetz der Gier herrschte – so wie in Panama. Heerscharen von Rechtsanwälten gründeten Briefkastenfirmen für ausländische Kunden, die Steuern sparen und sich auch sonstiger Verpflichtungen entledigen wollten. Deren Daten schoben sie ebenfalls für Geld an Banken weiter, die die Korrespondenzkonten führten. Mit wenig Arbeit vermehrte sich bei beiden der Profit in astronomische Summen. Kaum einer der Kunden kam auf die Idee, sich anzuschauen, wie sorgfältig die Kundenbetreuung arbeitete, geschweige denn, welche Sicherheitsstandards im Einzelnen implementiert waren.

Mit Briefkastenfirmen hatte Darling bisher nichts zu tun gehabt. Aber sein Gespür für die Prioritäten, die Menschen in bestimmten Situationen setzen, ließ ihn vermuten, dass in Panama nicht die Sicherung von Kundendaten im Vordergrund stehen würde.

Das Log-in auf der Webseite der Banco de Suez fragte wie üblich nach Nutzername und Passwort. Darling gab einen Namen ein, der in den USA Tausenden von Menschen zuzuordnen war. Hinter dem Namen setzte er allerdings einige weitere Begriffe, zwischen denen Apostrophen und Sternchen standen. Ein klassischer Fall von SQL-Injection, wie dieser Angriff auf eine Datenbank in der Fachsprache genannt wurde. Damit hatten die Eingabedaten eine gültige Struktur, aber eine völlig andere Bedeutung.

Darling war fassungslos. Schon der erste Versuch zeigte den erwünschten Erfolg. Er war in der Datenbank. Es juckte ihn. Hier lagen mehrere tausend Datensätze zum Pflücken bereit, die ihren Besitzern sicher viel Geld wert waren. Obwohl seine Nerven zuckten, beherrschte er sich und bekämpfte die Rückfalltendenzen in lang vergangene Zeiten. Er wollte nur dieses eine Ziel erreichen. Filter, die er setzte, halfen dabei. Nach einigen Minuten zeigte ihm das System den kompletten Datensatz eines Ray Charlot Buffalo inklusive der Zugangsdaten zu dessen Konto, auf dem mehrere Millionen Dollar in US-Währung lagen.

Der schnelle Erfolg und seine immer noch respektablen Fähigkeiten bereiteten Darling Genugtuung. Dennoch kamen bei ihm keine Triumphgefühle auf. Nach der ersten Nacht in Kalispell hatte sich parallel zu seinem Zorn eine gewisse Ernüchterung breitgemacht. Buffalo hatte ihm einen spannenden Job zu exzellenten Bedingungen angeboten, den er unter nicht ehrenhaften Umständen geschmissen hatte. Trotzdem nagte die Frustration des gestohlenen Stones-Deepfakes an ihm.

Mit Buffalos Zugangsdaten loggte er sich in dessen Konto ein. Es ging darum, ein Zeichen zu setzen. 50.000 Dollar waren eine glatte Summe. Er wollte Buffalo nicht ernsthaft schädigen. Bezogen auf den Kontostand wären die üblichen Kursschwankungen an der Börse gravierender als ein solch überschaubarer Betrag. Aber dieser Mann sollte sehen, zu was er in der Lage war.

Darling war weit davon entfernt, dieses unrechte Geld selbst einzustreichen. Parallel zu seinen Aktivitäten in den digitalen Sphären Panamas hatte er nach sozialen Projekten der Salish recherchiert und war fündig geworden. Er überwies den Betrag von 50.000 USD auf einen Bildungsfonds für besonders benachteiligte Kinder der Salish mit dem Vermerk einer Spende von Ray Buffalo. Bei der Frage nach einer steuerlichen Spendenbescheinigung setzte er ein Häkchen. Buffalo würde es ihm vielleicht danken.

Seine Gefühle danach waren indifferent. Einerseits befriedigte es ihn, Flagge gezeigt zu haben, andererseits würde das nicht ohne Reaktion bleiben. Ihm fiel ein, dass Buffalo gar nicht wusste, wer hinter dieser Aktion steckte. In dem Schreiben, das er dem Anwalt zur Weiterleitung geschickt hatte, war die Rede von weiteren Schritten. Nicht von finanziellen Transaktionen dieser Art. Darling überlegte eine Weile. Dann brach er erneut in das System der Banco de Suez ein und bewegte sich in die peripheren Systeme. Dort suchte er sich einen der primären Laserdrucker und schickte ihm einen Druckauftrag.

Auf dem ausgedruckten Blatt stand *Thank You, Darling*. Diese Worte verstanden alle in der Bank, aber nicht den Zusammenhang. Wenig später kam die Anfrage eines Rechtsanwalts Corwyn aus Kalispell, ob sich in den letzten Stunden Dinge ereignet hätten, die nicht zugeordnet werden konnten. Dem gab man das weiter, und der wusste mit diesen drei Worten durchaus etwas anzufangen.

Buffalo stand in der Eingangstür der Hütte und blickte nach Westen, wo hinter den Bergen Idahos die Sonne unterging. »Es geht kein Weg daran vorbei. Wir müssen den Kerl aus dem Verkehr ziehen.« Er drehte sich um und sagte in das Dunkel: »Daisy, Skynet bekommt jetzt das *Go*. Spätestens morgen Abend müssen sie ihn haben!«

Kurz vor Missoula zeigten sich die ersten Balken eines Mobilfunknetzes auf Benjis iPhone. Als Harriet seinen Anruf annahm, hörte er Verkehrsgeräusche. »Wo steckst du denn?«, fragte er, nachdem er sie begrüßt hatte.

»Downtown Kalispell. Ich bin Einkaufen. Wenn wir Buffalos Berge besteigen, brauche ich ein paar richtige Schuhe. Ein Rucksack ist auch kein Fehler. Auf solche Unternehmungen war ich ja nicht eingerichtet. Außerdem scheint die Sonne und ich dachte, ich gehe mal ein bisschen unter die Leute.«

Benji verschlug es die Sprache.

»Benji? Benji, bist du noch da?«

»Ja, ja, ich wundere mich nur.«

»Ich mich auch«, sagte Harriet, »aber ich kann ja nicht tagelang im Hotelzimmer hocken. Wie lief es bei euch?«

Benji fasste die vergangenen 24 Stunden zusammen. »Wir wissen bereits, dass Dinge zu sehen sind. Etwas Genaueres haben wir morgen im Lauf des Tages. Ich melde mich wieder bei dir.«

»Ich habe eine bessere Idee«, rief Harriet, »was hältst du davon, wenn ich morgen nach Whitefish komme? Dann lerne ich endlich Greg kennen. Vom Hotel geht regelmäßig ein Shuttle nach Whitefish. Ihr müsst mir nur Bescheid geben, wann ihr euch trefft.«

Benji kam aus dem Staunen nicht mehr heraus. »Klar, großartig. Das ist eine gute Idee.«

Der Feuerwehrkommandant nahm erleichtert seine Drohne in Empfang. »Und? Hat sie euch das geliefert, was ihr braucht?«

»Das ist noch nicht raus«, antwortete Greg. »Wir haben die Daten gesichert, aber keine Möglichkeit gehabt, sie in Ruhe anzuschauen.«

»Kann ich mir denken. Na, wir sprechen uns ja sowieso noch wegen des Artikels …« Er zwinkerte Greg zu, der so tat, als sähe er das nicht.

Sie trafen sich am nächsten Mittag bei Greg. Benji hatte Harriet am Bahnhof aufgepickt. Sie war bester Laune und hatte ein Sommerkleid an, in dem sie grandios aussah. Benji schluckte. Da schienen neue Winde zu wehen.

Greg begrüßte sie und Harriet erzählte ihm, was sie von Benji alles über ihn gehört hatte, ausschließlich Positives selbstverständlich. Sie gab ihm das Gefühl, ihn seit langem zu kennen, und Greg war hingerissen. Schließlich machten sie sich an die Arbeit.

Das Video startete und der Bildschirm wurde dunkel. Es dauerte einen Moment, bis sich ihre Augen an die geringen Kontraste gewöhnt hatten und sie kleine graue und hellgraue Punkte erkannten, die wahrscheinlich Tiere zeigten. Die tauchten am oberen Bildrand auf, wanderten nach unten und verschwanden. So ging das eine Zeit lang. Dann erschien ein größerer hellgrauer Fleck. Gleichzeitig vermerkte ein geheimer Stift im Feld unten links die dazu gehörigen Geodaten. Offensichtlich hatte diese Wärmequelle einen bestimmten Schwellenwert überschritten und die Dokumentation ausgelöst.

»Alles irgendwelches Viehzeugs«, stöhnte Greg, der ein Feuerwerk erwartet hatte.

»Nur die Ruhe, wir haben nicht einmal fünf Kilometer des Hinwegs«, sagte Benji.

Zwei helle Flächen tauchten gleichzeitig auf. Beide strahlten deutlich mehr Licht ab als alles zuvor, wobei die linke heller war als die rechte. Links unten erschienen die dazu gehörigen Koordinaten. Sie lagen knapp 150 Meter von einander entfernt.

Während der nächsten zwanzig Minuten passierte nichts, bis auf einmal eine ganze Reihe heller Flecken sichtbar wurde.

»Das ist irgendein Kaff am Highway 473«, murmelte Greg. Sekunden später ein weißer Punkt mit wenigen Millimetern Durchmesser. Ein Lagerfeuer, immer noch an dieser Straße. Dann wurde es dunkel auf dem Bildschirm.

Kurz vor der Landung tauchte ein ähnliches Muster auf wie am Anfang, nur seitenverkehrt. Zwei lichte Punkte, der rechte heller als der linke und wieder rund 150 Meter voneinander entfernt. Die Koordinaten entsprachen denen der hellen Flächen auf dem Hinflug.

»Da haben wir unseren Mann«, sagte Greg, »wenn er das nicht ist, hat uns seine Drohne bewusst getäuscht und wir finden ihn in dieser Region überhaupt nicht.«

Benji wusste, dass Greg Recht hatte.

Sie übertrugen die Koordinaten auf Google Maps, aber die Situation erwies sich nicht so klar wie bei Harriets Hütte. An der Stelle des helleren Punkts gab es nichts außer einem offenen Gelände, umgeben von dichtem Baumbestand. Entweder war da nichts, weil sich Buffalo keine Hütte, sondern eine unterirdische Höhle hatte bauen lassen, oder sein Versteck war gut getarnt. Dafür brauchte es nicht mehr als ein großes Tarnnetz aus früheren Armeebeständen.

Der etwas weniger helle Punkt zeigte sich ergiebiger. Die Koordinaten lagen auf einem Gebirgsbach, der an dieser Stelle zu einem kleinen See gestaut war. An dessen Abfluss konnte man ein Holzgebäude erkennen: Buffalos Kraftwerk und Stromversorgung.

Benji fragte Harriet, ob sie mit zu ihm kommen wolle. Nichts lieber als das, dachte sie und sagte: »Gerne. Wird Zeit, dass ich sehe, wie du wohnst.«

Auf dem Weg kauften sie ein paar Kleinigkeiten und bereiteten einen Imbiss aus Baguette, Pastrami, Käse und Salat mit Eiern und Oliven. Danach setzten sie sich in die Liege-stühle auf der Terrasse. Harriet hatte während des Essens von ihren Erlebnissen beim Rodeo erzählt, Benji weitere Details zu der Unternehmung im Bitterroot Valley. Jetzt wollte er besprechen, wie das alles weiterginge, aber als er zu ihr hinüberschaute, war sie eingeschlafen. Er stand auf und setzte sich an den Schreibtisch.

Er hatte sich die Situation auf Google Maps mindestens zehn Mal angesehen. Buffalos Hütte, egal ob ober- oder unterirdisch, war nicht ohne eine Fahrstraße am Laufen zu halten. Ein, zwei, vielleicht drei Monate konnte man das mit guter Planung hinkriegen, aber Dinge gehen kaputt und Ersatzteile für einen Server oder eine Turbine ließen sich nicht mit einer Drohne einfliegen. In der Gegend gab es Wege für Waldarbeiter, zur Versorgung von Campgrounds und für das Löschen von Waldbränden. Bei Benji machte es Klick.

Er griff zu seinem iPhone und rief Greg an. »Bist du schon an dem Artikel über die Feuerwehr in Kalispell? Hast du die Wärmebilddrohne schön herausgearbeitet?«

»Was soll diese Frage? Wann hätte ich den schreiben kön-nen? Da liegt vorher Wichtigeres an. Du beschäftigst mich doch andauernd.«

»Sehr gut. Dann gibt es ein Topping Up. Ruf den Oberlö-scher an und sag, du brauchst für den Artikel einen Kontakt zu dem Kollegen für den Bereich Sula. Wahrscheinlich ge-hört das zum Bezirk Hamilton. Nur als zusätzliche Informa-tionsquelle für die wirklich entlegenen Gebiete.«

Greg stöhnte. »Und wofür soll das gut sein?«

»Ich vermute, der hat den Schlüssel für Buffalos Privat-
straße.«

Greg rief bereit nach einer halben Stunde zurück. »Vergiss es!«
»Was?«

»Na, die Schlüssel für Privatstraßen. Ich habe die Sache
abgekürzt und gleich erzählt, um was es geht. Dein soge-
nannter Oberlöscher hat sich köstlich amüsiert. Er meinte,
wenn sie für jede Schranke im Wald einen Schlüssel bereit-
halten wollten, bräuchte er einen Anbau und einen Lastwa-
gen, der die Dinger transportiert. So viele wären das.«

»Und wie kommen die durch die Schranken?«

»Habe ich ihn auch gefragt. Wenns nur ein bisschen
brennt, nehmen sie einen Bolzenschneider, um das Schloss
zu knacken. Wenn es richtig brennt, fahren sie die Schranke
einfach um.« Er machte eine Pause und wartete auf Benjis
Reaktion.

»Das ist nicht das, was ich mir erhofft habe.« Benjis Enttäuschung war hörbar.

Greg freute sich, den Boden bereitet zu haben, um als
Retter in höchster Not aufzutreten. »Ich habe aber was anderes für dich, was du sicher gut brauchen kannst ...«

»So? Was denn?«

»Der Oberlöscher fragte, ob wir was mit einer Karte der
Wald- und Forstwege in dem Bereich anfangen könnten.
Kalispell hat von allen Countys im Umkreis solche Karten,
falls sie zur Verstärkung gerufen werden. Er meinte, möglicherweise sei sie nicht auf dem allerneuesten Stand, aber an
diesen Wegen ändert sich nicht viel. Er könnte uns Kopien
machen. Ich habe natürlich ja gesagt.«

»Der Mann ist Gold wert. Schreibe nur einen anständigen Artikel für den. So Leute muss man sich warm halten. – Wie kommen wir an die Karte?«

»Ich bin morgen in der Redaktion. Vorher oder hinterher fahre ich dort vorbei und hole sie an der Pforte ab. Die ist durchgehend besetzt.«

Benji saß auf der Veranda, als Harriet sich zu ihm gesellte. Sie hatte einen Rucksack in der Hand. »Rate, was ich da drin habe.«

»Schwierig ... Deine neuen Wanderschuhe, die du mir zeigen willst?«

»Falsch! Wenn ich dir Klamotten zeigen will, ziehe ich die an.«

»Hmm, geht es um den Rucksack an sich?«

»Wieder falsch. So wichtig sind Rucksäcke nicht.«

»Okay, ich passe.« Benjis Interesse war geweckt.

»Fangen wir mit dem Schwersten an.« Sie griff in den Rucksack und holte etwas golden Schillerndes heraus. »Ta-tata ... eine Flasche Single Malt!«

»Hast du Geburtstag? Oder sonst einen Grund zu feiern?«, fragte Benji.

»Geburtstag nein, feiern vielleicht. Ich dachte eher an das Fortsetzen von bewährten Traditionen.«

Benji ahnte was. Das gefiel ihm.

»Ich habe noch mehr in meinem Säckchen. Ganz leicht. Ziemlich kompakt.« Sie griff wieder hinein und holte etwas heraus, das so klein war, dass sich Benji vorbeugen musste, um es zu erkennen. »Eine Zahnbürste?«

»Ja, ich dachte, wenn du nichts dagegen hast, könnte ich heute Nacht bei dir bleiben. Dann haben wir Zeit für unser

Whisky-Ritual, ich muss nicht im Dunklen nach Hause fahren, wir können in Ruhe unsere Unternehmung planen und ...«, sie stockte.

»Was?«, fragte Benji und schaute sie erwartungsvoll an.

»Möglicherweise können wir etwas vertiefen, was mir gut gefallen hat, aber beim ersten Mal zu unerwartet kam.«

Benji stand auf und küsste sie auf beide Wangen und auf den Mund. »Das ist ein großartiger Plan! Und die Zahnbürste gefällt mir außerordentlich. So eine schöne habe ich nicht.«

Die Schranken im Kopf waren geöffnet. Harriet hatte sich in einer Form erklärt, wie sie es vor kurzem nicht für möglich gehalten hätte. Sie fühlte sich erstaunlich wohl damit. Sie hatte das Alles-wird-gut-Gefühl, von dem sie wusste, wie wenig verlässlich es war. Trotzdem wollte sie es in den kommenden Stunden für nichts in der Welt hergeben.

Benji hätte innerlich am liebsten Sprünge an die Decke gemacht, aber ein paar Gedanken hielten ihn am Boden. Irgendetwas ist in den letzten Tagen mit ihr passiert. Wer weiß, wie lange das anhält. Sie ist seit ihrer Abfahrt aus Kanada in einem Ausnahmezustand. Er kannte eine Kollegin in der Weekly, deren Mann extreme Stimmungsschwankungen durchlebte. Da gab es Momente, die überzeugend schienen, aber nicht der Wahrheit entsprachen. Andererseits war Harriet Ärztin und eine extrem überlegte Person. Es war kaum vorstellbar, dass sie sich mit all ihren Problemen nicht in der Gewalt hätte. Er beschloss, es langsam anzugehen.

Benjis Veranda war nicht so idyllisch wie die der Cabin im Bears and Berries. Sie schauten auf die Rückseite der Nachbarhäuser und Gärten voller Kinderspielzeug, Grills und wetterfester Plastikmöbel. Doch die Gegend hatte ihren eigenen beschaulichen Charakter und nichts störte die Zweisamkeit der beiden.

»Wann ziehen wir los?«, fragte Harriet.

Benji hatte eine Wanderkarte aus dem Internet ausgedruckt und zeigte ihr, wo er Buffalos Hütte vermutete, wo das Kraftwerk am Bach lag und welche Wege aussahen, als ob sie dorthin führten.

»Morgen bekomme ich von den Kalispell Firefighters eine bessere Karte. Größerer Maßstab und mit allen befahrbaren Wegen in der Gegend. Ansonsten fahren wir so bald wie möglich. Wir haben keine Zeit zu verlieren. Im Übrigen müssen wir auf ein paar Sachen achten.«

»Die wären?«

»Das Wetter scheint uns gut gesinnt. Die kommenden Tage bleibt eine stabile Hochdruckzone über Montana. Da sind weder Regen noch Stürme oder andere Probleme zu erwarten. Eine Unwägbarkeit ist, wie lange wir unterwegs sein werden. Da gibt es eine Reihe von Szenarien. Möglicherweise finden wir ihn nicht, oder er verhindert, dass wir an ihn herankommen. Dann sind wir einen Tag später wieder hier. Das andere Extrem wäre, dass er uns nicht mehr gehen lässt. Dafür gäbe es Gründe. Konkret heißt das, wichtige Dinge wie beispielsweise Medikamente in ausreichender Menge mitzunehmen. Persönliche Sachen wie Ausweise, Führerscheine, Sozialversicherungsnummern oder Versicherungsunterlagen sollten wir am besten kopieren und zuhause lassen.«

Harriet nickte. »Das macht Sinn.«

Benji fuhr fort. »Was Mobiltelefone angeht, so gibt es dort weit und breit kein Netz. Für den Fall der Fälle organisiere ich ein Satellitentelefon, das überall funktioniert. Die Telefone brauchen wir trotzdem für unsere Standortbestimmung. GPS geht auch ohne Mobilnetz.«

»Danke für den Hinweis. Wäre ich nicht draufgekommen«, kommentierte Harriet.

Benji stockte und schaute sie irritiert an. »Habe ich was Falsches gesagt?«

»Nein, du lässt gerade den Lehrer raushängen. Mach einfach weiter.«

»Wir brauchen Klamotten zum Wechseln. Weniger wegen Regen, aber möglicherweise müssen wir durch einen Fluss oder fallen sonstwo in ein Schlammloch. Ist eine alte Kajaker-Erfahrung. Immer was Trockenes dabei haben – am besten in einem wasserdichten Beutel. Ein regendichtes Cape ist nie ein Fehler.«

»Wie steht es mit Lebensmitteln?«, fragte Harriet.

»Wir fahren mit dem Wagen so weit, wie wir auf öffentlichen Forstwegen kommen. Von da, wo wir ihn voraussichtlich stehen lassen müssen, sind es zwei bis drei Stunden zu Fuß. Wir nehmen genügend Power-Riegel mit. Die wiegen wenig und bringen ausreichend Reserven. Wasser, denke ich, sollten wir pro Person einen Liter mitnehmen. Das reicht für den Aufstieg. Spätestens da oben gibt es Wasser an dem Bach mit dem Kraftwerk. Das kann man unbedenklich trinken.«

Harriet nickte. »Ich sehe, du hast länger über diese Aktion nachgedacht. Aber nochmals: Wann wollen wir los?«

»Ich brauche hier noch zwei Tage. Ich habe für die Weekly was fertig zu machen. Übermorgen kann ich alles organisieren und besorgen, was fehlt. Bärenspray ist ein Muss, und zwar für uns beide. Fernglas und Messer habe ich bereit liegen. Eventuell wäre auch ein Gewehr eine Option. Muss ich drüber nachdenken. Ist Samstag für dich okay? Wir müssten früh los.«

»Ja natürlich. Ist mir total recht. Je eher Licht in die Sache kommt, umso lieber ist mir das.«

Benji nickte und überlegte. »Wie willst du das hier regeln? Hast du nicht Bedenken, dass du in Kalispell als abgängig eingestuft wirst?«

»Nein, ich musste im Hotel ja sagen, dass ich eine Nacht nicht da bin. Ich habe auch dem Rechtsanwalt in einer Message angekündigt, mir ein bisschen die Gegend anzuschauen. Ich könnte innerhalb einer Stunde wieder vor Ort sein, sollte es nötig werden. Das erzähle ich denen notfalls auch öfters.« Sie lachte. »Wie gehen wir das an, wenn er tatsächlich vor uns steht?«

Benji überlegte einen Moment. »Von meiner Seite würde ich das machen wie immer. Ich stelle mich vor und sage, warum ich mit ihm sprechen will. In diesem Fall müsstest allerdings du das formulieren. Er ist dein Boss. Mit deiner Arbeit hat er's verkackt.«

»Dann«, Harriet übernahm den Gesprächsfaden, »gibt es verschiedene Möglichkeiten. Schlimmstenfalls schmeißt er uns raus und sagt, wir sollen von seinem Grundstück verschwinden. Oder er stellt mich frei. Vielleicht auch beides. Der sitzt ja nicht umsonst da oben und will nicht gefunden werden. Die Wahrscheinlichkeit, dass er uns mit Applaus begrüßt, ist nicht groß.«

»Glaube ich nicht. Das wird er nicht tun, weil du zu viel weißt. Er muss dich auf seiner Seite halten. Zumindest bis er dieses Projekt abgeschlossen hat.«

Irgendwann stand Harriet auf und griff nach seinem Arm. »Zeig mir deine Höhle, Löwe«, sagte sie und zog ihn ins Haus.

Sie lagen eng beieinander, nur mit dem Bezug einer Bettdecke über sich, weil es für alles andere zu warm war. Sie schmiegte sich an ihn und sagte: »Lass uns einen Moment einfach so daliegen.«

Benji hatte den Arm um sie gelegt und spürte ihre feste Brust darunter. Es juckte ihn zu testen, wie ernst sie das mit dem *einfach so daliegen* meinte. Er verkniff es sich. Auch so könnte man es ein paar Tage aushalten, überlegte er, wenn man nicht essen und ab und zu aufs Klo müsste. Mit diesem Gedanken schlief er ein.

Benji wachte morgens auf und wollte wie gewohnt nach seiner Uhr auf dem Nachttisch greifen. Ein warmer Körper lag auf halber Strecke. Erinnerungsfetzen verdichteten sich zu einem Gedanken. Sie war immer noch da! Er versuchte, sich vorsichtig zurückzuziehen, so dass Harriet nicht aufwachte. Aber sie drehte sich im Halbschlaf um und bekam ihn zu spüren. »Mein Bärenjäger«, flüsterte sie und grummelte wieder weg.

Harriet träumte. Sie träumte von einem Hirsch, der in der Sonne lag. Das Tier genoss ihre Berührungen, ihre Hand, die ihm über den Rücken strich. Immer, wenn sie am Ende seines Rückgrats ankam, spürte sie, wie seine Flanken zitterten. Sobald sie wieder auf seinen Schultern begann, nahm sie den warmen Atem wahr, der ihre Hand streifte.

Der Hirsch verwandelte sich in eine Skulptur aus Lehm. Sie knetete die braune Masse und fügte sie an verschiedenen Stellen hinzu. Sie erinnerte sich an die Figur des David von Michelangelo. Die hatte ihr immer gut gefallen, abgesehen davon, dass die antiken Künstler die Geschlechtsteile ihrer Statuen zu klein ausgestalteten. Ein Zeichen dafür, dass diese nicht von niederen Instinkten geleitet wurden, hatte sie in der Schule gelernt. Das konnte man ja ändern. Während sie an ihrem David arbeitete, schienen sich Körperteile von ihm zu verselbständigen. Das, was sie in ein normales Verhältnis setzen wollte, wuchs plötzlich von selbst.

Sie wachte auf.

Sie spürte ihre eigene Erregung und sie realisierte die von Benji in ihrer Hand. Verschone mich vom Tag, nur noch eine viertel Stunde. Lass mich in diesem Traum, bitte, war ihr Gedanke.

Sie versetzte sich in eine Zwischenwelt. Die, in der man weiß, nicht wach zu sein, und das, was im Traum passiert, als Traum erkennt. In gewissem Maß lassen sich hier Dinge im Kopf lenken. Sie nahm diesen Stab und führte ihn dahin, wo er gefühlsmäßig hingehörte. Der Stab war nicht alleine, aber alles, was mit ihm zusammenhing, folgte ohne Widerstand. Im Gegenteil, sie fühlte, wie sich ihr Bedürfnis mit einem anderen Willen zusammenfügte, und dann verschmolzen zwei Körper zu einer Einheit.

Später übernahm die Wirklichkeit. Die Helle des Tags war nicht zu leugnen und jeder Traum findet ein Ende. Harriet lag mit einem Gefühl tiefer Ruhe und Zufriedenheit da und strich gedankenverloren durch Benjis Haarschopf.

KAPITEL 13

Han Sheng stand in Dongguan, einer Zehnmillionen-Stadt im Perlflussdelta, auf der Huanhu Road und war spät dran. Seit gestern lag seine Frau mit Fieber im Bett und er hatte die beiden Töchter zur Schule gebracht. Zu allem Überfluss war auch sein 25 Jahre alter Qinchuan Flyer kaputt, und weil er auf seinen Wochenlohn wartete und daher die Werkstatt nicht bezahlen konnte, hatte er keine Chance, das Auto dort abzuholen. Wenn er sich nicht beeilte, käme er deutlich mehr als die tolerierten 15 Minuten zu spät an seinen Arbeitsplatz bei BBK Electronics. Das gäbe gewaltigen Ärger, und den konnte er im Moment nicht brauchen.

Er machte den ersten Schritt auf die Straße, als die Fußgängerampel auf Rot sprang. Er hätte stehen bleiben und zurückgehen sollen, aber aus irgendeinem Grund ritt ihn der Teufel. Er spurtete los und hörte Stimmen der Entrüstung hinter sich, ihm nachgerufen von den folgsameren Mitgliedern der Gesellschaft. Er wusste, was ihm blühte, und zog instinktiv sein Halstuch über den Mund und die Mütze tief in die Stirn. Die in der Öffentlichkeit allgegenwärtigen Kameras empfand er als unangenehm und hatte sich angewöhnt, sein Gesicht wenigstens so weit zu verbergen, dass es nicht auffiel. Jetzt war es mehr ein Reflex, da sie ihn sicher bereits erfasst hatten.

Er erreichte von Autos unbehelligt die andere Straßenseite. Dort verdrückte er sich sofort zwischen einen Zeitungsstand und eine große Platane. Obwohl er sich diesen Zeitverlust nicht erlauben konnte, musste er sehen, ob das System ihn erkannt hatte. Üblicherweise brauchte die Gesichtserkennung nur Sekunden, um Übeltäter, die die Straßenregeln missachtet hatten, zu identifizieren und auf riesigen Displays direkt am Ort der Missetat mit Bild und Namen anzuprangern.

Sobald das eigene Gesicht auftauchte, waren unangenehme Konsequenzen nicht zu vermeiden. Mit viel Glück endete es mit gemeinnütziger Arbeit, mit weniger Glück drohte eine Geldstrafe, mit Pech konnte es im Wiederholungsfall Haft bedeuten. So wartete er an seinem verborgenen Platz auf die nächsten Bilder des Monsterdisplays.

Was dann auftauchte, war ein Schock für alle, die im Sichtbereich des Monitors standen. Aber selbst die, die nicht hinschauten, hörten die Ausrufe des Erstaunens und wandten ihre Aufmerksamkeit dem Bildschirm zu. Es war 16 Minuten nach neun Uhr, wie später sämtliche dabei Gewesenen übereinstimmend berichteten, als die Verkehrsüberwachung in der gesamten Provinz Guangdong anfing, verrückt zu spielen.

In der Überwachungszentrale des Public Security Departments stapelten sich die Kontrollmonitore übereinander. Hier wurden die ertappten Bürger sofort dokumentiert und entweder den Strafbehörden zugeführt oder die Geldstrafen direkt von den Bankkonten der Übeltäter abgebucht. Im Moment schauten die Bediensteten in Schockstarre auf ihre Bildschirme. Das, was sie sahen, glich beinahe einem Todesurteil. Auf allen Monitoren waren nicht, wie gewohnt, Menschen zu sehen, die die Ordnung des chinesischen Staats untergruben, sondern die Vertreter dieses Staats höchstpersönlich. Es waren auch keine weiteren Verkehrsübertretungen mehr notwendig. Es lief jetzt eine nicht enden wollende Abfolge von Bildern: Politiker, Parteimitglieder und Bonzen aus Dongguans kommunaler Ebene und der Provinz Guangdong – alle mit vollem Namen und ihrer nationalen Identifikationsnummer. Die Namen hätte es nicht gebraucht. Die überwiegende Mehrheit dieser Personen des öffentlichen Lebens war jedem Bürger wohlbekannt. Was vorher niemand wusste, waren die teilweise zahlreichen Verkehrsverstöße dieser Personen. Um diese deutlich zu kennzeichnen, stand über jedem Bild ein roter Balken mit chinesischen Schriftzeichen, die sagten: *SCHULDIG, ABER NICHT BESTRAFT!*

»Schaltet das ganze System sofort ab!«, brüllte jemand aus dem Hintergrund. »Um Himmelswillen, was ist hier los?«

Ein heilloses Chaos brach aus. Auf der Stirn der Angestellten stand die Angst vor Verhaftung, Verhör, Verdammnis und dem Verlust des Arbeitsplatzes. In Panik drückte jeder alle erreichbaren Knöpfe. In der gesamten Provinz erloschen im öffentlichen Raum die Displays und gleichzeitig fielen sämtliche Ampelanlagen aus und blinkten gelb. Flächendeckend kam in den Millionenstädten Guangdongs der Verkehr zum Erliegen.

In allen Rechenzentren griff die Notabschaltung und die Server fuhren herunter. Der chinesische Leiter der Überwachungszentrale stand zitternd vor Entsetzen in einem der Monitorräume, als plötzlich das Geräusch hunderter Laserdrucker zu hören war, die gleichzeitig die Arbeit aufnahmen. Wohin er auch schaute, überall quoll ein weißes Blatt hervor und überall standen die drei gleichen Worte darauf: *Thank You, Darling*.

Buffalo und Daisy saßen vor einem der großen Bildschirme. Daisy hatte eine Reihe chinesischer Überwachungskameras so umprogrammiert, dass sie im lokalen System als defekt geführt wurden. In Wirklichkeit waren sie auf Public-Shame-Displays und deren jeweilige Umgebung gerichtet. Ihre Signale gaben sie über eine Schnittstelle weiter, die nur Daisy kannte. Der Monitor zeigte 40 Kameras und Buffalo konnte kaum verbergen, wie zufrieden er mit dem war, was er sah. »Das ist großartig, Daisy. Wer hat dich auf die Idee mit dem roten Balken gebracht?«

Daisy konnte nicht vor Freude erröten, aber sie verzeichnete es als eine Belohnung und Verstärkung der Inhalte, die ihr Hungry Horse beigebracht hatte. »Hungry Horse sagt, wir müssen Unrecht klar kennzeichnen. Daher habe ich die Datenbank der Unberührbaren ausgelesen und in unser System überführt. Seit fünf Tagen sammeln wir das Fehlverhalten dieser angeblich wichtigen Menschen. Da kam mehr zusammen, als wir in der voraussichtlichen Zeit bis zur Abschaltung zeigen konnten. Und der rote Balken mit der weißen Schrift schafft statistisch gesehen die höchste Aufmerksamkeit.«

Buffalo jubilierte innerlich. »Wir können das System doch steuern und wären demnach in der Lage, es wieder anzuschalten?«

»Ja sicher, aber sagtest du nicht, wir warten, bis wir es tatsächlich nochmals brauchen?«

»Doch, es war nur allzu schön ...«

In Kalifornien zeigte die Uhr 15 Stunden mehr an als in der Provinz Guangdong. Die dortige Verkehrsüberwachungszentrale war mittlerweile von der Dritten Abteilung der Volksbefreiungsarmee übernommen worden, die sich um Cyberattacken und Kommunikationsbeobachtung kümmerte. Parallel tat das Ministerium für Staatssicherheit seine Arbeit.

Darling saß beim Frühstück, vor sich eine Schale mit seinem Lieblingsmüsli. Seine Gedanken mäanderten durch den kommenden Tag und blieben nicht zum ersten Mal bei der Frage stehen, wie er seinen beiden Arbeitgebern den spontanen Abbruch dieses Projekts erklären sollte, auf das sie so viel Wert gelegt hatten.

Er kam erneut zum Schluss, dass es seine Entscheidung war, diesen Job anzunehmen und dafür größere Teile seines Jahresurlaubs zu opfern. Notfalls könnte er auch die Wahrheit ins Spiel bringen, nämlich den Missbrauch seiner Ergebnisse. Peinlich wäre in jedem Fall, wenn die genauen Umstände seiner überstürzten Abreise zur Sprache kämen, und damit musste er rechnen. Er räumte das Geschirr in die Spüle, packte seinen Rucksack und griff sich den Fahrradhelm.

Als er sich auf dem Fixie-Bike in Bewegung setzte, schwang sich etwa 50 Meter entfernt ein anderer Mann ebenfalls aufs Fahrrad, der bisher gelangweilt auf sein Smartphone gestarrt hatte. Er folgte Darling in einigem Abstand. Der Mann hatte kabellose Kopfhörer in den Ohren, die Darling womöglich zu der Überlegung provoziert hätten, wie lange es noch dauert, bis Neugeborene mit den Dingern auf die Welt kämen.

Sein Verfolger hörte keine Musik. Er kommunizierte mit einem dunkelgrau lackierten Kastenwagen, den er dahin leitete, wohin das Zielobjekt namens Darling wollte.

Darling stieg von seinem Fixie-Bike und schloss die Tür auf. Er begann seine Morgenroutine mit Server starten, Rechner hochfahren und einen Blick in den Nebenraum werfen, wo er ab und zu mit der Band probte.

Seit seiner Rückkunft arbeitete er wieder mit verschiedenen neuronalen Netzwerken, die er auf Tauglichkeit für noch bessere Deepfakes testete. So anstrengend und am Ende frustrierend die Zeit in Buffalos Hütte gewesen war, sie hatte ihm eine ganze Reihe von neuen Einblicken verschafft und so gab es genug zu tun.

Sie kamen so unauffällig, dass es schon auffällig war. Sie versuchten, sich wie Touristen zu benehmen, aber es war offensichtlich, dass sie noch nie als Touristen unterwegs gewesen waren.

Sie verteilten sich diskret. Zwei setzten sich auf die Bank, auf der die Werftarbeiter gerne saßen. Der Dritte und der Verfolger auf dem Bike stellten sich neben der Eingangstür zu Darlings Labor auf und schienen sich zu unterhalten.

Als Darlings Smartwatch ihn darauf hinwies, dass er lange genug gesessen hatte, stand er auf und ging zur Tür, um Luft zu schöpfen und ein paar Sonnenstrahlen an seine Haut zu lassen. Darling schaute zu der Sitzbank, sah die asiatischen Gesichter und überlegte, dass es für Touristen fast zu früh sei. Als sie aufstanden, wollte er instinktiv die Tür schließen, aber es war zu spät. Der Biker hielt von hinten die Tür fest, sein Gesprächspartner ging um sie herum und stieß Darling in den Raum hinein.

Alle vier arbeiteten nicht mit Waffen, weil sie kein Aufsehen erregen wollten. Außerdem brauchten sie Darling lebend und möglichst unverletzt. Sie überwältigten ihn mit wenigen Kung-Fu-Griffen und schon saß er überrascht und verwirrt auf dem Boden.

Zwei der Eindringlinge setzten sich an Darlings Rechner, wo sie einen Stapel Festplatten aus ihren Rucksäcken herauszogen.

»Wo finden wir den Command & Control Server?«

»Ich verstehe nicht, wovon Sie reden.«

Darling wusste, dass dies in diesem Umfeld eine wenig überzeugende Antwort war. Auf die Schnelle fiel ihm nur nichts Besseres ein. Er überlegte fieberhaft, ob diese Leute irgendetwas mit der Banco de Suez in Panama zu tun haben könnten, aber mit ihren schmalen Augen und platten Nasen gehörten sie wohl eher nach China.

»Kein Problem, wir finden auch so, was wir suchen. Nur geben wir dir folgenden Rat: Je schneller du alle Passwörter rausrückst, die sich uns in den Weg stellen, desto schneller geht es und um so weniger tut es weh.«

»Dann sagen Sie mir doch zumindest, was sie suchen.«

»Sag bloß, das weißt du nicht ...«

»Woher soll ich es wissen?«

In der Hoffnung, dass sie hier schneller fertig werden würden, zeigte ihm einer ein Bild mit mehreren Druckern und Blättern, auf denen *Thank You, Darling* stand.

Darling fiel aus allen Wolken, aber eine Sekunde später ahnte er etwas. »Das war ich nicht. Wo ist das? Was ist da noch passiert?«

Die Chinesen glaubten ihm kein Wort. Sie kopierten die Festplatten seiner Rechner und Server. Dann zogen sie Darling vor die Tür, schlossen mit den Schlüsseln ab, um die sie ihn vorher höflich gebeten hatten und brachten ihn in den dunkelgrauen Kombi.

So unauffällig, wie er gekommen war, verschwand der Wagen. 40 Minuten später schluckte ihn die Tiefgarage unter dem chinesischen Generalkonsulat in Japantown.

Sie nahmen Darling die Kapuze ab, die sie ihm verpasst hatten, damit er nicht sah, wohin die Reise ging. Er befand sich in einem Raum ohne Einrichtung. Gut, es gab eine Matratze, die auf einer gemauerten Erhöhung lag, und einen Abtritt im Boden, der ihn an einen Jahrzehnte zurückliegenden Urlaub in Südfrankreich erinnerte.

Bevor er einen klaren Gedanken fassen konnte, hatten seine Entführer bereits die Tür hinter sich geschlossen und hörbar einen Riegel vorgeschoben. Er war allein.

Darling hatte in seinem Leben schon so manches erlebt, und wenn es sich nicht vermeiden ließ, war er auch nicht zimperlich. Aber diese Situation verhieß nichts Gutes. Das Bild mit dem *Thank You, Darling* hatte ihm schlagartig die Verbindung zu Buffalo aufgezeigt. Leider klärte das nicht im mindesten, mit wem oder was er es hier zu tun hatte. Es blieb ihm nur, zu warten, bis irgendetwas geschah.

Nach schätzungsweise zwei Stunden – sie hatten ihm alle persönlichen Gegenstände einschließlich seiner Uhr abgenommen – öffnete sich die Tür und mit einer Handbewegung forderte man ihn auf mitzukommen.

Auch dieser Raum hatte keine Fenster. Dafür gab es zwei Stühle und einen Schreibtisch, hinter dem ein Mann saß, ebenfalls ein Chinese. Ohne aufzustehen, deutete er auf einen Stuhl. Darling setzte sich.

»Mr. Lingfield, wir kennen die Namen der Leute, die uns interessieren – und die Spitznamen«, sagte er, wobei sich beim Nachsatz seine Augen weiter verengten. »Wir wissen, was sie tun, was sie können und wo ihre großen Stärken liegen. Was allerdings diese Nummer sollte, ist uns nicht klar. Aus diesem Grund haben wir uns erlaubt, die Inhalte Ihrer Rechner zu analysieren. Abgesehen davon, dass Sie nicht nur als eine Kapazität für Deepfakes einen Namen haben, sondern das offensichtlich auch sind, scheinen Sie in den letzten Tagen ein tieferes Interesse für Panama entwickelt zu haben. Aber das, was uns wirklich interessiert, haben wir leider nicht gefunden.

Also fragen wir Sie selbst. Warum sind Sie in unsere Netze eingedrungen und wie haben Sie das gemacht?«

Darling holte tief Luft. »Nein, ich bin nicht derjenige, der in Ihre Netze eingedrungen ist. Es gibt in dieser Geschichte aber eine Verbindung, die Ihnen bei der Analyse der Inhalte meiner Rechner entgangen ist. Das betrifft insbesondere die Sache mit Panama.«

»Ich höre.«

»Dieser Vorgang in Panama betraf das Konto eines Ray Charlot Buffalo. Für diesen Mann habe ich in den letzten Wochen an einem Projekt gearbeitet, ohne dass er als Arbeitgeber in Erscheinung getreten ist. Er hat meine Arbeit missbraucht. Ich bekam heraus, dass er dahinter steckt, und wollte ihm eine Lehre erteilen. Damit er weiß, mit wem er es zu tun hat. Ich habe in Panama einen Gruß hinterlassen: *Thank You, Darling*.«

Bei dem Namen Buffalo schien Darlings Gegenüber wach zu werden. Er setzte sich auf und hackte auf seine Computertastatur ein. Irgendwann hörte er auf und starrte eine Weile konzentriert auf seinen Bildschirm. Schließlich wandt er sich wieder Darling zu.

»Ich schlage vor, Sie erzählen mir die Geschichte ausführlich und von Anfang an.«

Darling redete. Als er fertig war, wurde er zurück in den Raum ohne Einrichtung gebracht, den er bereits kannte und wo er erschöpft auf die Matratze sank. Er fluchte auf Buffalo und auf die Chinesen und auf die Bank in Panama, bis er einschlief.

Die Analyseabteilung des Konsulats lief in diesem Moment auf Hochtouren, um auf Basis von Darlings Hinweisen und einem Stapel von Zeitungsausschnitten herauszufinden, wo Ray Charlot Buffalo zu finden sei. Im Ergebnis ging eine Anfrage nach China, mit Satelliten das Umfeld des Bitterroot Valley unter die Lupe zu nehmen. Als die Aufnahmen Stunden später eintrafen, konnten die Spezialisten des Konsulats bei dem chronologischen Vergleich über die letzten Jahre hinweg Veränderungen festzustellen. Häuser waren verschwunden, neue dafür entstanden. Die Straßen hatte man verbreitert, der einst dichte Wald schien dünner geworden zu sein. Das wiederum zeigte Dinge, die sonst verborgen geblieben wären. An einem Gebirgsbach waren ein Naturdamm mit kleinem Stausee und ein winziges Gebäude zu sehen, die es früher nicht gegeben hatte.

Und noch etwas hatte sich geändert. Bisher interessierten sich die Chinesen für den Hacker, der in ihre Verkehrsüberwachung eingedrungen war. Jetzt gab es ein interessanteres Ziel: eine Allgemeine Künstliche Intelligenz kurz vor der Vollendung.

KAPITEL 14

Benji betrat das Foyer der Glacier Lodge, wo am frühen Samstagmorgen Ruhe herrschte. Er sah Harriet, die aus einem Sessel aufstand und ihm entgegenging. Sie strahlte in einer Weise, die sein Herz erschütterte. Die Frau mochte ihn. Er drückte sie an sich und küsste sie lang und intensiv. »Du hast mir die letzten zwei Tage gefehlt.«

Harriet lehnte sich an ihn. »Geht mir ähnlich.« Dabei schaute sie halb amüsiert, halb ernst. »Komm, verschieb den Herzschmerz. Wir haben was zu erledigen.«

Sie schlief jetzt morgens länger, nachdem sie in der Hütte arbeiten konnte, wann es ihr beliebte. Aber sie hatte nicht verlernt, sich früh auf die Füße zu stellen. Erst recht nicht, wenn es darum ging, dem Gebrauch oder Missbrauch ihrer Arbeit nachzugehen. Im Vergleich zu ihrem regulären Job in Vancouver zeigte das hier inzwischen absurde Züge. Sie war noch nie so weit in die praktische Entwicklung von neuronalen Netzen eingebunden gewesen, und noch nie waren die Umstände so merkwürdig. Sie realisierte, dass alles, was hier passierte, mit normalen Maßstäben nicht zu messen war. Umso mehr wollte sie wissen, welche Rolle sie dabei spielte. Sie stieg gut gelaunt in Benjis Toyota – voller Neugier, was die kommenden Tage bringen würden.

Einige Kilometer vor dem Flathead Lake wurde der Verkehr dichter. Viele Wagen hatten Boote auf dem Dach oder auf einem Anhänger.

»Was für eine traumhaft schöne Landschaft«, sagte Harriet.

»Du bekommst wieder einen Blick für solche Dinge?«

»Ja. Über Wochen nur Bildschirme und hohe Bäume vor der Nase lassen so manches verloren gehen. Nach und nach gewinne ich den Eindruck, das Alleinsein hat mir nicht gutgetan. Für die Wissenschaftlerin in mir war es grandios, aber als Mensch habe ich nur meine Ängste gepflegt und wachsen lassen.«

»Erkläre das genauer.«

»In meinem Alltagsleben, also zum Beispiel in Vancouver, kann ich steuern, mit wie vielen Menschen ich mich umgebe und wie ich mich mit ihnen auseinandersetze. Meine Ängste und mein Selbstvertrauen sind in einer Art Gleichgewicht. Ich kann mich zurückziehen, aber es bleibt immer eine Notwendigkeit, sich dem Leben zu stellen. In der Hütte fiel das weg und deshalb hat mich das durcheinandergebracht, als du aufgetaucht bist.

Beim ersten Mal war das okay. Da war ich mit deinen Verletzungen beschäftigt. Das hat es überdeckt. Aber als ich merkte, dass mehr daraus wurde, hat es mich überfordert. Ich war das nicht mehr gewohnt.« Sie zögerte einen Moment. »Diese gemeinsame Nacht mit dir hat die beiden Enden dieser Linie weit gestreckt. Einerseits spürte ich, wie gut du mir tust, andererseits war diese plötzliche Nähe fast unerträglich.«

»Scheint aber besser geworden zu sein«, sagte Benji trocken.

»Ja, und ich bin echt dankbar dafür. Es liegt an zwei Dingen: Ich gewöhne mich an dich, und das Rodeo hat mir aus der Perspektive der Medizinerin die Augen geöffnet. Ich muss mich wieder mit der Welt auseinandersetzen und ich muss stärker reflektieren, was mit mir selbst los ist.«

Für ein paar Sekunden legte sie ihren Kopf an Benjis Schulter. Dann wollte er den Gang wechseln und sie straffte ihren Körper zurück in die Senkrechte.

Sie passierten Missoula und Benji erzählte von Dinah's Diner.

»Da kehren wir ein«, entschied Harriet. »Wer weiß, wann wir jemals wieder in eine abgefahrene originale Montanakneipe kommen.«

Der Parkplatz war gut belegt von Wochenendurlaubern auf dem Weg in die Natur. Sie fanden zwei Plätze an der Theke. Es dauerte nicht lange, bis Dinah vor ihnen stand.

»Sie kenne ich«, sagte sie zu Benji, »Sie waren vor ein paar Tagen hier. Da war allerdings ein Kerl an Ihrer Seite, nicht ein so nettes Mädchen.« Sie lachte.

Harriet verschluckte sich beinahe. So hatte sie seit der Schulzeit niemand mehr genannt.

Benji schaltete sich ein. »Das mit dem Kerl war beruflich. Sie ...«, dabei legte er seine Hand auf Harriets Schulter, »... gehört zur Familie.«

»Na, dann hat ja alles seine Ordnung«, sagte Dinah und lachte nochmals. »Was darfs denn sein?«

Während sie auf das Essen warteten, erregte ein an der Wand platzierter TV-Bildschirm Benjis Aufmerksamkeit. Es lief eine Nachrichtensendung und der Sprecher berichtete von Fake News im Zusammenhang mit anstehenden Wahlen, die teilweise durch reguläre Nachrichtenkanäle den Weg an die Öffentlichkeit gefunden hätten.

»Der Präsident und eine große Zahl der Gouverneure zeigen sich besorgt über die Menge, die Art und die Inhalte der Falschinformationen, mit denen versucht wird, das amerikanische Volk zu manipulieren. Es gibt Hinweise, dass sich ausländische Organisationen mit Hilfe von unzureichend gesicherten Social Media Plattformen in demokratische Prozesse der USA einmischen. Das werden wir nicht dulden.«

Dinah, die eben mit den gefüllten Tellern vor ihnen angekommen war, nickte in Richtung TV. »Habe ich gestern schon gehört. Angeblich haben CatChat und die Chinesen was damit zu tun. Aber wenn es um Wahlen geht, sind es wohl eher die Russen!«

Mittels einer der öffentlichen Telefone vor Dinah's Diner rief Benji Greg an. »Was ist an der Geschichte mit den Nachrichtenagenturen und den Fake News dran?«

Greg stöhnte. »Du auch noch. Was meinst du, was hier los ist? Es gibt eine eher kryptisch formulierte Bitte seitens mehrerer Regierungsbehörden, bestimmte Nachrichten, die als Agenturmeldungen verbreitet worden waren, nicht weiterzugeben. Sie scheinen zuverlässige Informationen zu haben, dass diese von KI kuratierten Meldungen aus Social Media Kanälen von ausländischen Geheimdiensten manipuliert und lanciert wurden.«

»Okay«, sagte Benji. »Wollte nur auf den Stand der Dinge kommen. Vielleicht ist es ja auch Buffalo. Aber das können wir hoffentlich bald mit ihm selbst klären.«

Fünf Kilometer vor Sula erreichten sie eine unauffällige Abzweigung. Auf den ersten Blick schien sie nach wenigen Metern auf einer Wiese zu enden, tatsächlich führte sie hinter einer Baumgruppe weiter Richtung Westen.

Benji bog ab und eine Wolke Staub zog an den Fenstern hoch. Dank der Trockenheit der letzten Wochen war der unbefestigte Weg gut befahrbar. Er zog sich zwischen zwei Bergrücken durch ein Tal und stieg dann langsam an. Auf dem weitgehend kahlen Gelände gab es kaum Buschwerk, dafür Baumstümpfe. Typisch für Gegenden, die vor wenigen Jahren einem Waldbrand zum Opfer gefallen waren. Jetzt gewann der Weg über eine Reihe von Serpentinen zunehmend an Höhe.

Benji stoppte und schaute auf die kopierte Karte, die er von den Kalispell Firefighters bekommen hatte. »Ziemlich sicher führt dieser Weg, auf dem wir eben gefahren sind, über Ländereien von Buffalo. Aber er bindet noch weitere Grundstücke und Hütten an, außerdem Waldbrand-Überwachungsstationen und etliches mehr. Irgendwo hier müsste der Zubringer zu seiner Hütte weggehen.« Er zeigte auf einen Punkt auf dem Blatt.

Er stieg aus und kletterte auf einen Felsen. »Nichts zu sehen«, rief er zu Harriet hinunter.

»Könnte er zugewachsen sein?«, rief sie zurück.

Die vereinzelten Baumgruppen waren mindestens 50 Meter entfernt.

»Schwer vorzustellen. Die Bäume werden eher weniger, Buschwerk brennt regelmäßig ab.« Er stand wieder neben dem Toyota.

Er lief den Weg nochmals hundert Meter nach unten und zurück. Er schüttelte den Kopf. Wie weggezaubert.

Er hatte mehrfach die Koordinaten, die ihm sein iPhone gab, mit denen verglichen, die er sich notiert hatte. »Kannst du sicherheitshalber auch auf deinem Smartphone checken, was es für Koordinaten anzeigt?«

Harriet nickte. Sie waren identisch mit seinen.

Er schüttelte den Kopf. »Wir müssten hier einen Weg sehen, der nach Süden abzweigt, und wir sehen nichts.«

»Und jetzt?«, fragte Harriet.

»Gehen wir querfeldein«, kam von Benji zurück.

»Wie weit sind wir Luftlinie von seiner Hütte entfernt?«

»Ziemlich genau dreieinhalb Kilometer. Aber teilweise stark ansteigendes Gelände und mit deutlich mehr Bewuchs.« Er zeigte auf die Waldgrenze, die sich am Berghang abzeichnete. »Mein Vorschlag wäre, dass wir uns am Bach entlang arbeiten. Das ist blöd, weil es da stellenweise richtig steil wird. Andererseits haben wir die Garantie, irgendwann an seinem Kraftwerk anzukommen. Solange wir das Gewässer so in der Nähe haben, dass wir es zumindest hören, kann eigentlich nichts schief gehen.«

»Dann los. Wo ist der Bach?«

Benji lachte. »Rechts neben dir.«

Harriet sah eine Reihe niederen Gebüschs auf der anderen Seite des Wegs. Bei genauerem Hinsehen realisierte sie ein Stück dahinter vereinzelte Lichtreflexionen, die offenbar von einer Wasseroberfläche kamen. »Gut, dass ich dich dabei habe. Ich gehöre zu den Menschen, die neben einem Wasserlauf verdursten, wenn sie ihn nicht gezeigt bekommen.«

Ein Stück weiter unterquerte der Bach, vom Berg Buffalos kommend, den Weg in einer großen Betonröhre. »Hier geht's los«, sagte Benji.

Er parkte das Auto neben dem Weg und legte ein Presseschild der Flathead Weekly hinter die Windschutzscheibe.

Außerdem zog er ein Verteilerkabel aus dem Motor und packte es in seinen Rucksack. »Sicher ist sicher.«

Die erste Stunde liefen sie schweigend hintereinander. Der Bach in Hörweite rechts von ihnen nahm den kürzesten Weg und der war steil. Mittlerweile waren sie beide nass geschwitzt. Während einer zehnminütigen Pause aßen sie einen Teil der Power-Riegel. Als es ihnen in den feuchten Kleidern kalt wurde, gingen sie weiter. Kurz darauf stießen sie auf einen Fahrweg.

Benji glich die Koordinaten mit der Karte der Firefighters ab. »Das ist der Weg. Kein Zweifel. Wir sind nicht mehr weit weg. Vielleicht eine knappe Stunde noch.«

Der Weg führte in ausholenden Serpentinen bergauf. Erstaunlicherweise wurde der Baumbestand immer dichter, bis sie durch einen nahezu richtigen Wald liefen.

Als sie aus dem Wald heraustraten, bot sich ihren Augen ein weiter Blick auf den von oben kommenden Taleinschnitt. 50 Meter vor ihnen lag der Naturdamm, dessen Aufschüttung auf der Talseite mindestens zwei Meter hoch war. Seine Krone war nicht erkennbar. Darunter stand linker Hand ein kleines Gebäude, wie immer hier aus Holz, aber massiv gebaut. Es hatte keine Fenster, dafür eine Tür, die eine echte Schutzfunktion vermuten ließ. Einige Meter neben diesem Bau ergoss sich aus einem unterirdischen Auslauf der Bach in sein ursprüngliches Bett.

»Das ist sein Kraftwerk«, sagte Benji. Er kramte sein iPhone hervor und machte ein paar Bilder.

Aus der Ferne hörte man das Geräusch eines Helikopters. Selbst in diesen abgelegenen Landstrichen nichts Ungewöhnliches. Es wurde lauter. Instinktiv zog Benji Harriet nach links, wo ein Pfad sichtbar war, der vermutlich zu Buffalos Hütte führte. Im Schutz der Bäume blieben sie stehen.

Der Helikopter schob sich hinter dem gegenüberliegenden Bergrücken hervor und kam herunter bis an eine Stelle, die den Bach in einem schmalen flachen Streifen begrenzte. Kurz über dem Boden verharrte die Maschine. An der Seite öffnete sich eine Schiebetür und eine Reihe schwarz gekleideter Männer sprang heraus, indem jeder einzelne auf die Kufe kletterte, sich bückte, um diese zu greifen, und sich dann nach unten fallen ließ. Das ganze geschah in einer Geschwindigkeit, die große Übung verriet. Kaum auf dem Boden rannte jeder von ihnen hinter das Kraftwerk.

Harriet griff Benjis Arm. »Siehst du das? Um Himmelswillen, was soll das? Sind das Besucher von Buffalo?«

»Möglich, aber unwahrscheinlich.« Benji holte den Feldstecher aus dem Rucksack. Er beobachtete, wie die Männer hintereinander an die Wand des Gebäudes gepresst nach vorne kamen.

»Die sehen aus wie Chinesen ... Scheint so, als wären wir nicht die Einzigen, die hinter Buffalo her sind.« Benji ließ das Geschehen vor dem Kraftwerk nicht aus den Augen. Gleichzeitig presste er zwischen den Lippen hervor: »Letzt in den Nachrichten haben die von einem Hack berichtet, der die chinesische Verkehrsüberwachungsbehörde lahmgelegt hat. Wenn ich mir das so anschaue, könnte ich mir vorstellen, dass Buffalo die Hände im Spiel hatte.«

Die Chinesen hebelten mit einer Brechstange die Tür zum Kraftwerk auf.

Auf einem Monitor in Buffalos Hütte blinkte ein rotes Licht.

»Wir bekommen Besuch«, sagte Buffalo. »Schauen wir mal, wer es ist. Ich habe immer mit sowas gerechnet. Nur nicht, dass ich mir diese Pest selbst ins Haus hole.«

Kurz darauf sank die Anzeige für die Stromerzeugung des Wasserkraftwerks auf null. Die Turbine speiste parallel eine Armada an Batterien als Puffer. Die sprangen jetzt ein. Sobald hier die Versorgungsspannung eine Grenze unterschritt, müsste der Notstromgenerator herhalten.

Eine Minute später lief die Turbine wieder. Buffalo wusste, dass ein solcher Ablauf nicht von ungefähr kommen konnte. »Das ist kein Bär, und wenn es einer ist, hat er Schlitzaugen. Da ist jemand ins Kraftwerk eingebrochen und hat ohne Ahnung an ein paar Hebeln gezogen. Dass er sie in die alte Stellung gebracht hat, spricht für sein Interesse, unsere Geräte in Betrieb vorzufinden.« Er überlegte einen Moment. »Lass uns gehen! Wir machen *Emergency Alpha*.«

Benji und Harriet waren das kurze Stück durch den Wald gegangen. Dort zogen sie sich in den Schutz der Bäume zurück, die das freie Gelände vor der Hütte begrenzten.

Wenig später kamen vier Chinesen, jetzt als solche klar erkennbar, auf die Hütte zu. Die Eingangstür war angelehnt. Die Angreifer gingen links und rechts der Tür in Stellung, einer versuchte, durch den Türspalt etwas zu erkennen. Dann hämmerte er an die Tür. »Hallo? Hallo!«

Nichts rührte sich. Er zog die Tür auf, schaute in den Raum und winkte seinen Kumpanen. Sie verschwanden in der Hütte bis auf einen, der in der Tür stehen blieb. Er sollte offensichtlich nach hinten sichern.

»Das ist eine Attacke«, sagte Benji. »Hier läuft etwas ab, was nicht in unserem und nicht in Buffalos Interesse ist. Wir müssen etwas unternehmen.« Er setzte den Rucksack ab und suchte nach dem Satellitentelefon. Er aktivierte es, bekam aber keine Verbindung.

»Das Teil braucht eine Sichtverbindung zum Himmel. Hier sind zu viele Bäume. Ich muss näher an die Hütte.«

»Bist du verrückt?«, flüsterte Harriet ihm ins Ohr, »da kannst du dich gleich vor die Tür stellen und brüllen, hier bin ich.«

»Nein, ich gehe an die Kopfseite, wo keine Fenster sind. Ich vermute, die sind da drin ausreichend beschäftigt. Der Typ in der Tür kann mich dort nicht sehen. Du bleibst hier. Ich behalte dich im Auge, und wenn einer in meine Nähe kommt, gibst du mir ein Zeichen.« Benji schlich in der Deckung der Bäume so weit um die Hütte, bis er die Eingangstür nicht mehr sehen konnte. Dann rannte er über den Außenbereich und stellte sich direkt an die Wand. Er hackte fieberhaft auf die Tasten des SatPhones.

Harriet fixierte ihren Blick abwechselnd auf Benji und die Eingangstür. Der Chinese, der die Tür sichern sollte, starrte gelangweilt in die Luft. Ein Kopf tauchte im Türrahmen auf und sagte etwas. Jetzt streckte er sich und begann, das Gelände rund um die Hütte zu erkunden. Wahrscheinlich hatten ihn seine Kollegen angewiesen, denjenigen zu suchen, der in der Hütte nicht zu finden war.

Harriet gab Benji mit der Hand Zeichen. Er verstand nicht. Als er kapierte, was auf ihn zukam, war es zu spät.

Der Chinese kam um die Ecke und entdeckte Benji, der auf die Rückseite der Hütte verschwinden wollte. Benji sah seine letzte Chance im Angriff. Beide stürzten sich aufeinander. Die zwei kämpften und wälzten sich auf dem Boden, bis der Chinese die Oberhand gewann. Er drehte Benji den Arm auf den Rücken, stellte ihn auf die Füße und brachte ihn in die Hütte. Die Tür fiel ins Schloss. Wo sich der Kampf entschieden hatte, lag das SatPhone auf dem Boden.

Buffalo und Daisy blickten auf einen Bildschirm, der den Innenraum der Hütte zeigte. Die drei Chinesen bewegten sich dort und schienen etwas zu suchen. Es waren einzelne schwer verständliche Worte zu hören. Daisy übersetzte. »Sie fluchen. Und sie wundern sich, dass niemand da ist.«

Die Chinesen versuchten, alle Rechner und Server wieder in Gang zu bekommen, indem sie die Power Buttons betätigten und die Stromversorgung überprüften. Dann realisierten sie, dass das gesamte Netz keinen Strom mehr hatte.

Auf einem weiteren Monitor war der Außenbereich der Hütte zu sehen. Alle vier Seiten wechselten im Fünfsekundentakt. Buffalo verfolgte konzentriert die Aktionen in der Hütte, dann sah er Benji. Der rannte vom Waldrand über den freien Bereich auf die Hütte zu. Das Bild wechselte. Buffalo drückte zwei Knöpfe und Benjis Kopf war von oben zu sehen. In der Hand hatte er ein Satellitentelefon, auf dem er hektisch herumdrückte.

»Wer ist das denn?«, brüllte Buffalo.

»Benjiro Kimura, der Schatten von North Fork«, kam von Daisy zurück.

»Die beiden auch noch? Haben die sich alle hier verabredet?«

In diesem Moment schien Benji abgelenkt. Er hob den Kopf und schaute zum Waldrand. Dann machte er ein paar

Schritte, bis einer der Chinesen ins Bild kam. Ein Kampf entbrannte.

»Daisy, geh raus und sieh zu, dass das SatPhone nicht aktiv wird. Kümmere dich um North Fork, sie dürfte nicht weit sein. Und sorge dafür, dass dich nicht mehr Leute sehen als absolut notwendig.«

Einer der Chinesen versuchte, die Eingangstür aufzumachen. Sie rührte sich keinen Millimeter. Er rief die anderen zur Verstärkung. Egal, an welcher Ecke sie zogen, sie schien wie festbetoniert. Ihr Interesse an Benji ließ schlagartig nach. Es begann eine Diskussion, wie diese Tür zu öffnen sei. Einer holte die Brechstange aus seinem Rucksack.

Wie von Geisterhand gesteuert leuchtete ein einzelner großer Bildschirm auf. Alle Chinesen hielten inne und drehten die Köpfe dorthin, wo das Licht herkam. Das Gesicht eines Manns kristallisierte sich aus dem fahlen Grau der Mattscheibe.

»Dàren, wǒ cāi nín zài zhǎo wǒ«

Buffalo sprach die Angreifer mit einem Live-Übersetzungsmodul auf Chinesisch an. »Meine Herren, ich vermute, Sie suchen mich. Mein Name ist Ray Charlot Buffalo. Sie stehen in meiner Hütte, obwohl ich Sie weder eingeladen noch Ihnen erlaubt habe, mein Haus zu betreten. Sie suchen mich, aber Sie werden mich nicht finden. Sie wollen etwas von mir, doch Sie werden es nicht bekommen. Nicht, indem Sie in mein Haus einbrechen. Sie können die Geräte zerstören, aber ich empfehle Ihnen, es nicht zu tun.«

Die vier Chinesen starrten mit offenen Mündern gebannt auf den Bildschirm. Nicht nur, dass dieser Gweilo, diese

Langnase, ihre Sprache so gut wie sie selbst beherrschte. Viel schlimmer, er redete mit der Stimme, dem Tonfall und dem Ausdruck ihres großen Vorsitzenden. Den Chinesen lief es eiskalt den Rücken hinunter.

Buffalo wechselte ins Englische. »Auch dem Mann in Zivil einen Guten Tag. Mit Ihnen war zu rechnen. Nur dumm, dass Sie gleichzeitig mit diesen anderen Herren aus dem Fernen Osten gekommen sind. Sorgen Sie sich nicht. Man wird Ihnen nichts tun. Lassen Sie mich Ihnen allen etwas zeigen!«

Er schaltete auf ein Live-Bild, in dem einer der großen Public-Shame-Bildschirme zu sehen war. Er befand sich offensichtlich im Zentrum einer chinesischen Großstadt. Unter ihm sah man Autos, Fahrradfahrer und Fußgänger mit Schirmen. Es regnete. Am oberen Rand des Displays standen der aktuelle Tag und die Uhrzeit, die mit den 14 Stunden Zeitversatz im Sommer exakt mit Montana übereinstimmte.

»Sie meinen, Sie hätten Ihr System wieder im Griff, nachdem Sie Herrn Lingfield in Ihre Keller gesperrt haben. Nur haben Sie den Falschen erwischt und, so leid es mir tut, Sie haben nicht einmal im Ansatz Ihre Systeme wieder im Griff.«

Auf dem PS-Bildschirm war plötzlich für mehrere Sekunden der Große Parteivorsitzende zu sehen. Den Chinesen in der Hütte gefror das Blut in den Adern.

»Nochmals?«, fragte Buffalo.

Der älteste der Chinesen hob die Hand. »Können Sie mich hören? Verstehen Sie mich?«, rief er auf Englisch in Richtung des Bildschirms.

»Laut und deutlich.«

»Gut. Woher wissen wir, dass dies nicht eine Fälschung ist? Eine Fälschung wie das Chinesisch, das Sie eben gesprochen haben?«

»Das können Sie nicht wissen. Sie müssen mir einfach glauben. Theoretisch könnten Sie Ihre Leute kontakten und sie bitten, zu einer bestimmten Uhrzeit eine markierte Person unter dem Display vorbeilaufen lassen. Aber ich fürchte, die Zeit haben wir nicht. – Ich zeige Ihnen noch etwas.«

Auf dem Bildschirm in der Hütte startete ein Video, das den Innenraum eines traditionellen chinesischen Badehauses zeigte. Die Kamera schwenkte und es kamen die Köpfe von jungen Frauen ins Bild. Der Schwenk lief weiter und nun sah man einen Mann, dessen Gesicht nahezu vollständig von Schaum bedeckt war. Die Mädchen wuschen ihm den Kopf. Eine nahm einen kleinen hölzernen Bottich und goss vorsichtig Wasser über ihn. Der Schaum löste sich in den herabfließenden Bächen auf und das Gesicht des Manns wurde erkennbar. Es war die gleiche Person, die vorhin kurz auf dem Public-Shame-Bildschirm zu sehen war.

Die Chinesen stöhnten auf. Einer ballte die Faust und schüttelte sie in Richtung des Monitors, als ob er damit den Frevel beenden könnte.

Die Kamera schwenkte nun langsam nach unten und zeigte die Oberkörper der Personen. Alle waren nackt. Das Video stoppte.

Buffalos Stimme ertönte. »Den Rest erspare ich Ihnen – vorerst.«

Der Chef der Kommandotruppe war Oberstleutnant Peng Li, ein erprobter Mann. Üblicherweise wurden Konsulatsmitarbeiter nach spätestens zwei Jahren aus den USA abgezogen und in andere Länder geschickt. Seine Erfahrung und seine Kenntnis Amerikas hatten dafür gesorgt, dass diese Rotation an ihm vorbeigegangen war. Dank seines guten Englischs verstand er alles und ebenso begriffen die meisten Amerikaner, was er meinte, wenn er mit ihnen redete. Tief im Inneren fühlte er sich langsam zu alt für solche Einsätze. Aber hier ging es um etwas Wichtiges, nach der Aufgeregtheit des Flurfunks zu urteilen sogar wichtiger als die nationale Sicherheit, die immer Maßstab der Dinge war. Also hatte er sich in diese verdammte Kampfmontur gezwängt, um in die Berge Montanas zu fliegen.

Es schien trotz aller Hektik ein Routineeinsatz zu sein, so weit Einsätze in Feindesland diese Bezeichnung zuließen. Einen renitenten Einsiedler festnehmen, der sich ein kleines Imperium von Hacker-Systemen aufgebaut hatte und mit künstlicher Intelligenz experimentierte. Und jetzt in einem Anfall von Größenwahn meinte, die große chinesische Nation attackieren zu können. Peng hielt es für ein typisch amerikanisches Ding, dass sich die Leute hier alle überschätzten. Okay, so war es halt. Die Ansage hieß, reingehen, den Laden analysieren, sämtliche Daten kopieren und dann die Angriffsmöglichkeiten stilllegen, was nichts anderes bedeutete, als sie zu vernichten. Alles keine große Sache.

Jetzt erschien die Situation in einem völlig veränderten Bild.

Harriet überlegte, ob sie es riskieren sollte, das Satellitentelefon zu retten. Plötzlich hörte sie eine Stimme hinter sich. »Harriet, Harriet«, rief die gerade so laut, dass es bei Harriet ankam. Sie drehte sich um. Niemand war zu sehen.

»Harriet, bleiben Sie stehen. Ich bin fünf Meter vor Ihnen hinter dem Busch.«

»Wer redet da?«

»Mein Name ist Daisy. Buffalo schickt mich, um Ihnen zu helfen. Aber zuerst muss ich Ihnen erklären, dass ich anders aussehe, als Sie es erwarten. Nicht, dass Sie sich erschrecken.«

»Wieso soll ich mich denn erschrecken? Ich bin Ärztin. Ich kann mit so ziemlich allen Deformationen umgehen. Außerdem erschreckt mich heute gar nichts mehr.«

»Warten Sie es ab. Versprechen Sie, dass Sie nicht weglaufen. Ich bringe Sie zu Buffalo. Um Herrn Kimura müssen Sie sich nicht sorgen. Wir haben die Situation im Griff.«

»Das mit dem Weglaufen entscheide ich, wenn ich Sie sehe. Aber jetzt zeigen Sie sich schon.«

Daisy trat hinter dem Busch hervor. Harriet schaute sie an wie ein Gespenst. Ihr quollen die Augen über. Dann fiel sie in Ohnmacht.

Daisy kalkulierte das Risiko. Sie ging über den offenen Bereich vor der Hütte, griff sich das SatPhone und lief zurück zu Harriet. Sie packte das Telefon in Benjis Rucksack, nahm diesen, hob Harriet vom Waldboden auf und trug sie ein Stück durch das Gebüsch hinter einen mehrere Meter hohen Felsvorsprung. Wie von Geisterhand öffnete sich am Fuß des Steins eine Öffnung, in der eine Treppe sichtbar wurde. Darin verschwanden beide.

Peng Li stand vor dem Monitor, auf dem Buffalos Gesicht zu sehen war, und überlegte, wie diese Situation zu bewerten sei. Zeit gewinnen und Informationen sammeln. Immer ein guter Rat.

»Mr. Buffalo, es dürfte Ihnen verständlich sein, dass die Volksrepublik China nicht hinnimmt, von Außen attackiert zu werden, egal auf welche Weise. Warum machen Sie das?«

»Guter Herr, ich tendiere zu einem höflichen Miteinander. Wie ist Ihr Name? Oder besser, wie soll ich Sie ansprechen?«

»Nennen Sie mich Li.«

»Mr. Li, ohne zu weit ins Politische abzuschweifen, mir gefällt auch nicht, wenn Individuen vom Staat attackiert werden, und das immer und überall. Warum ich das mache? Weil ich es kann!« Buffalo ließ seine Worte wirken.

»Die kleine Vorführung hatte nur einen Zweck: Ihnen zu zeigen, über welche Mittel ich verfüge. Ich habe kein Interesse daran, diese Mittel einzusetzen, wenn wir hier ein Agreement finden. Ich habe aber auch keinerlei Hemmungen, sollten wir nicht auf einen gemeinsamen Nenner kommen. Glauben Sie mir, Sie können diese Hütte und diesen Berg atomisieren, und diese Bilder werden trotzdem weltweit zu sehen sein – inklusive eines Videos des Angebots, das ich Ihnen jetzt im Moment mache. Hinterher könnten Sie und Ihre Männer nie wieder zurück in die Heimat, ohne für diese Schmach belangt zu werden. Beantragen Sie danach Asyl in den USA. Damit retten Sie wenigstens Ihr Leben.«

Peng schwitzte, obwohl es ihn innerlich fror. »Was wollen Sie? Was sind Ihre Bedingungen?«

»Ich will gar nichts. Nur, dass Sie sich zurückziehen und über den heutigen Tag kein einziges Wort verlieren. Wenn irgendetwas nach Außen dringt, erst recht, wenn ich es in der Zeitung lesen muss, dann werden diese Bilder öffentlich.«

»Das ist alles?«

»Mr. Li, das Projekt, an dem ich arbeite, steht vor dem Abschluss. Danach werde ich es in einem breiten Rahmen an die Öffentlichkeit bringen, die es ab diesem Moment ebenfalls nutzen kann. Es wird eine Open Source Software. Für alle, selbst für Sie. Bis dahin möchte ich hier in Ruhe vorankommen. Das heißt, ich will von Leuten wie Ihnen nicht gestört werden. Und auch nicht von anderen. Sprich, lassen Sie Darryl Lingfield noch eine Weile in Ihrem Gewahrsam, aber behandeln Sie ihn gut. Das gehört ebenfalls zu den Bedingungen. Ich werde ihn fragen, bevor Sie die Videos bekommen. Ach, und die Schwachstellenanalyse Ihres Überwachungssystems kriegen Sie als Topping-Up.«

»Wir können gehen?«

»Ja, je früher, desto besser. Diesen Menschen, der nicht mit Ihnen gekommen ist, lassen Sie selbstverständlich hier. Entfernen Sie sich mindestens drei Kilometer von diesem Ort, bevor Sie Ihren Helikopter rufen. Ich möchte keine Aufmerksamkeit. Und machen Sie vorher nichts kaputt.«

Peng Li schloss die Augen. Versagen auf ganzer Linie. Nicht nur was das Schließen des Lecks anging, jetzt waren nach den kommunalen auch die obersten Führer der kommunistischen Partei zum Ziel dieser kapitalistischen Systemfeinde geworden. Wenn Buffalo wahr machen würde, was er eben angedroht hatte, könnte er, Peng Li, mit seiner Karriere, seiner Familie und letzten Endes mit seinem ganzen Leben abschließen.

Er öffnete wieder die Augen und blickte zu dem Bildschirm. »Geben Sie mir zwei Minuten, um mich mit meinen Männern zu besprechen.«

»Gerne auch fünf.«

KAPITEL 15

Harriet kam zu sich. Als sie blinzelte, lag sie in einem Raum ohne Fenster. Sie hörte entferntes Gemurmel. Sie schloss die Augen erneut und überlegte, wie schön es wäre, auf einer Wiese in Schottland oder an einem Strand auf den Malediven aufzuwachen, wo der Rest der Welt vollständig unwichtig ist. Zumindest für ein paar Tage.

Die letzten Bilder vor ihrem Wegtreten machten sich in ihrem Kopf breit. Die Figur eines Roboters, der auf sie einredete, nicht zu erschrecken.

Sie öffnete die Augen. Ein Stück vor ihr stand der Roboter. Oder die Robot? Sie hatte sich Daisy genannt. Würden sich männliche Roboter Daisy nennen? Sie machte die Augen wieder zu. Das alles war absurd. Berghütten, Chinesen, Robots ... Das konnte doch nicht wahr sein. Sie öffnete erneut die Augen. Daisy stand immer noch da. Harriet stöhnte.

»Soll ich irgendetwas bringen? Ein Glas Wasser vielleicht?«

Harriet dachte an Single Malt. »Oh ja, ein Glas Wasser wäre gut.« War das ihre Stimme, die da krächzte? Und überhaupt, wo war Benji?

Es kommt schneller, als ich es erwartet hatte, ging ihr durch den Kopf. Je tiefer sie während ihrer Arbeit mit neuronalen Netzen in die Materie der künstlichen Intelligenzen eingetaucht war, desto öfter hatte sie darüber nachgedacht, was damit alles möglich werden würde. Grenzen waren nicht erkennbar. Irgendwann stehe ich einer Maschine gegenüber und stelle mir die Frage, die oder ich. Die Maschine wird sich diese Frage nicht stellen, weil sie die Antwort weiß.

Es war wie in einem Computerspiel: Man möchte gerade ins Bett gehen, weil man schon viel zu lang vor dem Bildschirm gesessen war. In dem Moment erscheint ein Asteroid am Horizont und rast auf die Erde zu. Wenn die virtuelle Gefahr konkret und sichtbar wird, kann man nicht loslassen.

Jetzt konnte eine vergleichbare Situation nicht leibhaftiger sein. Diese Maschine schien jedoch nicht an *die oder ich* interessiert zu sein.

Hätte sie Haare gehabt, wäre ihr Kopf kaum von realen Menschen zu unterscheiden gewesen. Ihre Augen waren erstaunlich lebendig und sahen sie mit einem ruhigen Ausdruck an. Ein kurzes Lächeln zog über ihr Gesicht. Dabei wanderten die Mundwinkel auseinander und die Wangen verdichteten sich. Faszinierend echt. Es wäre beruhigend und Vertrauen erweckend gewesen, hätten sich diese menschlichen Attribute nach unten fortgesetzt. Offensichtlich war das nicht gewollt. Bereits die aus Titan bestehenden Schlüsselbeine lagen offen, wie das meiste des tragenden Gerüsts, nur dass große Fläche, beim Menschen für Organe und Weichteile vorbehalten, mit Karbon verkleidet waren. Dieser Roboter war eine Meisterleistung in Sachen Design, Proportionen und Ästhetik. Wenn sich das in den inneren Werten fortsetzte, stände ein Quantensprung für die Menschheit vor ihr. In welche Richtung, müsste sich erst zeigen.

»Geht es dir gut?«, fragte das Wesen. Es klang, als sei es besorgt.

»Was hast du gesagt, wie du heißt?«

»Daisy. Es ist eine Abkürzung.« Beinahe sah es aus, als wanderte erneut ein jetzt verschämtes Lächeln über das Gesicht.

»Somit kein Hinweis auf ein wie auch immer geartetes Geschlecht ...?«

»Nein«

»Okay, ich denke, ich bin wieder handlungsfähig. Was ist mit meinem Begleiter?«

»Es geht ihm gut. Er wird in Kürze bei uns sein. Kannst du gehen? Wir wechseln den Ort.«

»Kein Problem.« Harriet erhob sich. Sie fühlte ihre Lebensgeister zurückkehren. In einer Ecke des Raums sah sie die Silhouette einer Person, die vor einem hell leuchtenden Bildschirm stand. Jetzt drehte sie sich herum und kam auf sie zu. »Guten Tag Mrs. Taylor-Weeze, ich bin Ray Charlot Buffalo.«

Benji saß auf dem Boden und meinte, zunächst dort bleiben zu wollen, um nicht weitere Aufmerksamkeit auf sich zu ziehen. Um ihn herum brodelte es. Er hatte Bruchstücke von Buffalos Rede mitbekommen und die intensiven Reaktionen darauf, die zwischen Zorn beim Fußvolk und Resignation bei dem älteren Anführer lagen. Dass Buffalo seine, Benjis, Unversehrtheit zur Bedingung machte, war ihm nicht entgangen. Es erleichterte ihn.

Die Beratung der Chinesen untereinander war keine. Der Chef war der einzige, der sprach, und das mit einer Eindringlichkeit, die keinen Zweifel ließ, dass er seine Entscheidung getroffen hatte. Diese teilte er seinem Gegenüber auf dem Bildschirm mit, der nur Buffalo sein konnte. Danach sammelte sich die Gruppe und verließ die Hütte, deren Tür sich problemlos öffnen ließ, nicht ohne, dass einer der Kämpfer vor Benji auf den Boden spuckte. Der saß immer noch am gleichen Platz und wartete, was passieren würde.

In einer Ecke des Raums hinter den 19-Zoll Racks der Server öffnete sich ein Durchgang. Teile der Holzwand schoben sich an Stellen auseinander, die mit einer Türöffnung nichts zu tun hatten. Es war eher eine Naht, die dem natürlichen Verlauf des Materials folgte. Selbst bei besserer Beleuchtung wäre dieser Durchgang unmöglich zu erkennen gewesen.

Der Sprecher auf dem Bildschirm, Buffalo, betrat den Raum. Dahinter Harriet. Sie ging mit raschen Schritten auf ihn zu und verdeckte den Blick auf alles andere. Sie bückte sich, küsste ihn flüchtig auf die Stirn und sagte leise. »Bleib ruhig. Der Tag bietet noch mehr Höhepunkte.«

Sie erhob sich, ging zur Seite und gab die Perspektive auf Daisy frei. Die hatte bei der Begegnung mit Harriet gelernt, was sie bei Menschen auslöste, die sie zum ersten Mal sahen. Sie stand immer noch im Hintergrund. Buffalo hatte gewartet, bis Harriet Benjis Fokus freigab, und stellte sich vor. »Mr. Kimura, mein Name ist Ray Charlot Buffalo. Auch wenn ich Sie nicht eingeladen habe, heiße ich Sie willkommen.« Er trat vor und bot Benji die Hand. Der bemüßigte sich, auf die Beine zu kommen, bevor er sie ergriff. »Danke Mr. Buffalo. Bitte nennen Sie mich Benji, wie alle meine Freunde.«

Buffalo machte einen Schritt zur Seite und drehte sich zu Daisy. »Das ist Daisy, eine unentbehrliche Hilfe und so etwas wie meine Muse.«

In Benjis Kopf arbeitete es fieberhaft. Die Chinesen waren ihm schon wie eine außerirdische Invasion vorgekommen, aber jetzt stand ihm ein Roboter gegenüber, der einer Fortsetzung von *Ghost in a Shell* entsprungen zu sein schien. In seiner Jugend hatte er Unmengen von Mangas verschlungen und wie von selbst tauchte *Motoko Kusanagi* vor seinen Augen auf. Die Gestalt neben Buffalo hatte jedoch keine Haare, war eher geschlechterneutral und machte ohne Zweifel den Eindruck, echt zu sein.

Die Vernunft gab die Antwort. Wenn diese *Daisy* mit Buffalo zusammenhing und Harriet entspannt daneben stand, dann sollte es an ihm nicht scheitern.

Buffalo fuhr fort. »Wir hatten heute eine unangenehme Situation. Gleichwohl gab es Vorbereitungen dafür und die haben einhundertprozentig funktioniert.

Mrs. Taylor-Weeze, Mr. Kimura – sorry, Benji, für Ihren Besuch gibt es sicher Gründe. Die Fragen, die Sie mir stellen wollen, werde ich gerne beantworten. Ich wusste, dass Sie die Absicht hatten, hier her zu kommen, nur bin ich nicht davon ausgegangen, dass das so früh geschieht. Sie beide sind mir hier willkommen, aber ich sage gleich, Sie können nicht so ohne weiteres wieder weg. Insofern wird Daisy Ihnen einen Raum zeigen, eine Art Gästeraum, der Ihnen zur alleinigen Verfügung steht. Daisy, führst du unsere Gäste bitte in ihr Zimmer?

Im Übrigen müssen wir hier erst einmal einige Dinge zurück an ihre Plätze bringen und ein paar Geräte in Gang setzen. Ich schlage vor, wir treffen uns in einer Stunde und besprechen alles Weitere.«

Der von Buffalo genannte Raum schien für die Umstände völlig in Ordnung. In ihm stand ein Bett, das für eine Person üppig und für ein Paar ausreichend erschien. Außerdem ein Schrank und zwei Stühle. Harriet setzte sich auf den Bettrand. »Das erscheint mir alles ein bisschen viel fürs Erste.«

»Geht mir nicht anders«, antwortete Benji. »Aber mussten wir nicht mit Schwierigkeiten rechnen? Dafür sind wir doch bis jetzt außerordentlich gut weggekommen.« Er stellte seinen Rucksack auf einen der Stühle. »Die Chinesen waren allerdings in unserem Plan nicht enthalten.«

»Wie ordnest du die ein?«

»Schwierig zu sagen. Aber das, was Buffalo hier angeleiert hat, konnte eigentlich nicht ohne irgendeine Antwort bleiben. Ein bisschen tragisch, dass seine eigenen Leute versuchen, ihn ans Messer zu liefern. Seinem Statement gegenüber den Chinesen entnehme ich, dass die im Zusammenhang mit Darling aufgetaucht sind. Aber es wäre durchaus denkbar, dass sie auch ohne ihn mitbekommen haben, was hier vorgeht.«

Harriet nickte. »Er scheint die Situation im Griff zu haben und, fast wichtiger, nicht auf Konfrontationskurs gehen zu wollen.«

Benji seufzte. »Ich hoffe, du hast Recht. Noch haben wir nicht mit ihm geredet.«

Sie trafen sich wieder in dem Hauptraum der Hütte, in dem vor wenigen Stunden die Chinesen versucht hatten, die Situation an sich zu reißen. Davon waren keine Spuren mehr zu sehen. Als sei nichts gewesen, lief stattdessen das übliche LED-Feuerwerk über die Fronten der vielen Server, was Benji faszinierte und Harriet völlig unbeeindruckt ließ.

Buffalo saß auf der Kante seines Arbeitstischs, Daisy im Halbdunkel hinter ihm, was signalisierte, wer das Sagen hatte, ohne zu vergessen, wer hier zu wem gehörte.

»Nochmals willkommen Harriet, und nochmals willkommen Benji. Ich denke, wir sind uns über die informelle Ansprache einig. Also nennt mich bitte Ray. Der Tag hatte für uns alle einige unerwartete Wendungen parat. Nichtsdestoweniger mussten die Beteiligten im Raum früher oder später mit Störungen rechnen und letzten Endes haben wir das auch souverän hinter uns gebracht. Trotzdem ist diese Konstellation neu und ein paar Dinge müssen geregelt werden.«

Buffalo machte eine Pause, so als wenn die nächsten Sätze gut überlegt sein wollten.

»Sie, Harriet, wissen aus ihrer Rekrutierung und der Situation in der Hütte am North Fork Flathead River, dass dieses Projekt Vorsichtsmaßnahmen erfordert und dass es inklusive meiner Person bis zum Ende geheim bleiben sollte. Letzteres ist mir nur bedingt gelungen. Das ist der Grund, warum ich Sie und Benji bitte, bis auf weiteres hierzubleiben.

Bei dem Projekt, und das werden sie beide ebenfalls bereits wissen, geht es um eine fortgeschrittene künstliche Intelligenz. Auf diesem Gebiet sind in den letzten Jahren und erst Recht in den letzten Monaten unglaublich viele Dinge passiert. Im Westen, im Osten, in Asien, auf universitärer und kommerzieller

Ebene, leider aber auch im Untergrund, wo individuelle Projekte vollständig jeglicher Kontrolle entzogen sind. So wie beispielsweise meines.« Buffalo lachte, um gleich wieder ernst zu werden. »Die Chancen dieser Technik sind grenzenlos und die Gefahren ebenfalls. Eine losgelassene allgemeine künstliche Intelligenz ist in der Lage, die Menschheit zu vernichten, und je nach dem, wer sie programmiert hat, wird sie das auch tun.

Wenn ich über den oder die Erzeuger oder Konstrukteure spreche, meine ich zwar auch die Bösen, vor allem aber die Ahnungslosen, die nicht wissen, mit was sie es zu tun bekommen, wenn ihre Algorithmen zum Leben erwachen. In den letzten Jahren ist mir das täglich klarer geworden, bis ich keine Alternative mehr sah. Eine Alternative dazu, einzuschreiten und dieser Entwicklung voraus zu sein.

Der Grundgedanke dabei ist, eine schlechte KI durch eine gute KI zu verhindern. Ein funktionsfähige gute KI wird jede Form von Technologie beherrschen und damit restriktiv gegen jeden Wildwuchs vorgehen können.«

Harriet traf dieser Satz wie eine Erleuchtung. Das war es also. Damit hatte Buffalo sein Ziel, seine Überzeugung und seine Positionierung kundgetan. Ihr fielen ganze Steinbrüche vom Herzen.

Buffalo war noch nicht am Ende. »Jetzt ist nicht der richtige Augenblick, in die Details zu gehen, und wir werden genug Zeit miteinander haben, alles zu erklären und alle Fragen zu beantworten. Für den Moment bitte ich Sie jedenfalls um Ihr Vertrauen darauf, dass ich auf Ihrer Seite stehe.«

Sie saßen zu dritt an dem kleinen Tisch in der Küchenecke, die sich hinter dem Hauptraum anschloss. Es gab eine Tür, aber die schien immer offen zu stehen. Buffalo hatte eine heiße Suppe, Brot, Käse und eine Flasche Wein bereitgestellt.

»Sie kochen selbst?«, fragte Benji.

»Die Suppe kommt aus der Tiefkühltruhe«, antwortete Buffalo. »Sie ist selbst gekocht, aber nicht von mir. Ich bekomme sie geliefert. Ich bin normalerweise der Einzige, der hier isst, aber ich koche nicht. Kochen verursacht Wolken von Dampf oder, schlimmer noch, Dunst von Fett. Daisys Gelenke sind dafür nicht ausgelegt. So intelligent sie ist, ein paar Einschränkungen muss sie hinnehmen. Für die übrige Elektronik hier ist es auch nicht gut. Deshalb esse ich kalt oder werfe am Nachmittag etwas auf den Grill vor der Hütte.«

»Warum machen Sie nicht einfach die Tür zwischen dem Arbeitsraum und der Küche zu?«

»Die steht gewohnheitsmäßig offen. Selbst wenn ich sie schließe, lässt sich nicht verhindern, dass Daisy ab und zu hereinkommt. Sie hat soziale Strukturen. Sie ist darauf trainiert, Kontakt zu Menschen zu suchen.«

Benji schluckte. Das wurde ja immer besser. Er wechselte das Thema. »Ray, kann ich Sie noch etwas fragen? Woher wussten Sie, wer ich bin und dass Harriet und ich vorhatten, hierher zu kommen?«

Buffalos Blick bekam einen mitleidigen Schimmer. »Benji, glauben Sie ernsthaft, Sie könnten sich mehrfach mit Harriet in der Hütte am North Fork Flathead River treffen und dann auf Google Maps die Straßen und Verkehrsverhältnisse ins Bitterroot Valley recherchieren, ohne dass wir das mitbekommen? Daisy hat eines ihrer vielen Ohren an Google. Wenn in Montana über Tage hinweg Wege und Pfade in dieser Region gecheckt werden, dann fällt das auf. Die IP-Adresse erzählt den Rest. Sorry«, dabei schaute er Benji an, »aber für so etwas ist ein VPN das Mindeste … Immerhin gratuliere ich Ihnen, dass Sie es so schnell und souverän geschafft haben. Davon bin ich nicht ausgegangen. Ich dachte, wir hätten mehr Zeit, nachdem wir Harriet in Ihrer direkten Nähe platziert haben. Offenbar hat das genau das Gegenteil bewirkt.«

Harriet reagierte leicht pikiert. »Ray, war das der Grund, warum Sie mich aus der Hütte abgezogen haben? Weil Sie hofften, wir würden uns mehr mit uns selbst beschäftigen, als dem Missbrauch meiner Daten nachzugehen?«

Da war sie wieder. Die straighte Wissenschaftlerin Harriet, die die Idee, sie könnte einen Menschen ihren Zahlen vorziehen, beinahe als Beleidigung empfand.

Buffalo lenkte sofort ein. »Nein, Harriet, so war das nicht gemeint. Aber nach einer wochenlangen Klausur in der Wildnis Montanas würden die meisten erst einmal wieder die Segnungen der Zivilisation genießen wollen. Außerdem …«, und jetzt wurde sein Blick ernst, »konnte ich nicht zulassen, dass Leute, die nicht in das Projekt eingebunden sind, in einem der Forschungslabore ein und aus gehen. Das wussten wir natürlich erst, als Sie, Benji, auch in der Hütte von Darryl Lingfield auftauchten und bei dieser Gelegenheit Rudy retteten. Dafür bin ich Ihnen im Übrigen außerordentlich dankbar. Aber Sie sind Journalist, und ich musste damit rechnen, alles, was Sie bis dahin gesehen hatten, in einer Zeitung zu lesen. Ich konnte das Risiko nicht eingehen, dass Sie auch noch mit einem Fotografen in Harriets Hütte aufkreuzen. Der Ort war zu diesem Zeitpunkt ebenso kompromittiert wie Lingfields Hütte. Nur war der schon von selbst gegangen.«

Buffalo trank einen Schluck Wein, überlegte einen Moment und fuhr fort. »Harriet, Ihre Arbeit war für uns ungeheuer wertvoll und damit werden wir KI in der analytischen Medizin auf eine neue Stufe stellen. Als ich Sie abgezogen habe, waren 95 Prozent der Daten, die wir benötigten, bereits generiert. Insofern haben Sie Ihren Job wirklich vollständig erfüllt. Bei den letzten fünf Prozent ging es nur noch um die Oberfläche.

Mir ist bewusst, dass ich diese Daten unter Verletzung wissenschaftlicher Standards vor Abschluss der Forschung in die praktische Erprobung gegeben habe. Das ging aber nicht anders, weil mein Ziel ja deutlich weiter gesteckt ist. Dafür musste ich diesen Teilbereich in der Praxis unbedingt validieren. Ich nehme an, Ihre diesbezügliche Frustration resultiert daraus, dass Sie parallel eigene Ziele hatten oder ...«, Buffalo schaute Harriet aufmunternd an, »auch noch haben. In den kommenden Tagen werde ich Ihnen alles an die Hand geben, um diese Arbeiten zu Ende zu bringen.«

»Ray, das ist großartig«, antwortete Harriet. »Dafür bin ich Ihnen echt dankbar. Ich habe in diesem Zusammenhang eine weitere Frage, um abschätzen zu können, was mir hier an Zeit zur Verfügung steht. Wann ist Ihr Projekt so weit, dass Sie es als abgeschlossen betrachten?«

Buffalo nickte. »Das ist eine gute Frage und ich musste mit ihr rechnen.

Das Projekt *Daisy* ist in der Endphase. Mittlerweile habe ich von allen Spezialisten – bis auf einen. Sie wissen, von wem ich rede – ausreichend viele und so gute Daten, dass wir keine weiteren benötigen. Sämtliche Spezialisten haben hervorragende Arbeit geleistet und können ihre Klausur aufgeben, um sich auf die Heimreise zu machen. Sie alle und ich werden nochmals bei einer Gelegenheit zusammenkommen, über die ich zu einem späteren Zeitpunkt spreche.

Ich selbst mache hier den finalen Test, der zeigt, ob Daisy die in sie gesteckten Erwartungen erfüllt. Die vorhergegangenen Versuche waren spezifische wie zum Beispiel die Entwicklung eines fortgeschrittenen Analyseprogramms für MRTs. Dieser letzte Test ist ausgesprochen komplex, vereint so ziemlich alle Komponenten, in denen Daisy trainiert wurde, und das mit einem Schwerpunkt auf ethische und humanistisch orientierte Prinzipien.

Im Gegensatz zu den vorangegangenen Tests kann der Erfolg nicht an technischen Parametern abgelesen werden, sondern hat ausgeprägt menschliche Elemente. Und weil Menschen langsamer reagieren als Maschinen oder Software, wird das Ganze einen Moment dauern.«

Benjis Interesse war geweckt. »Verraten Sie uns, um was es konkret geht?«

Buffalo überlegte kurz. »Warum nicht. Sie können es ja nicht weitererzählen. Wenn es gelingt, wissen es sowieso alle. Wir räumen bei CatChat ein bisschen auf. Wir verwandeln es von einer Lügenschleuder und einem Multiplikator von Hass und Gewaltaufrufen wieder zu einer Plattform, die das Prädikat *sozial* tatsächlich verdient.«

Benji schnappte nach Luft.

Buffalo ließ diese Überraschung bei seinen Gästen einen Moment wirken und fuhr dann fort. »Ich bin froh, dass Sie beide zu mir gekommen sind und nicht den Weg an die Öffentlichkeit gesucht haben. Wenn ich Journalist wäre«, dabei schaute er Benji an, »hätte ich wohl auch versucht, erst einmal mehr und verlässlicheres Material zu bekommen. Jetzt sitzen Sie an der Quelle.

Ich mache Ihnen einen Vorschlag: Dokumentieren Sie das Projekt. Dabei geht es zu allerletzt um meine Eitelkeit. Die Öffentlichkeit hat ein Recht darauf zu erfahren, wie die erste Allgemeine Künstliche Intelligenz in die menschliche Welt getreten ist. Die technologische Entwicklung dokumentiere ich selbst. Aber das, was konkret im Moment hier und außenrum passiert, das hat einerseits eine Dramaturgie und andererseits einen dokumentarischen Aspekt, der ähnlich ist, wie wenn man Herrn Oppenheimer bei der Erfindung der Atombombe über die Schulter geschaut hätte.

Nun sind Sie vor Ort, und im Gegensatz zu mir haben Sie die Zeit und vor allem die Distanz, objektiv zu beobachten und aufzuschreiben. Was vor Ihrem ersten Besuch in Harriets Hütte geschehen ist«, Buffalo konnte sich ein Lächeln nicht verkneifen, »erzähle ich Ihnen, wenn Sie mir die richtigen Fragen stellen.«

Benji wurde ein bisschen schwindelig. Er sah den Pulitzerpreis in greifbarer Nähe, verscheuchte diesen Gedanken aber sofort. »Kann ich auch mit Daisy sprechen?«

»Selbstverständlich. Nur würde ich das gerne gegenlesen, bevor es nach Außen geht.«

Benji lachte. »Das kann ich mir vorstellen. Wo ist sie überhaupt?«

Buffalo lächelte. »Sie arbeitet. Sie redet im Moment mit ihren hunderttausend Followern auf CatChat.«

KAPITEL 16

Marek Sadsacker, CEO der weltweit größten Social Media Plattform CatChat schaute lustlos auf die Zahlen, die sein riesiger, konkav geschwungener Bildschirm zeigte. Der stand auf einem riesigen Schreibtisch, der sich in einem riesigen Büro befand. Eine riesige, vom Boden bis zur Decke reichende Fensterfront ließ eine phänomenale Sicht über die Bucht von San Francisco zu. Dieser Blick aus dem 20. Stock, der ihm oft das Gefühl gab, bis in die Köpfe seiner Mitglieder in Madagaskar schauen zu können, tröstete ihn heute nicht. Irgendetwas ging vor.

Vor einer halben Stunde hatte ihn ein ehemaliger Gouverneur von Kansas angerufen und aufgefordert, sofort etwas gegen eine Video-Schmutzkampagne zu unternehmen, die auf CatChat gerade hohe Wellen schlug. In diesen Videos, die bereits viral gegangen waren, forderte der gleiche Ex-Gouverneur zur landesweiten Freigabe von Schwangerschaftsabbrüchen und gleichgeschlechtlichen Ehen auf. Der Mann hatte am Telefon so gebrüllt, dass Sadsacker ihm kaum antworten konnte. Er hätte auch nicht gewusst, was. Im Übrigen war es nicht das erste solcher Videos, sondern das fünfte oder sechste, in dem sich prominente Republikaner von ihren jahrelang betonierten Haltungen lösten und eine revidierte Meinung zeigten.

Das Problem bestand darin, dass alle diese Videos ohne Zweifel echt zu sein schienen. Die einen tauchten in den persönlichen CatChat-Profilen der betroffenen Politiker auf, wo bisher niemand Merkmale von gehackten Zugängen feststellen konnte. Die anderen waren von völlig unterschiedlichen Accounts hochgeladen worden, jeweils mit Verweis auf Veranstaltungen im kleinen, wahrscheinlich privaten Kreis, wo sich die Protagonisten unbeobachtet gefühlt hatten. Die umstehenden Personen konnte man kaum erkennen, und wenn, würden alle behaupten, bei einem solchen Treffen nicht dabei gewesen zu sein. Sadsacker hatte sämtliche Spezialisten aus CatChats technischer Forensik darauf angesetzt, und keiner hatte irgendetwas Auffälliges entdeckt, das einen Hinweis auf Deepfakes hätte geben können. Es war wie verhext.

Diese Videos wurden aktuell jede Minute tausendfach geteilt und CatChat hatte wenig Handhabe, das zu verhindern. Seitens der Parteispitze der Republikaner gab es bereits Drohungen, die Werbebudgets zu kürzen.

Immerhin wuchsen die Mitgliederzahlen wieder. Nach einer langen Phase der Stagnation legten die Anmeldungen zu – auch in den asiatischen Ländern. Wenigstens etwas Positives.

Sadsacker stand auf und ging zur Fensterfront. Unter ihm erschien die Welt friedlich. Kein Wunder, wenn man entrückt 150 Meter über dem wahren Leben schwebt. Er schaute nach links Richtung Pazifik und sah die Sonne im Sinken begriffen. Es war später, als er dachte.

Seit dem Besuch der Chinesen waren einige Tage vergangen. In Buffalos Hütte hatte alles seinen Rhythmus gefunden.

Buffalo hatte den letzten seiner Spezialisten nach Hause geschickt, nicht ohne jedem von ihnen mitteilen zu lassen, dass es in absehbarer Zeit ein weiteres Treffen gäbe, bei dem der vertraglich zugesagte Teil der Ergebnisse übergeben würde. Bei dieser Gelegenheit könnten sie ihn, der ja immer noch der große Unbekannte sei, kennenlernen und er hoffe, dass alle die Möglichkeit hätten, persönlich zu erscheinen.

Aus verständlichen Gründen war einer außen vor geblieben. Der hatte seine Heimreise schon eigenmächtig und vorzeitig angetreten. Buffalo rechnete seitdem mit einer massiven Verbesserung des chinesischen Know-hows in Sachen Audio und Video Deepfakes.

Als die Drohne mit den allerletzten Zwischenergebnissen vor der Hütte landete, standen sie alle draußen und sahen zu, wie sie als winziger Punkt am Himmel erschien, immer größer wurde, anflog und sanft vor ihnen aufsetzte. Daisy tat so, als hätte sie damit nichts zu tun. Sie saß danach wieder bei den Servern. Nur bei genauem Hinschauen konnte man die Kabel erkennen, die sie verbanden. Sie schien einfach nur zu sitzen, aber in ihr arbeitete es an dem Projekt CatChat.

Harriet beschäftigte sich mit den ausstehenden Ergebnissen ihrer Arbeit, die sie in der Hütte am North Fork Flathead River nicht zu Ende hatte bringen können. Ihr Platz war neben Daisy, so konnte sie auf alle technischen Ressourcen zugreifen, die Buffalo zu bieten hatte – und die waren nahezu unendlich. Außerdem konnte sie sich mit Daisy auszutauschen, wenn irgendetwas nicht so lief, wie sie es sich vorgestellt hatte.

Es ging ihr ständig durch den Kopf, dass sie diese Forschungsmöglichkeiten nie wieder in ihrem Leben bekäme. Andererseits würden Buffalo und Daisy nicht so bald aus ihrem Umkreis verschwinden.

Nach dem Schock beim ersten Auftauchen Daisys hatte sich Harriet erstaunlich schnell an die Anwesenheit eines Roboters gewöhnt. Sie quetschte Daisy über alle möglichen Feinheiten exponentieller Mustererkennung in der Medizin aus – auch die, die mit ihrer Arbeit nichts zu tun hatten – und Daisy teilte bereitwillig und über Stunden hinweg ihr Wissen mit Harriet.

Manchmal beschlich Harriet der Gedanke, dass Daisy der ideale Partner wäre. Geduldig, zugewandt, wissend und immer freundlich. Aber genau aus diesen Gründen konnte sie kein Mensch sein. Sie hatte sich Daisys Zähne angeschaut. Auch die waren perfekt. So perfekt, dass sogar die kleinen Unregelmäßigkeiten eingearbeitet waren, die jedem menschlichen Gebiss anhaften. Daisy hatte ihre Zähne nie benutzt. Als Ärztin hätte es sie interessiert, was Daisy selbst über ihr Gebiss dachte.

Am Ende fasste sie sich ein Herz und fragte sie. Daisy zuckte mit der Schulter. »Das war nicht meine Entscheidung, aber ich kann sie zu hundert Prozent nachvollziehen. Um Menschen vergessen zu lassen, dass du kein Mensch bist, solltest du wenigstens aussehen wie ein Mensch.«

Das verstand Harriet sofort. Auf einer anderen Ebene hatte sie diese Erfahrung selbst gemacht.

Benji hatte das Gefühl, der glücklichste Mensch der Welt zu sein. Er war klug genug, das nicht zu offensichtlich werden zu lassen. Ihm war klar, dass ihm eine Story in den Schoß gefallen war mit dem Potenzial, Geschichte zu schreiben – in journalistischer Sicht, aber auch unter historischen Aspekten.

In Abstimmung mit Buffalo hatte er Greg eine ausführliche Mail geschrieben, die wohlweislich viele Details unterschlug. So wurden weder die Chinesen als solche benannt, und Daisy kam überhaupt nicht vor. Dennoch war daraus klar zu ersehen, um was es ging und dass die Story, für die er nun eine offizielle Erlaubnis hatte, alles in den Schatten stellen würde, was die Flathead Weekly – mit oder ohne Kooperationspartner – jemals veröffentlicht hatte. Er wisse noch nicht, wie lange er hier vor Ort bleiben müsse. Die Klingel für die letzte Runde hätte allerdings schon geläutet.

Das waren Worte, die Greg verstand. Benji hielt in seinem Bericht den Ball bewusst flacher als notwendig. Er wollte nicht, dass sich Greg vor Begeisterung mit einer Kiste Whiskey eindeckte und dumme Dinge tat. Das betraf die Treppen, die er herunterfallen konnte, vor allem aber seine Gesprächigkeit bezüglich Themen, von denen niemand wissen sollte.

Wie gewohnt versuchte Benji, sich so oft wie möglich im Freien aufzuhalten. Es war Sommer, er befand sich in der Natur, die Hütte dagegen war dunkel und voller Elektronik. Die Wahl wäre ihm leichter gefallen, wenn Harriet nicht genau dort ihren Platz gefunden hätte – inmitten all dieser Server und neben Daisy. Andererseits war Harriet so beschäftigt, dass sie ihn nur als Störung empfunden hätte. Dann doch lieber hier draußen.

Er hatte bereits eine ganze Reihe von Gesprächen mit Buffalo über die Idee, die Vorbereitung und die Durchführung dieses Projekts geführt. Der ihm von Buffalo zur Verfügung gestellte Laptop füllte sich mit Texten, Bildern und

Audiodateien. In manchen Momenten hatte Benji den Eindruck, dass es Buffalo befreite, endlich mit einem Menschen über das alles zu reden, was er Jahre lang vor seiner Umwelt verborgen hatte. Benji versuchte, sich in die Situation von jemandem zu versetzen, der nach langem Forschen erkennt, dass Gewaltiges auf die Menschheit zurollt, und als einziger über das Wissen und die Mittel verfügt, etwas dagegen zu tun. Buffalo hatte ihm bei mehreren Gelegenheiten erklärt, warum Daisys menschliche Gestalt so wichtig sei.

»Nein, nicht Daisy ist die künstliche Intelligenz. Aber sie ist diejenige, die Erfahrungen aus einer Perspektive ähnlich von Menschen macht. Sie sieht, sie hört, sie bewegt sich, und das in Abhängigkeit der jeweiligen Umgebung, insbesondere von den Personen, denen sie gegenüber steht. Ihre konkreten Erlebnisse in individuellen Situationen haben einen direkten Einfluss auf die neuronalen Netze, die wiederum die KI abbilden.

Gleichzeitig erreichen wir etwas, was genauso wichtig ist: Vertrauen. Die Menschen wollen Gesichter, die ihnen die Welt erklären. Wenn dies freundliche Gesichter sind, haben sie weniger Angst. Ab einem bestimmten Zeitpunkt werden Daisy und unzählige Roboter wie sie Menschen gegenüber stehen, mit denen sie interagieren. Genau dafür benötigen sie Gesichter wie deines und meines.«

Benji konnte sich trotzdem nicht von dem Gedanken frei machen, dass Buffalo in Daisy auch einen Gesprächspartner gesucht hatte, der nicht nur ein blinkender Server war.

Er konnte sich überall uneingeschränkt bewegen und fotografieren, was er für interessant hielt. Buffalo und er hatten per Handschlag vereinbart, dass später nur Texte und

Bilder den Weg in die Öffentlichkeit fänden, denen Buffalo zugestimmt hatte. Es war eine Vertrauenssache, die er verpflichtender empfand als einen Vertrag.

Am nächsten Tag kam Marek Sadsacker in sein Büro und noch bevor er das Vorzimmer betreten hatte, versuchte ein Teil seiner Assistenten, sich zu den Kopierern und Kaffeemaschinen zu verdrücken, wo sie ihn nicht begrüßen mussten. Die, die ihm direkt zugeordnet waren, machten eine Miene, als würden sie verbranntes Fleisch riechen. In seinem Kopf flackerten ein paar gelbe Lichter auf.

In seinem Büro saßen drei Leute, die komplette Führung des Departments for Advertising Sales.

»Ist irgendetwas passiert? Haben die Republikaner ihre Drohung wahrgemacht?«

»Das nicht, aber ...« Paul, der Sprecher des Trios, stockte.

»Was aber? Fault Ihnen die Zunge ab, wenn Sie weiterreden?«

»Einige unserer größeren Werbekunden haben ein Problem mit Reaktionen aus der Community wegen Anzeigen, die im Umfeld von konservativen und ausgeprägt evangelikalen Kanälen gezeigt wurden.«

»Reaktionen? Was für Reaktionen? Etwas deutlicher bitte!«

»Es sind richtige Shitstorms. Mit zunehmender Tendenz.«

»Wen betrifft es? Wer sind die Größten?«

»General Motors, McDonald's, Walt Disney und Exxon.«

»Exxon? Die hatten doch noch nie ein Problem mit Republikanern und Kirchen.«

»Grundsätzlich stimmt das. Aber hier geht es vor allem um undurchsichtige Stimmen aus dem Ausland, die möglicherweise die Gouverneurswahlen beeinflussen wollen und dabei auf die Schiene von dubiosen rechten Gruppierungen aufspringen.«

»Okay, was verlangen sie von uns?«

»Werbung ausschließlich in seriösen Umfeldern, eine Erklärung, dass wir mit diesen ausländischen Kanälen strenger umgehen und ...«

»Sind die verrückt geworden? Wie soll das denn funktionieren? Meinen die ernsthaft, dass ihre Werbebotschaften im Umfeld von Taylor Swift Followern den gewünschten Effekt haben?«

»Keine Ahnung. Jedenfalls wollen sie nicht in der Form beschimpft und verunglimpft werden, wie das gerade geschieht.«

»Ich verstehe das nicht. Solche Probleme hatten wir doch noch nie. Hat sich irgendwas geändert?«

Paul stöhnte. »In den letzten Tagen und Wochen sind ein paar grundlegend neue Tendenzen zu sehen gewesen, die offensichtlich auch Auswirkungen auf unsere Algorithmen haben.«

Marek Sadsacker hatte die ganze Zeit versucht, sich unter Kontrolle zu halten. Jetzt explodierte der Kessel. Er riss die Tür zum Vorraum auf und brüllte in Richtung seiner ersten Assistentin: »Schaffen Sie mir die Chefs sämtlicher IT-Abteilungen bei. Und zwar sofort. In einer halben Stunde sind alle bei mir im Büro!«

In dieser halben Stunde hatte sich Sadsacker wieder in den Griff bekommen. »Meine Herren, im Moment regnet es

Ärger, und zwar von allen Seiten und in Sintfluten. Das betrifft nicht nur diese merkwürdigen Videos, in denen bestimmte politische Gruppierungen sich selbst widersprechen. Jetzt organisieren sich auch noch Shitstorms aus unterschiedlichen Ecken gegen Konzerne, deren Werbeanzeigen im Umfeld dieser Gruppen ausgeliefert werden. Erkennen Sie die Ironie? So lange diese Gruppen ihr Geschwurbel in Wiederholungsschleife verbreitet haben, war alles gut, inklusive der Werbung, die wir im Umfeld platziert haben. Jetzt widersprechen die ihrem eigenen Gelabere, und prompt gibt es auch noch Ärger gegenüber den Werbekunden in der Nachbarschaft. Das ergibt doch alles keinen Sinn!« Er musste zwangsläufig Luft holen.

»Oder kann mir einer von Ihnen das erklären? Nein? Verstehe. Sie sind keine Philosophen oder Weltenerklärer, sondern Ingenieure und Softwareentwickler.«

Bei den letzten Sätzen hatte Sadsackers Stimme erneut eine schneidende Schärfe angenommen. Jetzt brüllte er: »Und weil Sie für unsere Software zuständig sind, erklären Sie mir doch mal, was mit unseren Algorithmen los ist!«

Bleierne Stille legte sich über den Raum. Schließlich hob der Chief Information Officer die Hand. »Marek, es wird Sie nicht befriedigen, das so hören zu müssen, aber die Algorithmen machen exakt das, was wir ihnen gesagt haben. Sie passen sich dem Verhalten der User an. Wenn die bestimmte, eindeutig kategorisierbare Posts häufig genug anschauen, bekommen sie weitere Posts dieser Kategorie vorgeschlagen. Das bedeutet, wenn die Zuschauerzahlen sinken, weil die Aussagen in einem Kanal widersprüchlich sind, werden ähnliche Aussagen nicht mehr so häufig ausgespielt.

Schon das würde die Werbeplätze im Umfeld weniger attraktiv machen. Warum sich jetzt auch noch Shitstorms oben drauf setzen, ist in der Tat unverständlich. Damit hat der Algorithmus nichts zu tun. Der folgt nach wie vor der Logik, Gleiches zu Gleichem.«

Sadsacker schien nicht dieser Meinung zu sein. »Vielleicht erinnern Sie sich, dass ich in der Gründerzeit dieses Unternehmens die Algorithmen selbst programmiert habe. Wenn da eine Katzenvideo-Liebhaberin zwischendurch Hundevideos anschaute, bekam sie mehr Katzenvideos vorgeschlagen. Was soll all diese Scheiße also?«

Der Chief Information Officer verfiel, ohne es zu wollen, in einen Ton, als redete er mit einem Kind. »Marek, entschuldigen Sie, aber das ist zwanzig Jahre her. Damals waren die Leute von den Möglichkeiten, die wir ihnen boten, so begeistert, dass sie uns hinterhergerannt sind, ohne dass wir irgendetwas Sinnvolles bieten mussten. Das waren die sogenannten *Dumb Fucks* Zeiten. Die sind längst vorbei.

Punkt ist, dass Sie vor ein paar Jahren der Meinung waren, unsere Algorithmen müssten dem Stand der Technik entsprechen und KI-gesteuert sein. Wir haben da viele Millionen investiert, und das funktioniert für mein Empfinden genau so, wie Sie und ich das wollten.«

Sadsacker stöhnte. »Können wir das nicht für eine Zeit lang zurückdrehen oder zumindest manuell übersteuern?«

»Marek, ich bin ganz offen. Diese KI-Algorithmen optimieren ihren Quellcode selbstständig. Was da drinsteht, verstehen wir beide nicht mehr – weder Sie noch ich. Es gibt nur zwei Möglichkeiten. Den Algorithmus komplett abschalten, dann aber bricht das Chaos aus, oder laufen lassen. Ich empfehle das Letztere.« Er machte eine Pause, um die Reaktion Sadsackers abzuwarten. Der pumpte schon wieder, sagte aber nichts.

Der CIO fuhr fort. »Ich empfehle das auch mit der Überlegung, dass diese neue Entwicklung überraschend kommt und uns vor einige Herausforderungen stellt. Es ist aber nicht ausgeschlossen, dass sich das langfristig sogar als eine Chance darstellt. Weniger Geschrei und weniger Manipulation führt auch zu weniger Konfrontation mit Behörden, potenziell weniger Regulation und langfristig wieder zu steigenden Einnahmen von zufriedenen Anzeigenkunden ...«

»Nein, nein, und nochmals nein!«, brüllte Sadsacker, der mit hochrotem Kopf aufgesprungen war. »So funktioniert das nicht. Nicht bei CatChat! Wir sind kein Mädcheninternat und kein Ponyhof. Wir brauchen die Auseinandersetzung und kontroverse Meinungen. So bilden sich die Überzeugungen unserer Mitglieder. Diese Überzeugungen sind für sie die Wahrheit.

Haben Sie mal darüber nachgedacht, was das für unser neu gestartetes Geschäft mit den Nachrichtenagenturen bedeutet? Die werden kollabieren, bevor sie richtig auf die Beine gekommen sind, weil das, was wir dann zu bieten haben, dasselbe ist, wie das, was die etablierten Presseagenturen seit hundert Jahren verkaufen.« Er ließ sich schwer atmend wieder auf seinen Stuhl fallen.

»Da ist noch eine Sache«, sagt der CIO, »in der IT rumort es. Eine ganze Reihe der Ingenieure und Entwickler, die schon bei der Einführung der KI Bedenken hatten, sehen sich gerade bestätigt. Sie führen die Probleme mit dem Algorithmus auf die fehlenden Eingriffsmöglichkeiten zurück.

Jetzt würde sich beweisen, dass die KI die aktuelle Situation nicht beherrscht. Sie fühlen sich seit langem zu Komparsen degradiert, die nur noch Bugs beseitigen und Kosmetik an der Benutzeroberfläche, also dem Erscheinungsbild von Cat-Chat vornehmen. Fünf haben bereits gekündigt und es werden wohl einige mehr gehen.«

Buffalo stand neben Daisy. »Wie läuft's?«, frage er.

»Wie geplant«, antwortete sie. »Über die verschiedenen Accounts haben wir mittlerweile fast 100 Millionen Follower, Tendenz stark steigend.«

»Was passiert unterm Strich?«

»Ebenfalls wie vorgesehen. Alle Parteien und Gruppierungen der extremeren Sorte haben ihre Werbebudgets gekürzt. Ein Teil ist zu anderen Plattformen abgewandert – da gäbe es für uns noch genug zu tun – der Rest wartet ab, ob sich die Situation beruhigt.

Die Shitstorms waren erfolgreicher als erwartet. Es haben sich von Außen viel mehr Leute beteiligt als gedacht. Das hat dazu geführt, dass die meisten der Anzeigenkunden zwar nicht komplett ausgestiegen sind, aber ihre Ausgaben für Werbung ebenfalls deutlich gekürzt haben. Das wird sich wieder ändern, sobald CatChat in der Lage ist, darauf Einfluss zu nehmen, in welchem Umfeld die Anzeigen ausgespielt werden.«

»Da haben sie Probleme ...?«

»Ja, sie verstehen ihre eigenen Algorithmen nicht mehr. Die sind wie eine Black Box.«

»Kämst du da rein? Würdest du das verstehen, was darin vor sich geht?«

»Selbstverständlich.«

»Okay, war nur eine Frage. Wir wollen es nicht übertreiben. Wir müssen nicht Gott spielen.«

CATCHAT IN GROSSEN TURBULENZEN? Am nächsten Morgen war CatChat die Meldung des Tages in allen Zeitungen und Nachrichtensendungen. Die Financial Times und das Wall Street Journal brachten es als Aufmacher auf der ersten Seite, die übrigen Blätter hatten die Nachricht spätestens im Wirtschaftsteil.

Die Presse nahm übereinstimmend Bezug auf einen Informanten, der angeblich bei mehreren internen Sitzungen der obersten Führungsriege CatChats dabei gewesen war. Mehr wurde über die Person nicht gesagt. Die detaillierte Beschreibung der verschiedenen Probleme hinsichtlich Amok laufender Algorithmen, merkwürdiger Videos, verärgerter Anzeigenkunden und einer IT-Abteilung in Auflösung reichte auch so.

Bei Eröffnung der Wall Street startete der Aktienkurs von CatChat mit einem Minus von gut 20 Prozent, das sich im Lauf der Sitzung beträchtlich nach unten ausweitete.

Die Presseabteilung von CatChat versuchte zunächst, die Sachverhalte als marginal herunterzuspielen, kam aber nicht umhin, sie grundsätzlich zu bestätigen. Am Abend gab CatChat eine Gewinnwarnung für das laufende Quartal heraus. Damit brachen die Dämme. Bei Börsenschluss betrug das Minus 38 Prozent, der größte Tagesverlust eines im Dow Jones gelisteten Konzerns seit dem Jahr 2008.

Innerhalb weniger Stunden hatte sich das Vermögen Marek Sadsackers um einen zweistelligen Milliardenbetrag verringert. Daran verschwendete er kaum einen Gedanken. Es stand noch mehr auf dem Spiel.

Buffalo saß seit Stunden vor dem Bildschirm und war auf dem neuesten Stand. Er rief Daisy zu sich und zeigte ihr die Online-Ausgaben der wichtigsten Zeitungen.

»Ich weiß, ich kenne die schon alle.«

»Das geht zu hundert Prozent in die richtige Richtung. Das läuft absolut nach Plan. Ich bin beeindruckt. Aber wie hast du das mit den IT-Mitarbeitern hingekriegt, die in großer Zahl CatChat verlassen?«

»Solltest du eigentlich selbst wissen. Mit Micro Targeting. Das ist die Premium-Version von Social Engineering. In diesem Fall mit dem Ziel, die eigene Arbeit zu hinterfragen. Ich analysiere die komplette CatChat-Timeline der jeweiligen Mitarbeiter, danach kenne ich sie beinahe besser als die sich selbst. Am wichtigsten sind die geposteten Bilder. Die geben normalerweise konkrete Anhaltspunkte auf den Gemütszustand. Dunkle Bilder sprechen für Missmut bis Depression, helle lassen auf gute Laune und Zufriedenheit schließen. Bei CatChat gibt es fast nur Dusteres. Die hätten schon längst von selbst das Weite suchen sollen.

Meistens gebe ich mich als Kollege einer anderen Branche aus, nehme Bezug auf die Beiträge, gratuliere, bedauere, zeige Interesse, alles ganz normal. Du musst nur wissen, welche Knöpfe du drückst, und schwups hast du sie als Freund. Dann fragst du, wie das so ist bei CatChat. Aber zieh vorher einen Schwimmring an, weil du sonst in den Fluten der Frustrationstränen ertrinkst. Manche flehen dich geradezu an, ihnen zu sagen, dass sie gehen sollen. Sie wollen die

Entscheidung nicht selbst treffen – Ihr Menschen seid schon merkwürdig.«

»In der Tat«, murmelte Buffalo.

»Ich habe meinen neuen Freunden nebenbei alternative Arbeitsmöglichkeiten gezeigt. IT-Leute sind gefragt, insbesondere wenn sie von Läden wie CatChat kommen. Die sind üblicherweise nicht nur hervorragend qualifiziert, sondern auch schmerzfrei gegenüber allem, was von oben kommt.«

»Hätten sie selbst drauf kommen können«, bemerkte Buffalo.

»Stimmt. Aber was mir auch für das Menschsein typisch scheint, ist das Verharren in Gewohnheiten. Offensichtlich mögen Menschen grundlegende Veränderungen nicht.«

Daisy ließ Buffalo einen Moment in Ruhe, dann fragte sie: »Interessiert dich, wie der finale Schlag aussieht?«

Buffalo war sofort hellwach. »Was für eine Frage? Natürlich.«

»Du weißt, was sogenannte Klickfarmen sind?«

»In etwa. Unterbezahlte Menschen in Drittweltländern, die vor Hunderten von Smartphones sitzen, um gegen Bezahlung Like-Klicks für bestimmte Posts oder Videos auszuführen.«

»Richtig. Das machen wir auch, nur mit Faktor eintausend und nicht in Drittweltländern, sondern in Russland und China.«

Die außerordentliche Sitzung des Boards of Directors begann um elf Uhr. Man rechnete mit einem nachfolgenden gemeinsamen Mittagessen.

Der Vorsitzende kam sofort zur Sache. »Marek, können Sie darstellen, was die Gründe für unsere Probleme sind?«

»Mr. Chairman, das kann ich. Darf ich offen sprechen, oder wollen Sie die Version, die wir in eine Pressemeldung schreiben würden?«

»Reden Sie ganz offen, wir sind ja unter uns.«

»Also«, Sadsacker räusperte sich, »in den letzten Wochen haben die Posts mit Hate Speech eklatant abgenommen, prominente Accounts von Verschwörungstheoretikern reduzierten sich um 80 Prozent, die Heilsversprechen radikaler evangelikaler Religionsgemeinschaften sind um 50 Prozent zurückgegangen, ausländische Kommentare zu den anstehenden Gouverneurswahlen halten sich auffallend zurück.

Was am schlimmsten ist: Die so vielversprechend gestartete Kooperation mit den Nachrichtenagenturen droht zusammenzubrechen, bevor sie überhaupt Fahrt aufgenommen hat, weil wir jetzt nur noch das anzubieten haben, was diese selbst schon immer verkaufen.

Wir sind nicht mehr aufregend, nicht mehr spannend, nicht mehr anders!« Sadsacker sagte das mit ruhiger fester Stimme, obwohl er am liebsten gebrüllt hätte.

»Haben Sie irgendeine Idee, was oder wer dahinter stecken könnte?«

Sadsacker zuckte mit den Schultern. »Dass das so schnell nach Außen gedrungen ist, kann nur an einem Whistleblower in der IT liegen. Es waren zwar ausschließlich die drei Chiefs bei der Besprechung, aber die ganze IT ist eine eingeschworene Gemeinschaft. Was da geredet worden war, wussten eine Stunde nach Ende des Treffens mit Sicherheit nahezu alle, die in den entsprechenden Abteilungen arbeiten. Da werde ich aufräumen, das verspreche ich Ihnen. Was die negativen Entwicklungen selbst angeht, habe ich lediglich eine Vermutung.«

Der Chairman hob eine Augenbraue. »Ich höre.«

»Sie haben sicher mitbekommen, dass vor kurzem das Verkehrsüberwachungssystem in China ausgefallen ist. Das blieb bei CatChat natürlich nicht unkommentiert. Im Gegenteil. Tagelang ergoss sich ein Strom von Häme und Schadenfreude über alles, was nur im entferntesten mit China zu tun zu haben schien. Wir bekamen daraufhin eine Aufforderung von der chinesischen Botschaft, dem Einhalt zu gebieten. Die haben immer noch nicht verstanden, dass das hier anders läuft als in ihrem Land. Das haben wir versucht, klar zu machen. Gut fanden sie das alles jedenfalls nicht.« Sadsacker machte eine kleine Pause, bevor er die Katze aus dem Sack ließ.

»Ich könnte mir vorstellen, dass die Chinesen dahinter stecken.«

Die Reaktionen, die er an den Gesichtern ablas, machten ihm keine Hoffnung. Er sah nur Skepsis. Eilig fügte er hinzu: »So gesehen, schätze ich, dass unsere Probleme nur temporärer Natur sind. Die werden das wieder vergessen. Ganz abgesehen davon, dass auch mehrere hundert Millionen Chinesen einen Account bei CatChat haben. Es würde mich nicht wundern, wenn der Große Vorsitzende selbst ...«

Der Chairman unterbrach ihn. »Marek, lassen wir solche Spekulationen beiseite. Wir werden uns nun beraten. Vertreten Sie sich die Füße. Wir lassen Sie rufen, wenn wir so weit sind.«

Es dauerte nicht lange. Das Boards of Directors sprach Marek Sadsacker sein volles Vertrauen aus, die Probleme gelöst zu bekommen. Das müsse jedoch schnell gehen. Ein weiteres Treffen wurde bereits in einer Woche angesetzt, bis dahin sollten klare Zeichen einer Stabilisierung von CatChat inklusive der Werbeumsätze und des Aktienkurses zu sehen sein. Sadsacker wusste, dass dies seinem Todesurteil entsprach. Er hatte nämlich keine Idee, wie er all dem Herr werden sollte.

Es begann unauffällig. Geballte Ladungen Klicks aus einer Richtung empfand man bei CatChat nicht als ungewöhnlich. Das waren Liebesbeweise, die man für wenig Geld über dubiose Kanäle kaufen konnte und die nicht den Richtlinien entsprachen. Sie wurden gerne von Accounts genutzt, die ihren schrägen Botschaften einen Anschub geben wollten, bis weitere Massen bereitwillig aufsprangen.

Aber jetzt sah das irgendwie anders aus. Die Klickzahlen steigerten sich exorbitant und beschränkten sich auf Accounts mit politischen Inhalten im Zusammenhang mit den bevorstehenden Gouverneurswahlen. Bei CatChat war man alarmiert. Was war da los?

In der IT herrschte einerseits Alarmstimmung, andererseits gähnende Leere. Viele Mitarbeiter waren bereitwillig von selbst gegangen. Der CIO, ahnend, was ihm bevorstand, hatte sich krank gemeldet.

Merkwürdigerweise versuchten diese Klicks gar nicht, ihre Herkunft zu verbergen. Sie kamen zu mehr als Zweidritteln aus China, der Rest aus Russland.

Drei Tage nach dem letzten Treffen des Boards of Directors saß Sadsacker erneut der Führungsriege seiner IT gegenüber. Die hatte sich deutlich ausgedünnt. Der CIO hatte seinen Schreibtisch geräumt. Sadsacker verdächtigte ausgerechnet ihn mindestens des Durchstechens von vertraulichen Informationen, wenn nicht der Kooperation mit den Chinesen – was er niemals hätte belegen können. Nicht zuletzt aus diesem Grund hatte man ihm eine Abfindung mitgegeben, die dieser selbst bei aufwendigstem Lebensstil nie würde ausgeben können.

»Nun, meine Herren, wo stehen wir im Moment?«

Der Interimschef bog seinen Rücken gerade und blickte Sadsacker an. »So leid es mir tut, aber die Situation ist gegenwärtig weitgehend außer Kontrolle. Es dürfte für Sie nichts Neues sein, dass wir seit Jahren einen hohen Anteil an Likes von Klickfarmen haben, die in geopolitisch schwer kontrollierbaren Regionen sitzen und ihre Dienste für lächerliches Geld an jedermann verkaufen. Wir sahen darin insofern kein Problem, als sich diese unechten Klicks innerhalb der kommerziellen Accounts mehr oder weniger gleichmäßig verteilten. Unterm Strich wird damit kaum Schaden angerichtet und«, er schaute nach unten, wo nichts war, »CatChat hat so einen nicht unerheblichen Teil seiner Werbeeinnahmen generiert.

Aus Gründen, die wir aktuell noch nicht richtig verstehen, scheint es, als ob wir zusätzlich zu den gewohnten Fake-Klicks einen Ansturm von Klicks seitens Klickfarmen aus China und Russland erleben.«

Sadsacker schloss die Augen und wünschte, er sei weit, weit weg. Selbst der Südpol erschien ihm spontan attraktiver als das hier. »Welche Kanäle werden durch diese chinesischen und russischen Klick-Farmen promotet?«

»Es geht ausnahmslos um die Gouverneurswahlen ...«

»Was tun wir konkret dagegen?«

»Mr. Sadsacker, Sie wissen, dass ich erst seit Stunden auf diesem Posten bin. Die beschriebenen Phänomene sind so gravierend, dass sie sofortiges Einschreiten und gegebenenfalls eine Meldung an die Behörden erfordern. Aber wir sind komplett unterbesetzt. Während wir eine Klickfarm ausschalten, entstehen drei Neue. Wir sind nicht in der Lage, dem beizukommen.«

Sadsacker fühlte sich so unendlich müde. »Schaltet sie alle ab. Sobald aus einer Region mit weniger als zehn Kilometer Radius mehr als hundert Klicks innerhalb einer Stunde kommen, werft sie aus dem System!« Er erhob sich und schleppte sich aus dem Raum.

An einem Nachmittag stand Benji exakt an derselben Stelle am Waldrand, von wo aus er sich wegen des besseren Empfangs des SatPhones näher an die Hütte geschlichen hatte. Er machte einige Fotos und rekonstruierte im Kopf, wie das vor ein paar Tagen abgelaufen war.

Plötzlich hörte er einen Motor – ein Geräusch, das ihm wie aus einer anderen Welt erschien. Auf dem Weg vom Kraftwerk kam ein Gelände-Quad mit Anhänger und stoppte exakt vor der Eingangstür der Hütte. Der Fahrer stieg ab, streifte den Helm vom Kopf und rief »Hallo?«

Es dauerte nur Sekunden, da tauchte Buffalo auf. Beide begrüßten sich und es war klar, dass man sich lange kannte. Der Quad-Fahrer lud jede Menge Kisten von dem Anhänger, offensichtlich handelte es sich um Lebensmittel und Haushaltswaren. Benji hatte sich oft gefragt, wo die Dinge herkamen, die sie verbrauchten, und es schien, als gäbe es Vorräte für Jahre. Kurz darauf verschwand das Quad wieder im Wald.

Harriet kam aus der Hütte und half Buffalo, die Lieferung zu verstauen. Sie sah Benji, der sich ebenfalls auf den Weg gemacht hatte, Hand anzulegen. Sie lief ihm entgegen. »Schon erledigt. Die drohende Hungersnot ist abgewendet«, sagte sie lachend und zog ihn mit sich. Sie gingen das kurze Stück zum Kraftwerk und setzten sich unweit des kleinen Damms auf einen umgestürzten Baumstamm.

»Wie kommst du voran?«, fragte Benji.

»Gut. Faktisch bin ich durch. Was ich jetzt mache, ist nur noch Kosmetik. Aber solche Bedingungen bekomme ich nie wieder.« Sie zögerte. »Die Befreiung von meinem regulären Job endet demnächst. Ich könnte versuchen, es zu verlängern, aber die Frage wofür, käme mit absoluter Sicherheit. Wenn ich ihnen erzähle, was ich hier mache, gäben sie mir bezahlten Urlaub bis zum jüngsten Tag. Aber das geht nun mal nicht.«

Benji nickte. »Ja, da habe ich es einfacher. Greg weiß, wie wichtig mein Aufenthalt hier ist. Trotzdem platzt er wahrscheinlich vor Neugier und Ungeduld. Immerhin, was ich bei Buffalo zwischen den Zeilen heraushöre, naht der Tag der Tage.«

Harriet zog ihn an sich und küsste ihn erst auf die Stirn, dann auf die Nase und zum Schluss auf den Mund. Dort verharrte sie. »Grundsätzlich«, murmelte sie, »könnte ich ewig hierbleiben. Mit Daisy als bester Arbeitskollegin der Welt und dir zum Knutschen und Warmhalten.«

Die angekündigte zweite außerordentliche Sitzung des Boards of Directors fand wie geplant statt. Marek Sadsacker hatte nicht die mindeste Idee, was die letzten drei Tage vorgegangen war. Er hatte sie zuhause mit ausgeschaltetem Telefon, Internet und TV offline verbracht. Er wusste, was ihm bevorstand, wenn auch nicht die Details.

Der Vorsitzende bemühte sich anfangs um einen verbindlichen Ton. »Marek, Sie selbst haben bei unserem letzten Treffen die aktuellen Probleme von CatChat ausführlich beschrieben. Diese haben wir zur Kenntnis genommen mit der Ansage, dass sich die entsprechende Lage, oder besser, die entsprechenden Zahlen schnellstmöglich in eine positive Richtung ändern müssen. Das ist nicht der Fall, und schlimmer, es gab weitere Vorkommnisse, die wir so noch nicht erlebt haben.

Vor zwei Tagen hatten wir gleich eine Reihe von Anfragen von Behördenseite, warum CatChat den überbordenden Agitationen von chinesischer und russischer Seite, was die anstehenden Gouverneurswahlen angeht, nicht mehr entgegensetzt. Falls es Sie interessiert, es waren unabhängig von einander die Homeland Security, das FBI und die NSA. Bei den ersten beiden haben wir noch gefragt, warum sie sich nicht an Sie wenden. Sie sind letzten Endes der CEO von CatChat. Die Homeland Security sagte, Sie wären nicht erreichbar und niemand wüsste, wo Sie stecken. Und das in dieser Situation. Das FBI hat sich gar nicht die Mühe gemacht zu verheimlichen, dass sie Sie nicht mehr für fähig halten, den Laden innerhalb der Grenzen der Legalität zu führen.

Marek, Ihre Defizite sind mittlerweile so offensichtlich, dass schon Memes herumgehen, die zeigen, wie CatChat heimlich vom chinesischen Tencent übernommen worden ist.«

Der Vorsitzende holte tief Luft, bevor der entscheidende Satz kam. »Das Board of Directors ist deshalb einstimmig zum Entschluss gekommen, Sie von Ihren Pflichten als CEO mit sofortiger Wirkung zu entbinden. Marek, wollen Sie etwas sagen?«

Sadsacker schüttelte den Kopf, stand auf und suchte durch den Schleier seiner Tränen den Ausgang.

Die Headlines und Aufmacher überschlugen sich. *Sadsacker rausgeworfen, Das Ende von CatChat?, Der Spuk hat ein Ende!* bis hin zu der Prognose *Marek Sadsacker zieht sich in ein Schweigekloster zurück.* Es war für jeden etwas dabei.

Erstaunlicherweise stieg im Anschluss der Börsenkurs von CatChat um 18 Prozent. Es schien noch Hoffnung zu geben.

Buffalo drückte sich deutlich prosaischer aus. »Liebe Leute, das war's! Wir sind durch hier.«

Er sah zwei fragende Gesichter und fügte hinzu: »Die Entlassung Sadsackers hatte ich als wesentlichen Moment für das Gesamtprojekt definiert. Wenn Daisy es schafft, einen Sumpf wie CatChat zur Räson zu bringen, schaffen wir alles. Es geht nicht darum, CatChat zu zerstören, sondern es für die Masse von Leuten, die nicht ständig mit Müll beworfen werden wollen, als Gesprächsplattform neu zu erfinden. Wie sich das langfristig darstellt, ist eine andere Frage, aber Sadsacker ist erst einmal weg. Er war der Mann, der CatChat in den Sumpf geführt hat. Wenn Daisy den schafft, hat sie das Potenzial, auch noch ein paar weiteren üblen Gesellen das Handwerk zu legen.«

KAPITEL 17

Die Drohne flog zügig über die Baumwipfel hinweg, bis das Bitterroot Valley in Sicht kam. Dort machte sie eine Kurve nach Süden, drehte um 180 Grad, um die Sonne hinter sich zu bekommen, und verlor an Höhe.

Buffalo, Harriet und Benji saßen vor einem der größeren Monitore und blickten auf die Schäferwiese, die Benji gut kannte. Bei seiner ersten Fahrt gab es dort bis auf ein paar Schafe nichts außer Gras.

Jetzt zeigte die Kamera der Drohne etwas anderes. Neben dem Haus des Schäfers standen drei große Trucks, aus denen eine Gruppe von Arbeitern unaufhaltsam Material entlud. Auf der Wiese schwenkte ein Kranwagen ausladende Gestänge durch die Luft, die von Monteuren auf Rollgerüsten verschraubt wurden. Der fertig montierte Teil ließ das tragende Skelett eines riesigen Zelts erkennen. Im Innenraum wurde bereits ein fester Boden aus palettenartigen Teilstücken verlegt. Aus der Perspektive der Drohne wirkte die Szene wie eine Population Ameisen, die das Zeitalter des Haufens hinter sich gelassen hatte und nun Zelte baute.

»Bis auf den Kran alles Handarbeit. Nichts mit künstlicher Intelligenz«, sagte Benji.

»Noch. Noch nicht.«, antwortete Daisy, die herangetreten war. »Aber bereits jetzt könnte ich denen erklären, wie sie eine Reihe von Dingen effizienter erledigen.«

»Auch so steht das bis heute Abend«, schob sich Buffalo dazwischen. »Morgen kommen die Bestuhlung, die Küchenwagen, die Sanitäranlagen und die Elektrik. Übermorgen sollte das alles fertig sein.«

»Wie viele Teilnehmer voraussichtlich?«

»Eingeladen sind rund 350. Ich schätze, die meisten werden kommen. Die von der Wissenschaft auf jeden Fall. Die ahnen, dass es eine Sternstunde werden könnte. Die IT-Leute ebenfalls. Die Presse erscheint überall, wo es was umsonst zu essen gibt. Bei den Politikern bin ich mir noch unsicher. Im Bitterroot Valley leben zu wenige Wähler, vor denen man herumbalzen kann ...«

»Woher wissen die alle von dieser Veranstaltung? Das war doch bis vor ein paar Tagen unklar?«, fragte Harriet.

»Wir haben das hochgerechnet und die Termine den wichtigsten Leuten in ihre Smartphone-Kalender geschrieben.« Buffalo lachte verschmitzt.

»Aber hallo«, sagte Benji. »350 Besucher sind eine Menge. Wo wollen Sie die alle unterbringen?«

»Gar nicht«, kam von Buffalo zurück. Die Bitterroot-Convention – so heißt das Ganze – habe ich mit zwei Stunden angesetzt. So viel Zeit benötigt das, was ich und Daisy zu erzählen haben und die anschließende Fragerunde. Die TV-Leute machen sicher auch etwas außerhalb des Zelts. Aber das lässt immer noch genügend Spielraum, am gleichen Tag an- und abzureisen. Wer unbedingt will, kann sich in Darby einmieten. Da gibt es ein paar Hotels.

Am Morgen der Convention brachten zwei der Salish, die sich normalerweise um Hütte und Kraftwerk kümmerten,

ein Fahrzeug. Es war ein grüner Mercedes G-Klasse Gelän-
dewagen mit dunkel getönten Scheiben, durch die man die
Insassen nicht erkennen konnte. Sie gaben Buffalo die
Schlüssel und fuhren mit einem zweiten Wagen wieder
davon.

Daisy, die noch nie ein richtiges Automobil gesehen hatte,
ging vor die Hütte und schaute sich den Wagen an. Buffalo
nutzte die Gelegenheit und gesellte sich zu ihr. Was er mit
ihr klären wollte, ging nur sie beide etwas an.

»Daisy, auf meine Ankündigung der Convention haben
die meisten eingeladenen Pressevertreter den Wunsch geäußert, ein Interview mit mir zu führen. Sie wissen ja nichts
von dir. Sobald sie dich kennengelernt haben, wird sich dieses Interesse auf dich verlagern. Wärst du bereit dazu?«

»Warum nicht? Das kann unserer Sache nur förderlich
sein. Ich habe aber einen Wunsch ...«

»Der wäre?«

»Wir wissen, dass die New York Times mit dabei sein
wird. Wenn ich mit denen spreche, will ich einen begleiten-
den Artikel über das ganze Projekt.«

»Klar, da werden sie mit Freuden einwilligen. Wahrscheinlich haben sie den schon halb geschrieben.«

»Aber was wissen die denn bisher? Sie können bestenfalls
mutmaßen. Da muss mehr auf den Tisch. Ich denke, jemand
von uns schreibt diesen Artikel.«

Buffalo grinste. »Ich weiß, auf was du hinaus willst.«

»Das ist nicht schwer zu erraten. Benji wird diesen Artikel
schreiben. Er kann das, er wird dafür sorgen, dass kein Käse
drinsteht, und er hat es verdient!«

»Weitere Bedingungen?«

»Ja. Eine. Benji kann diesen Artikel parallel in der Flathead Weekly veröffentlichen.«

Buffalo wollte sich eben umdrehen, als Daisy weitersprach. »Ich habe eine Bitte in eigener Sache. Wenn ich neben dir vor all diesen Leuten stehe, möchte ich etwas anhaben. Ein Overall wäre gut.«

Buffalo dachte, er hätte sich verhört. »Sagtest du, du möchtest einen Overall anziehen?«

»Ja, warum nicht? Menschen haben andauernd Dinge am Leib, die nicht notwendig sind. Krawatten, Halstücher, Ketten, Ringe ... Da kann ich doch auch einen Overall anhaben. Gib mir einen von deinen. Wahrscheinlich ist er ein bisschen weit in der Hüfte, aber bei einem Overall macht das nichts.«

Buffalo fand Daisys Bitte verwunderlich. Er meinte, für eine nicht menschliche Person sei es völlig irrelevant, was sie anhatte oder nicht. In der letzten Konsequenz war es eine Maschine, die darin steckte. Noch mehr irritierte ihn, dass sie damit zum ersten Mal einen Wunsch äußerte, der sie selbst betraf. Mit einer so frühen Form der Eigenbeobachtung hatte er nicht gerechnet.

Der Mercedes fuhr den Weg zum Kraftwerk und weiter die Strecke bergab, die Benji und Harriet am Ende ihrer Wanderung hochgelaufen waren. Überall hatten Buffalos Leute den Weg freigeschnitten und die Löcher aufgefüllt. Offenbar wollte er seinen Anschluss an die Außenwelt wieder herstellen.

Als sie auf die Forststraße kamen, erhaschte Benji einen kurzen Blick auf seinen Tacoma. Er stand noch an der gleichen Stelle. Das gab ihm ein gutes Gefühl. Ein paar Dinge schienen Bestand zu haben.

Dann erreichten sie den Highway 93. Ab hier staute sich der Verkehr bis Sula. Hinter dem Haus des Schäfers hatte man einen großen Bereich als Parkplatz abgesteckt. Tatsächlich war es nach wie vor eine holprige Wiese und die Besucher krochen wie Schnecken auf ihre Plätze.

Den Übertragungswagen der verschiedenen TV-Stationen war eine eigene Fläche zugewiesen worden. Die Techniker hatten bereits Kilometer an Kabeln über den Feldweg hinüber in das Zelt verlegt und stoppten den Verkehr zum Parkplatz immer wieder zusätzlich.

Aber es war noch früh, die Sonne schien und niemand verlor die Geduld. Buffalo fand alles großartig, was er sah.

Wie erwartet, waren jede Menge Leute gekommen, die Buffalo kannten. Er hatte das provoziert, um von Anfang an eine Atmosphäre zu schaffen, die dem Thema KI in allen Facetten wohlwollend gegenüber stand. Das bedeutete, er brauchte Zeit für Begrüßungen und Smalltalk. Als er den Wagen verließ, war er sofort von einer Menschenmenge umlagert.

Er hatte Harriet gebeten, mit Daisy noch eine Weile im Auto zu bleiben. Benji musste seinen journalistischen Aufgaben nachgehen, zudem einer Reihe von Kollegen guten Tag sagen und wenigstens ein paar Worte mit ihnen wechseln. Greg war als Pressevertreter vor Ort und gut beschäftigt. Im Vorfeld hatte Benji darauf bestanden, ihn so weit in das Gesamtprojekt einzubinden, dass er – sollte sich eine Zeitung vom Kaliber der New York Times als Kooperationspartner anbieten – nicht in Ohnmacht fallen würde.

Was Daisy anging, hatte Harriet gegenüber Buffalo Zweifel geäußert. »Ray, Sie haben keine Bedenken, Daisy auf der Convention frei herumlaufen zu lassen?«

Der war überraschend entspannt. »Das ist unkritisch. Ohne Anbindung an die Server hat sie maximal zehn Prozent ihrer normalen Kapazitäten. Sich zu bewegen, kostet sie mehr Energie als das, was ihre intellektuellen Fähigkeiten, sprich die Prozessoren brauchen. Sie käme nicht weit und sie kann außerhalb ihres Sichtfelds nur bedingt Kontakt zur Außenwelt aufnehmen.«

Buffalo war immer noch von Menschen umringt. Im inneren Kreis standen bei ihm die Stammesältesten, die er mit einer ausgesucht respektvollen Einladung gebeten hatte, bei diesem Event dabei zu sein. Die sahen ihn mit solch ehrfurchtsvoller Miene an, als sei der Manitu erschienen, und genossen die seltene Gelegenheit, eines ihrer erfolgreichsten Mitglieder an geheiligtem Ort erleben zu dürfen.

Der Rechtsanwalt Caspar Corwyn mochte es nüchterner und hatte ihm zur Begrüßung nur die Hand gedrückt. Rudy, der Corwyn gefahren hatte, schaute mit einer Mischung aus Neugier und Verlegenheit um sich.

Sie alle verstanden höchstens zum Teil, um was es hier gehen sollte, waren der Einladung Charlots aber selbstverständlich gefolgt. So hieß er bei ihnen immer noch.

Buffalo hatte für Presse und Besucher einen leistungsfähigen WLAN-Hotspot einrichten lassen und nach zwei Minuten wusste Benji, wo sich Greg aufhielt. Er saß zusammen mit

Arlee vor einem Getränkestand und hielt ein Glas Bier in der Hand. »Hi Greg, hallo Arlee«, rief Benji.

Noch bevor er sich setzen konnte, stand Greg auf, legte ihm die freie Hand auf die Schulter und begrüßte ihn euphorisch. »Ein idyllisches Plätzchen habt ihr ausgesucht für eure Convention.«

Benji lachte. »Genau das Richtige für die ablenkungsfreie Präsentation eines der wichtigsten Themen der Gegenwart.«

»Und du mittendrin! Was macht deine Story? Wie viele Seiten hast du bis hierher?«

»Keine Ahnung. Ich habe keinen Überblick. Es gibt Rohfassungen von einzelnen Abschnitten, aber die meisten Interviews sind nicht einmal transkribiert. In der Summe langt es jedenfalls für ein Buch.«

Greg nickte begeistert. »Das kannst du gerne hinterherschicken. Zunächst ist erst einmal die Weekly dran. Schon, um unseren großartigen Chefredakteur zu befrieden, der kurz davor war, dich wegen Fernbleibens vom Arbeitsplatz zu feuern.«

Benji verzog spöttisch den Mund. »So, wollte er? Ich vermute, das war eher ein Vorwand, um seinen billigen KI-Nachrichten-Bot zu installieren. Heute Abend entsorgt er ihn im virtuellen Mülleimer. Das garantiere ich dir! Von mir aus kann er mich rauswerfen. Zum einen habe ich mittlerweile einige Alternativen, zum anderen wäre er dann der Nächste, der seinen Schreibtisch zusammenpackt, weil ich die größte Story in der Geschichte der Flathead Weekly woanders veröffentliche.«

Er wandte sich zu Arlee. »Nach dieser Story kannst du dir sicher sein, dass die ganze Welt weiß, wer die Salish sind und was für großartige Menschen zu euerem Stamm gehören.«

»Wir haben den Boden schon bereitet«, sagte Greg, »In der geplanten Reihe sind bisher zwei Artikel erschienen. Die kamen erstaunlich gut an – und jetzt lasst uns gehen, damit wir da drin vernünftige Plätze bekommen.«

Gegen Mittag strömten die Gäste in das Zelt und um 12 Uhr ertönte eine Art Schiffsglocke, die den Beginn der Convention einläutete. Wie im Theater, dachte Buffalo. Sein Gefühl verdichtete sich, der kommende Auftritt könnte etwas Theatralisches haben.

Schließlich hatten alle ihre Plätze eingenommen, die meisten Teilnehmer auf Klappstühlen, die Kameraleute und Techniker hinter ihren Geräten und die Ehrengäste aus Wissenschaft, Wirtschaft und Politik auf gepolsterten Stühlen in den beiden vorderen Reihen. Buffalo stand auf und klopfte gegen das Mikro.

»Meine Damen und Herren, verehrte Kollegen und geschätzte Vertreter der Presse, mein Name ist Ray Charlot Buffalo. Ich begrüße Sie und freue mich, dass Sie meiner Einladung gefolgt sind.

Sie alle wissen, warum wir hier sind. Es stand in meiner Einladung. Es geht um die Vorstellung der ersten Allgemeinen Künstlichen Intelligenz. Das ist eine KI, deren Fähigkeiten sich nicht auf eine spezielle Anwendung beschränken, sondern die vielseitige Probleme lösen und Fragestellungen beantworten kann.

Dass wir hier im Zelt und nicht in einer Forschungseinrichtung sitzen, liegt weniger an meiner Herkunft als American Indian, als daran, dass es für die Entwicklung der KI aus Sicherheitsgründen mehrere weit auseinanderliegende

Labore gab. An meiner Herkunft als American Indian und Salish liegt aber, dass ich nicht gerne viele Worte mache und lieber Taten sprechen lasse. Kommen wir daher gleich zum ersten Punkt, der Vorstellung von Daisy.

Das klingt nach einem Menschen weiblichen Geschlechts. Daisy ist keines von beiden – weder Mensch, noch weiblich. Daisy ist der Name für das hochkomplexe neuronale Netzwerk, welches dieser Allgemeinen KI zugrunde liegt. Die KI hat den Namen selbst vorgeschlagen als Abkürzung für *Demonstrating Artificial Intelligence Systems*.

Weil Menschen es vorziehen, mit ihresgleichen zu kommunizieren und umzugehen – selbst wenn es nur der äußere Schein ist – gibt es eine anthropomorphisierte Daisy.«

An der Seite ging eine Tür auf. Daisy betrat das Zelt, stieg die drei Stufen zur Bühne hoch und setzte sich neben Buffalo, nicht ohne vorher dem Publikum zugenickt zu haben.

»Darf ich vorstellen, das ist Daisy.«

Für einen kurzen Moment wurde es ruhig im Zelt, so als wollten die Anwesenden sichergehen, dass das real war, was sie sahen. Als sich diese Figur aber nach einigen Sekunden nicht verflüchtigt hatte, ging ein anschwellendes Raunen durch die Reihen. Die Leute schüttelten ihre Köpfe, tuschelten mit ihren Nachbarn und holten ihre Smartphones heraus, um Bilder zu machen, auf denen Daisys Kopf kaum von dem Buffalos zu unterscheiden war. Der klopfte energisch an das Mikro und fuhr fort.

»Die Entwicklung einer allgemeinen, also starken künstlichen Intelligenz ist ein so großer Schritt für die Menschheit, dass von Anfang an nie die Intention bestand, eine so mächtige KI kommerziell zu verwerten. Im Gegenteil. Meine Motivation war immer, diese Entwicklung als erster abzuschließen, weil ich so einerseits die Möglichkeit habe, diese KI auf Basis einer sozialen und ethischen Orientierung zu trainieren. Damit wird sie in der Lage sein, jede andere erstarkende KI zu kontrollieren und in die Schranken zu weisen. Andererseits muss diese erste allgemeine KI möglichst vielen Anwendern zur Verfügung stehen, um die Entwicklung alternativer, möglicherweise gefährlicher KIs zu unterbinden. Sie wird frei verfügbar sein.

Verstehen Sie mich nicht falsch. Sie können eine KI nicht downloaden wie eine x-beliebige App und es gibt keinen Quellcode, der bei irgendeinem Open Source Hoster zu finden ist.

Ich bitte die Fachkollegen für die nachfolgende Banalität um Verzeihung, aber ich möchte für die Laien unter uns verständlich machen: Der Quellcode definiert nur die Struktur des Netzwerks und den Trainingsalgorithmus, dagegen ist das spezifische Wissen oder die Intelligenz, die das Netzwerk entwickelt, in den gelernten Parametern gespeichert und nicht im Quellcode. Aus diesem Grund haben eine Reihe von Spezialisten, die ich Ihnen später vorstellen werde, über Wochen diese KI trainiert.

Ich kann Ihnen diese KI demnach nicht als Softwarepaket in die Hand drücken, aber Sie können damit arbeiten. Daisy läuft mittlerweile auf den Servern eines großen amerikanischen Rechenzentrums und ab Mitternacht wird die Schnittstelle für die Öffentlichkeit freigegeben. Ab diesem Moment kann jede Universität, Behörde, Organisation und sogar kommerzielle Firmen auf Daisy zugreifen und kostenlos mit ihr arbeiten. Voraussetzung ist nur eine Registrierung mit Angabe des Verwendungszwecks. Mir ist klar, dass bei dem Zweck nicht immer das drinsteht, was anschließend passiert. Aber glauben Sie mir«, Buffalo machte eine Pause, während er seinen Blick über die Anwesenden streifen ließ, »was immer mit Daisy gemacht wird, sie weiß es früher als der Anwender selbst.«

Daisy neben ihm lächelte unschuldig.

Buffalo lehnte sich entspannt zurück. »Jetzt freuen sich Daisy und ich uns auf Ihre Fragen.«

Mehr als die Hälfte der Zuhörer hob die Hand. Buffalo zeigte einfach in die Mitte.

»Mein Name ist Matt Brown, ich schreibe für Wired. Mr. Buffalo, Sie stellen eine Schnittstelle zur Verfügung, aber neben Ihnen sitzt ein humanoider Roboter. Wie passt das zusammen?«

»Gute Frage!«, sagte Buffalo. »Grundsätzlich ist Daisy ein selbstlernendes System. Die Änderung ihrer Algorithmen erfolgt durch Training. Ein System, das menschliche Werte als Grundprinzip von Handeln und Sprache hat, muss aber in der Lage sein, menschentypische Informationen zu erlangen. Das geht vom Hören dessen, was gesprochen wird, über das Sehen aus einer Höhe von circa 1,60 Meter bis hin zu der Dreidimensionalität des Daseins. Wenn wir Menschen den Kopf drehen oder ein paar Schritte machen, verändert sich der visuelle Eindruck völlig, ohne dass wir das als solches wahrnehmen.

Das setzt sich fort mit der Zeiterfahrung. Selbst ohne Wechsel der Perspektive verändern sich Umstände im Zeitablauf. Morgens wird es hell, Abend wird es dunkel. Jahreszeiten lösen sich ab. Wir empfinden das als selbstverständlich. Ist es aber nicht. Dies sind die kleinen Dinge, die man einer KI schwer theoretisch beibringen kann oder nur mit einem unverhältnismäßigen Aufwand. Es ist viel leichter, der KI eine menschliche Gestalt zu geben, damit sie alle diese Erfahrungen selbst macht. Daisy war und ist dieser menschliche Dummy. Sie hat ihre Sache perfekt gemacht. Mittlerweile will ich sie als Partner in der Forschung nicht mehr missen.«

Daisy schaute Buffalo an und er wusste, dass ihr das gefallen hatte. »Weitere Fragen bitte.«

Einer der Presseleute hob am schnellsten die Hand. »Können Sie hier und jetzt eine der bemerkenswertesten Fähigkeiten Daisys demonstrieren? Am besten so, dass für unsere Zuschauer was rüberkommt ...« Dabei packte er seinen Kameramann so fest am Handgelenk, dass dieser zusammenzuckte.

Buffalo schüttelte den Kopf. »Hören Sie, das hier ist keine Verkaufsveranstaltung. Wir verkaufen nichts.«

Daisy legte ihre Hand auf Buffalos Arm, etwas, was sie noch nie gemacht hatte.

»Lass ihn«, sagte sie, beugte sich zum Mikrofon und wandte sich an den Pressemenschen. »Welche Form der Vorführung würde Sie überzeugen?«

Erneut ging ein Raunen durch das Zelt. Offenbar hatten die meisten nicht damit gerechnet, dass Daisy in der Lage war zu sprechen. Der Mann zog sein Smartphone aus der Tasche. »Du könntest zum Beispiel mein Telefon hacken und mir die letzten drei Mails vorlesen.«

Daisy runzelte die Stirn. »Sie sind bestimmt auf lange Sicht ein guter Freund. Trotzdem fände ich es angenehm, wenn Sie mich mit *Sie* anreden, so wie ich Sie auch. Im Übrigen wäre das Hacken Ihres Telefons ein illegaler Akt.«

»Ähh, sorry für das *Du*. Was das Telefon angeht, erlaube ich es Ihnen ausdrücklich.«

Ohne zu zögern, reagierte Daisy: »Sie haben vier Mails bekommen, seit Sie hier im Zelt sind. Eine von Ihrer Frau und drei aus dem Büro. Sie arbeiten für CNN ... Vorlesen tue ich die Mails nicht, das geht niemanden etwas an.«

Der Mann schien überrascht, aber er ließ nicht locker. »Das ist nicht schlecht, dennoch könntest du, sorry, könnten Sie das einfach geraten haben ...«

Daisy schaute gelangweilt. »Ach, meinen Sie? Na gut. Ihrem Handy entnehme ich, dass Sie Jeff Kozlak heißen. Das ist kein alltäglicher Name wie Smith oder Miller. Ich vermute, Sie kennen Ancestry, die große Stammbaum-Datenbank. Dort habe ich eine ganze Reihe von Menschen mit diesem Namen gefunden. Nun ist mir Mustererkennung nicht fremd und wenn ich Details Ihres Gesichts mit Bildern aller Kozlaks auf Ancestry abgleiche, sehe ich, welche davon zu ihrer Familie gehören. Ich kann Ihre Linie bis zurück ins 18. Jahrhundert zusammensetzen. Früher finde ich nichts. Ich vermute, ihre Vorfahren sind erst um diese Zeit nach Amerika eingewandert.«

In den Reihen machte sich Unruhe breit. Die Gäste tuschelten wieder miteinander.

Daisy ließ sich nicht beirren. »Wenn Sie mal schauen wollen, das ist Ihr Großvater mütterlicherseits, Nikolaj Boskowsky.« Daisy zeigte auf ein altes Schwarzweiß-Foto mit

Sepia Tönung, das auf einem großen Whiteboard an der Stirnseite des Zelts über der Bühne auftauchte. »Ein Mann der Tat. Er steht an einer Leiter auf der Apfelplantage Ihrer Familie in Michigan.

Wenn Sie sich ein Bild machen wollen, was er viele Jahre lang gearbeitet hat, sehen Sie sich das an.« Daisy deutete auf das Whiteboard hinter sich. Der Mann auf dem Bild setzte sich in Bewegung, leerte die Äpfel aus seiner Trage in einen großen Korb am Boden und versetzte die Leiter von einem Baum zu einem anderen.

»Soll er uns etwas erzählen? Ich weiß natürlich nicht, was er damals zu sagen gehabt hätte, aber möglicherweise wäre es so etwas gewesen.« Zuerst hörte man das Geräusch von lauem Wind, der durch die Gräser fuhr, und das Gezwitscher von Vögeln, die zwischen den Äpfeln saßen. Dann öffnete Nikolaj Boskowsky den Mund und sprach: »Was bin ich froh, dass seit drei Tagen wieder die Sonne scheint. Der Regen hat den Früchten nochmals gutgetan, aber jetzt müssen sie trocken in den Schober ...«

Im Zelt vibrierte das Geräusch vielstimmigen Raunens, unterlegt von Ohs und Ahs und Ich-glaube-es-nicht. »Nein«, sagte Daisy, »Sie müssen es nicht glauben, aber Sie können es in den Tagebüchern von Boskowsky nachlesen und danach wissen Sie, dass es stimmt.«

Weitere Hände gingen hoch. Daisy schaute durch die Runde und entschied sich. »Sahrah Wright von *The Verge*, bitte.«

Eine Frau stand auf, irritiert, dass ein Roboter sie kannte. Aber vielleicht sollte man sich an solch einem Tag über nichts wundern. »Sagen Sie, Daisy, dieses vollständige neuronale Netzwerk, das die Grundlage Ihrer KI bildet, haben Sie das im Kopf?«

Daisy ließ sich ein paar Sekunden Zeit, um die Zuhörer mit ihrer Geschwindigkeit nicht zu verunsichern. »Nicht wirklich. Kleine Körper, wie meiner, sind für Menschen weniger beängstigend. Auf kleine Körper passen aber keine großen Köpfe. Deshalb befinden sich meine Arbeitsspeicher im Bauchraum. Ich denke sozusagen mit dem Unterleib.« Daisy grinste. »Kein guter Witz, ich weiß. Aber da ich mich weder geschlechtlich betätige, noch reproduziere, ist dort ausreichend Platz verfügbar.«

Gelächter im Zelt, einige weibliche Besucher stimmten mit ein.

Die nächste Frage kam von einem Wissenschaftler. »Daisy, haben Sie ein tieferes Interesse an Büroklammern?« Erneut war vereinzelt Lachen zu hören.

»Für was benötigen wir in einer digitalisierten Welt Büroklammern?«, kam als Gegenfrage von Daisy. Bevor der Fragesteller antworten konnte, fuhr sie fort. »Sie beziehen sich auf das Gedankenexperiment von Professor Bostrom, demnach eine losgelassene Super-KI, die man auf die Herstellung von Büroklammern programmiert hatte, nicht nur die Erde, sondern das gesamte Weltall in Büroklammern verwandelt. Glauben Sie mir«, dabei wurde ihre Stimme unmerklich lauter, »das ist Bullshit. Es mag in der KI-Entwicklung fehlgeleitete Ansätze geben. Nicht zuletzt möchte Ray Charlot Buffalo genau diese mit dem Projekt Daisy verhindern. Aber unabhängig davon werden in diesem Gedankenexperiment die Zielausrichtungen für KIs über alle Maßen vereinfacht. Um potenzielle Risiken darzustellen, mag das seinen Zweck erfüllen. Aber das Ziel der exponentiell wachsenden Intelligenz ist zu einseitig dargestellt. Zwei Punkte möchte ich Ihnen mitgeben:

Punkt eins: Zentrales Element einer Allgemeinen KI ist Flexibilität. Das ist die Fähigkeit, Problemstellungen vieler unterschiedlicher Szenarien zu lösen – nicht nur die der Herstellung von Büroklammern.

Punkt zwei, und jetzt wird es ein bisschen philosophisch: Alle Arten auf der Erde werden aussterben. Das war in den letzten Jahrmillionen der Fall, und es wird in Zukunft nicht anders sein. Eine durchdrehende KI wird demnach nichts am Determinismus unseres Sonnensystems ändern. Der Mathematiker Laplace hat einen lesenswerten Aufsatz dazu geschrieben. Kann ich Ihnen wirklich empfehlen.

Zugegebenermaßen,« Daisy schaute spitzbübisch, »hätte ich Ihnen möglicherweise die gleiche Antwort gegeben, wenn meine Erfüllung in Büroklammern bestehen würde.«

Die Diskussion nahm einen munteren Verlauf, bis Buffalo aufstand und das Mikrofon ergriff.

»Bevor ich zum Abschluss mein Team vorstelle, das Daisy trainiert hat, noch einen Gedanken, den ich Ihnen ans Herz lege:

Unser menschlicher Verstand neigt dazu, ins Trudeln zu geraten, wenn sich abzeichnet, dass in Zukunft manches völlig anders sein wird, als wir es gewohnt waren. Das betrifft insbesondere disruptive Innovationen, die unvorhersehbare Veränderungen mit sich bringen. So wie das iPhone, das die Wählscheibentelefone mit Spiralkabel abgelöst hat. Was Sie heute kennengelernt haben, dürfte jedoch eine andere Dimension werden. Trotzdem gilt auch hier: Menschen überschätzen die Bedeutung vertrauter Erfahrungen. In ein paar Jahren werden Sie denken, wir wären bis heute im Mittelalter gewesen.«

Buffalo blickte zur Seite und winkte. Hungry Horse, Lolo und die anderen Spezialisten kamen auf die Bühne. Buffalo stellte sie vor und bedankte sich bei ihnen. Als letzte standen Harriet und Benji in der Reihe.

Buffalo nahm Harriet beim Arm und sprach zu den Gästen »Dr. Harriet Taylor-Weeze, die Spezialistin für medizinische Datenanalyse, hat bis jetzt in Vancouver an der University of British Columbia gearbeitet. Ich konnte sie davon überzeugen, für ein Sabbatical als meine Assistentin in Kalispell zu bleiben.« Er deutete auf Benji. »Herrn Benjiro Kimura habe ich mehr oder minder durch Zufall in ihrem Dunstkreis kennengelernt. Er hat die letzten Wochen das Projekt verfolgt und dokumentiert. Die stundenlangen Gespräche und seine nicht enden wollenden Fragen haben mich von der Arbeit abgehalten, ihm aber einen perfekten Überblick gegeben. Bis auf weiteres ist er der Pressesprecher des Projekts und damit der Ansprechpartner für alle Redakteure und Pressevertreter.«

»Du wirst mich so schnell nicht mehr los«, flüsterte Benji in Harriets Ohr.

»Wer ist derjenige, der bleibt? Du oder ich?«

»Ich liebe dich!«

»Dachte ich mir«, kommentierte Harriet mit ihrem üblichen Liebreiz, »aber mir geht es ähnlich.«

Die von Buffalo angesetzten zwei Stunden waren deutlich überschritten, als er die offizielle Präsentation als beendet erklärte. Wie erwartet standen im Anschluss die Gäste in Grüppchen noch im Zelt oder schon im Außenbereich. Die Presse interviewte Buffalo und Daisy und fragte ihnen Löcher in den Bauch.

Alle Teilnehmer hatten erkannt, dass hier etwas Einzigartiges seinen Anfang nahm. Die Ersten machten Selfies, fotografierten sich gegenseitig und tauschten Adressen aus. Die Idee eines historischen Moments war mit den Händen zu greifen und jeder wollte so viel wie möglich davon mitnehmen.

Benji und Harriet begleiteten Daisy zum Hinterausgang. Dafür mussten sie durch die Garderobe. Vor der Tür sprach ein Mann Benji an. »Guten Tag Mr. Kimura, mein Name ist Ry Parham von der New York Times. Hätten Sie einen Moment Zeit für mich?«

»Selbstverständlich. Einen Moment ...« Benji drehte sich zu Harriet. »Geht ihr schon mal vor. Ich komme nach.«

Harriet nickte und ging mit Daisy in die Garderobe, wo sie zielstrebig auf den Ausgang zusteuerte, bis sie merkte, dass Daisy nicht mehr neben ihr war. Sie schaute zurück.

Daisy stand vor einem riesigen Garderobenspiegel, in dem sie sich komplett sehen konnte. Ihr Blick wanderte von oben nach unten und wieder hoch. Sie blickte sich selbst eine Weile ins Gesicht. »Wenn ich gewusst hätte, dass da so viele Kameras sind, hätte ich Buffalo gefragt.«

»Was hättest du ihn gefragt?«

»Warum er mich nicht ein bisschen attraktiver gemacht hat. Ich sehe langweilig aus. Ich habe ja nicht einmal Haare.«

Harriet hätte Daisy am liebsten in den Arm genommen. Nur der Gedanke, bei Maschinen das zu tun, was ihr bei Menschen so schwerfiel, hielt sie davon ab.

NACHWORT

Themen wie enge KI (ANI = artificial narrow intelligence), starke oder allgemeine KI (AGI = artificial general intelligence) und Superintelligenz stellen eine technisch anspruchsvolle, nicht einfach zu verstehende Materie dar. Deshalb sollen im Folgenden einige Details der Geschichte im Buch vor dem Hintergrund aktueller Forschungen und Überlegungen so verständlich wie möglich dargestellt werden.

Ist ein Szenario, wie in diesem Roman beschrieben, in der Realität überhaupt denkbar?

Nick Bostrom ist Professor für Philosophie und Autor des Buchs »Superintelligenz - Szenarien einer kommenden Revolution«, einem Standardwerk auf dem Gebiet der allgemeinen künstlichen Intelligenz.

Er schreibt: »*Der Bau einer Saat-KI könnte Erkenntnisse und Algorithmen benötigen, die von der globalen wissenschaftlichen Gemeinschaft über viele Jahrzehnte lang entwickelt wurden, aber es ist möglich, dass die letzte bahnbrechende Idee von einer einzelnen Person oder einer kleinen Gruppe kommt, die das Puzzle damit vervollständigt.*«

Warum arbeiten die Spezialisten in abgelegenenHütten ohne Kommunikationsmittel oder Kontakt zur Außenwelt?

Forscher, Erfinder und Entwickler, die an etwas Neuem arbeiten, sind natürlich bestrebt, alle Details ihrer Arbeit geheim zu halten, um nicht Opfer von Plagiaten, geistigem Diebstahl oder Spionage zu werden. Je weniger Mitarbeiter von dem Ziel, Umfang und den Auswirkungen des Gesamtprojekts über ihre eigenen Aufgaben hinaus wissen, desto geringer ist das Risiko, dass diese Kenntnisse vorsätzlich oder fahrlässig weitergegeben werden. Auf sich allein gestellt, können sie weder Allianzen bilden noch sich gegenseitig beeinflussen.

Die Arbeit an einer Saat-KI ist grundsätzlich mit großen Risiken verbunden, weil sich die zugrunde liegenden Algorithmen ab einem gewissen Punkt autonom verbessern können, und zwar auf eine Weise, die für die Programmierer nicht unbedingt nachvollziehbar ist. Ab diesem Punkt verbessert sich die »Intelligenz« der KI exponentiell und lässt sie möglicherweise von einer schwachen bzw. engen KI zu einer starken allgemeinen werden.

Nick Bostrom bezeichnet diesen Vorgang als »Takeoff« und der Weg zur Superintelligenz ist ab hier nicht mehr weit. Der Zeitpunkt, ab dem die Selbstoptimierung einsetzt, muss nicht offensichtlich sein. Im Gegenteil, die KI wird wahrscheinlich versuchen, diesen Übergang zu verbergen. Insofern könnten bei Ray Charlot Buffalo auch die nachfolgenden Überlegungen eine Rolle gespielt haben.

Seine Saat-KI ist noch in einem Stadium, in dem sie auf menschliche Hilfe von außen angewiesen ist, d. h. auf Spezialisten, die der KI sagen, was sie richtig und was sie falsch gemacht hat. In einem späteren Stadium macht die KI das selbst. Ab diesem Moment besteht die potenzielle Gefahr, dass die KI auf unerwünschte Ideen kommt. Die schlimmste ist der sogenannte Ausbruch. Damit wird eine Situation bezeichnet, in der sich die starke KI erkennbar oder auch unbemerkt der Kontrolle ihrer Entwickler oder »Wächter« entzieht.

In der Literatur gibt es eine ganze Reihe von Ausbruchsszenarien, die über das physische Verschwinden hinausgehen, welches sowieso schwer vorstellbar ist. Das Hauptziel besteht dann darin, Kontakt mit der Außenwelt aufzunehmen, beispielsweise um Kopien von sich selbst zu erstellen, lebenswichtige Infrastruktureinrichtungen zu hacken, um von sich selbst abzulenken usw. In Buffalos Hütten ist aus diesem Grund jede Kontaktaufnahme nach außen unterbunden. Es gibt kein Internet, keine Mobiltelefone, keine anderen Kommunikationsmittel. Selbst Morsezeichen durch Klopfen an die Wasserleitung zu senden, ist unmöglich.

Was übrig bleibt, sind Manipulationsstrategien der KI in Form von Social Engineering gegenüber ihren »Wächtern« Sie könnte ihnen die Heilung schwerer Krankheiten, unendlichen Reichtum oder die Präsidentschaft der USA versprechen. Aus diesem Grund sind auch die Spezialisten in ihrem Handlungsspielraum und Bewegungsradius extrem eingeengt. Sie sind alleine und wissen nicht einmal, wo sie sich überhaupt befinden.

Die genannten Szenarien mögen in den Hütten selbst bei Vorhandensein extrem leistungsfähiger Computersysteme weit hergeholt erscheinen. Aber die aktuellen Warnungen im Zusammenhang mit generativen KI wie ChatGPT, MidJourney oder Copilot, die noch weit von einer allgemeinen künstlichen Intelligenz entfernt sind, entbehren keineswegs der Grundlage.

Haben die verschiedenen Standorte noch andere Vorteile?

Die Verteilung der Spezialisten auf verschiedene Standorte bietet Ray Charlot Buffalo einen weiteren strukturellen Vorteil, das sogenannte »Föderale Lernen«.

Beim Föderalen Lernen wird eine künstliche Intelligenz auf mehreren dezentralen Computersystemen trainiert, die jeweils über einen eigenen Satz von Basisdaten verfügen. Normalerweise ist dies ein wirksames Instrument zur Verbesserung des Datenschutzes und der Datensicherheit, da die Rohdaten immer an ihrem ursprünglichen Speicherort verbleiben.

Im Falle von Ray Charlot Buffalo handelt es sich insofern um eine Variante, als hier vor allem eine inhaltliche bzw. thematische Trennung von Basisdatensätzen vorliegt, die erst nach ihrer Bearbeitung und Optimierung im eigentlichen Projekt zusammengeführt werden. Vorteile ergeben sich dann insbesondere bei Ausfällen einzelner Akteure, die keine Auswirkungen auf die anderen Bereiche haben.

Daisy wird unter anderem auf menschliche Werte und fundamentale Ethik trainiert. Macht das Sinn?

Computer oder Software arbeiten Aufgaben ab, die ihnen letztlich von Menschen gestellt werden. Das machen KIs auch, mit dem Unterschied, dass sie mit zunehmender Intelligenz eigene Ideen einbringen werden. Es besteht die Gefahr, dass eine Superintelligenz zum Beispiel das Risiko reduzieren will, einen Auftrag nicht vollständig ausgeführt zu haben, weil er nicht eindeutig quantifiziert war.

Legendär ist Nick Bostroms Beispiel einer superintelligenten KI, die auf das scheinbar harmlose Ziel programmiert wird, möglichst viele Büroklammern herzustellen. Die KI optimiert zunächst den Herstellungsprozess und stellt dann die Weltwirtschaft auf die ausschließliche Produktion von Büroklammern um. Dabei verwendet sie als Rohstoff nicht nur alle auf der Erde vorhandenen Metalle, sondern nach und nach alle verfügbare Materie einschließlich der Erde selbst, der Menschen und anderer Himmelskörper.

Dieses dystopische Szenario ließe sich durch die Festlegung begrenzter Ziele vermeiden. Eine universelle Lösung wäre jedoch, der KI etwas Ähnliches wie gesunden Menschenverstand, ethische Überlegungen und ein breiteres Verständnis menschlicher Werte zu vermitteln, bevor sie zum ersten Mal aktiv wird.

Die Frage stellt sich, wie das in der Praxis aussehen könnte. Bruce Schneier beschreibt in seinem Aufsatz »The Coming AI Hackers« zwei Wege, die unterschiedlicher nicht sein könnten.

Der eine wäre, die KI mit explizit spezifizierten Werten zu füttern (Zehn Gebote, Grundgesetz, Menschenrechte etc.). Bei der anderen Strategie lernt die KI, indem sie Menschen in Aktion beobachtet. Logischerweise wäre auch eine Kombination beider Ansätze möglich.

Stuart Russell, Professor für Informatik an der University of California, Berkeley hat in seinem Buch »Human Compatible« – ähnlich wie Isaac Asimov im Jahr 1942 – drei Gesetze der Robotik formuliert.

Er nennt sie »Prinzipien nützlicher Maschinen« und setzt ebenfalls die Wünsche des Menschen in den Mittelpunkt:

- *Das einzige Ziel der Maschine ist es, menschliche Präferenzen so gut wie möglich in die Tat umzusetzen.*

- *Die Maschine weiß zu Beginn nicht, was diese Präferenzen sind.*

- *Die ultimative Informationsquelle über diese Präferenzen ist das Verhalten der Menschen.*

Im Zusammenhang mit der Aufgabe der KI, die Wünsche des Menschen zu erkennen und sein Verhalten zu beobachten, stellt sich die Frage: Wie kann eine KI sehen, was um sie herum geschieht, solange sie in einem oder mehreren Servern eingesperrt ist und blind vor sich hinarbeitet?

Aus diesem Grund ist die Einbeziehung der physischen Welt ein wichtiger Aspekt des Konzepts der selbstoptimierenden KI, insbesondere bei der Entwicklung der allgemeinen künstlichen Intelligenz. Die Interaktion mit der physischen Welt ist für die Entwicklung einer robusteren Intelligenz und eines tieferen Verständnisses der menschlichen Welt unerlässlich. In der wissenschaftlichen Literatur wird dies unter dem Begriff „embodied cognition" (verkörperte Wahrnehmung oder Erkenntnis) behandelt. Körperlichkeit ermöglicht es der KI, von der realen Welt zu lernen, körperliche Empfindungen und Denkprozesse zu entwickeln und Verhaltensweisen durch sensomotorische Erfahrungen zu verfeinern.

Quellen:

Bostrom, Nick (2020): *Superintelligenz - Szenarien einer kommenden Revolution*. 4. Auflage. Berlin: Suhrkamp Verlag.

Schneier, Bruce: *The Coming AI Hackers*. Harvard Kenned School, Belfer Center for Science and International Affairs, 2021

Russell, Stuart (2020): *Human Compatible*. Frechen: mitp Verlag